KB068126

미성년 무전
여행자

가진 건 없었으나 세상은 알고 싶었던 10대,

나는 길로 나섰다

미성년 무전
여행자

· **이강희** 에세이 ·

그저 나에게 무전여행이 그러했듯,

이 책을 읽을 사람들에게도
긍정적인 무언가로 소비될 수 있기를 소망해 본다.

바른북스

꿈을 좇다 보니
학교 밖까지 나와버렸다

'희소병 환자', '자퇴생' 모두 나를 수식하는 단어다.
'왜 꿈을 좇던 나는 학교 밖까지 나오게 된 걸까?'

나는 선천적 희소병인 '골형성부전증'으로 인해 뼈가 불완전한 상
태로 태어났다.
남들보다 특별하게 태어난 덕분에 학교생활 또한 특별할 수밖에
없었다.
병원을 내 집 드나들듯 다니다 보니 새 학년으로 올라가고 2학기
가 되어서야 반 친구들 얼굴을 처음으로 보는 일도 있었다.

'아마 내가 병원에서 보낸 시간을 점수로 인정해 줬다면 나는 항상 장

학생이었지 않았을까?'

　당연한 이야기겠지만, 그 시간을 학교에서는 인정해 주지 않았다.

　오랜만에 학교에 가서 수업을 들을 때면 수업내용이 전혀 들어오지 않았고 학업 진도를 따라가지 못하는 것은 당연한 일이었다. 성적은커녕 부족한 출석 일수 때문에 매번 학년 진급도 턱걸이로 넘을 정도였다.

　이해가 되지 않는 수업, 그 상태에서 치러졌던 시험과 그에 따른 성적, 목적도 목표도 없음에도 가야만 했던 학교. 이 쳇바퀴 같은 굴레를 10년이 넘는 시간 동안 돌고 나서야 이곳에서는 내가 얻고 싶은 것이 없다는 것을 깨달았다.

　이대로 학교를 계속 다니고 무사히 졸업까지 한다 하더라도 그게 무슨 의미가 있을까? 나는 아직 좋아하는 일을 찾지 못했고, 이런 나처럼 아직 진로를 결정하지 못한 친구들이 들어놓는 '이름 있는 대학'이라는 보험조차 나의 성적으로는 어려운 상황이었다.

　애초에 언제 또 병원에 가느라 시험을 못 칠지 모르는 내 몸 상태, 그리고 전혀 이해되지 않음에도 반복해서 듣던 수업으로 인해 이미 공부에 대한 흥미가 없었다.

　이러니 남들보다 더 노력해서 좋은 성적을 받겠다는 열정적인 생각은 하지 않았다.

　이러한 생각이 계속되자 학교에 있는 시간이 나에겐 점점 무의미하게 다가왔다.

그래서 나는 학교에 있는 시간을 다른 친구들처럼 좋은 대학을 목표로 공부하는 것이 아니라 졸업하기 전까지 내가 좋아하는 일을 찾아보는 데에 쓰기로 했다.

그 첫 번째 방법으로 고등학교 1학년 2학기부터는 야간자율학습 시간마다 내가 하고 싶은 것들을 적어보기 시작했다. '내가 일해서 번 돈으로 가족들과 외식해 보기', '직접 요리한 음식으로 주변 사람들에게 대접해 보기' 등 소소한 것부터 '마이크 잡고 사람들 앞에서 내 이야기 해보기, 혼자서 여행 떠나보기' 등의 도전적인 것까지 이런저런 꿈들을 적으면서 깨달았다. 약 14시간을 학교에서 보내는 지금 상황으로는 할 수 있는 일이 매우 한정적이라는 사실을 말이다.

이러한 생각을 하고 나서부터는 더욱 학교가 나를 속박하는 것만 같이 느껴졌다.

지금 생각해 보면 아직 미성숙한 어린 나이에 내린 성급한 결론이 아니었나 하는 생각도 든다.

'학교 안에서는 할 수 있는 것이 없다'는 생각은 자연스럽게 '학교 밖에 나가면 할 수 있는 것이 많아진다'는 생각으로 이어졌고 이미 학교는 나를 가둬놓는 작은 감옥처럼 느껴질 뿐이었다. 결국 나는 자퇴를 하기로 결정했다.

학교를 그만두겠다 말씀드렸을 때 어머니께서는 늘 그래왔듯 나의 선택을 믿고 지지해 주셨다. 오히려 담임 선생님을 설득하는 것이 더 큰 숙제였다. 평소 나를 많이 아끼시던 만큼 선생님께서는 학업을 중단하기로 한 나의 결정을 내가 나중에 후회하지는 않을지 많은 걱정을 하셨다.

선생님의 진심 어린 조언을 뒤로하고, 학교 밖으로 나온 내가 제일 먼저 느낀 감정은 '해방감'이었다.

그저 학교에서 나왔음에 느끼는 해방감이 아닌 나를 조여오던 수많은 생각들로부터 벗어났다는 것에 대한 해방감이었다.

더 이상 나는 시간과 공간의 제약을 받지 않아도 됐다.

나를 속박한다고 생각했던 것에서 벗어나자 가장 먼저 내가 할 수 있는 다양한 시도들이 보였다. 그 덕분에 나는 하고 싶다고 적어놨던 것들을 시도하기 시작했고 그렇게 혼자 무전여행도 떠나게 되었다.

혼자 떠난 무전여행은 내 인생에 큰 변화를 주었다.

그리고 나는 쉽게 접할 수 없는 이 경험을 다른 사람들과 나누고 싶어 여행 중 틈틈이 SNS에 일기를 썼었다.

그때까지만 해도 SNS에 끄적인 그 글이 이렇게 책으로 탄생할 것이라고는 생각도 못 했지만 말이다.

책의 원고가 될 줄 모르고 대충 끄적였던 일기였기 때문인지, 아니면 미성년이었던 당시의 나보다 성인이 된 지금의 내가 조금 더 성장한 것인지 이유는 모르겠지만, 책을 편집하는 과정에서 성인이 된 지금 일기를 다시 읽어보니 스스로 써놓고도 견디기 힘든 사춘기적 표현이나, 유치한 부분도 많았다. 하지만 나는 이 책에 아직 미성숙한 청소년의 여행 모습을 온전히 담고 싶었기에 굳이 수정하지 않기로 했다.

덕분에, 이 책에는 세상을 바라보는 관점과 사람들과의 대화를 통한 생각들이 청소년의 시선에서 날것 그대로 담겨있다.

그래서 나는 이 책을 읽는 독자들이 나의 여행과정을 따라오며 자신을 대입하면서 읽거나, 한 청소년의 도전을 지켜보며 응원하는 입장에서 읽어가면 좋을 것 같다는 생각을 하며 글을 정리했다.

사실 이 이야기를 책으로 펴내면서 한편으로는 고민도 있었다.

그저 한 청소년의 여행 이야기가 다른 사람들에게 어떻게 소비될지에 대한 고민이었다. 나에게는 이 이야기가 삶의 성장 포인트였지만 모두에게 그럴 수는 없을 것이다.

이 책이 누군가에게는 새로운 시야를 넓히는 데 도움이 되기를, 누군가에게는 이 이야기가 하나의 동기부여에 쓰이기를, 그것도 아니라면 지친 마음에 작은 위로로 소비되기를. 책을 펴내는 지금의 나로서는 어떤 형태든 좋다. 그저 나에게 무전여행이 그러했듯, 이 책을 읽을 사람들에게도 긍정적인 무언가로 소비될 수 있기를 소망해 본다.

목차

D-1

계획대로 되지 않을
여행을 계획한다는 건

사실 학교 밖으로 나오기 전부터 혼자서 떠나는 무전여행을 꿈꿨다. '대한민국 한 바퀴'라는 나름의 목표도 있었다. 마치 방학 숙제로 받은 일기 쓰기처럼 '언제 하지?' 하는 생각만 이어가던 중, 한동안 중요한 일정도 없으니 내일 당장 떠나기로 정했다.

가족 여행도 이렇게 즉흥적으로 떠나지는 않을 것이다. 다소 즉흥적이긴 해도 떠나기로 정했으니 이제 여행 준비를 해야 했다.

일단 배낭에 짐을 조금씩 챙기기 시작했다.

짐 부피를 줄이기 위해 여벌 옷은 2벌만, 만약의 상황을 대비한 호신용품과 언제 쓰일지 모를 드라이버도 챙겼다.

나름대로 머릿속에서 여행과정을 생각하며 필요할 것 같은 물건들을 넣다 보니 가방이 금세 채워졌다.

그렇게 얼추 짐을 다 싸고 나서 배낭을 보니 그냥 흔한 등산객들이 멜 법한 배낭이 되었다.

　사실 나는 조금 더 청년스럽고 도전적인 이미지를 원했는데 이 배낭을 메고 가면 등산객으로 오해받기 딱 좋아 보였다. '그래도 명색이 무전여행인데' 하는 마음에 어디서 본 기억으로 헌혈 캠페인 때 받은 배지부터 집에 굴러다니는 배지란 배지는 모두 달았다. 그래도 약간의 아쉬움이 들었다. 그때 국토대장정과 배낭여행을 하는 사진을 인터넷에서 본 기억이 났다. 대부분의 사진에서 배낭에 꽂힌 깃발은 빠지지 않고 등장했다. 배낭에 깃발을 꽂으니 그렇게 멋있던데…. 하지만 나는 단체에서 하는 프로젝트도 아니고 혼자다 보니 따로 매고 다닐 깃발이 없었다. 아쉬워하던 중 집 어딘가에서 본 듯한 손바닥만 한 크기의 태극기가 생각났다. 배낭에 태극기를 꽂는다면 그 나름의 멋이 있을 것 같았다. 곧바로 집 구석구석을 뒤져 태극기를 찾았다. 태극기를 배낭에 꽂자 이제야 만족스러운 배낭이 되었다.

　이왕 태극기를 단김에 태극기를 통해 내 여행의 의미를 더해보자는 생각이 들었다.

　그렇게 나는 여행하는 기간 동안 태극기를 꽂고 다니며 나를 응원해 주는 사람들로부터 한 문장씩 메시지를 받기로 했다. 집 어딘가에 방치되어 있던 이 작은 태극기가 여행을 마쳤을 때 나만의 추억이 담긴 물건이 되기를 바라면서 단단하게 한 번 더 고정했다.

나름 생각나는 대로 짐을 챙겼으니 이번에는 기간과 코스를 정하기로 했다.

막상 기간을 정하려고 하니 대한민국 한 바퀴를 도는 데 어느 정도 시간이 걸릴지 판단이 서지 않았다. 평범한 여행이라면 기간과 일정을 정해놓고 그 계획에 따라 움직이면 되겠지만 '무전여행'은 변수가 많은 만큼 계획을 세운다 한들 그대로 진행될 리가 없었다.

일단 내가 가능한 최대한의 기간을 확보하기로 했다. 일정표를 열어 내일부터 비울 수 있는 일정을 최대한 비웠다. 그렇게 나에게는 여행할 수 있는 15일 정도의 기간이 주어졌다. 대한민국 한 바퀴라는 목표를 이루기에 여유로운지 촉박한지는 감이 안 잡혔다. 분명 해외에서 진행하는 배낭여행에 비하면 다소 짧은 기간이지만 중요한 것은 기간이 아닌 과정이라 생각하기에 나는 나에게 주어진 시간 내에서 알차게 여행을 해보기로 다짐했다.

여행기간은 일정에 맞춰서 정해졌지만, 여행 코스는 내 의지대로 선택할 수 있었다.

나는 코스를 정하기 위해 인터넷에 대한민국 지도라고 검색을 한 후 마음에 드는 지도를 하나 골라 인쇄했다. '대한민국 한 바퀴'라는 뚜렷한 목표가 있었기에 막힘없이 코스를 정할 수 있었다. 먼저 지도에 그려진 대한민국의 외곽을 따라 SNS를 통해 본 곳이라든지 평소 가고 싶다고 생각했던 곳 몇 군데에 동그라미를 쳤다. 그 뒤로는 지금 딱 생각나는 곳을 위주로 표시해 나갔다.

이왕 전국을 여행하는 김에 평소 거리 때문에 만나지 못했던 지인들도 만나기로 했다.

그러다 보니 원래 계획과는 다르게 코스에 내륙지역도 꽤 많이 추가되었다. 작년 국토대장정을 했던 경험을 토대로 지나갈 곳과 잠을 자고 갈 곳을 서로 다른 색으로 덧대어 표시했다.

그러다가 만약 여행 중 여유가 생기면 둘러볼 수도 있으니 이 거점들에 위치한 관광지도 미리 체크해 두면 좋을 것 같다는 생각이 들었다.

지도에 표시한 동그라미들을 선으로 이어 지나가는 경로에 가볼 만한 관광지가 있는지 검색한 뒤, 또 다른 색으로 작게 표시했다.

그렇게 채워진 지도를 보며 언제 어느 도시에 도착하고, 이날은 어디에서 밤을 보낼지에 대한 대략적인 계획을 노트에 기록했다.

나름 즉흥적인 여행치고는 괜찮게 계획한 것 같다. 이렇게 계획은 열심히 세웠지만 나는 이 여행이 계획대로 되지 않을 것을 이미 알고 있었다.

어차피 무전여행이다. 이동수단, 식단, 잠자리 모두 어떻게 될지 모른다. 내가 아무리 구체적인 계획을 세운다고 한들 여행에 큰 도움은 되지 않을 것이다. 변수만이 가득한 이 여행을 잘해내려면 일정과 코스에 대한 준비보다도 마음가짐의 준비가 가장 필요하지 않을까?

내가 할 수 있는 선에서의 준비는 모두 끝났으니 내 앞을 기다리는 변수들에 몸을 맡기기로 하고 이부자리 속으로 들어갔다.

D-Day

나, 잘할 수 있겠지?

막상 여행을 떠나는 아침이 되니 어제의 자신감은 어디 가고 두려운 마음이 올라왔다.

나는 평소 외로움을 느껴 혼자 있으면 끼니도 거르는 편이다. 그런 내가 안전한 가족의 품과 내가 살던 도시를 벗어나 아무것도 모르는 다른 지역으로 혼자서 떠나야 한다니.

갑자기 과거 뉴스를 통해서 남의 이야기라고만 생각하고 흘려들으면서 본 히치하이킹, 비바크하는 사람들을 대상으로 일어난 각종 납치 범죄 사건들이 기억나며 그게 나의 이야기가 될 수도 있다는 생각이 들기 시작했다.

어느새 두려움이 머릿속에 가득 차 내가 안 좋은 일을 겪는 모습들이 눈앞에 펼쳐지고 있었다.

여행 출발 전 마지막으로 어머니와 아침에 상영하는 영화를 보기로 약속했던 터라, 복잡한 마음을 뒤로하고 서둘러 나갈 준비를 했다. 어머니와 영화를 다 본 뒤에는 곧바로 여행을 출발할 예정이기에 미리 싸둔 배낭도 함께 챙겨 어머니 차에 올라탔다.

출발 당일인데도 까먹은 짐들이 있어 차에서 다시 가방을 뒤지고 집에 올라갔다 내려갔다를 몇 번이나 반복했다.

어머니께서는 표현하지 않으셨어도 이런 내 모습을 보면서 내심 걱정했을 것이다.

다 컸다고는 해도 아직 미성년인 아들이 돈 한 푼 없이 15일이라는 기간 동안, 심지어 혼자서 여행을 한다니 말이다. 거기에 떠나는 당일까지 짐을 깜빡해서 허둥지둥하는 모습을 보여드렸으니 얼마나 불안하셨을까?

어머니와 함께 본 영화는 4월을 맞아 개봉한 세월호 참사와 관련한 다큐멘터리 형식의 영화였다. 그렇게 어머니와 함께 영화를 보고 나오는데 입구에서 노란 리본을 나누어 주었다. 나는 노란 리본을 받자마자 바로 내 무전여행 가방에 달았다.

영화관을 나와 에스컬레이터에 탈 때까지만 해도 말씀이 없으셨던 어머니께서 갑자기 입을 여셨다.

어머니 : "세월호 영화를 본 후 너를 떠나보내려니 많은 생각이 드

네. 세월호 참사 당시 피해 학생들의 부모들도 아침에 아이들이랑 인사하면서 설마 수학여행을 떠나는 자식들이 무슨 일이 일어날 거라 생각을 하고 인사를 했겠어? 이전까지는 그냥 알아서 잘할 거라는 생각에 크게 불안한 마음이 없었는데 갑자기 많은 생각이 드네…."

어머니의 담담한 말투와 상반되게 떨리는 눈동자를 보며 나 또한 뭉클해졌다. 우리는 서로의 눈을 피해 앞만 보며, 에스컬레이터가 어서 우리를 아래층까지 데려가 주길 기다렸다.

여행을 떠나기 전 미용실에 들러 머리를 깔끔하게 정돈하고 가는 게 좋겠다는 어머니의 의견에 어머니와 함께 미용실로 향했다. 사실 머리를 정돈한 지 얼마 되지 않았던 터라, 어머니께서 나와의 헤어짐을 조금이라도 더 미루려고 하는 것 같았다. 나는 미용사의 안내에 따라 머리 정돈을 위해 의자에 앉았다. 의자에 앉은 상태에서 앞에 있는 커다란 거울에 비친 나의 모습과 어깨너머로 나를 계속 바라보는 어머니의 걱정 어린 모습이 보였다. 평소 같으면 내가 머리를 정돈하는 동안 휴대폰을 보고 계시거나 다른 일을 하고 계실 텐데 유독 오늘따라 내 모습만 계속 바라보셨다. 또 많은 걱정들을 하고 계시구나, 생각하며 태연한 척 일부러 미용사와 밝게 대화를 이어갔다.

그러다 영화를 보고 나왔을 때의 어머니 말씀이 생각났다. 사고는 우리가 예상할 수 없기에 사고인 것이다. 그래도 '설마 나한테 사고가 일어나겠어?' 하던 나의 마음은 어쩌면 안일한 마음일 수도 있겠다는 생각이 들었다.

만약에 어머니의 말씀대로 정말 나에게 무슨 일이 생겨서 내가 돌아오지 못한다면? 지금 보는 어머니의 모습이 마지막이라면? 이런 부정적인 생각은 쉽게 꼬리에 꼬리를 물고 최악의 상황까지 생각하게 만들었다.

그러고 나서 다시 거울에 비친 어머니를 바라보는데 어머니를 보는 내 눈에는 어느새 눈물이 고였다. 나를 뒤에서 계속해서 보고 있는 어머니에게 들키지 않고자 필사적으로 참아보지만, 무게를 견디기 힘들 만큼 눈물이 고여왔다.

때마침 머리 정돈이 끝난 후 미용사가 스펀지로 얼굴을 털어주는 것이 마치 나의 눈물을 닦아주는 것 같았다.

미용실을 나온 나는 어머니와 마지막으로 점심 식사를 같이 하기로 했다. 어느 하나 특별할 것 없는 평범한 점심이었다. 특별하지 않은 메뉴, 그리고 지극히 일상적인 대화로 식사를 이어갔다. 이 그릇이 비워지면 나는 떠나는데, 어머니는 여행에 관한 어떤 이야기도 하지 않았다. 어머니께서 일부러 그런 주제의 대화를 피하는 것 같은 눈치도 들었다. 분명 일상적인 대화만 오고 가는데 내 머릿속 한편으로는 여행에 있을 수 있는 사고에 대한 생각만 들었다. 내 마음속 생각들을 어머니께 들키지 않기 위해 나 또한 여행과 관련한 주제를 피하며 내 앞의 음식들에만 집중했다.

내 마음과는 다르게 불안한 생각들은 계속됐고 그릇이 비워질 때쯤에는 '이 여행을 포기해야 하나?' 싶은 생각까지 이르렀다. 하지만 이러한 감정들로 인해 내가 꿈꿔왔던 도전을 포기할 수는 없었다. 오히려 이러한 감정들이 더 커지기 전에 조금이라도 출발을 서둘러야겠다고 생각했다.

비록 여행에 대한 두려움은 커졌지만 이 도전에서 내가 느끼는 두려움의 크기만큼 이를 극복했을 때 나 또한 성장할 것이라는 확신도 얻었기 때문이다.

그렇게 어머니와 여행 전 마지막 점심 식사를 끝내고 나는 출발지로 가기 위해 어머니 차에 올라탔다. 이제 진짜 이 차에서 내리면 여행을 마칠 때까지는 따뜻한 보금자리도, 지금 내 옆에 계신 어머니와도 볼 수 없을 것이라는 생각을 하니 출발이 코앞으로 다가왔음을 느꼈다.

나의 출발지는 공업탑 로터리로 정했다. 내가 살고 있는 울산만의 모습이 딱 드러나는 울산의 대표적 랜드마크라고 생각했기 때문이다. 그래서 나는 어머니께 공업탑 로터리 바로 근처에 있는 울산박물관 앞에만 내려주시면 될 것 같다고 말씀드렸다.

가는 동안 어머니는 나에게 물어보셨다.

어머니 : *"쓰지 않는다고 해도 위급한 상황이 생길 수도 있는데 그럴 때 사용할 수 있는 비상금이나 카드 하나쯤은 들고 가는 게 좋지 않을까?"*

사실 어머니의 말씀은 당연한 것이다. 비상금을 들고 가되 쓰지만 않으면 무전여행의 목표를 잃는 것은 아니기 때문이다. 그런데 한편으로는 내 손에 소액이라도 이 상황을 벗어날 돈이 있다면 약간의 변수에도 그 돈으로 해결하려고 할 것만 같았다.

그러면 이 여행의 의미가 없지 않을까? 만약 곤란한 상황이나 계획에서 벗어나는 일이 생기더라도 그것을 극복해 나가는 것이 무전여행이니까 말이다.

또한, 완전한 무일푼으로 여행을 떠나면 내가 여행 중 힘들어서 집에 돌아가고 싶은 충동을 느끼더라도 돌아갈 방법이 없으니 강제적으로나마 나의 도전을 끝까지 완성할 수 있을 것 같다고 생각했다.

그렇게 걱정 담긴 말씀과 함께 자꾸만 비상금을 건네는 어머니께 비상금 없이 가야 더 스릴 있고 재미있는 여행이 될 것 같다는 농담 섞인 이야기를 던지며 자주 연락드린다는 약속을 드렸다.

비상금으로 잠깐 대화하는 사이 우리는 벌써 출발지에 도착했다.

나는 어제부터 출발하기 직전의 이 모습을 몇 번이나 상상했었다. 나의 상상 속 어머니와의 마지막 헤어짐은 마치 드라마 속에서 먼 길을 떠나는 아들을 배웅하는 장면과 비슷했다. 어머니와 눈물

없이 들을 수 없는 대화를 나눈 뒤 걱정 가득한 어머니를 뒤로한 채 길을 떠나는 아들의 모습 같은 감동적인 장면이 연출될 것이라 생각했다.

그렇게 그 순간이 다가오고 어머니와 작별인사를 하려고 하는 순간, 우리의 차가 제대로 멈추기도 전에 뒤에 차들이 빵빵! 경적을 울렸다. 결국 차를 세울 수 없어 나 혼자 허겁지겁 내리며 창문을 통해 운전석에 계시는 어머니께 서둘러 말했다.

나 : "다녀오겠습니다."

어머니 또한 계속 뒤에서 재촉하는 차들 때문에 차를 조금씩 움직이며 급하게 대답했다.

어머니 : "조심해."

이 한마디를 건네시고 그 자리를 떠나셨다. 결국 어머니와는 한마디의 작별인사를 끝으로 처음으로 나 혼자만의 여행, 나 혼자만의 도전을 시작했다.

세상을 향한
첫 발걸음을 떼다

막상 여행이 시작되니 두려움은 없어졌다. 하지만 동시에 머릿속
이 새하얘졌다. 18년 동안 살면서 이렇게까지 막막했던 적이 없었
던 것 같다. 일단 어머니와 헤어진 곳 부근에 있는 벤치에 앉았다.
그러고도 아무 생각이 들지 않아 한 10분 정도 멍하니 앉아있었다.
조금씩 정신이 차려질 때쯤 이제 무엇을 해야 할지, 앞으로 어떻게
해나가야 할지에 대해 고민해 보기로 했다.

무엇을 할지 고민하려고 하니 그때부터 느껴지는 두근거림 때문
에 생각에 집중할 수가 없었다. 학교에서 체력장을 한 다음 호흡이
부족해서 느껴지던 단순한 두근거림은 아니었다.
뭐라 딱 설명하기 힘든 처음 느껴보는 두근거림이었다. 굳이 비
유하자면 마치 소년만화 속 대사처럼 세상이 나를 부르는 것만 같

은 느낌이었다.

곧이어 내가 무엇이든 할 수 있는 주인공이 된 것 같은 느낌이 들며 자신감이 올라왔다.

출발 전 내가 느끼는 이 감정에 잠시 집중했다. 이제까지의 여행은 학교에서나 가족끼리 항상 정해진 계획에 따라가는 여행이었고 누군가와 함께하는 여행이었기에 여행시간의 대부분을 상대와의 대화와 상대의 기분, 그리고 함께하는 사람들과 나눌 추억에 집중하며 보냈다.

그러한 여행만 해왔던 나였기에 혼자 떠나는 여행, 심지어 과정도 끝도 보이지 않는 이 여행은 너무나도 색다른 느낌이었다.

오로지 나에게 집중하는 것. 이내 나의 기대와 설렘으로 들뜬 마음도, 부정적 생각으로 인한 걱정과 두려움의 마음도 어느 정도 비워졌다. 감정적인 생각들이 어느 정도 정리되니 얼마 지나지 않아 무엇을 해야 할지에 대해서 이성적으로 바라볼 수 있었다. 일단 어제 세웠었던 여행 계획 속에서 지금 내가 해야 할 것이 무엇이었는지 확인하기로 했다.

나는 어젯밤에 인쇄했던 계획표를 배낭에서 꺼냈다.

계획상으로는 오늘 안에 부산의 광안리 해수욕장에 도착해 그곳에서 1박을 하는 것이 목표였다. 스스로에게 집중하기 시작하자 어느 때보다 생각이 빠르게 돌아갔다.

출발이 조금 늦어진 탓에 이미 시간은 오후에 접어든 상황이었다.

오늘 안에 광안리까지 가려면 해가 지기 전에는 부산에 들어가야 했다. 아무래도 어두워지면 걸어가는 것은 위험하고 히치하이킹을 하는 데도 제약이 생기기 때문이다.

이러한 이유로 해가 지기 전까지 광안리까지는 아니더라도 부산에서 가로등 불빛이나 상점 불빛이 밝혀주는 지점까지는 도착해야 했다. 인터넷 검색을 통해 오늘 해가 지는 시간을 검색했다. 생각보다 해가 지기까지 시간이 얼마 남지 않았다. 도보로 이동하는 것은 포기하고 히치하이킹에 집중하기로 했다.

본격적인 히치하이킹에 앞서 작년 아는 형과 함께 여수를 목적지로 짧게 진행했던 무전여행의 경험을 떠올려 봤다. 그때 느낀 것은 히치하이킹은 정말 시간과 운의 싸움이라는 것이다. 애초에 나와 목적지가 비슷함과 동시에 나를 태워줄 의향이 있는 운전자를 만나는 것은 정말 운명적으로 이어져야만 가능한 일이다. 물론 운이 좋아 금방 히치하이킹에 성공하는 경우도 있지만 하루 종일 서있어도 히치하이킹이 되지 않는 경우도 많았다. 그렇기에 5시간을 꼬박 서 있다가 30초 정도 앉아서 쉬고 있는 그 찰나의 순간에 운명의 차를 놓쳤을 때 그 허탈함은 말로 표현할 수 없다.

실제로 저번 무전여행 때 일행을 태우려고 내 앞에 멈춘 차를 히치하이킹에 성공한 것으로 착각하고 뛰어가서 대화를 나누다가 정작 정말 나를 태우려고 했던 운명의 차를 놓친 적도 있었다.

그런 상황을 막기 위해서라도 최대한 불필요한 시간과 상황을 줄이는 것이 중요했다.

　대부분의 히치하이커들은 손을 흔들어서 히치하이킹을 하는데 이렇게 히치하이킹을 할 경우 손님으로 오해한 택시들이 내 앞에 멈추는 일들이 꽤 많았다.
　그리고 확실하게 나를 태울 의향이 있는 운전자가 내 앞에 차를 멈췄다고 하더라도 목적지가 맞지 않아 못 태워주는 경우도 많이 발생했었다.

　그렇게 곰곰이 생각하던 나는 박스를 활용해 보기로 했다.
　박스에 매직으로 미리 히치하이킹 중이라는 문구와 내가 가야 하는 목적지를 쓰면 승객으로 오해한 택시나 나를 태울 의향은 있지만 목적지가 맞지 않는 운전자가 내 앞에 멈추는 것을 예방할 수 있다. 그러면 다른 곳에 시간을 쓰다가 운명의 차를 놓치는 상황을 조금이나마 예방할 수 있을 것이라는 생각 때문이었다.

　이동 방법이 정해지고 히치하이킹 방법도 정해졌으니 다음으로 해야 할 일이 명확해졌다.
　바로 히치하이킹에 사용할 박스를 찾는 것. 아무래도 박스는 주변 편의점에서 물류를 받을 때 많이 생기지 않을까? 하는 생각으로 나는 곧바로 박스가 있을 만한 주위 편의점들을 찾아다녔다. 나는 원래 낯가림이 심해 낯선 사람에게 먼저 말을 거는 것을 잘 못하는 편이다. 그래서 단순하게 물건을 사서 나오는 것이라면 편하게 편의점에 들어갈 수 있겠지만, 아무것도 사지 않으면서 남는 박스가 있는지, 그리고 그 박스를 내가 받아 갈 수 있는지 물어보는 것은 나에게 있어서 굉장히 힘든 일이었다.

그런데 예상과 달리 편의점 문 앞에 서니 나는 무전여행 중이고 지금 상황이 특수하다는 것 때문인지 분명 처음 들어가는 편의점에 낯선 직원분임에도 왠지 모를 자신감이 들었다. 아까 벤치에 앉아 있을 때 느끼던 마치 주인공이 된 것만 같은 근거 없는 자신감이 말이다. 나는 이 자신감을 빌려 떨리지만 당당하게 물어봤다.

"혹시 남는 박스가 있을까요?"

남는 박스가 없다는 답변이 돌아왔다. 결과적으로는 박스를 얻지 못했지만 한번 부딪쳐 보니 생각보다 별거 아닌 듯했다. 그 뒤로는 보이는 편의점마다 망설임 없이 들어가 박스가 있는지 물었다. 더 이상 목소리에 떨림은 없었다. 하지만 대부분의 편의점에서 같은 대답이 돌아왔다. 보통 편의점은 재고 물품 배송이 와야 폐지 박스가 생기는데 주로 야간이나 새벽에 그런 물류들이 오고 직원들이 그 박스를 정리해서 문 앞에 내놓으면 이른 아침에 할머니, 할아버지들께서 금세 가져가시기에 지금은 따로 박스가 없다는 이야기였다.

그래도 한 곳은 보관하고 있는 박스가 있지 않을까? 하는 마음으로 계속 걸어 다닌 결과 조금 떨어진 거리의 편의점에서 박스를 구할 수 있었다. 나는 박스를 얻자마자 감사하다는 인사를 드리고 편의점에서 나와 배낭 속 전날 챙겼던 유성매직을 꺼내 박스에 목적지를 최대한 크게 썼다.

박스에 목적지를 쓰자마자 곧바로 차들이 다니는 큰 도로에 서서 히치하이킹을 시도했다. 하지만 30분이 넘도록 나에게 관심을 가져주는 차가 한 대도 없었다. 요즘 세상에 히치하이커 자체가 보기 힘들다 보니 도시 한복판에서 히치하이킹을 하는 내가 관심을 끌지 못했을 리는 없었다. 아마도 나에게 관심을 가지는 사람이 없는 것이 아니라 낯선 히치하이커를 선뜻 태워줄 마음을 가진 사람이 없는 것이겠지.

나는 어쩔 수 없이 계속해서 히치하이킹이 안 될 것을 대비해 걷기와 히치하이킹을 병행하기로 했다. 휴대폰에 내비게이션 앱을 켠 뒤 광안리 해수욕장을 치고 내비게이션이 가르쳐 주는 방향을 따라 걷기 시작했다. 저 멀리 신호가 걸려 차들이 오지 않을 때는 걷고, 다시 신호가 풀려 차들이 오기 시작하면 멈춰서 차들이 오는 방향을 바라보고 선 뒤 히치하이킹을 하는 방식으로 계속 이어갔다.

그렇게 걷다가, 다시 멈춰 서서 히치하이킹하기를 몇 번 정도 반복했을 때 승용차 한 대가 내 앞에 멈춰 섰다. 조수석 창문이 내려가고 운전석에 젊은 남성분께서 웃으며 나에게 말을 건넸다.

운전자 : "광안리 가려고 해요? 저 광안리 지나가는데 탈래요?"

광안리를 한 번에 가는 것은 욕심이라고 생각하고 있었고 '해가 지기 전에 부산 진입까지만 되어도 좋겠다'라고 생각하고 있었던 나에게는 엄청난 행운이었다. 나는 감사 인사와 함께 차에 올라탔다.

작년에 비록 짧았지만 무전여행을 한 경험이 있음에도 불구하고 혼자서 하는 히치하이킹은 처음이라 그런지 막상 낯선 사람 차에 타니 두려움이 약간 들었다.

나의 상상력이 왜 이런 데서 발휘되는지 모르겠지만 영화나 드라마에 자주 나오듯 모르는 사람의 음료를 먹고 잠들었다가 바다 한가운데의 배에서 깨어났다거나, 인적이 드문 폐공장, 냉동창고 등에서 손발이 묶인 채로 눈을 뜬다는 이야기가 거짓말처럼 나에게도 일어날 수 있을 것 같았다.

이러한 상상력 덕분에 더욱 불안해진 나는 목적지까지 길을 잘 알지 못하기에 혹시 모를 영화 같은 납치를 대비해 휴대폰에 실행되어 있던 내비게이션 앱을 소리만 끄고 계속 켜놓았다. 그리고 괜히 이런 모습을 운전자께서 보시면 서로 껄끄러워질까 봐 화면 밝기는 최저로 설정했다.

운전자분은 나에게 웃으며 말했다.

운전자 : "안 그래도 제가 학생을 한 번에 태운 게 아니라 히치하이

킹 하는 모습을 보고 태우고는 싶었는데 차가 빠른 속도로 지나가는 구간에 서있기도 했고. 박스에 적힌 글이 길어서 운전하면서 짧은 시간에 보기에는 내용이 눈에 잘 들어오지 않더라고요. 차를 돌려 두 번 정도 지나친 후에야 광안리까지 가고 싶은 히치하이커라는 내용의 글이 눈에 들어와서 세 번 만에 태웠네요."

운전자 입장에서는 글이 너무 길고 가독성이 떨어질 수도 있다는 것을 생각하지 못했다.

그렇게 이런저런 대화를 이어가던 중 그분은 갑자기 나에게 농담 섞인 말투로 이야기하셨다.

운전자 : "이러다가 갑자기 배낭에서 막 칼이나 흉기 같은 것 꺼내시는 건 아니죠?"

운전자분의 말투를 통해 이 말이 농담임은 파악했다. 하지만 그 말을 들은 나는 큰 충격을 받았다.

이때까지는 낯선 사람의 차에 올라타는 입장인 히치하이커만 위험하다고 생각하고 운전자를 경계했다.

그런데 생각해 보니 반대로 히치하이커가 처음부터 악한 마음을 가지고 히치하이킹을 시도하여 운전자를 대상으로 범죄를 저지르는 것도 충분히 가능한 일이었다.

만약 운전자가 신체적으로 더 강하다고 하더라도 차라는 밀폐된 공간 속에서 운전자는 운전하는 중일 것이고 당연히 무방비 상태일 것이다. 이러한 상황은 상대적으로 히치하이커에게 훨씬 유리하게 작용한다. 마음만 먹으면 히치하이커가 운전자를 상대로 어떤 범죄든 저지를 수 있다는 것이다. 오히려 운전자가 히치하이커를 상대로 하는 범죄보다 히치하이커가 운전자를 상대로 하는 범죄가 더 쉽지 않을까?

이런저런 생각을 하다 보니 일면식도 없는 낯선 사람을 태우는 것은 부담도 될 것이고 운전자 또한 엄청난 용기와 결심이 필요하다는 것을 깨달았다.

새롭게 깨달은 관점으로 운전자께서 하신 말씀을 생각하니 비록 농담이지만 무심코 넘길 수 없는 말이었다.

이 운전자께서는 나처럼 이러한 위험을 생각하지 못하신 것도 아니었고 충분히 현실에서도 자신에게 위협이 일어날 수 있음을 인지하고 있었다. 그러니 나에게 이러한 농담도 던질 수 있겠지. 그럼에도 불구하고 나를 혼자 타고 있는 본인의 차에 태웠다는 것은 나를 그만큼 믿어주었음과 동시에 나를 목적지까지 태워준다는 선한 마음만으로 용기를 내신 것이었다.

운전자께 단순히 나를 목적지까지 데려다주는 것을 넘어 더 깊은 감사함이 들었다.

히치하이킹, 이전에는 크게 생각해 본 적 없었지만 생각보다 많이 어려운 일이었다.

서로 처음 보는 상황에서 오로지 첫인상만으로 서로에 대한 믿음과 신뢰가 생겨야 하고 그 외에도 목적지나 여러 이해관계가 맞아떨어져야 가능한 일이었다.

나 또한 나의 모든 것을 믿고 나를 태워주신 그분께 완전한 신뢰를 하게 되었다.
손안에 숨겨뒀던 휴대폰 속 내비게이션 앱을 조용히 닫았다.

나도 경계심을 푼 덕분일까? 그 이후로는 운전자분과 편하게 이야기를 이어갈 수 있었다. 운전자께서는 창원으로 가는 중이라고 하셨다. 그리고 내가 여행을 결정하게 된 계기와 앞으로의 여행 일정에 대해서도 물어보셨다. 지금 막 여행을 시작했고 첫 히치하이킹이라고 말씀드리자 본인이 여행 중 처음 만난 운전자냐며 좋아하셨다.

대부분의 대화는 내가 운전자분의 질문에 답하는 방식으로 흘러갔다.
이렇게 긴 시간 동안 세대, 취미 등 어느 공감대도 없고 심지어 초면인 둘이서만 같은 공간에 있어본 경험이 없었기에 히치하이킹 전에는 걱정했는데 생각보다 대화가 막히지 않고 자연스럽게 흘러갔다.
그렇게 1시간 정도를 달려 운전자분께서는 나를 정확히 광안리에 내려주셨다. 나는 목적지에 다 와서 어색함은 어디로 갔는지 나의 연락처를 드리고 그분의 명함을 받으며 연락처 교환을 하였다.

그리고 나는 매년 초에 비전보드라는 이름으로 한 해 목표와 버킷리스트들을 적고 디자인해서 현수막으로 인쇄를 하는데 비전보드에 적힌 도전을 할 때면 비전보드 현수막을 들고 기념사진을 찍곤한다. 그래서 이번에도 나를 태워주신 운전자분과 비전보드를 들고 함께 사진을 찍었다.

여행기간 동안 만나는 사람들과 이렇게 찍은 사진들은 내 휴대폰 갤러리에 하나씩 채워져 여행을 마치고 일상에 돌아가서도 이 시간을 추억할 수 있는 소중한 선물이 될 것이라는 생각이 들었다. 앞으로도 만나는 사람들과 되도록 많은 사진을 남기기로 다짐하며 첫 운전자분과 인사를 마치고 헤어졌다.

운 좋게 첫 히치하이킹으로 바로 목적지까지 온 덕에 해가 지기 직전 광안리에 도착할 수 있었다. 그렇게 도착한 광안리 해수욕장은 무슨 행사를 진행하고 있는지 특별 설치된 조형물들이 많았다. 아직 혼자 사진을 찍는 것이 어색하지만 '이것도 다 남겠지'라는 마음으로 조형물들과도 사진을 몇 컷 찍었다. 나는 신발과 양말을 벗어서 모래사장 한쪽에 놔둔 후 바닷길을 따라 천천히 걸었다. 가족들과 바닷가에 놀러 가서 가족 모두가 해도 유치하다는 생각에 내가 절대 따라 하지 않던 것이 있다. 바로 모래 위에 글씨 쓰기다. 항상 모래 위에 글씨를 쓰는 사람들을 보며 어차피 파도가 치거나 비가 오면 다 지워질 건데 왜 쓰는지 모르겠다고 속으로 생각했다.

그런데 혼자 하는 여행에 센티해진 것인지 어느새 내 이름과 무전 여행에 대한 다짐을 모래사장 한쪽에 크게 장식하고 있었다. 혼자 하는 여행에서 느껴지는 충동적 감정들 그리고 그 속에서 느껴지는 여유가 나쁘지 않았다.

광안리에 막 도착할 때 저물고 있던 해가 이제 아예 모습을 감추려 하고 있었다. 나는 해가 지기 전에 텐트를 쳐야겠다고 생각하고 텐트를 꺼냈다.

텐트를 꺼내고 나서야 나는 무언가 잘못되었음을 깨달았다. 텐트를 잘못 챙긴 것이다. 일반적으로 취침이 가능한 텐트를 챙겼다고 생각했는데 바닥이 없는 그늘막 텐트를 챙겼었다. 당연히 온전한 텐트를 챙겼다고 생각한 나는 바닥에 깔 수 있는 돗자리도 따로 챙기지 않았다. 앞으로의 여행기간 동안 맨바닥에서 자며 고생할 일들이 눈앞에 스쳐 지나가며 머리가 핑 돌았다.

하지만 다시 집에서 텐트를 챙겨 올 수 있는 것도 아니고 이미 바꿀 수 없는 일이다. 우선 당장에 내가 처한 상황에 집중하여 해결책을 찾기로 했다. 현재로서 내가 잘 곳은 모래뿐인 해변이었고 이대로라면 나는 모래밭에 배낭과 옷, 여러 짐들을 놓고 그 모래 위에 그냥 누워서 자야 했다. 이 모래밭에 내 옷과 짐들을 풀고 잘 수는 없었다. 게다가 비가 온다면 하늘에서 떨어지는 비는 몰라도 비를 흡수한 모래가 나와 내 짐들에게 축축함을 선물해 줄 것이 불 보듯 뻔했다.

나는 조금 고민하는 시간을 갖고 아까 걸어왔던 해변 길 중 어디쯤 편의점이 있었는지 되돌려 생각하기 시작했다. 편의점에서 박스를 여러 개 구해서 그 박스들을 돗자리처럼 펼치면 조금은 낫지 않을까? 하는 생각에서 말이다.

나는 해가 저물어 가기에 우선 텐트를 마저 치기로 했다. 그리고 그 안에 배낭과 소소한 짐들을 놓았다. 지킬 사람이 없는 텐트에 혹시 모를 도난을 방지하고자 마치 텐트 안에 사람이 있는 것처럼 텐트 외부 지퍼를 모두 닫았다. 내 텐트는 땅속에 박아서 고정할 수 있는 것조차 없었다. 또한 보통의 텐트라면 땅속에 박아서 고정하는 부속품이 없다고 하더라도 텐트 바닥 면 위에 짐을 놓거나 사람이 앉아있으면 날아가지 않겠지만 나의 텐트는 바닥이 없기 때문에 어떤 방법으로든 고정해야만 했다. 만약 고정을 하지 않으면 내가 잠시 자리를 비운 사이 바람과 함께 감쪽같이 텐트가 사라질 수도 있었다.

잠시 고민하던 나는 혹시 몰라 챙겨뒀던 비닐봉지 4개에 모래사장의 모래를 담아 유사 모래주머니를 만든 후 이것을 텐트의 모든 꼭짓점에 묶었다.
아까는 바람을 따라 들썩이던 텐트가 어느 정도 고정이 된 것 같았다.

그렇게 나름대로 텐트를 고정한 뒤 방범 상태를 한 번 더 점검했다.

혹여 노을빛에 생기는 그림자를 통해 텐트 내부에 사람이 없는 것이 외부에서 티가 나지는 않는지 몇 걸음 떨어져서도 한 번 보고, 사람들이 많이 다니는 인도에서도 한 번 더 봤다. 이 정도면 꽤 괜찮은 방범 장치였다.

그렇게 나는 본격적으로 박스를 찾아 나섰다. 대부분 편의점에서 출발할 때 울산에서 들어갔었던 편의점들과 같은 말을 들었다. 새벽에 어르신들이 박스를 가져가서 없다고 말이다. 그러던 중 박스가 있는 편의점을 어렵게 찾았다. 하지만 그마저도 박스가 딱 2개만 남아있었다. 깔고 자기에는 턱없이 부족했지만 일단 양손에 들고 서둘러 텐트로 돌아갔다.

다행히 텐트는 내가 떠났을 때 모습 그대로 있었다. 가지고 온 박스는 찢어서 텐트 바닥에 최대한 넓게 펼쳤다. 어찌어찌 해서 딱 내가 누울 수 있는 정도의 크기는 되었다.

짐은 축축해지겠지만 내가 모래바닥에서 자지 않아도 된다는 것에 만족하기로 한다. 배낭을 땅에 놓고 그 위에 자잘한 짐들을 올렸다. 젖을 수도 있는 다른 짐들을 위해 배낭을 희생하기로 했다. 어느 정도 잠자리를 마련한 뒤, 텐트 밖으로 나와 해수욕장의 아름다운 노을에 빠졌다. 한창 아름다운 노을을 카메라에 담고 있는데 강아지와 산책 중이던 한 시민분께서 나에게 말을 건네셨다.

시민 : "오늘 여기서 주무시게요? 날이 많이 추울 텐데."

나는 태연하게 말했다.

　나 : "네, 아마 오늘 이 텐트에서 잘 것 같아요. 제가 추위는 타지 않는 편이거든요."

그 시민분은 걱정 담긴 목소리로

　시민 : "추위도 추위인데 지금 텐트 치신 곳까지 새벽에 물이 들어올 수도 있어요. 가끔 물이 많이 들어올 때면 거기까지 물이 차기도 하거든요. 한번 인터넷에 물때하고 알아보셔요."

　나 : "아 네, 감사합니다. 한번 알아보겠습니다."

　그렇게 시민분이 가시고 나는 시민분의 조언대로 인터넷에 오늘 날씨와 바닷물 수위를 검색하기 위해 휴대폰을 꺼냈다.
　그런데 휴대폰의 버튼을 아무리 눌러도 휴대폰의 화면에 불이 들어오지 않았다. 분명 얼마 전까지만 해도 배터리는 충분했는데 나도 모르는 사이에 배터리가 다 닳아 꺼져버린 것이다. 무전여행 기간 동안 여러 돌발 상황이 많이 생길 것이라 생각은 했지만 여행 첫날부터 이렇게 돌발 상황들이 많이 생길 줄은 몰랐다. 텐트 고정 문제도 그렇고 분명 당황할 만한 상황인데 이러한 상황이 약간의 즐거움으로 다가왔다. 마치 방 탈출 카페에서 주어지는 미션처럼 느껴졌다.

검색이 아니더라도 내일 이동을 위해서 휴대폰은 반드시 충전해야만 했다.

어디서 휴대폰 충전을 할 수 있을까? 아까 박스를 구하러 다녔던 편의점 중 몇 군데에서 천 원을 받고 충전해 주는 서비스를 운영하던 것이 생각났다.

내가 만약 돈이 있었다면 그곳에서 간단하게 충전하면 해결될 일이다. 하지만 나는 지금 무전여행 중이었기에 휴대폰 충전에 쓸 돈도 없고 그럴 생각도 없다.

도무지 대안이 생각나지 않아 그냥 이대로 내일까지 있어야 할까? 고민하던 중 화장실이 가고 싶어진 나는 일단 휴대폰 충전 문제는 뒤로하고 급한 불부터 끄기로 했다. 휴대폰이 됐으면 화장실도 앱을 통해서 금방 찾을 수 있었겠지만 지금은 그럴 수도 없으니 아까 편의점을 돌아다닐 때 화장실이 있었는지 기억을 더듬기 시작했다.

박스가 생각보다 안 구해져 해변 끝 라인에 있는 편의점에 다다를 정도로 돌아다녔지만 내 기억 속에서 화장실은 보지 못한 것 같다.

나는 박스를 구할 때처럼 텐트에 짐을 다시 넣어두고 잠근 뒤 일단 돌아다녀 보기로 했다.

내가 이때까지 가족들과 울산에 있는 해수욕장에 놀러 갔을 때의 기억을 떠올려 보니 대부분 해수욕장 화장실은 해변을 따라 일렬로 있었다. 그렇기에 나는 텐트를 기준으로 내가 박스를 구할 때 이미 끝까지 가봤던 방향의 반대 방향으로 해변을 따라 걷기 시작했다.

아무래도 분위기 있는 야경 때문인지 커플 단위의 관광객과 외국인들도 적지 않게 보였다. 그리고 아까 나를 보고 걱정되어 말을 건네셨던 시민분처럼 반려견과 산책을 하거나 이어폰으로 음악을 들으며 러닝을 하는 사람들도 많이 보였다. 운동복 차림새로 보아 대부분은 주변에 거주하시는 분들인 것 같았다.

나는 그런 사람들의 모습을 보며 나에게는 인생에서 큰 도전이자 이벤트인 이 여행이 누군가의 작은 일상과 함께 이루어지고 있다는 생각에 묘한 느낌을 받았다.

그렇게 지나치는 사람들의 일상 속 모습을 구경하며 걷다 보니 문득 내가 어디까지 걸어왔는지 확인해야겠다는 생각이 들었다. 뒤를 돌아보니 이미 한참을 걸어와 있었다.

여기까지 왔는데 조금 더 가면 화장실이 있지 않을까? 이 방향대로 계속 걸어가 볼까 생각하다가 텐트를 오래 비운 것 같아 다시 텐트가 있던 자리로 되돌아가기로 했다.

이만큼 해변을 따라 걸어왔음에도 화장실을 못 만난 것을 보니 이 해수욕장은 해변 라인을 따라 화장실을 설치한 것은 아닌 듯했다.

어차피 되돌아갈 거, 왔던 길 그대로 되돌아가는 것은 비효율적이기도 하고 혹시 또 골목 안에 화장실이 있을 수도 있으니 이번에는 해변 라인이 아닌 바로 옆 골목 안으로 들어가서 텐트 방향을 따라 되돌아가기로 했다.

골목이다 보니 내가 어디쯤을 걷고 있는지 정확하게 알 수 없었다.

계속해서 걷고 또 걸어 내가 화장실을 찾아 걸어왔던 만큼 되돌아온 듯한 느낌이 들었을 때 내가 텐트를 친 바로 맞은편 골목에 있는 공중화장실을 발견했다. 등잔 밑이 어둡다고, 약간의 허탈한 느낌도 있었지만 걸으면서 계속된 화장실의 압박이 심했던 나는 곧바로 화장실로 달려갔다. 그렇게 급한 불을 끄고 손을 씻으며 이제 휴대폰 충전을 어떻게 할지 고민하다가 손을 말리기 위해 바로 옆에 위치한 손 건조기 밑으로 손을 갖다 대는데 갑자기 좋은 생각이 떠올랐다.

이 손 건조기는 분명 전기로 작동하는 기계다. 전기가 없으면 당연히 작동이 안 될 것이고 그렇다면 화장실 어딘가에 코드가 꽂혀있을 것이라는 생각을 했다. 나는 건조기 뒤에서 이어지는 전기선을 따라갔다. 바로 가깝게 코드가 꽂혀있었다. 하지만 이 건조기의 도난을 방지하기 위해서인지 모르겠지만 콘센트가 나사로 박혀있어 다른 코드를 꽂거나 할 수 없게 되어있었다. 그렇게 잠깐의 희망을 끝으로 아쉬움을 가지고 나가려는 찰나, 어제 챙긴 다용도 칼에 드라이버가 같이 있다는 것이 생각났다.

그때 관리인 조끼를 입으신 분께서 들어왔다. 나는 그분께 내가 무전여행 중이라는 것과 휴대폰 배터리가 나가서 매우 곤란한 상황이라는 설명을 드리고 휴대폰을 충전해야 되는데 혹시 콘센트를 꽂을 수 있는 다른 곳이 있는지 여쭤봤다. 아쉽게도 그분은 관리실이 이 근처에 위치하지도 않고 해서 전기를 쓸 수 있는 곳은 근처에 없다고 하셨다.

나는 관리인분께 조심스레 여쭈어봤다.

> 나 : "손을 말리면서 보니 여기 전기 쓸 수 있는 코드가 있긴 하던데
> 나사로 전기를 쓸 수 없도록 막아놓았더라고요. 마침 제가 드라이
> 버가 있는데 제가 충전할 동안만 잠시 풀어서 충전하다가 제가 다시
> 원상태로 해놓고 가면 안 될까요?"

관리인분께서는 휴대폰 배터리가 없으면 여행할 때 무슨 일이 생
겨도 급하게 연락도 할 수 없고 위험하다며 흔쾌히 허락하셨다. 대
신 원상태로만 해놓고 가달라고 말씀하셨다.

나는 곧바로 텐트로 향했다. 텐트에서 충전기와 드라이버를 챙기
고 다시 화장실로 갔다. 나는 드라이버로 콘센트를 막아놓은 나사
를 풀려고 했다.

다행히 콘센트에 박혀있던 나사와 내가 가지고 있던 드라이버가
모양도 일치해서 어렵지 않게 풀 수 있었다. 그렇게 무사히 나사를
풀고 콘센트를 막아뒀던 뚜껑을 벗긴 나는 푼 나사를 잃어버리지
않게 창틀에 모아놓은 뒤 휴대폰 충전을 했다.

충전기를 꽂음과 동시에 휴대폰을 켜니 부재중 전화 13통과 문자
60개 등 그 외 카톡을 포함해 못 받은 연락이 가득 쌓여있었다. 하
지만 그 많은 연락들 중 어머니에게서 온 연락은 없었다. 예전 국토
대장정 때처럼 그냥 믿고 묵묵히 지켜봐 주시는 것 같다는 생각을

했다.

　내 도전에 혹여나 방해가 될까 봐 표현은 하지 않아도 걱정하시고 계실 어머니께 제일 먼저 전화를 드렸다. 부산에 무사히 도착했다는 이야기와 휴대폰 배터리가 없었는데 기가 막히게 화장실에서 우연히 콘센트를 발견하여 지금 충전하며 통화 중이라는 이야기 등 오늘 하루 있었던 일에 대해서 말씀드렸다.

　어머니는 걱정을 표현하거나 무엇을 물어보거나 하지 않으셨다. 그냥 "좋은 사람 만났네, 재밌는 경험이었겠네. 집 나가서 혼자 있으니까 완전히 자유구먼 신났네, 신났어." 나의 이야기에 대한 호응 아니면 농담 섞인 말들만 하셨다. 아마 어머니는 본인이 나를 걱정하거나 하는 모습을 보이면 내가 이러한 도전을 이어가는 것에 있어서 영향을 줄 것 같아 속마음을 들키지 않으려고 더 과장해서 웃고 농담 섞인 말들을 하는 것 같다는 생각이 들었다.

　분명 떠날 때 연락 자주 한다던 아들에게 아무 연락도 오지 않으면 많이 걱정했을 텐데 말이다.

　어머니는 괜히 드라마 봐야 한다고 끊으라며 전화를 끊으셨다. 그렇게 생각보다 짧았던 어머니와의 전화를 끝내고 가장 많은 부재중을 남기며 마찬가지로 걱정하고 있었을 여자 친구와도 짧게 전화를 했다.

　이렇게 여러 사람과 통화를 하는 동안에도 화장실에는 사람들이 드나들며 나를 쳐다봤다.

누가 봐도 열지 말라고 막아놓은 콘센트의 나사를 모두 풀고 공중 화장실 세면대에 서서 충전기를 꽂고 충전을 하며 통화를 하고 있으니 아무리 봐도 일반인이 할 행동은 아니기 때문이다. 나 또한 내가 일반적이지 않은 상황임을 알고 있었기에 사람들의 시선을 의식할 수밖에 없었다.

왜 여기서 이렇게 휴대폰을 충전하고 있냐고 물어보는 사람이 있다면 어떻게 대답해야 하지? 하는 고민을 계속해서 하며 마치 죄를 지은 사람처럼 사람들이 한 명 한 명 들어올 때마다 긴장했지만 다행히 통화 중이어서 그런지 나를 흘낏 쳐다보기는 해도 따로 말을 걸거나 물어보는 사람은 없었다.

난 일부러 계속 부재중 전화를 남긴 사람들과 통화를 이어갔다. 사람들로부터 난감한 질문을 받고 싶지 않았기 때문이다.

그렇게 혼자만의 눈치 싸움 중 아까 지나가던 시민분이 내가 텐트친 곳까지 물이 잠길 수 있으니 한번 인터넷으로 알아보라던 말씀이 생각났다. 사실 그것 때문에 급하게 휴대폰 충전을 하려고 했던 건데 깜빡 잊고 있었다.

사실 그 시민분이 말씀하실 때는 내가 그렇게 물 근처에 텐트를 치지는 않아서 큰 걱정이 되지 않았다. 내 텐트에서 바닷물까지는 최소 몇십 미터 이상 떨어져 있기 때문이다. 그런데 방금 충전을 위해 충전기와 드라이버를 챙기러 잠깐 텐트에 다시 돌아갔을 때 스쳐 지나가듯 본 상황을 다시 떠올려 보니 내가 화장실을 찾느라 방황하던 1시간 동안 바닷물과 텐트 사이의 거리가 반으로 좁혀졌었던 것 같았다.

나는 곧바로 인터넷을 켜서 오늘의 물때와 어디까지 물이 들어오는지 검색했다.

하필 오늘이 근래 들어 가장 물이 많이 들어오는 때였다. 이미 텐트와 꽤 가깝게 물이 들어온 상황이었는데 이게 밀물의 시작이었고 늦은 새벽이 만조라고 나와있었다. 확실히 마음 놓고 있을 상황은 아닌 듯했다.

얼추 휴대폰 충전을 끝낸 나는 다시 콘센트 뚜껑을 닫은 뒤 나사를 원래 상태로 고정시키고 난 후에 서둘러 텐트로 향했다.

텐트와 텐트 안의 짐은 다행히 멀쩡했지만 휴대폰 충전을 하고 돌아오는 동안에 바닷물의 경계선은 한층 더 가까워져 있었다. 내가 텐트를 친 광안리 쪽 해변은 사람들이 많이 다니는 인도에서 계단이 2~3칸 있고 그 아래부터 모래사장이 펼쳐지는 구조였다. 밀려오는 바닷물에 겁을 먹은 나는 텐트를 아예 인도 바로 아래 계단까지 붙였다. 아직 불안하긴 했지만 그래도 내가 할 수 있는 만큼 최선을 다해서 벌린 거리였다. 아까 있던 텐트 위치에 휑하게 남아있는 내 짐들을 다 들고 와서 텐트 안에 넣고, 텐트에 바닥 면이 없다 보니 신발을 신은 상태로 텐트 안에 들어갔다. 신발을 신고 텐트에 들어가는 게 어색하긴 했지만, 외국 문화 체험이라고 긍정적으로 생각하기로 했다.

갑자기 여행 출발 전 지인들과 했던 약속이 생각났다. 나는 여행 출발 전, 나의 여행과정을 궁금해하는 분들과 응원하면서도 한편으로는 걱정하고 있을 지인들을 위해 무전여행 진행 과정에서 그날 있었던 일들을 매일 저녁 SNS를 통해 공유하기로 했었다(그렇게 매일 쓰기로 한 일기가 훗날 이렇게 책으로 만들어질 줄은 몰랐다).

생각난 김에 곧바로 오늘 있었던 일들을 사진과 함께 SNS에 올렸다.

그러고서 나는 떠나온 복장 그대로 누웠다. 사실 잠옷 같은 것은 챙기지도 않았다. 베개와 이불은 물론 배낭여행자들이 흔하게 챙기는 침낭도 없었다. 베개 없이 누우니 내 시선이 바로 땅과 수평을 이루었다. 내 텐트 안에 개미 여러 마리가 줄지어서 지나가는 게 눈 바로 앞에 보였다. 그 모습을 멍하게 보다 보니 내 팔과 다리에 개미가 올라오는 듯 간질간질한 느낌이 들어 신경 쓰였지만 지금은 애써 무시해 본다.

어차피 바닥 면이 없는 텐트이기에 해충을 막을 수도 없으니 바다 방향의 텐트 지퍼를 활짝 열고 자기로 했다. 텐트 지퍼를 안에서 열자 정말 드라마 속 한 장면처럼 열리는 지퍼를 따라 어느새 어두워져 불이 들어온 광안대교의 야경이 조금씩 나타났다.

정말 누가 봐도 낭만적인 상황과 낭만적인 풍경이었다. 혼자 하는 여행에 대한 불안함은 이미 사라진 지 오래였다. 한참을 바라보자 광안대교가 나에게 말을 건네는 것 같았다. 나에게 무슨 말을 하는지 상상을 이어가다 내 여행을 응원하며 앞날을 밝혀주고 있는 것이라 생각하기로 했다. 광안대교의 야경조차 나를 응원해 주고 있기에 앞으로 내가 걸어갈 여행길은 축복만이 가득할 것 같은 느낌이 들었다.

오늘 하루 동안 있었던 일들이 은은한 불빛을 뽐내는 광안대교 앞으로 선명하게 지나갔다.

오늘 아침에 내가 집에서 깨어났고 오전까지 어머니와 평범하게 영화를 보고 함께 식사를 하며 시간을 보냈다는 것이 지금 광안리 해수욕장 모래사장 한가운데에 박스 위에 누워 있는 나의 상황으로는 실감이 나지 않았다.

벌써 며칠은 여행한 듯한 기분이다. 하긴 하루, 그것도 반나절 만에 있었다고 하기에는 너무나도 많은 일들이 있었다.

돌발 상황들이 많이 생겼지만 돌아보니 당황은 했어도 그러한 상황들을 하나씩 해결해 나가며 주변 상황을 내가 만들어 가고, 나의 여행을 내가 직접 채워가는 것이 나름 재밌었던 것 같다.

비닐봉지로 텐트를 묶는다거나 공중화장실에서 건조기 나사를 풀어서 휴대폰을 충전하는 여행을 하는 사람은 분명 흔치 않을 것이다. 특별한 경험들을 잔뜩 하는 만큼 이번 여행은 평생 추억으로 남을 수 있을 것 같다.

이것이 무전여행의 매력인가? 그리고 혼자 떠나는 여행의 매력인가?

처음으로 혼자 떠나는 여행이 비록 어색하긴 하지만 앞으로의 여행이 기대되는 지금의 내 모습을 보면 아직까지는 정말 잘 해내고 있는 것 같다.

여행을 이어가다 보면 혼자 하는 여행은 물론이고 마음속으로 하는 혼자만의 대화도 지금보다는 익숙해지겠지. 그리고 이렇게 혼자만의 생각과 대화도 계속하다 보면 나를 보다 더 잘 알게 될 것이고 한층 더 성장할 수 있을 것이다.

그렇게 텐트에 가까워지는 바다와 눈앞에 지나가는 개미들을 보며 조금은 불안한 마음이 들지만 본격적인 여행의 시작인 내일을 위해 잠을 청하며 무전여행 1일차를 마무리하기로 한다.

Day 2

세상이 바라보는
'나'를 직면하다

새로운 환경 때문인지 아니면 텐트 안에 물이 들어올 수도 있다는 불안감 때문인지 평소에 내가 일어나는 시간과 비교했을 때 많이 이른 시간임에도 저절로 눈이 떠졌다. 눈이 뜨이자 새벽부터 부지런히 산책과 운동을 하는 사람들의 발걸음 소리가 굉장히 가깝게 들렸다. 일찍 일어난 것에 대한 선물인 듯 텐트의 지퍼를 열자마자 생생하게 펼쳐지는 광안대교의 일출을 볼 수 있었다. 태양은 마치 자신의 존재감을 확실하게 드러내고 싶은 듯 강렬하게 올라오고 있었다. 나는 그 속에서 태양의 생동감 넘치는 에너지를 고스란히 느꼈다.

내가 만약 평범한 일상 속에서 이렇게 떠오르는 태양을 보고 있었다면 나의 일정과 시간이 여유는 그만 부리고 이제 일정대로 움직이라고 눈치를 줬을 텐데…. 얼마 전까지만 해도 나를 꼭두각시처럼 조종하던 시간과 스케줄들이 내 일상의 전부라고 생각했었다. 하지만 이제는 그것이 큰 의미가 없게 느껴졌다.

왜냐하면 지금은 내 몸과 마음을 움직일 수 있는 권한이 오로지 나에게 주어졌기 때문이다. 내가 보고 싶은 것을 보고, 하고 싶은 것을 정해서 할 수 있다. 비로소 내가 내 하루에 대한 통제권을 가지고 내 몸의 주체자가 된 것이다.

과연 저 태양은 지금 온전히 자신의 의지대로 움직이고 있는 것일까?

저 태양이 다 떠오르면 사람들로부터 새로운 하루가 시작될 것이고 그때가 되어야 나의 무전여행이 본격적으로 시작될 것 같은 기분에 태양이 자신의 존재감을 표현하는 마지막 순간까지 자리를 지키기로 했다.

그렇게 한동안 사색에 잠긴 뒤, 태양이 완전히 떠올랐을 때 나는 가장 먼저 시간을 확인하기 위해 휴대폰을 켰다.

전날 자기 전에 올린 SNS 글에 지인들이 댓글을 달았는지 연이어 알람이 울렸다.

알람을 따라 들어가니 지인들의 응원 담긴 댓글들이 많이 달려있었다. 글 하나, 하나가 내 마음을 따뜻하게 채워나갔다. 지인들의 댓글마다 감사하다는 짧은 답글을 달고 움직이기로 했다.

텐트에서 나와 그래도 밤 동안 나를 지켜준 텐트에게 속으로 고맙다는 짧은 인사를 먼저 건넸다. 이제 혼잣말을 하는 것도, 물건과 대화하는 것도 점점 익숙해지는 것 같다. 텐트에서 바로 계단 3칸 위의 인도에서 조깅을 하며 지나가는 사람들이 다 나를 슬쩍슬쩍 쳐다보고 갔다. 어제는 그렇게 의식되던 다른 사람들의 시선이 화장실에서 면역력이 생긴 것인지 크게 신경 쓰이지 않았다.

나는 내 여행을 뜨겁게 응원해 주며 깨우던 태양과 나의 무사귀환을 기도해 주는 지인들이 있기에 앞으로 있을 여행에 대한 기대감에 집중하기로 했다.

아직 여행 초반이라 그런지 잠을 자고 일어났으니 샤워를 하고 옷을 갈아입어야겠다는 생각을 했다.

나는 배낭에서 미리 챙겨놨던 여행용 샤워용품을 꺼내서 어제 휴대폰 충전을 했던 공중화장실로 향했다. 샤워도 샤워지만 물이 있는 곳을 어디서 만날지 모르니 빨래도 미리 해놔야 했다. 하지만 막상 화장실에 도착하니 그래도 사람들이 오고 가는 공중화장실인데 세면대가 있는 곳에서 옷을 벗고 샤워를 할 수는 없었다. 그래서 나는 신발만 벗고 옷을 입은 상태로 머리를 감고 옷 위로 몸을 씻었다. 이렇게 샤워와 동시에 빨래까지는 아니더라도 나름 옷을 씻었다.

그리고 화장실 좌변기 칸 안에서 수건으로 머리와 몸을 닦은 후 옷을 갈아입었다. 옷을 갈아입은 나는 밖으로 나와 바디워시로 수건을 따로 빨았다. 빤 옷과 수건은 물기를 짜고 잘 턴 후에 가져온

옷걸이에 걸어 텐트로 들고 갔다.

텐트에 돌아온 나는 옷걸이를 텐트 모퉁이에 임시로 걸고 내가 잤던 잠자리를 정리하기 시작했다. 나를 모래밭에서 그대로 잘 뻔한 상황에서 구해준 고마운 박스는 하나씩 포개서 재활용이 모여있는 곳에 놓고 텐트 위에 널려있던 빨래는 다시 배낭 위에 얹어둔 다음 폴대를 하나씩 빼고 텐트를 접어갔다. 여전히 사람들이 지나가면서 나를 한 번씩은 쳐다보고 갔다. 그러던 중 혼자서 산책을 하고 계시던 한 할아버지께서 나에게 다가와 물었다.

할아버지 : "어젯밤에 여기서 잔 거야? 밤새 춥지는 않았어?"

나 : "네 저는 추위를 잘 타지 않는 체질이기도 하고 날이 따뜻해져서 그런지 괜찮았습니다!"

할아버지 : "몇 살이야? 학생처럼 보이는데."

나 : "올해 열아홉입니다."

나의 대답을 들은 할아버지께서는 의아한 표정과 함께 약간의 꾸짖음 섞인 목소리로 말씀하셨다.

할아버지 : "한창 학교에서 공부해야 할 나이에 왜 이러고 있어?"

할아버지의 말씀을 듣고 나는 혼자서 생각에 빠졌다.

내 나이는 한창 학교에서 공부해야 할 나이일까?

나는 자신이 하고 싶은 일과 꿈을 찾는 것이 청소년이 해야 할 일이라고 생각했었다. 무엇이 되고자 하는 목표의식 없이 그냥 학교에 가고 학교에서 시키는 공부만을 하는 것이 청소년이 해야 할 일이었나?

내가 남들보다 학교생활을 2년 정도 적게 하긴 했지만 나도 나름 10년이라는 기간은 학교에서 시간을 보냈다. 그런 내가 느낀 학교는 학생의 꿈이나 진로를 찾기 위해 적성검사를 비롯한 도움은 주지만 학교가 학생의 꿈을 최우선으로 하는 곳은 아니었던 것 같다. 항상 그러한 활동들은 시험 기간이나 교과 진도에 의해서 차순위로 밀려나 있었다. 그래서 학교에 있을 때는 내 꿈이나 내가 하고 싶은 것에 대해서 오로지 집중할 수 있는 시간이 주어지지 않았다.

가끔 시험 기간이나 교과 진도가 여유로울 때 이벤트처럼 진로 탐색의 시간이 주어졌던 것 같다. 그것 또한 문항이 가득 적힌 종이로 시험을 쳐서 정해진 유형 속에서 내가 어디에 속하는지 찾아보는 형식이었다. 그마저도 대학 입시와 관련된 시험을 앞둔 고3들은 직업인 특강부터 체험까지 대부분의 행사에서 제외되었던 것 같다.

사실 할아버지께서는 나에게 꾸짖듯이 말씀하시긴 했어도 아무 뜻 없이 던진 질문일 수도 있다. 그럼에도 불구하고 할아버지의 말씀에 이렇게 반발심이 드는 이유는 뭘까?

나는 평소에 그렇지 않다고 생각했지만 알게 모르게 자퇴생이라는 것에 대해 스스로 위축되어 열등감을 느끼고 있지는 않았나? 하는 생각이 들었다.

나는 평소 할아버지와 같이 나와 생각이 다른 사람을 만났을 때 조용히 상대의 말을 들으며 내가 생각하는 것들에 대해서는 이야기를 참는 편이다. 결국 그러다가 끝에는 토론이 되든 논쟁이 되든 결국 상대에게 의견을 제시하긴 하지만 말이다.

그리고 지금도 내가 생각하는 '이 나이의 청소년'으로서의 역할과 할아버지께서 말씀하시는 역할은 다르지만 굳이 나의 의견을 입 밖으로 꺼내지 않기로 했다.

이번에 내가 내 의견을 바로 이야기하지 않는 이유는 할아버지의 질문에 괜히 내가 과잉 반응한 것일 수도 있다는 이유도 있지만, 가장 큰 이유는 할아버지께서 하신 질문이 내가 자퇴를 했던 작년부터 만나는 사람 모두에게 들었을 정도로 수없이도 많이 들었던 말이기 때문이다.

그 질문에 대응했을 때 대화의 종착지가 어디일지는 이미 너무나도 많은 경험을 통해 잘 알고 있었다. 같은 질문을 여러 번 받았기에 내가 원하는, 혹은 나에게 긍정적으로 끝나는 종착지를 찾기 위해 다양한 시도들을 해봤지만 그러한 방법은 존재하지 않았다. 내가 상대의 생각에 수긍하지 않고 그대로 표현하는 경우에는 어떤 방식으로 표현을 하든 상대와의 대화가 쌍방향 소통이 아닌 일방적 정보전달로 바뀌고 그 속에서 내 표현은 일방적 정보전달에 대한 대꾸로 바뀌는 마법 같은 종착지에 도달했기 때문이다.

할아버지의 질문에 어떤 대답을 해도 내가 가고 싶은 종착지는 나오지 않을 것이라는, 경험에서 나온 확신을 바탕으로 그냥 내가 하고 싶은 말과 내 생각을 모두 억누르고 최대한 짧게 대답하고 끝내고자 노력했다.

나 : *"네 한창 학교에 있을 나이죠."*

속으로는 제발 여기서 이 대화가 끝났으면 하는 생각을 하지만 역시 또 이야기를 건네오신다.

할아버지 : *"왜? 가출했어? 학교에서 쫓겨난 거야? 너 무슨 사고 쳤구나? 너희 부모님도 알고 계시니?"*

쉴 틈 없이 할아버지의 질문 아닌 질문이 이어졌다. 나에게 대답할 기회는 주어지지 않았다.

이제는 할아버지의 대화 목적이 정말 나를 불량학생이라고 단정짓고 선도를 하기 위한 것 같았다. 나만 그렇게 느끼는 것이 아닌지 지나가는 사람들도 할아버지와 나를 쳐다보고 가셨다. 그만큼 이제는 확실히 꾸짖는 억양이었다. 그 덕에 할아버지의 말씀이 내 귀에는 쏙쏙 들어왔다. 할아버지께서 나에게 어떠한 메시지를 전달하고자 하는 것이 대화의 목적이셨다면 적어도 할아버지께서는 자신의 목적을 확실히 달성하신 것 같았다. 할아버지의 말씀은 분명 귀에는 박혔지만 그렇다고 아까처럼 내 마음에 박히지는 않았다.

오히려 아까보다 할아버지의 말씀에 대해 반발심도 사라졌다.

왜냐하면 나는 한 가지 사실을 깨달았기 때문이다.

바로 할아버지는 나에 대해 잘 알지 못한다는 사실이었다.

할아버지께서는 내가 왜 이곳에서 잤는지 내가 왜 이 시간에 학교에 있지 않은지 그리고 우리 부모님이 누구인지 나에 대해 많은 질문들을 던졌다.

왜? 할아버지는 이 질문들의 내용처럼 나에 대해서 단 하나도 아는 것이 없기 때문이다.

내가 무전여행 중이라 여기서 잤다는 사실을 모르시니 가출을 했다고 생각하시는 것이고, 평일임에도 학교에 가지 않았음에 내가 자퇴생이라고 추측을 하시는 것이다.

그리고 자퇴생에 대한 사회적 인식이 대부분 교내 또는 교외에서 무슨 사고를 치거나 비행 청소년이라는 부정적 프레임이 강하게 덮여있다 보니 색안경을 끼고 나를 무슨 사고를 쳐서 학교에서 쫓겨난 불량학생으로 단정 지으신 것이다.

이러한 생각들을 하고 계시니 당연히 부모님과 싸웠거나 가출을 해서 부모님 모르게 이곳에서 비바크를 한 것으로 생각할 만했다.

그렇다. 이분은 나에 대해 아는 정보가 어떠한 것도 없이 그저 본인이 색안경을 끼고 본 것과 본인만의 생각을 바탕으로만 나에 대해 평가한 것이었다.

분명 잘 알지도 못하는 사람에게 마음대로 부정적인 프레임을 씌우고 지적하는 것은 잘못된 행동이다. 하지만 나만 마음에 담아두지 않으면 굳이 언쟁을 펼칠 필요도 없는 것이었다. 그리고 사실 나에 대해 모르는 사람이 하는 잘못된 평가를 굳이 내 마음에 담아둘 필요도 없었다.

하지만 여기서 한 가지 궁금한 점이 생겼다.

이 할아버지는 나에 대해 어떠한 정보도 없으면서 나를 향해 부정적 평가를 쏟아냈다. 마치 나에 대해 다 알고 있는 사람처럼 확신을 가지고 말이다.

이 할아버지께서 나를 평가할 때 이만큼 확신을 준 요소는 나의 어떤 점일까?

일단 할아버지께서 나에 대해 단정을 짓기까지 알 수 있었던 정보는 단 두 가지다.

첫 번째로 당장에 직접 목격한 것으로 얻을 수 있는 '나의 상황', 두 번째로 나와의 한마디 대화를 통해 들은 '내 나이가 열아홉'이라는 정보일 것이다.

이것을 종합해 보면 할아버지께서 나에 대해 아는 정보는 '평일 아침에 텐트에서 자고 일어난 청소년'이 끝이다. 그러면 나는 두 가지 가설에 놓인다. 자퇴생이거나 혹은 학교에 가야 하는데 가지 않은 학생. 게다가 혼자서 해변에서 텐트를 치고 비바크하는 것은 딱 봐도 정상적인 청소년으로는 보이지 않았을 것이다.

그러면 여기서 할아버지께서 나를 판단한 키워드는 '청소년'과 '자퇴생'이었던 것 같다.

사회에서 규정한 청소년은 학교에 가는 것이 당연한 의무이고 상급 학교 진학이나 좋은 회사에 취직하기 위해 학업을 성실히 이행하는 것이 정상적인 청소년의 모습이라고 생각한다.

그렇기에 자퇴생은 청소년으로서 의무를 지키지 않고 올바르지 않은 태도를 하는 다소 정상적이지 않은 청소년으로 보이는 것이다.

어쩌면 할아버지께서 나에 대한 부정적 평가를 한 것은 할아버지의 문제가 아닌 이 두 단어에 대한 사회가 만든 부정적인 고정관념 때문이 아닐까?

이러한 고정관념은 또 누가 만들었을까?

대부분의 사람들은 청소년은 부모의 품 안에서, 그리고 학교의 안전한 테두리 망 안에서 학습하며 성장해 나가야 한다고 생각한다. 이에 대해서 내가 완전하게 반하는 것은 아니지만 조금의 의문이 든다.

청소년은 확실히 아직 불완전한 존재이기에 부모의 보호와 부족함을 채우기 위한 교육이 분명 필요하다. 하지만 꼭 이것들만이 청소년들이 살아가야 하는 방식일까? 사람의 성장 과정을 마치 게임 속 가이드북처럼 성장 루트를 만들고 정의 내린 것은 누구일까?

일반적으로 청소년 시기에 사람들이 대부분 부모의 보호와 학교의 교육을 통해 성장해 나가고 우리 또한 그렇게 성인이 되었으니 그것이 맞는 방법이라 정의를 내린, 이 사회를 구성하는 대부분의 우리가 아닐까?

그러면 또 우리는 자신들이 걸어온 방법과 조금 다른 길을 걸어가는 사람들을 마음대로 이탈자라고 지칭하고 따가운 시선으로 배척하지는 않았는가?

이쯤 되니 할아버지의 시선이 그리 따갑게만 느껴지지 않는 것은 이미 이러한 시선들의 반복을 통해 나 또한 학습되어 나도 모르게 스스로를 이 사회에서 적응하지 못하고 벗어난 이탈자라고 수긍한 것이 아닐까?

그러면 사회적으로 정해진 루트에서 벗어난 이탈자로서 내가 바라보는 '청소년'과 '자퇴생'에 대한 생각은 할아버지와 어떤 것이 다를까?

사실 청소년기에 학교에서의 교육은 물론 필요하다고 생각한다. 하지만 학교에서의 교육은 정보전달 차원의 교육이지 습득이나 깨달음의 개념은 아니라고 생각한다. 정보전달 차원의 교육 또한 꼭 학교에 가야만 가능한 것일까? 실제로 우리나라를 제외하면 많은 나라에서 홈스쿨링 하는 친구들을 꽤 흔히 볼 수 있고 어떤 나라는 아예 1~3년 정도를 학교에 가지 않고 오로지 자신에게 집중하여 본인이 하고 싶은 일을 찾을 수 있도록 제도적으로 시간을 주는 나라도 있는 것으로 알고 있다.

그러한 나라의 친구들을 보면 우리나라와 같이 굳이 공교육의 루트를 걷지 않아도 사회에 나가 자신의 자리를 찾고 한 명의 사회 구성원으로서 활동한다.

이러한 사례들을 접할 때마다 우리나라는 학교에 다니지 않고 일반적인 루트에서 벗어난 학생에 대해서 유독 부정적 인식을 가지고 바라보는 것 같다. 이런 부정적 인식이 생긴 원인이 단순히 학생이 학교에 다니지 않는다는 것 때문인지 아니면 자퇴생들이 학교에 다니는 학생들보다 사건 사고가 더 잦다는 이유인지 나는 잘 모르겠다.

하지만 내가 자퇴생이자 이탈자로서 대한민국을 살아가며 사람들에게서 들은 말과 행동으로 내린 개인적 결론은 대한민국에서 자퇴생은 적어도 사회 시스템에 적응하지 못하고 이탈한 청소년으로 인식되고 있는 것은 분명하다.

내가 자퇴생이기에 나처럼 학교에 다니지 않는 또래 친구들을 만날 기회가 많다. 지금도 내 주위에는 자퇴한 친구들이 꽤 있다. 내 친구들만 해도 학교폭력이나 기타 사건에 휘말려 자의가 아님에도 학교에서 자퇴를 권유받아 사실상 강제로 학교 밖으로 몰린 친구들도 분명 있다. 하지만 내 주위에는 단순히 학교에 적응하지 못해서 도망쳐 나온 친구부터 몸이 좋지 않아서 학교에 출석할 상황이 되지 않은 친구도 있고, 나처럼 하고 싶은 일을 찾기 위해 또는 이미 하고 싶은 일을 찾아서 그것에 시간과 에너지를 집중하고자 하는 목적으로 학교 밖으로 나온 친구들도 있다. 다 같은 자퇴생이긴 해도 각자의 사연과 이유로 또래 친구들과 다른 길을 선택했다.

이렇게 제각각 다른 이유로 학교 밖으로 나왔음에도 여러 친구들에게 들은 사회와 어른들이 보는 시선은 동일하게 '불량학생'이었다.
대부분의 사람들이 친구들을 바라봤듯 할아버지는 학교에 다니는 일반적인 친구들과 조금 '다르다'는 이유로 나를 '잘못됐다'라고 생각하시는 것 같았다.

나를 지칭하는 단어라고 해서 할아버지와 반대로 내가 자퇴생이라는 단어를 무작정 좋고 올바르다고 생각하는 것은 아니다. 내가 바라보는 자퇴생은 조금 다른 생각과 행동을 하고 있는 청소년이다.
어쩌면 우리 사회는 나와 다름을 받아들이는 것에 있어서 가장 미성숙한 방법을 행하고 있지는 않을까? 지금은 내가 소수인 입장에서 바라보는 관점이지만 만약 내가 다수인 입장에서 다른 사항에 대해서 논한다면 나 또한 나와 다름을 현명하게 받아들일 수 있을까?

나의 입장이 바뀌었을 때 나의 태도는 어떻게 변화할지 잠시 고민해 본다.

이렇게 할아버지와 나의 불편한 대화는 나를 불량 청소년으로 낙인찍고 접근한 할아버지의 잘못도 아니고 괜히 해변에서 혼자 수상(?)하게 자고 있던 나의 잘못도 아니다. 사람들의 잘못된 고정관념들이 모여 만든 '청소년'과 '자퇴생'에 대한 사회적 인식 때문인 것이다. 나는 할아버지의 말씀을 통해 이어진 생각으로 내가 자퇴를 선택한 이유에 대해 곱씹었다. 나는 내가 좋아하는 공부와 일을 찾기 위해 자퇴를 선택했다. 하지만 오늘 거기에 한 가지가 더 추가되었다. 그렇게 찾은 내가 좋아하는 일로 보란 듯이 성공하여 두 단어에 대한 잘못된 사회적 인식을 개선해 나와 같은 청소년들이 이탈자라는 낙인 없이 마음껏 꿈꾸고 도전할 수 있는 환경에 조금이나마 보탬이 되어보겠다.

사전에는 어떠한 감정 없이 그 단어에 대한 의미 해석에만 집중하여 뜻이 정의되어 있다. 하지만 사람들은 그 단어에 대해서 색안경을 끼고 바라보고 뜻을 왜곡할 때가 많다. 만약 사람들의 고정관념을 그대로 반영한 고정관념 사전이 있고 나에게 그 사전을 편집할 수 있는 자격이 주어진다면 두 단어는 이렇게 수정하고 싶다.

먼저 청소년과 그의 역할에 관해서는 이렇게 수정할 것이다.

청소년 : 청소년은 미성숙한 존재가 아닌 성숙해지고 있는 과정의 존재로서 자신이 하고 싶은 것이 무엇인지, 자신이 무엇을 원하는지를 찾기 위해서 여러 시도와 경험, 그를 통한 학습을 바탕으로 스스로를 탐구하는 과정을 거치고 있는 사람.

자퇴생에 대해서는 어떠한 사람들의 프레임 없이 현재 사전적 의미 그대로만 바라봤으면 좋겠다.

자퇴생 : 스스로 학교를 그만둔 학생.

이렇게 상상 속에서 나만의 사전도 만들어 보니 사람들의 인식을 변화시키려면 지금의 내 마음을 잊지 않고 계속해서 앞으로 나아가는 것이 가장 중요하겠다는 생각이 들었다.

어느 정도 생각 정리가 끝난 나는 할아버지께 인사를 드리고 다시 길을 떠나기로 한다.

계획대로라면 오늘의 목표는 창원까지 가는 것이다. 사실 창원은 계획에 없었기에 크게 관광지를 둘러보거나 하는 목적은 아니었다. 단지, 여행 전날 무전여행을 떠나겠다고 SNS에 글을 올렸을 때 창원에 사는 친구들로부터 여행 중에 들러서 오랜만에 얼굴이라도 보고 가라는 연락이 와서 코스에 넣었다.

나는 어제 히치하이킹에 성공했던 방법을 기억하며 오늘도 목적지를 향해 걸어가면서 히치하이킹을 함께 진행하기로 했다.

히치하이킹을 하려면 아무래도 박스가 필요했다. 나를 밤 동안 바닥의 습기로부터 지켜줬던 박스는 새벽 내내 머금은 습기 탓에 너덜너덜해져서 재활용으로 버렸는데, 이때까지 박스를 쉽게 구한 적이 없는 터라, 아쉬운 대로 그 박스라도 쓸 걸 그랬나 조금의 후회가 들었다. 그래도 그나마 다행인 건 어제 박스를 구하러 이 주변 편의점을 다녔기에 편의점들이 어느 위치에 있는지 잘 알고 있었다.

나는 우선 내비게이션을 켠 후, 창원 시청을 검색하고 내비게이션이 안내하는 방향을 따라 걸어가다 보이는 편의점에 들러 박스를 구하기로 했다.

하지만 그 뒤 편의점을 여섯 군데 이상 갔는데 역시나 박스를 찾지 못했다. 어제 대부분의 박스는 아침 일찍 가져간다는 편의점 직원분들의 말씀을 기억하여 나름 이른 시간에 출발했음에도 내가 한발 늦은 것인지 이미 어르신들께서 진작에 가져가셨다는 이야기만 들었다.

그렇게 이제는 내가 어제 봐둔 편의점들은 다 들른 상황이었고 내비게이션에서도 해변가에서 벗어나 본격적으로 길을 알려주기 시작했다.

우선 내비게이션이 안내하는 길을 따라 걸으며 또 다른 편의점을 찾기로 했다.

계속해서 걸었지만 편의점은 보이지 않았다. 그때 편의점은 아닌데 밖에 박스들을 내놓은 가구점을 발견했다. 버리는 박스인지 아닌지 긴가민가했던 나는 곧바로 가게에 들어가서 사장님께 인사를 드리고 혹시 앞에 박스 몇 개만 가져가도 되는지 정중하게 여쭈어 봤다.

다행히 사장님께서 흔쾌히 허락해 주신 덕분에 나는 박스를 얻을 수 있었다. 가구점에서 나온 박스라 그런지 두껍고 튼튼했다. 나는 박스를 받자마자 근처 인도에 앉아서 어제처럼 히치하이킹이라는 단어와 목적지인 창원을 썼다.

그리고 다시 휴대폰을 꺼내 내비게이션이 가르쳐 주는 방향을 따라 걸으며 본격적으로 히치하이킹을 시작했다. 해변에서부터 계속해서 걸으며 히치하이킹을 시도하는데 좀처럼 히치하이킹이 되지 않았다. 다행히 서둘러 출발했던 터라 태양은 아직 그렇게 뜨겁지 않았다. 그럼에도 시간이 흐름에 따라 나는 서서히 지쳐갔다.

그때 저쪽에 어떤 아주머니와 눈이 마주쳤다. 나와 눈이 마주친 아주머니는 나를 보고 너무나도 반가운 듯이 다가오고 있었다. 나는 아주머니의 일행이 내 뒤에서 오고 있나 보다 생각하며 계속해서 걸었다. 그런데 그 아주머니와 거리가 가까워질수록 나를 보고 웃고 있음을 느꼈다. 그렇게 서로의 말이 들릴 수 있을 정도로 거리가 좁혀지자 아주머니는 나의 한쪽 팔을 잡으며 말을 건넸다.

아주머니 : "지금 무슨 여행하고 있어요?"

나는 무전여행이라고 적힌 박스를 보여주며 무전여행 중이라고 말씀드렸다. 아주머니는 내가 한 손에 들고 있는 셀카봉 때문인지

"혹시 지금 온라인 방송 중이에요?"라고 질문하셨다.

내가 유튜버나 다른 개인 방송 플랫폼 BJ처럼 야외에서 생방송 형식의 콘텐츠를 진행 중인 것으로 오해하신 것 같았다. 하긴 여행용 배낭을 메고 셀카봉을 들고 다니니 충분히 오해할 만하다. 나는 따로 방송을 하는 사람은 아니고 무전여행을 하는 과정을 사진으로 남기고 싶어서 셀카봉을 들고 다니고 있다고 설명드렸다.

내 설명을 다 들은 아주머니의 표정이 갑자기 확 밝아졌다. 마치 순식간에 다른 사람이 된 것처럼 분위기도 바뀌었다. 그 순간 내 손을 확 낚아채며

　아주머니 : "학생, 얼굴에 복이 많아 보여."

나는 그 말을 듣자마자 소름이 돋았다. 들었을 때 기분이 좋아져야 하는 말임에도 그 속에서 찝찝함이 느껴졌다. 나는 분명 길에서 이런 말을 들은 경험이 없었음에도 마치 전에도 이런 일을 겪었던 것처럼 낯익게 들렸기 때문이다.
그리고 곧바로 이어지는 아주머니의 말씀.

아주머니 : "조상 덕을 많이 보겠네, 학생이 기운이 맑아."

아주머니의 말을 듣자마자 내가 왜 찝찝함을 느꼈는지 알게 됐다.

이 멘트들 분명 저번주인가 SNS에서 본 적이 있었다. 이게 그 사이비라고 부르는 특정 종교단체가 길거리에서 특히 혼자 지나가는 사람을 상대로 한다는 포교활동이구나.

처음 SNS에서 접했을 때는 "요즘 같은 시대에 설마 저런 게 있겠어?"라며 남 일처럼 봤었던 일에 내가 타깃이 되니 갑자기 긴장되기 시작했다.

뭐라고 대답해야 하지? 도망쳐야 할까? 어떻게 대처할지 미처 생각하기도 전에 질문이 쏟아졌다.

아주머니 : "학생 성씨가 어떻게 돼? 할머니는 살아계셔?"

이분에게 무언이든 나에 대한 정보를 조금이라도 알려주면 안 될 것 같은 직감이 들었다. 그렇다고 내 성씨를 물어보는데 모른다고 하는 것도 이 아주머니에게 괜히 안 좋게 의심을 살 것 같았다. 그래서 일단 답을 하지 않고 여기서 벗어나는 것이 좋겠다고 생각했다.

내가 자리를 뜨려고 하자,

아주머니 : "학생, 학생은 관상에서 복이 많아 보여."

이제는 아예 내 앞을 가로막으며 계속해서 이야기를 건네온다.

아무래도 대응 없이 자리를 뜨는 건 힘들 것 같았다. 단호히 거절하거나 대화를 끊어야 할 것 같은데 어떤 대답을 해야 나에게 더 말을 하지 않을까? 애매한 대답으로는 계속해서 나와의 대화를 유지하려고 들 것이었다. 만약 말이 아예 안 통하는 사람처럼 보인다면 나에게 포교할 필요성을 못 느낄 것이고 그렇다면 나에게 해코지하는 일 없이 보내지 않을까? 나는 말이 통하지 않는 사람처럼 보이기 위해 최대한 황당하고 이상한 대답을 내놓았다.

나 : "제 이름 제 스스로 불러본 적이 없어서 이름을 까먹었어요. 제 이름이 뭐였죠?"

내가 생각하고도 너무나 황당한 대답이었기에 나는 아주머니가 나를 이상한 사람으로 판단하고 더 이상 말을 걸지 않을 줄 알았다. 하지만 아주머니는 이 정도로는 끄떡없었는지 보다 더 다급한 목소리로 "학생 시간 조금 내봐. 저기 골목으로 가면 근처에 우리 성당이 있는데 한번 따라와 봐 학생. 학생 정말 복이 많아 보인다니까?" 라고 하며 내 손을 확 낚아챘다.

나는 본능적으로 그 아주머니를 따라가면 안 될 것 같다는 생각이 들었다. 그래서 나는 이번에는 단호하게 거절하기로 했다.

나는 최대한 적대감을 드러내며 짜증 섞인 목소리로 말했다.

나 : "제가 복이 많아 보인다고요? 지금 히치하이킹이 안 돼서 1시

간 넘게 걷고 있는데요? 이렇게 계속 걷고 있는 저를 보면 아무래도 복이 없는 것 같은데 사람이 복이 없으면 노력이라도 해야 하니 거기 따라가서 제 안에 있을지 없을지도 모를 복 찾는 데 들일 시간에 조금이라도 더 걷고 지나가는 차 한 대라도 더 히치하이킹할래요."

그러자 그 아주머니는 아무 말도 하지 않고 나를 지나쳐 원래 가던 방향대로 내 뒤쪽을 향해 걸어갔다. 나는 내가 혹시 빠르게 걸으면 쫓아 달려올까 봐 내가 긴장하고 있다는 것을 숨긴 채로 최대한 태연한 척 원래 걸음걸이로 조금씩 거리를 벌려갔다.

그렇게 아주머니한테서 떨어져 한 10초 정도 걸은 뒤 혹시 쫓아오지는 않겠지? 하는 생각으로 뒤를 돌아봤다. 그런데 아주머니가 내 쪽을 향해 걸어오고 있었다. 나는 원래 아주머니가 본인 성당이 있다고 손가락으로 가리켰던 골목을 지나고 있었던 터라 그 말씀 하시던 곳으로 가려나? 생각하며 내 옆을 보니 정말 아무도 다니지 않을 것 같은 깜깜한 골목인데 키는 190이 넘어 보이고 덩치가 정말 큰 남성 두 명이 검은색 정장을 입고 골목 입구에서 조금 들어간 곳에 서있었다.

순간 등골이 서늘해졌다. 분명 나는 그 짧은 시간에 두 명의 얼굴을 똑바로 봤지만 보지 않은 척, 주변 사진 찍는 시늉을 하며 앞만 보고 걸어갔다. 그렇게 한 1분 정도는 뒤도 돌아보지 않고 계속해서 걸었다. 그리고 나는 거리도 조금 벌어졌으니 반신반의한 마음으로 뒤를 돌아봤다. 저 멀리 나를 쫓아오지 못할 거리에서 아까 그

수상한 아주머니와 무서운 아저씨 두 분이 대화를 나누고 있는 것을 봤다. 나는 그 모습을 보고 다리에 힘이 풀려 그 자리에 주저앉았다. 만약 내가 아주머니의 말씀을 따라 그 어두운 골목에 조금이라도 발을 디뎠다면 과연 내 마음대로 다시 나올 수 있었을까? 순간적으로 온몸에 식은땀이 흘렀다.

그 속에서 벗어나 마음이 진정된 후 다시 생각해 보니 어쩌면 아주머니가 나에게 방송 중이냐고 물어본 이유는 방송을 통해 혹시 수많은 목격자들이 본인의 모습을 보고 있을까 봐 그걸 확인하기 위해서 물어본 것이 아니었을까? 아니면 혼자 여행하는 관광객은 연락을 못 하는 상황이 된다고 해도 지인들이 빨리 알아챌 수 없기에 타깃으로 삼았는데 방송 중이면 누군가 보고 신고할 것이라는 이유로 확인한 것이었을까?

하긴 누가 봐도 청소년처럼 보이는 애가 박스에 대놓고 혼자 여행 중이라고 쓰고 걷고 있었으니 그들에게는 최고의 타깃이 될 수밖에 없었다.

내가 만약에 그 상황 속에서 내가 처한 상황이 어떤 상황인지 빠르게 파악하지 못하고 끌려다녔다면 지금쯤 나는 그 아줌마와 무서운 아저씨 두 분에게 끌려가 어떤 일을 겪고 있을지 상상하기도 싫다.

그렇게 숨을 조금 돌린 뒤, 계속해서 히치하이킹을 이어갔다. 걸어가며 히치하이킹을 하다 보니 어제 광안리까지 태워주신 운전자분 말씀대로 박스가 움직여서 내용 전달이 되지 않나? 싶어서 가만히 선 채로도 히치하이킹을 시도했다.

하지만 좀처럼 히치하이킹이 되지 않았다. 그 뒤로도 걷다가 서다가를 몇 번 반복하다 이러다가는 이도 저도 안 되겠다 싶어, 잠시 동안은 히치하이킹을 접기로 했다. 최대한 걸어갈 수 있는 만큼 걸어간 후 그곳에서는 아예 히치하이킹에만 집중하겠다는 생각이었다.

마음을 굳힌 나는 박스를 더 이상 도로를 향해 들지 않고 팔에 낀 채, 휴대폰으로 신나는 음악을 틀고 걷기 시작했다.

그렇게 한동안 걸은 뒤 더 이상 걸어갈 곳이 없어지자 내가 고속도로 입구까지 걸어왔다는 것을 알게 되었다. 이제 더 걸어갈 곳도 없겠다, 본격적으로 히치하이킹에 집중하기로 했다. 고속도로 입구라서 그런지 차들이 많이 다녔다. 10분 정도 엄청난 양의 차들을 보내고 나니 곧바로 내 앞에 차 한 대가 멈췄다. 평소 봤던 트럭보다는 훨씬 크고 높은 모습의 트럭이 내 앞에 멈췄다. 조수석 창문이 내려가고 목소리가 들려온다.

"빨리 타요."

지켜야 할 것이
생긴다는 건

목적지는 박스를 통해 확인하셨나 보다 생각하며 나는 사다리를 올라가듯 트럭의 조수석을 향해서 등반했다. 되게 젊어 보이는 남자분이셨다.

그리고 내가 안전벨트를 매자 차는 천천히 움직였고 운전자는 친근하게 말을 건네왔다.

운전자 : "이 차가 높기도 하고 동생이 고속도로 들어가는 입구에 서있다 보니 잘 안 보였는데, 커브 틀려고 할 때 웬 학생처럼 보이는 애가 서있길래 보자마자 세워서 겨우 태웠네."

나 : "안 그래도 제가 커브 틀자마자 서있다 보니 차를 세우기 힘드셨을 텐데 저를 보자마자 고민 없이 바로 차를 세우시고, 또 이렇게

태워주셔서 너무 감사합니다."

운전자 : "어차피 나도 창원까지 가는 데 심심하기도 하고 말동무
있으면 좋지."

우리는 대화를 이어갔다.

나 : "창원에는 무슨 일로 가시는 길이셨어요?"

운전자 : "아, 내 집은 부산인데 내가 물류 납품 일을 하거든. 주로
창원이랑 부산 이렇게 서로 물건을 전달하는데 지금은 창원 쪽에 있
는 거래처를 가는 길이었지. 동생이야말로 창원에 어디를 보러 가고
있었던 거야?"

나 : "아 저는 일단 창원에서 어디로 갈지는 아직 구체적으로 정하
지 않아서 일단 시청 쪽으로 갈까 싶었어요."

운전자 : "그러면 잘됐다. 내가 두 번째 물건 실으러 가는 곳이 시청
근처인데 같이 첫 번째 거래처에서 물건 잠깐만 싣고 두 번째 거래
처 갈 때 내려줄게."

나 : "우와 시청 근처로 가시는 거예요? 그 근처 내려주시면 저는
너무 감사하죠! 오늘 히치하이킹이 정말 안 됐었는데 저 오늘 운이

정말 좋네요!"

그 뒤로 서로 이름과 함께 간단한 소개가 이어지고 너무 편하게 대해주셔서 금방 형 동생으로 부르게 됐다.

형 : "그런데 무전여행은 어떻게 하게 됐어?"

나 : "아 제가 고등학교 다닐 때부터 무전여행을 하고 싶다고 막연하게 생각했었거든요. 그리고 제가 매번 연초에 한 해 동안 하고 싶은 프로젝트나 이루고 싶은 것들을 시각화해서 현수막으로 만드는 것이 있는데 올해 그걸 만들면서 무전여행을 하기로 했거든요."

형 : "그럼 언제 출발한 거야?"

나 : "이제 거의 여행 시작이에요. 어제 출발했어요."

형 : "와 그래도 동생 진짜 대단하다. 잠은 어디서 자고? 먹을 건 어떻게 해결할 계획이야?? 어제는 어디서 잤어?"

나는 어제 있었던 첫 히치하이킹부터 광안리 해변에 텐트를 치고 잔 이야기, 화장실을 찾아 해변을 다 뒤지고 겨우 찾은 화장실에서 휴대폰 충전을 한 이야기까지 해드렸다.

형 : "이야 어제도 아주 많은 일이 있었구나? 재밌겠다. 나도 너랑 비슷한 나이 때 배낭여행부터 해서 정말 하고 싶은 것도 많았고 지금도 마음에 어느 정도 그 꿈들을 품고 살아가고 있는데 지금은 가정도 있고 지켜야 할 것들이 많다 보니 그런 것들을 시도할 생각조차 못 하는 것 같아. 나는 해보고 싶다는 생각만 하다가 이렇게 가슴속에만 꿈을 품고 살아가야 하게 됐는데 그래도 너는 용기 내서 그렇게 도전하는 모습이 정말 멋있다."

나 : "아니에요. 제가 용기가 있다기보다는 저도 주변 어른들로부터 나중에 결혼도 하고 가정이 생기면 아무래도 지킬 게 많아지고 무언가에 새롭게 도전하는 것들에 대해서 두려움이 생긴다는 이야기를 많이 들어서 저도 지켜야 할 것들이 많아지기 전에 하고 싶은 일을 해보자는 생각으로 서둘러서 시작하게 됐어요."

형 : "잠시만, 가만 보니 오늘 평일이잖아. 지금 방학도 아니지 않아? 그럼 학교는 어떻게 한 거야?"

순간 새벽에 할아버지와의 대화가 생각난 나는 자퇴했다고만 이야기하면 또 대부분의 사람들이 그러하듯 비행 청소년으로 볼 것 같은 느낌이 들었다. 나에게 이렇게 친절한 호의를 베풀어 주는 형에게 그런 이미지로는 보이기 싫었다. 그래서 앞에 부연 설명을 덧붙여 말했다.

나 : "제가 진짜 하고 싶은 게 뭔지 고민하다가 학교 안에서 답을 찾
　　지 못해서 한번 이것저것 직접 부딪쳐 보면서 찾아보자고 생각하고
　　학교 밖으로 나오게 되었어요."

　　형 : "보통 친구들이라면 쉽게 하지 못할 선택인데 동생 정말 대단
　　하다."

　내가 자퇴를 했다고 했을 때 지인을 제외하고 낯선 사람이 나에게
긍정적 반응을 보인 것은 처음이었던 것 같다.
　생각 외로 긍정적인 대답에 조금 신이 난 것인지 나는 그 외에도
자퇴 후에 국토대장정을 했었던 이야기와 다양한 프로젝트들을 했
던 이야기에 대해서 들려드렸다.

　　형 : "동생은 정말 많은 도전을 하며 살고 있구나. 나는 지금 집에
　　가족들을 먹여 살려야 해서 낮에는 이렇게 일하고 저녁에는 또 롯데
　　리아에 파트타임으로 아르바이트를 하고 있어. 지금은 이런 상황이
　　지만 동생이 한 여러 프로젝트들에 대해서 듣다 보니 나도 뭔가 도
　　전하고 싶다는 생각이 머리를 때리네."

　나는 내가 자퇴 후에 진행했던 여러 프로젝트들을 이야기하며 내
가 지금 하고 있는 직업적 일에 대해서도 이야기했다.

　　나 : "저는 사실 지금 작게 교육 기획 일을 하고 있었어요. 수익이

있거나 뭔가 움직이는 것은 아직 없긴 하지만 저는 저처럼 자신이 무엇을 하고 싶은지 알고 싶은 청소년들, 그리고 저처럼 이렇게 무전여행 같은 것을 도전해 보고 싶은 청소년들을 위해서 학교에서 알려주지 않는 그런 교육 프로그램을 만들고 싶어요. 예를 들어 무전여행을 하고 싶은 청소년들에게 히치하이킹하는 법을 알려주는 것처럼요. 그리고 춤을 출 무대가 되었든 어떤 활동을 하고 싶은 청소년들에게 관련해서 활동할 수 있는 기회를 제공해 주거나 그 분야에 대해 배울 수 있는 멘토를 매칭해 주고도 싶어요.

만약 한 청소년이 자신이 직접 주체적으로 어떤 활동이나 프로젝트를 진행하고 싶다고 한다면 캠페인이나 프로젝트를 기획하는 법을 알려줄 수도 있고 한마디로 저는 청소년들이 자신이 원하는 게 무엇인지 찾을 수 있도록 옆에서 서포트해 주는 페이스메이커 같은 사람이 되고 싶은 것 같아요."

그리고 나는 덧붙여 이야기했다.

나 : "그리고 형 말씀을 들으니 제가 하려고 했던 이 일이 꼭 청소년에게만 필요한 프로그램은 아닌 것 같아요. 만약 무전여행이 끝나고 돌아가서 제가 어느 정도 역량이 쌓인다면 형처럼 가정이 있거나 아니면 나이가 많아서 꿈은 있지만 도전하지 못하는 어른들, 그리고 젊었을 때 도전하지 못한 것에 대한 아쉬움을 가지고 있는 어른들을 위한 프로그램을 만들어 봐야겠어요."

형은 웃으면서 대답했다.

> 형 : "만약 그런 프로그램 나오면 부산에서도 해줘. 나도 한번 도전
> 해 볼게."

> 나 : "당연하죠! 꼭 같이 다양한 도전해 봐요."

그렇게 이야기를 이어가던 중 우리 차는 벌써 창원의 한 도로를
달리고 있었다.

우리가 달리고 있는 도로는 보기에는 차 통행량이 많지 않아 보이
는데 10~12차로 정도로 보이는 아주 넓은 도로였다. 나는 형에게
도로에 대해서 물어봤다.

> 나 : "다니는 차에 비해 도로가 심하게 넓네요. 퇴근 시간 되면 차가
> 많이 막혀서 길을 넓힌 걸까요?"

그러자 형은 나에게 흥미로운 사실을 말해줬다.

> 형 : "나도 정확히 알지는 못하는데 어디서 듣기로는 창원 도로가
> 원래 비행기가 다니는 목적으로 만들어졌대. 쉽게 설명하면 활주
> 로 같은 개념인 거지. 그래서 이 도로처럼 넓게 길을 만들었다고 하
> 더라. 나는 그 말을 믿는 게 내가 일하면서 본 창원의 큰 도로는 마
> 치 도시를 계획할 때 일부러 설계를 한 것처럼 대부분 직진으로 쭉

뻗어져 있더라고."

잘 몰랐던 도시에 대해서 새로운 사실을 알아가는 것. 나는 여행의 또 다른 재미를 느꼈다.

그렇게 얼마 지나지 않아 우리 차는 첫 번째 거래처에 도착했다. 나는 조수석에서 기다리고 형은 혼자 내려서 거래처 사장님과 반갑게 인사를 나누고 짐을 싣기 시작했다. 얼마 지나지 않아 짐을 다 실은 형은 차에 올라탔고 시청 부근에 위치한 두 번째 거래처로 출발했다.

두 번째 거래처는 생각보다 멀지 않았고 대화 몇 마디를 나누다 보니 이미 거래처 근처까지 도착했었다.

형은 두 번째 거래처에 가기 전 나를 내려주기로 했다. 그렇게 우리 차는 형의 거래처와 내가 가야 할 시청 사이에 있는 한 대형마트 골목에 멈췄다.

우리는 헤어지기 전 비전보드를 펼치고 같이 사진도 찍고 연락처도 주고받았다.

그렇게 헤어지려고 했는데 형은 잠시만 기다리라더니 차에 다시 올라탔다가 내리며 나에게 줄 게 이것밖에 없다며 초코파이를 건넸다. 그러면서 앞으로의 여행도 응원하겠다는 말도 함께 전했다.

이제 생각해 보니 어제 어머니와의 점심 식사를 마지막으로 여행 출발 뒤에는 어떠한 음식도 먹지 않았었다. 그냥 음식이라는 개념

자체가 하루 동안 내 머릿속에 존재하지 않았던 것 같다. 음식이라는 것에 대해서 인식하자마자 급격히 배가 고파왔다. 하지만 형에게 받은 이 초코파이는 바로 먹지 않고 혹시 모를 상황에 대비해 비상식량으로 보관하기로 했다.

그렇게 형과 헤어진 나는 지인들에게 도착 소식을 전했다.
아무래도 히치하이킹으로 오다 보니 창원에 언제 도착할지 확실하지 않아서 정확한 약속시간을 잡지 않았었다. 고맙게도 지인들이 내가 있는 위치로 와준다고 해서 내 위치를 공유해 준 뒤, 어떠한 목적지도, 방향성도 없이 그냥 주변을 걸어 다니기 시작했다.

어제 출발부터 방금까지만 해도 뚜렷한 목적지를 향해 왔었기에 그 목적지에 대한 도착시간과 그다음 계획에만 집중해서 움직였었는데 아무런 목적 없이 여유롭게 걷다 보니 자연스럽게 지나가는 사람들에게도 눈길이 갔다.
어제 해변에서 본 사람들은 대부분 산책이나 관광을 온 사람들이라 그런지 대체적으로 여유로운 분위기를 띠었는데 이곳의 사람들은 분위기가 사뭇 달랐다.
정장이나 유니폼을 입고 누군가와 통화를 하며 빠르게 걸어가는 사람부터, 횡단보도가 보행자 신호가 되자마자 뛰는 사람들 모두가 분주하게 움직였다.
아무래도 평일 업무 시간대 도시 한복판이니 당연한 모습일까?
어제와 상반되는 분위기에 묘한 재미가 느껴졌다.

그렇게 나는 한동안, 사람들의 모습을 관찰하기도, 반대로 저 사람들이 배낭을 메고 태극기를 꽂고 있는 나의 모습을 보면 무슨 생각을 할지 상상해 보기도 했다. 한 지역의 유명 관광지도 아닌 누군가의 일상 속 거리와 상점들을 구경하며 혼자만의 사색을 즐겼다.

그때 드디어 내가 있는 곳으로 지인들이 도착했다.

학교를 같이 다녔던 친구와 형, 누나들이었다. 나를 응원해 주기 위해 창원에 살지 않는데도 경남의 각 지역에서 버스를 타고 와준 고마운 친구들도 있었다. 여행 중 아는 얼굴들을 만나니 너무나도 반가웠다.

오랜만에 만난 터라 근처 벤치에 앉아 근황부터 시작해서 어제 출발부터의 이야기도 간단하게 해줬다. 그렇게 한바탕 이야기를 하다 보니 배낭에 태극기가 생각나서 지인들에게 이 태극기를 왜 꽂고 다니고 있는지 설명을 하고 글을 하나씩 써달라고 부탁했다.

지인들이 하나둘 글을 쓰자 허전했던 태극기가 조금은 채워졌다.
원래는 지인들과 얼굴만 보고 다음 목적지로 출발하려고 했는데 다들 나를 위해 멀리서 와준 터라 조금 더 시간을 같이 보내기로 했다. 어디 이동하기에는 다 같이 히치하이킹을 할 수가 없으니 이 근처에서 갈 곳을 찾기로 했다.
뭐 구경할 것이 없는지 이야기하다 걸어갈 만한 위치에 상남시장이라는 곳이 있다고 해서 그쪽으로 가기로 했다.

그렇게 다 같이 걸어가는데, 확실히 여러 명이 함께 있으니 혼자 여행할 때와 차이가 있었다.

혼자 있을 때는 주변을 구경하더라도 자세히 관찰하게 되고, 혼자만의 사색을 많이 하게 되었는데 여러 명이 함께 있으니 옆 사람이 하는 말이나 공동체의 분위기에 더 집중하게 되는 것 같았다.

그렇게 잠깐 시간을 보낸 것 같았는데 금방 해가 떨어지고 있었다. 다른 지역에 사는 지인들은 버스 시간에 맞춰서 헤어지고 창원에 거주하고 있는 지인들만 남았다. 나도 내일 여유롭게 움직이기 위해 차라리 내일 도착을 목표로 했던 지역을 미리 갈까? 하는 고민을 했지만, 생각보다 빠른 속도로 주변이 어두워지고 있어서 다음 도시로 이동하는 것은 힘들어 보였다.

나는 근처에서 비바크할 만한 곳을 찾으려 하는데 마침 오늘 같이 있어주었던 지인들 중 한 형이 집에서 자고 가라고 권유를 했다. 그래서 나는 멀리서 왔는데 막차가 끊겨 못 돌아가는 친구 한 명과 함께 오늘은 형 집에서 신세를 지기로 했다. 형 집은 한적한 곳에 위치한 단독주택이었다.

그렇게 나는 형 집에 도착하자마자 손빨래를 하기로 했다. 아직 깨끗하긴 하지만 또 언제 할 수 있을지 모르기 때문에 여건이 될 때 최대한 해놔야 했다. 형에게 화장실에서 빨래를 해도 되는지 물어봤다. 형은 세탁기가 있으니 세탁기로 빨래를 해도 된다고 했다.

하지만 오늘 새벽에 광안리에서 이미 빨래를 했던 터라 오늘 입은 옷 한 벌밖에 빨래가 없어서 그냥 손으로 빨기로 했다. 그렇게 나는 화장실에서 손빨래를 하고 밖에 건조대가 있길래 그 위에 조심스럽게 널어놨다. 그리고 나서 형과 친구 이렇게 셋이서 못다 한 대화를 나누다 잠자리에 누웠다.

포근한 이불과 그 속에서 느껴지는 온기가 이틀 만인데도 굉장히 오랜만인 것처럼 느껴졌다. 그래도 오늘은 형의 배려 덕분에 편하게 잘 수 있을 것 같다.

나의 계획대로라면 내일은 드디어 경상도를 벗어나는 날이다.

내가 사는 울산을 떠날 때의 느낌처럼 내가 살던 경상도를 벗어난다고 생각하니 내일부터 본격적인 여행의 시작이라는 생각도 들고 어제 처음 출발할 때의 떨림이 다시 느껴졌다. 제발 내일은 히치하이킹이 순조롭게 이루어졌으면 좋겠다.

그렇게 오후에 출발했던 어제에 비해 길었던 무전여행 2일 차를 마무리했다.

새벽부터 있었던 많은 일들을 또 기억의 흐름을 따라 회상하며 점점 잠에 들어갔다.

Day 3

사람들의 사전에
적힌 '행복'

　포근한 잠자리에서 잠을 잤기에 혹여나 늦잠이라도 잘까 걱정했
는데 예상과는 다르게 새벽 일찍 눈이 떠졌다. 늦은 밤까지 형과 이
야기를 하다 자서 수면시간이 정말 짧았음에도 깊게 잠들었던 것인
지 어제 있었던 어깨 통증부터 그 무겁기만 하던 피로감이 말끔하
게 사라졌다.

　나는 일어나자마자 어제 자기 전 빨아서 야외에 널어놓은 옷이 말
랐는지 확인부터 하기로 했다.

　새벽에 이슬방울이 내린 것인지 아니면 밤이라 햇빛이 없어서 그
랬는지 옷이 많이 축축했다.

　나는 조금이라도 더 마르라고 옷을 들고 아직 뜨지도 않은 햇빛을
찾아다니다가 그나마 희미하게 비치는 햇볕에 다시 옷을 걸어놨다.

옷이 덜 마르기도 했고 형 집이 위치한 곳이 가로등도, 다른 집들도 없는 외곽지역이었기에 차량 통행량이 어느 정도 생길 시간대까지 기다렸다가 출발하기로 했다.

그리고 형과 친구에게 고맙다는 인사는 하고 떠나야 하지 않을까? 하는 약간의 합리화를 섞어 조금 있으면 없을 여유를 형과 친구가 일어날 때까지만이라도 즐기기로 했다. 여유라고 해도 부족한 잠을 더 청하거나 하지는 않았다. 오늘은 나에게 제2의 고향과도 같은 여수에 가는 날이다. 때문에 히치하이킹 시간을 단축하고자 미리 히치하이킹할 스팟을 알아보기도 하고 또 그곳에서 꼭 봬야 하는 분도 계셔서 미리 문자도 드렸다.

그렇게 혼자서 이것저것 준비하다 보니 형과 친구가 일어났다.

어제 대화를 그렇게 많이 했는데도 또 할 말이 남았는지 일어나서부터 한참 이야기를 나누다가 정신을 차리고 시간을 보니 움직여야 할 시간이 되어있었다.

형과 친구에게 이제 슬슬 출발해야겠다고 말하자 본인들이 이곳 길도 잘 알고 하니 배웅 겸 차들이 다니는 도로까지 같이 가주겠다고 했다. 그렇지 않아도 길을 헤맬 것 같던 터라 함께 출발하기로 했다. 출발하기에 앞서 내심 기대를 하면서 건조대에서 옷을 챙기는데 아직까지도 옷은 새벽의 공기를 머금은 듯 촉촉했다. 걸으면서 마르겠지 하는 생각으로 그냥 입고 출발하기로 한다. 차가운 옷이 몸에 닿자 정신이 번쩍 들었다.

그렇게 우리는 형 집 주변에서 걸어 나와 차들이 다니는 쪽으로 향했다.

어제보다 조금 늦게 출발한 데다가 계획상으로 오늘 이동해야 할 거리는 어제보다 배로 멀었지만 날씨도 좋고 형과 친구와 새벽 공기를 맡으며 걷다 보니 여유롭게 산책하는 기분이 들었다.

그렇게 형과 친구의 배웅 덕분에 차들이 다니는 도로까지 헤매지 않고 무사히 도착할 수 있었다. 이틀 동안 많은 대화를 나눴지만 헤어질 때의 아쉬움은 어쩔 수 없는 것 같다.

어제부터 해서 창원 소개도 해주고 마지막 배웅까지도 함께해 준 둘에게 고맙다는 인사를 하고 나는 새벽에 정한 히치하이킹 장소인 동마산 IC 입구를 향해 발걸음을 돌렸다.

히치하이킹 장소를 IC 입구로 정한 이유는 차들이 고속도로에 진입하는 입구이기에 장거리를 이동하는 차량들은 모두 그곳에 모일 것이라고 생각했기 때문이다. 그중에서도 동마산으로 정한 이유는 형 집에서 가장 가까운 고속도로 입구라는 이유도 있지만 구글 위성지도로 봤을 때 여기저기 방향에서 오는 차들이 고속도로를 올라타기 전 모이는 스팟이 있었고 지도상으로는 내가 서서 히치하이킹을 시도할 만한 공간적 여유도 있어 보였기 때문이다.

그렇게 혼자 한참을 더 걸어 동마산 IC 입구에 무사히 도착했다.

도착하자마자 나는 아침에 출발하기 전 형에게 미리 물어보고 받았던 박스에 곧바로 내가 가고자 하는 목적지인 여수를 크게 썼다.

그리고 주변을 살피고 내가 새벽에 봐뒀던 히치하이킹 포인트를 찾았다.

나는 횡단보도를 몇 번 건너 내가 정한 포인트에 서자마자 곧바로 히치하이킹을 시도했다.

히치하이킹을 시작하고 10분 동안 조수석 창문을 열어서 내가 쓴 글을 보려고 하는 분을 비롯해 차량 몇 대가 나에게 관심을 가졌다.

나는 어제와 다른 분위기에 내가 세운 전략이 잘 맞아떨어졌다는 생각으로 자신감 넘치게 히치하이킹을 이어갔다.

그러던 중 내 앞에 차가 한 대 멈췄다. 창문이 열리고 운전자의 목소리가 들려왔다.

운전자 : "지금 여수 가는 길인데 타세요!"

나는 조수석에는 사람이 있어서 뒷자리에 타려고 손잡이를 잡으려는데 뒤쪽에서 빵빵 경적을 울려서 운전자분이 놀라셨는지 출발해 버렸다. 내 짐작대로 모두 장거리를 가는 차가 모이기에 시내에서 지나가는 차를 대상으로 히치하이킹하는 것보다는 나와 동선이 겹치는 차를 많이 만날 수 있었다.

다만 한 가지 문제가 있다면 고속도로 진입 직전 도로다 보니 차들이 나를 보고 태워주고 싶은 마음이 있어도 뒤에서 계속 속도를 내서 달려오는 차들 때문에 나를 태우기 위해 차를 세울 수 있는 상황이 아니라는 것이다.

그 뒤로도 내 글을 자세히 보려고 창문을 열고 속도를 늦추다가 뒤에서 이어지는 경적 소리에 지나가는 차량, 태우려고 시도하다가 못 태우는 차량 등 비슷한 상황을 몇 번 더 반복했다.

그럴 때마다 어제보다 내 히치하이킹 문구에 훨씬 많은 사람들이 관심을 가져주고 태워주려고 하는데 쉽게 탈 수가 없다는 것에 속상함이 밀려왔다.

나는 그렇게 많은 차들을 흘려보내고 난 뒤에야 결정했다.

다섯 군데에서 오는 차들이 모이는 이 포인트도 좋지만 우선 나랑 운전자 모두 안전하게 차가 멈출 수 있는 곳으로 포인트를 옮겨야겠다고 말이다.

그렇게 다른 포인트를 찾던 중, 세 방향에서 오는 차량들이 모이는 곳이며 신호가 있어서 차들이 멈춘 시간에 내 글을 여유롭게 보여줄 수 있는 포인트를 발견해 자리를 옮겼다. 다섯 군데에서 오는 차량을 상대할 때보다는 확연히 통행량이 적었다. 방금까지만 해도 오늘 순조롭게 히치하이킹이 되는 거 아닌가? 하는 기대를 가지고 있었는데 적어진 통행량만큼 기대감도 줄어들었다.

그렇게 첫 번째 신호가 지나고 두 번째 신호가 걸렸을 때 신호에 멈춰 선 차 한 대에서 나를 불렀다.

운전자 : *"여수까지는 안 가고 진주에 가는 중인데 타실래요?"*

나 : *"가시는 곳까지만 태워주셔도 감사하죠!"*

나는 신호가 바뀌기 전에 얼른 차에 올라탔다. 환하고 밝은 인상의 아저씨가 혼자 타고 계셨다.

아저씨의 질문으로 대화가 시작됐다.

아저씨 : "어려 보이는데 몇 살이에요?"

나 : "열아홉입니다."

아직은 이틀밖에 되지 않았지만 나름 히치하이킹을 한 경험이 있어서 그런지 다음 이어질 질문이 무엇일지 대충 유추가 됐다.

아저씨 : "학교 방학 시즌 아니지 않아요? 학교는 어쨌어요?"

이번에는 창원에 올 때 만난 형에게 말한 것과 조금 다르게 담백하게 대답해 보기로 했다.

나 : "작년에 자퇴해서 이번 달에 있을 검정고시를 준비하고 있습니다."

아저씨 : "자퇴는 어쩌다가 하게 됐어요?"

역시 예상대로 자퇴에 관한 질문이 왔다.

질문 내용은 예상한 대로였지만 아저씨께서 질문을 할 때 느낌은 내가 생각한 것과는 달랐다.

나를 불량학생이라는 색안경을 끼고 물어본다는 느낌보단 나에게 호기심을 가지고 질문하는 듯한 느낌이었다.

나 : "제가 하고 싶은 것이 무엇인지 찾는 것에 집중하고 싶기도 했고 학교에서의 공부는 제가 하고 싶은 것을 찾는 것과는 조금 다르다는 생각도 들어서 학교를 나오게 됐어요."

어른과 대화 중에 이런 대답을 하면 보통은 어제 새벽에 만난 할아버지처럼 나를 생각 없이 자퇴한 철없는 어린애라고 꾸짖음이 이어졌다. 그리고 비슷한 맥락에서 나중에 그 선택을 후회하는 날이 올 것이라는 말이 뒤에 붙곤 한다. 하지만 아저씨께서는 내 예상과는 다르게 크게 개의치 않는 듯 반응하셨다.

아저씨 : "대단하네요. 저는 학생 같은 청소년들도 생겨나야 한다고 생각해요."

나는 내 예상과 다른 아저씨의 반응에 흥미가 생겨 아저씨의 말씀을 계속해서 듣기로 했다.
아저씨는 말씀을 이어가셨다.

아저씨 : "저는 지금 기아자동차라는 회사에 다니는 평범한 회사원이에요. 창원에서 회사를 다니고 있는데 지금은 진주에 병원 진료 예약을 해놔서 진주로 가는 길이었어요.

요즈음 보면 청년들이 초중고 졸업하고 좋은 성적 받아서 좋은 대학 가고 대학에서 또 스펙 쌓아서 대기업 가는 것이 성공한 인생이라고 생각해요."

나는 대기업에 대해 반하는 듯한 아저씨의 말씀을 듣던 중 의문이 들어 질문을 드렸다.

나 : "아저씨가 다니시는 기아자동차도 우리나라에서 나름 대기업이 아닌가요?"

아저씨 : "제가 다니는 회사도 물론 큰 기업이죠. 하지만 저는 제가 성공한 인생이라고 생각해 본 적은 없는 것 같아요. 청년들은 대기업 취직이 성공의 길이라고 생각하고 대기업 취직이라는 목표만 바라보고 10년을 넘게. 그것도 인생에서 가장 꽃다운 청춘을 다 바치면서 경쟁하고 또 경쟁해요. 그렇게 청춘을 다 바쳐서 만약 목표한 대기업에 취직하고 나면 과연 행복할까요?"

나 : "그래도 인생의 큰 목표를 이룬 것이니 행복하지 않을까요?"

아저씨 : "물론 행복한 사람들도 있겠죠. 하지만 같은 직장 동료들

이나 제 주위를 보면 입사한 지 얼마 되지도 않았는데 그만두는 사람들도 꽤 있어요. 그토록 바라왔고 노력해서 얻은 성과임에도 말이죠. 그 사람들은 왜 그런 선택을 하는 걸까요? 보통 좋은 복지와 안정적인 일자리를 제 발로 나간다고 그 사람들의 선택을 이해하지 못해요. 하지만 저는 그 선택이 조금은 이해가 가요.

대기업 취직이라는 것이 사람들의 시선 속에서 성공과 행복의 기준이었던 것이지 본인이 진짜 원하는 일이 아니었다는 것을 그분들은 깨달은 거죠. 저도 그런 사람들을 옆에서 지켜보면서 깨달았어요. 아 인생에는 사전이나 교과서처럼 딱 정해진 정답이 없구나. 그래서 저는 성공한 인생과 행복한 인생의 기준은 다른 사람이 아닌 자기 자신만의 기준을 만들어 가야 한다고 생각해요."

나는 아저씨의 말씀을 들으며 아무 대답 없이 고개를 끄덕였다.

어쩌면 내 생각도 아저씨의 생각과 비슷한 것 같다. 오히려 내가 지금까지 가지고 있던 가치관과 생각을 아저씨가 대변해서 잘 정리해 주신 느낌까지 들었다.

이 세상에는 누구나 이름만 들어도, 또는 길에서 지나가다 얼굴만 봐도 알 수 있는 유명 톱스타 연예인들이 있다. 화려한 스포트라이트 속에 살아가며 인지도는 말할 것도 없고 엄청난 몸값으로 금전적으로도 여유롭다 못해 넘칠 것이다. 이 스타에게는 명예와 자본 모두 부족함이 없다. 모든 것을 가진 말 그대로 빛나는 스타의 삶을 보며 실패한 인생 또는 불행한 인생이라고 생각하는 사람이 어디 있을까? 내가 들었을 때 아저씨가 말씀하신 사람들이 정한 성공한 인생, 행복한 인생의 기준은 이러한 것을 두고 말씀하신 것 같다.

사람들은 이러한 연예인들을 보며 질투를 하기도 하고, 하루라도 저렇게 살아봤으면 하는 상상에 빠지기도 하니까 말이다. 하지만 연예인의 인생이 우리들의 생각처럼 행복하기만 할까?

선플이 있으면 악플도 있듯, 나를 그만큼 좋아해 주는 팬이 있으면 나를 그만큼 싫어하는 사람도 있을 것이다. 그리고 사람들에게 많이 알려진 공인이기에 일반인들과 비교했을 때 상대적으로 더 도덕적인 삶을 강요받는다. 실제로 조금 비도덕적인 실수를 범한 연예인들을 보면 일반인들의 몇 배로 비난을 받기도 하고 전 국민으로부터 질타를 받기도 한다.

그리고 언제든 스토킹과 같은 범죄의 타깃이 될 수 있고 그에 따라 항상 불안한 마음도 공존할 것이다. 하지만 사람들에게 이러한 감정이나 상황을 들켜서도 안 된다.

방송에 비치는 나의 캐릭터에 맞게 때로는 본모습을 숨기고 싫은 연기도 해야 하고, 혹독한 자기 관리도 해야 할 것이다.

친구들과 편하게 만나서 예쁜 카페에서 시간을 보내거나 좋아하는 사람과의 연애도 사람들의 시선과 계약서상의 조항에 따라 감시와 제약을 받는다. 만약 내가 이런 인생을 산다면 행복하다고 말할 수 있을까?

내가 만약 이런 삶을 살아가고 있고, 이런 나의 상황을 모두 알고 있는 가족 또는 최측근 지인이 열 명 정도 있다면 그들 중 나를 향해 "너는 성공한 인생을 살고 있어!"라고 할 수 있는 사람은 과연 몇 명이나 될까?

이처럼 사람마다 추구하는 행복에 대한 가치관이 다르고, 성공의 기준이 다르다.

성공한 인생, 행복한 인생에 대한 정의는 각자의 사전을 만들고 그곳에서 찾아야 한다는 것이다. 어쩌면 지금 내가 하고 있는 이 무전여행도 내가 정말 원하는 행복이 무엇이고 내가 생각하는 성공한 인생의 기준이 무엇인지 찾기 위한 시도 중 하나가 아닐까?

대부분의 친구들처럼 정해진 길을 따라가는 것이 아닌 그곳에서 벗어나 나만의 길을 찾으며 걸어왔던 나이기에 때로는 '너무 나만의 생각에 빠져 멀리 보지 못하고 무작정 걸어가고 있었나?' 하는 생각에 지금 가는 길이 맞는 것인지 흔들릴 때가 종종 있었다.

그런데 이렇게 나와 가치관이 일치하는 아저씨를 만나 이야기를 듣다 보니 분명 아저씨께서는 자신의 생각을 말씀하시는데 꼭 그 말씀이 "네가 가는 길이 맞다."라고 해주는 것 같이 느껴져 힘이 났다.

나는 내가 앞으로 나아가야 할 길에 대해서 흔들리지 않도록 이러한 아저씨로부터 더욱 응원과 격려를 받고 싶다는 생각이 들었다.

그래서 나는 내 나름대로 행복한 인생을 찾기 위해 지금까지 했던 여러 도전들과 앞으로의 계획들에 대해서 말씀드렸다. 그리고 현재 하고 있는 무전여행에 관해서도 이야기를 나눴다.

나의 이야기를 흥미 있게 집중해서 들어주시던 아저씨는 내가 원하는 것이 무엇인지 알아차렸다는 듯 웃으면서 말씀하셨다.

> 아저씨 : "학생이 지금 걸어온 이야기만 들어봐도 자신만의 인생을 잘 만들어 가고 있다는 생각이 드네요. 학생은 분명 스스로가 행복한 인생을 잘 찾아갈 것 같아요."

나도 모르게 비어있던 마음속 공간이 큰 용기로 채워지는 것 같았다.

역시 나는 어긋나지 않았어. 지금 잘하고 있는 거야. 이 여행도 그렇고 앞으로도 나는 무슨 일이든 잘해낼 수 있어. 스스로 되뇌어 가며 우리 차는 계속해서 달렸다.

고속도로 이정표에 진주가 보이기 시작하자 아저씨께서는 두 가지 선택지를 주셨다. 현재 아저씨께서 가고 있는 목적지 근처에서 내려주는 것과 진주에 들어가자마자 입구에 내려주는 것 중에 어떤 것이 더 편한지 물으셨다.

나는 아저씨께 목적지까지 가는 경로에서 여수 방향과 진주가 갈라지기 직전에 있는 휴게소에서 내려달라고 부탁드렸다.

아저씨는 휴게소에서 어떤 방법으로 갈 건지에 대해서 걱정하셨지만 나름대로 나에게는 생각이 있었다.

아까의 경험을 통해서 지나가는 차들을 대상으로 히치하이킹은 매우 복잡하다는 것을 깨달았다. 먼저 나의 이미지를 통한 신뢰도 확보와 동일한 목적지 등등은 기본이고 차들이 빠른 속도로 지나가는 상황에서 운전자에게 내 메시지를 정확하게 전달해 내야 하며, 운전자가 나를 발견했을 때 차를 세우는 운전자의 순발력과 그 사인을 캐치해서 차에 올라타는 나의 순발력이 동시에 맞아떨어져야 한다는 까다로운 조건들이 붙기 때문이다.

반면, 멈춰있는 차를 대상으로 히치하이킹을 하면 어떨까? 생각을 해봤다.

차가 세워져 있으니 여유롭게 목적지를 조율할 수 있고 대화를 나눌 시간도 있으니 내가 어떤 여행을 하고 있는지에 대한 이야기를 하여 낯선 사람인 나를 향한 경계를 풀고 어느 정도 신뢰를 확보할 수 있다. 그래서 나는 지나가는 차에 비해 멈춰있는 차들을 대상으로 하는 히치하이킹이 순조로울 것이라 생각했고, 그런 멈춰있는 차들이 많은 곳은 휴게소라고 생각했다.

또한 휴게소는 고속도로 중간에 위치해 있으니 이미 장거리를 목적지로 설정하고 출발한 차량들만 모여있는 곳이기도 하다. 그리고 그 목적지는 해당 휴게소가 위치한 고속도로 라인에 있는 어떤 지역일 것이니 한 번에 내가 원하는 도시에 접근하기에는 이만큼 좋은 스팟이 없다는 생각이 들었다.

그렇게 아저씨와 나는 그 뒤로 휴게소 2~3개를 더 지나서 진주로 빠지기 직전의 한 휴게소에 도착했다.

아저씨는 나를 따라 차에서 내리시며 병원 예약만 아니면 밥이라도 한 끼 같이 하고 싶은데 하시며 너무나도 아쉬워하셨다.

나 또한 힘이 되는 말씀을 많이 해주신 아저씨와 헤어지는 것이 아쉬웠기에 우리는 서로 명함을 주고받고 사진을 함께 찍는 것으로 조금이나마 아쉬움을 달랬다.

그렇게 아저씨와 헤어지고 나서 나는 시간을 지체하지 않고 바로 히치하이킹을 시작했다.

학교진로 시간에는 배우지 못했다,
내 일에 사명감이 필요하다는 것을

나의 휴게소 히치하이킹 계획은 두 가지였다.

첫 번째 계획은 그래도 상대적으로 히치하이킹하기가 편한 곳이니 한 번에 여수까지 가는 차를 찾아 히치하이킹하는 것이고, 두 번째 계획은 지금 이 휴게소에 온 것처럼 최대한 고속도로를 벗어나지 않으면서 나의 목적지인 여수와 운전자의 목적지가 겹치는 위치의 휴게소까지만 태워달라고 부탁드리며 휴게소를 기준으로 조금씩 여수에 가까이 가는 것이다.

그러다가 마지막에는 여수 직전 휴게소에 도착할 것이고 그곳에서는 아무래도 여수에 가는 차량이 많을 것이기에 내가 여수에서 구체적으로 갈 위치에 가는 차를 골라서 가면 되겠다고 생각을 했다.

어느 것이 더 효율적일지 고민하다가 아무래도 여수에 들어가면 또 지나가는 차들을 대상으로 히치하이킹을 해야 하기에 지금보다는 힘들 것이고 만약 히치하이킹이 되지 않은 상태로 밤이 되면 노숙을 해야 하는 상황이 오는데, 이때도 휴게소는 화장실에서 잠을 자도 되니 두 번째 계획대로 휴게소를 기준으로 조금씩 여수로 가보기로 했다.

그리고 시작한 휴게소의 히치하이킹은 내가 이때까지 해온 히치하이킹과는 조금 달랐다.

이때까지는 지나가는 불특정 운전자를 상대로 히치하이킹을 했지만 멈춰있는 차를 대상으로 히치하이킹을 하기에 내가 운전자를 골라서 히치하이킹을 시도할 수 있었다.

아무래도 나를 태워줄 것 같은 사람에게 히치하이킹을 시도해야 성공률도 높고 시간도 줄일 것이기에 일단 나를 태워줄 것 같은 사람의 유형을 모델로 만들어서 이 휴게소에 있는 사람들 중에 그 모델에 맞는 사람을 찾기로 했다.

먼저 이때까지 나를 태워준 운전자들에 대해서 공통점이 무엇이 있었는지 생각해 봤다.

일단 모두 남성분이셨다. 아마도 여성의 입장에서는 학생으로 보인다고 해도 낯선 남자인 나를 태우는 것에 대해 부담감과 경계심이 더 크게 느껴질 것이다. 그러면 우선 남성 운전자에게만 히치하이킹을 시도하기로 했다.

그리고 이때까지 나를 태워주신 분들의 또 다른 공통점을 생각해 봤을 때 모두 동승자가 없는 1인 운전자였다. 아무래도 동승자가 있으면 동승자의 허락도 구해야 하고 나를 태울 자리도 없을 수 있기에 상대적으로 히치하이킹의 가능성이 떨어질 것이다.

그때 어제 창원까지 태워주신 형의 말이 생각났다.

"말동무도 하고 좋지 뭐."

나는 아직 면허가 없으니 운전을 해본 적이 없지만 가끔 어머니와 장거리를 갈 때 어머니께서 혼자 운전하면 운전자가 피곤해하니 조수석에 탄 사람은 혼자 자버리거나 하지 않고 신나는 음악을 틀든 말동무를 해주는 것이라고 들은 적이 있었다.

그 형과 어머니의 말씀을 조합해 봤을 때 혼자서 장거리를 운전하는 것은 힘든 일인 것 같다.

아무래도 고속도로 운전은 아무것도 없이 쭉 나있는 길만 보면서 하는 것이니, 운전을 해보지 않은 내 입장에서 봐도 피곤할 것 같다는 생각이 들었다. 그러면 나는 혼자 장거리 운전을 할 때 무료함을 느끼는 사람이며, 남성인 1인 운전자를 찾아야 했다.

먼저 나는 화장실 앞쪽에서 히치하이킹을 하기로 했다.

아무래도 화장실은 휴게소에 들어온 사람이라면 대부분 들리는 곳이기에 유동인구가 가장 많을 것이기 때문이다.

그리고 나는 곧바로 혼자로 보이는 남성 한 분에게 다가가 글이 적힌 박스를 보이며 말을 건넸다.

나 : "제가 무전여행 중인데 여수까지 겹치는 동선까지만 혹시 태워 주실 수 있나요?"

남성분 : "아 저희 지금 가족들이랑 딱 여수 가는 길이긴 한데 휴게 소에서 밥 먹고 출발할 계획으로 방금 휴게소 들어왔거든요."

나는 사실 여수 안에서 히치하이킹 난이도를 고려해 여수까지 조금씩 다가가기로 했지만 막상 여수에 한 번에 가는 차를 만나니 뒷일은 여수에 가서 고민하자는 생각으로 가족들의 식사가 마무리될 때까지 기다렸다가 차를 타고 싶다는 생각이 들었다.

하지만 남성분께서 가족끼리 가는 여행이라 불편하다는 거절의 의미를 돌려 말한 것일 수도 있고 만약 진짜로 가족들이 다 허락한 다고 하더라도 내가 식사시간이 끝날 때까지 기다린다는 이야기를 했을 때 누군가 밖에서 기다리는 상황에서 밥을 먹으러 식당에 들어간 가족들이 편하게 식사를 할 수 있을까? 그리고 그 뒤에 가족들의 차에 탄다면 나 스스로 눈치가 엄청 보일 것 같았다.

나는 다른 차를 타고 갈 테니 신경 쓰지 말고 맛있게 식사하시라고 인사하고 다시 지나다니는 사람들을 살폈다.

아무래도 휴게소는 화장실이 급하거나 피곤한 사람이 잠깐 피로를 풀기 위해서도 오지만 지금 시간이 점심시간인 만큼 방금 만난 가족들처럼 장거리 이동 중에 점심을 드시러 오시는 분들도 많았다.

화장실을 가기 위해서 또는 잠깐 커피 한 잔을 사러 휴게소에 들어온 차는 내가 기다렸다가 타더라도 서로 부담이 없지만 식사는 시간이 오래 걸리기에 내가 상대에게 주는 불편함이 크다.

그래서 나는 내가 생각한 모델에 조건을 하나 더 추가하기로 했다.

식사와 관련 없이 휴게소에 왔거나 방금 식사를 마친 사람.

나는 이러한 조건을 추가하자마자 곧바로 식당 입구로 향했다.

식당 입구에서 히치하이킹을 하기로 한 것은 방금 추가한 조건에서 식사와 관련 없이 휴게소에 온 사람은 내가 육안으로 파악하기 힘들다. 하지만 방금 식사를 마친 사람은 내가 파악할 수 있다. 식당에서 나오는 사람들을 보면 되는 것이다.

그리고 또 다른 이유도 있었다.

방금까지 히치하이킹을 시도하던 화장실 앞은 우리가 보통 일행이 다 같이 화장실을 가지는 않으니 아까 만난 아저씨처럼 가족 여행객인지 혼자인지 구분이 되지 않지만 식사는 대부분 일행이 다 같이 모여서 먹으니 일행의 여부를 파악하기가 쉬울 것이라 생각했다.

그렇게 나는 식당 입구에서 식당에서 나오는 사람들 중에서도 혼자인 남성분을 집중적으로 살폈다.

그때 내가 서있던 식당 입구와 조금 떨어진 다른 식당 입구에서 한 남성분이 나왔다.

거리가 좀 있어서 얼굴은 보이지 않아 입고 계신 옷만 살펴봤다. 일단 어딘가에 여행을 가듯 드러내고 꾸민 복장은 아니었다. 그렇다면 업무상으로 장거리를 다니시는 분 같은데 장거리 출장이 잦은 영업직에 종사하시는 분들처럼 정장을 입으신 것도 아니었다.

편한 복장, 장거리 출장이 업무, 내가 관찰해서 세운 가설들을 종합해 보면 저분은 화물차를 운전하시는 분이 아닐까? 하는 생각이 들었다.

작년 아는 형과 짧게 무전여행을 했을 때 태워주신 분 중 혼자 장거리를 운전하면 말동무가 없어 운전할 때 라디오와 휴대폰에 딸이 받아준 트로트 모음을 듣는다는 화물차 기사분이 생각났다. 그리고 정말 화물차 기사라면 동승자가 없을 가능성이 크고 내가 생각한 히치하이킹 대상에 딱 맞는 사람이었다.

그리고 나는 히치하이킹도 히치하이킹이지만 복장만 관찰하고 여기까지 추리했는데 맞히면 스스로가 뿌듯할 것 같아 이제는 저분이 화물차를 운전하는 분이었으면 좋겠다는 마음으로 남성분을 향해서 걸어갔다.

하지만 나를 보지 못한 남성분은 나보다 빠른 걸음으로 조금씩 멀어져 갔다.

먼저 차에 타버리시면 어떡하지? 하는 생각으로 조금 더 속도를 높여 빠르게 따라가려고 하는데 아저씨는 주차장에 세워진 많은 승용차들을 지나 점점 차들이 없는 휴게소 뒤쪽을 향해 걸어가셨다.

그 뒤쪽은 대형버스와 화물차들만이 주차하는 구역이었다.

한층 더 들뜬 마음에 얼른 따라가서 말을 걸고 싶었지만 내가 무릎에 연골이 없다 보니 뛰지를 못해 남성분과 계속해서 멀어져 갔다.

히치하이킹을 하려면 남성분이 차를 타고 출발하기 전에 대화를 나누어야 했다. 조금이라도 따라잡기 위해 아픈 무릎을 견디며 속도를 올렸다.

남성분은 이미 승용차 주차구역을 지나 대형버스와 대형 화물차들만이 주차된 곳으로 향했다.

이제는 거의 확신이 들었다. 나는 그렇게 거리를 조금씩 좁혀나갔다. 점차 남성분의 실루엣이 뚜렷해졌다. 50~60대 사이로 보이는 운전자분이셨다. 남성분과의 거리가 내 목소리가 닿을 정도의 거리가 되자 크게 외쳤다.

나 : *"아저씨!!"*

앞에 가던 남성분은 그제야 뒤를 돌아봤다. 나는 이어서 말했다.

나 : *"제가 히치하이킹 중인데 혹시 어디로 가세요?"*

나의 질문에 이어지는 너무나도 반가운 전라도의 억양과 너무나도 반가운 대답.

아저씨 : *"나는 여수로 가는디?"*

혹시 돌아서서 그냥 떠나실까 다급해진 마음으로 곧바로 질문을 던졌다.

나 : *"저 여수까지 태워주실 분을 찾고 있…."*

아저씨 : *"저쪽에 내 차 있으니까 가자."*

내 말이 끝나기도 전에 바로 허락해 주셨다.
그리고 아저씨에게서 듣는 창원까지 태워주신 형이 했던 말.

아저씨 : *"말동무 삼아 같이 가지 뭐."*

그렇게 따라간 곳에는 내 상상 속 화물차보다 훨씬 큰 차가 있었다. 창원까지 태워준 형의 차를 처음 볼 때도 "저걸 어떻게 오르지?" 했었는데 그보다 훨씬 높고 컸다. 이러다가 무전여행이 끝날 때쯤이면 거의 웬만한 종류의 차들은 다 타보겠다는 생각을 하게 됐다.

아저씨 : *"혼자 올라갈 수 있겠어?"*

그렇지 않아도 혼자 어떻게 올라가야 할지 걱정하고 있었는데 그 마음이 아저씨 눈에는 보였나 보다.

나 : *"잘 모르겠어요. 일단 한번 해볼게요."*

나는 내 손에 닿지도 않는 손잡이를 아슬아슬 잡고 마치 턱걸이를 하듯 세게 당겨 계단을 오르고 올라 힘들게 조수석에 올라탔다.

이 정도면 조수석에 탑승한 것이 아니라 조수석을 등반했다고 표현하는 게 맞지 않을까?

조수석에 오르자마자 무릎이 안 좋은 내가 나중에 내릴 때는 어떻게 내려갈지 걱정이 들었다.

안전벨트를 하면서 미리 걱정을 하고 있는 내가 우습게 아저씨는 너무나도 편하게 차에 올라타셨다.

창원까지 태워준 형의 트럭도 내가 봐온 트럭 중에서 매우 큰 트럭에 속했지만 이 차 옆에 있으면 귀엽게 느껴질 것 같았다. 이런 차의 조수석에 타보다니 쉽게 할 수 없는 경험에 가슴이 두근거렸다. 그렇게 시동을 켜고 천천히 움직이는데 어른들이 가끔 자신의 차가 아닌 다른 차를 운전하면 '묵직하다', '가볍다'라고 하는 것을 들은 적이 있는데 운전을 하지 않고 조수석에 앉아만 있는데도 그 말이 무슨 말인지 이해가 됐다. 엄청난 무게의 물건을 여러 명이 힘겹게 조금씩 미는 느낌이었다.

높은 곳에서 내려다보니 옆에 세워진 차들이 내가 6살 때 가지고 놀던 장난감 차 같았다.

그렇게 휴게소를 빠져나와 고속도로를 타니 우리 차 옆으로 다른 차들이 쌩쌩 지나갔다.

여태껏 내가 타온 차들은 대부분 승용차였기에 화물차 옆을 추월하기만 했었는데 내가 막상 이렇게 큰 화물차를 타니 모든 게 어색하게 느껴졌다.

지금까지 히치하이킹은 전부 차에 타자마자 운전자께서 먼저 나에게 질문을 건네고 대화가 시작됐었는데 아저씨께서는 아무 말씀이 없으셨다. 나는 아저씨께서 휴게소에서 나와 차선에 합류하는 것에 집중하셔서 그런가 보다 생각하고 나도 괜히 아저씨께 말을 걸면 운전에 방해가 될까 조용히 있었다. 사실 큰 차량에 타서 달리는 첫 고속도로에 나 또한 긴장돼서 먼저 말을 건넬 상황도 아니었다. 그렇게 몇 분을 말없이 달리다가 차 안의 공기가 어색해지기도 하고 이제는 대화를 시도해도 괜찮겠다는 생각이 들어 오로지 이 정적을 깰 목적으로만 먼저 말을 건넸다.

나 : "우와 이렇게 높은 차는 처음 타봐요. 옆에 지나가는 차들이 장난감처럼 보여요."

다행히 아저씨께서는 웃으면서 반응해 주셨다.

아저씨 : "그렇게 히치하이킹으로 여행하다 보면 더 신기한 차 많이 타봤을 것 같은데?"

나 : "네. 안 그래도 승용차도 타고 SUV도 타고 큰 트럭도 탔는데

이 차가 제가 타본 차 중에서 가장 특별한 경험인 것 같아요. 앞으로 여행을 계속한다고 해도 이런 특별한 경험을 하기가 쉽지는 않을 것 같아요."

아저씨 : "허허 그래?? 여행한 지는 얼마나 됐니?"

나는 나의 여행기간, 계획, 내가 온 곳 울산에 대한 등등 여러 이야기를 해드렸다.
나의 여행 이야기를 한동안 듣기만 하던 아저씨는 나에게 질문은 던졌다.

아저씨 : "이 여행은 어떤 계기로 하게 됐어?"

나 : "솔직히 지금 하는 무전여행에 그렇게 거창한 이유는 없었어요. 그냥 자퇴하면서 하고 싶은 일을 적었을 때 그 목록 중에 무전여행이 있었어요. 별다른 이유 없이 하고 싶어서 시작한 거죠. 하지만 여행하면서 다양한 사람들을 만나며 다양한 경험을 하고, 그 속에서 많은 것을 배우고 있는 것 같아요."

여행의 계기에 대하여 답변을 하면서 그 속에서 내가 자퇴했다는 사실을 은근슬쩍 흘렸다.
어차피 나에게 이어질 질문, 이번에는 내가 먼저 선수로 대답을 하여 나에게 쓰일 부정적 인식을 털어내고자 하는 목적이었다.

역시 내 무전여행에 대한 계기보다도 자퇴라는 단어가 인식이 더 강하게 되었는지 아저씨는 학교에 대한 질문을 이어갔고 나도 거기에 답변하며 대화는 이어졌다.

아저씨 : "학교는 어쩌다가 그만두게 됐어?"

나 : "학교는 제가 좋아하는 일을 찾기 위해서 그만뒀어요. 학교 안에서는 제가 좋아하는 일을 찾기 힘들다고 느꼈거든요. 오로지 저에게 집중할 수 있는 시간이 필요하다고 생각했어요."

아저씨 : "그래서 좋아하는 일은 찾았니?"

나 : "아직은 잘 모르겠어요. 하지만 이렇게 새로운 것들을 도전하거나 만들어 내는 일이 저의 적성에 조금 맞는 것 같아요. 그래서 지금 기획 일을 조금씩 도전하고 있어요."

아저씨 : "기획이라…. 멋있는 일인걸? 너도 직업에 귀천이 없다는 말 들어봤지? 사람들이 직업에 귀천이 없다고는 하지만 사람들 사이에서 나름대로 직업에 대한 좋고 나쁘고의 인식이 있어. 내가 지금 하고 있는 이 운전이라는 일도 사람들의 시선이 곱지만은 않아. 학교를 많이 다니지 못한 소위 가방끈이 짧고 특별한 재능이나 기술이 없는 사람들이 하는 일이라는 인식이 강하거든."

나는 운전하는 일에 대해서 큰 관심도 생각도 가져본 적은 없지만 확실히 우리가 흔히 말하는 끝에 사 자가 붙은 직업처럼 많은 사람들에게 선망받는 직업은 아닌 것 같다.

아저씨는 계속해서 말을 이었다.

> 아저씨 : "하지만 나는 내 일이 너무나도 자랑스러워. 사람들의 인식을 떠나서 직업이라는 것은 그런 것이거든. 네가 말했듯이 내가 좋아하는 일을 하는 것도 중요하지만 자신이 어떤 일을 하든 그 직업에 대한 자부심과 사명감이 있어야 해. 누군가에게는 내가 하는 이 일이 운전만 할 줄 알면 누구나 할 수 있는 일로 보일 거야. 하지만 운전이라는 것이 잘하면 편리하고 빠른 이동수단이겠지만 못하면 언제든지 무고한 남을 죽일 수 있는 살인기술이 되는 거거든."

너무나도 자신감 넘치는 목소리에 나는 고개를 옆으로 돌려 아저씨를 보았다.
정면을 보며 운전을 하고 계신 아저씨를 보며 눈을 마주치지 않아도 자신이 하는 일에 대한 사랑과 운전에 대한 책임감을 얼마나 가지고 계시는지 느낄 수 있었다.
곧이어 자신감 넘치는 목소리로 아저씨는 말을 이었다.

> 아저씨 : "우리가 뒤에 싣고 가고 있는 게 뭔지 알아? 가스와 같은 폭발 위험성이 있는 특수 위험물이야. 저 위험물을 운반하는 차가

만약 사고가 나면 폭발하기 때문에 일반적인 차보다 더 큰 사고가 돼. 그렇기 때문에 운반하는 차에 탄 운전자만 다치는 게 아니라 주위의 많은 사람이 함께 다칠 수도 있어. 그래서 저런 위험물을 운반하려면 특수한 자격이 있어야 하거든? 말 그대로 아무나 할 수 있는 일이 아니라는 것이지. 그리고 나는 그 자격을 부여받음과 동시에 저 위험물을 안전하게 목적지까지 운반해야 하는 책임감을 함께 부여받은 것이지.

누군가는 반드시 해야 할 이 위험한 일을 내가 사람들이 다치지 않게 사고를 조심하며 안전하게 운반하고 있다는 것에 있어서 나는 항상 내 일에 대해 큰 자부심과 사명감을 느껴. 내가 봤을 때 직업에 귀천은 있어. 바로 내가 내 직업에 자부심을 느낄 때 그게 정말 세상에서 가장 보람 있고 귀한 직업이 아닐까?"

한 번 더 바라본 아저씨의 주위에는 빛이 나는 듯했다.

이 세상의 모든 사람들이 아저씨처럼 자신이 맡은 일에 대해 자부심을 느끼고 또 그에 대한 사명감과 책임감을 가지고 임한다면 우리 사회의 발전은 누가 막으려고 해도 막을 수 없을 것이다. 이 여행이 끝나갈 때쯤에는 나도 스스로 자부심을 느낄 수 있는 일에 한 걸음 더 가까워지겠지?

우리가 탄 차는 금세 여수에 가까워졌고 아저씨는 여수 입구의 공단에서 일을 보고 여수로 들어갈 것 같다고 하셨다. 그런데 공단은 출입 자격이 있는 사람만 출입할 수 있기에 내가 함께 들어갔다가 나올 수 있는 상황이 아니었다.

아저씨는 걱정스러운 목소리로 나에게 말씀하셨다.

아저씨 : "공단 안에는 어쩔 수 없이 아저씨만 들어가야 해서 공단 입구에 내려주든 해야 할 것 같은데 거기가 고속도로처럼 차들만 지나다니는 곳이라 위험할 것 같아서 걱정되네. 어디 멈춰 서서 히치하이킹을 할 수 있을 곳이 없을 텐데…. 내가 들어가서 서두르면 한 30분 정도 걸리는데 그동안 다른 차 히치하이킹해 보고 내가 나왔을 때 네가 아직 히치하이킹을 못 한 상황이라면 내가 너 가는 곳까지 태워줄게."

나 : "저는 히치하이킹 금방 해서 갈 수 있으니 걱정하지 마시고 천천히 일 보셔도 돼요. 괜히 저 때문에 서두르시지 마세요."

그렇게 공단 입구에 도착한 우리는, 함께 차에서 내릴 수는 없어 차 안에서 짧게 사진 한 장을 찍었다. 나는 아저씨께 인사를 드리고 차에서 내렸다. 처음 차에 탈 때 걱정한 것과는 다르게 미끄러지듯 잘 내려왔다.

나는 차에서 내리자마자 주변 도로를 살펴봤다. 정말 막막한 마음만 들었다. 어디 설 곳 하나 없는 정말 뻥 뚫린 도로였다. 아저씨 말씀대로 고속도로 외곽에 나 혼자 서있는 느낌이 들었다.

아저씨 차는 입장하는 절차 때문에 움직이지 못하는 상황이었고 아저씨 차 뒤에 서있으면 지나가는 차들이 나를 보지 못하는 상황이었기에 차들이 오는 방향으로 20초 정도 거리만 걸어가기로 했다.

히치하이킹할 위치에 도착해서 아저씨 쪽을 바라봤는데 아저씨께서는 아직도 입장을 못 하고 계셨다. 입구에 나온 직원 한 명에게 출입증을 확인하는 것인지 뒤에 우리가 싣고 왔던 것들과 함께 검문 비슷한 과정을 받고 계셨다.

나도 곧바로 히치하이킹에 들어갔다.

가뜩이나 차들의 통행량이 많지 않은데 그마저도 체감상 시속 100km 정도로 1, 2차선을 통해 지나갔다.

저 차들이 가장 바깥 차선에 서있는 나를 발견한다고 하더라도 차를 세우기는커녕 박스에 적힌 글자 한 글자도 읽지 못할 것이다. 나의 이런 생각을 증명해 주듯 또 차 한 대가 앞을 쌩하고 지나갔다. 어떤 차종이었는지 보지도 못할 정도의 빠른 속도다.

과연 히치하이킹이 될까? 그래도 아저씨께서 볼일을 다 보시고 나올 때까지 히치하이킹이 되지 않으면 나를 태워주겠다 하셨기 때문에 그렇게 마음이 조급하지는 않았다.

그렇게 아저씨가 나오실 때까지 안전한 곳에서 기다려야 하나?

싶은 찰나 곧바로 차 한 대가 빠른 속도로 내 앞을 지나가더니 저 멀리 멈춰 섰다.

히치하이킹을 시작한 지 3분도 되지 않은 시간이었기에 나를 태우기 위해서 멈춘 것인지 긴가민가한 상황이었다. 하지만 이 도로에서 차를 저렇게 급격하게 세울 이유는 없었다.

멈춘 차를 향해 달려가며 아저씨 차가 아직 있는지 돌아봤다. 아저씨는 조수석 창문을 열고 환하게 웃으며 나에게 얼른 가라는 듯 손을 흔들고 계셨다.

나는 그런 아저씨를 향해 한 번 더 고개 숙여 인사를 하고 멈춘 차로 갔다.

조수석 창문이 열리고 나는 이 차가 나를 태우기 위해 멈춘 차량임을 알 수 있었다.

이번에 나를 태워주신 운전자는 젊은 남성분이셨다.

창원까지 태워줬던 형과 비슷한 나이대로 보였다.

그분은 나에게 여수 어디로 가는지 물어보셨다.

생각해 보니 나는 여수 부근부터는 내가 갈 구체적인 목적지를 적어놓고 히치하이킹을 하기로 했었는데 아저씨 차에서 내리자마자 히치하이킹을 하다 보니 내가 들고 있던 박스에 적힌 것이라곤 여수라는 두 글자뿐이었다.

이분은 내가 여수 어디를 가고자 하는지 모르는 상황이었다. 만약 운전자가 원래 가려고 하던 목적지가 내가 가려는 곳과 반대 방향이면 내가 중간에 내려야 하거나 나로 인해 운전자분께 피해를 줘야 하는 상황이었다.

이미 내가 차를 탄 뒤로 한동안 움직인 상황이라 아마도 운전자분께서는 나와 목적지가 다르더라도 나에게 맞춰주실 것 같았다.

나는 나로 인해 운전자분께 피해가 가는 상황은 최대한 피하고 싶어 차를 세워달라고 요청하려 했다. 하지만 이미 차는 터널을 몇 개 지난 뒤였고 아무리 창문 밖을 살펴봐도 중간에 차를 멈출 수 없는 도로를 계속해서 달리고 있었다.

나는 어쩔 수 없이 목적지가 미평동이라고 말씀드렸다. 다행히 그분도 미평동에서 바로 3분 거리인 옆 동네에 가는 중이라고 하셨다.

나는 그 말을 듣고서야 안심할 수 있었다.

목적지를 확실하게 밝히지 않고 차를 탄 나의 부주의로 운전자분의 시간을 빼앗는 일이 일어나지 않아서 다행이다.

앞으로 도시에 들어가 구체적인 목적지로 향할 때는 꼭 차에 타기 전 내가 가야 하는 곳에 대해 구체적으로 이야기를 나눠야겠다.

그렇게 우리는 계속해서 고속도로와 같은 길을 달렸고 운전자분께서는 내가 차를 처음 탄 곳에서 우리가 도착할 목적지까지 생각보다 거리가 멀지 않다고 말씀해 주셨다.

나는 그 말을 듣고 이번에 태워주신 분과는 상대적으로 짧은 동행을 하니 깊은 이야기를 나누기는 힘들 것 같다는 생각이 들었다.

운전자분께서도 분명 나에게 궁금한 것들이 많을 텐데 시간이 부족함을 인식하시는 건지 운전자분은 여수에 관한 이야기를, 나는 내가 살고 있는 울산에 관한 이야기를 편안하게 나눴다.

그러면서 내가 사는 울산과 여수는 닮은 점이 많다는 것을 알게 되었다. 예를 들면 둘 다 큰 공단들이 있기 때문에 공기가 뜨거워서인지 겨울에 뉴스에서 전국적으로 눈이 온다고 해도 전국에서 딱 두 곳, 울산과 여수만은 눈이 내리지 않는다는 것처럼 말이다.

이렇게 지역에 관한 재미있는 이야기들을 하다 보니 역시나 얼마 지나지 않아 목적지에 도착할 수 있었다.

과거 무전여행이
이어준 소중한 인연

목적지에 도착한 나는 운전자분께 인사를 드리고 차에서 내리자마자 제일 먼저 휴대폰을 켰다. 그리고 오늘 만나기로 약속한 분께 전화를 드렸다. 그분은 바로 내가 사장님이라는 호칭으로 부르는 분이자 내가 진심으로 좋아하는 어른이었다. 이 사장님과 나는 무전여행을 통해 이어진 인연이다.

사장님을 처음 뵌 건 작년 내가 열여덟 살 때 일이다.

지금처럼 대한민국 한 바퀴라는 큰 목표가 아닌 아는 형과 함께 2박 3일이라는 짧은 계획을 가지고 무전여행을 했었다. 그때는 기간도 짧고 목표도 작았던 만큼 지금보다 더 계획 없이 떠난 여행이었던 것 같다.

형과 함께 우리 집에서 저녁을 먹던 중 문득 밤에 경치가 예쁜 곳이 어디 있을까 대화를 나누게 되었고 우리는 너무 예뻐서 노래로까지 만들어진 여수 밤바다가 궁금해졌다. 그 이유 하나만으로 여수가 우리의 목적지로 정해졌고 여수의 밤바다를 보겠다는 것이 우리의 여행 목표가 되었다. 그렇게 형은 우리 집에서 하룻밤을 자고 우리는 다음 날 대충 가방 하나를 챙겨 바로 여행을 떠났었다.

형과 나는 그때도 지금처럼 히치하이킹을 통해 여행을 했다. 그때는 다른 곳을 들르는 것이 아닌 오직 여수만이 목적지였기에 히치하이킹에 매달린 결과 울산에서 여수까지 하루 만에 도착했던 것 같다. 히치하이킹의 노하우도 없던 우리는 맨땅에 헤딩하듯 히치하이킹을 시도해 늦은 밤이 돼서야 여수에 도착할 수 있었다. 그래도 결국 우리는 그토록 보고 싶던 여수 밤바다를 직접 볼 수 있었다.

히치하이킹을 하다가 힘들 때마다 불렀던 여수 밤바다 노래를 틀고 조용한 벤치에 앉아 형과 함께 바라본 여수 밤바다. 그때 우리를 품어주던 공기, 적당히 땀을 식혀주던 온도, 바다의 시원함을 과하지 않게 머금은 바람이 환상적인 호흡으로 그야말로 완벽한 분위기를 뿜어냈다.

우리가 여행 전 생각했던 "노래로 만들어질 정도의 경치인가?"라는 질문에 너무나도 훌륭한 대답을 해줬다. 작년임에도 그날을 떠올리면 마치 그 공간을 다시 느끼는 듯한 착각이 들 정도로 지금도 생생하게 떠올릴 수 있는 순간이었다.

그렇게 우리는 낭만이 가득한 여수를 몸으로 직접 느낀 후, 그때는 텐트도 챙기지 않았던 터라 편의점에서 박스를 구해 하늘을 이불 삼아 이순신 광장에 누워서 잠을 청했었다.

새벽에 내린 비에 강제적으로 잠에서 깬 우리는 이순신 광장에 있는 다리 밑에서 비가 그치기를 기다렸다. 비가 어느 정도 그치고 해가 뜨려고 할 때 우리는 일하는 대가로 숙식을 제공받을 수 있는 식당을 찾아 떠났다. 그렇게 우리는 낭만 포차로 유명한 여수 밤바다 거리를 해가 뜨기 전부터 걸어 다녔다. 바다를 따라 줄지어 가게들이 있었기에 일을 쉽게 구할 수 있을 것이라는 우리의 생각과 달리 그 시간대에는 대부분의 가게 문이 닫혀있었다. 그렇게 우리는 계속해서 걸어 낭만 포차를 지나고, 거의 상가 가장 끝 라인에서 유일하게 열려있던 가게가 바로 이 사장님의 가게였다.
사장님께서 당시 운영하고 계시던 가게는 초밥을 만들어 파는 음식점이었다.

사장님은 우리의 여행 취지와 먹고 자고 할 곳이 필요하다는 이야기를 듣고 흔쾌히 일을 시켜주셨다. 처음에는 창고 정리와 청소로 시작했다. 그렇게 청소를 끝내니 사장님께서 대뜸 나중에 성인이 되면 무슨 일을 하고 싶은지 물어보셨다. 나는 그때도 내가 확실히 좋아하는 일을 찾지 못한 상황이었지만 막연하게 언젠가는 작은 음식점이나 가게를 운영하고 싶다는 생각을 했었기에 그렇게 대답했다.

그러자 사장님은 본인의 가게에서 여러 업무를 조금씩 해보고 어떤 게 너한테 맞는지 한번 같이 찾아보자고 말씀하셨다.

이 부분이 내가 사장님을 좋아하게 된 가장 큰 이유기도 하다.

식당이 아니더라도 대부분의 일터에서는 단기로 잠깐 일하는 사람에게 시간을 들여 교육이 필요한 일을 지시하지 않는다. 굳이 떠날 사람에게 시간을 들여 노하우와 기술을 가르치기보단 누구나 할 수 있는 단순노동에 가까운 일을 지시하는 것이 합리적이고 보편적인 경영방식일 것이다.

아무래도 일을 가르친 사람이 나가버리면 이 한 사람을 교육하는 데 들인 시간과 에너지가 아무런 효율 없이 소비되는 것이니 말이다.
하지만 사장님께서는 달랐다. 하루 잠깐 일하러 온 나에게 주방 설거지와 정리 같은 단순한 일부터 계산기 포스 조작, 홀 서빙, 손님 응대, 심지어는 초밥을 만드는 것까지 가르쳐 주셨다.
특히 내가 요리에 관심 있어 하는 걸 아시자마자 초밥 만드는 방법을 집중해서 알려주셨다. 사장님께서는 내가 밥알을 정확한 그램 수로 쥘 수 있는 감을 익혀주기 위해 손으로 밥알을 만들어 저울에 올려보는 연습을 시켜주셨다. 사장님이 알려주시고 기다려 주시니 나중에는 일정한 그램 수의 밥알을 감으로 쥘 수 있게 되었다.

다시 한번 생각해 봐도 내가 그 밥알의 무게를 감으로 익히기까지의 시간은 장기적으로는 몰라도 당장에는 가게에 도움이 되지 않는 시간이다. 내가 생각보다 빨리 감을 익힌다고 해도 그날만 일하고 떠나버린다면 사장님이 나에게 투자한 시간은 분명 성과로 이어지지 않는 무의미한 시간이 되어버리는 것인데 오늘 처음 만난 나에게 처음 약속한 계약조건인 숙식을 제공하면서도 그 사람이 여러 경험을 할 수 있게 시간을 투자한다는 것은 보통 사람이라면 하지 못할 생각일 것이다.

사실 일을 하던 중 알게 되었는데 사장님의 가게는 당시에 오픈하고 처음으로 맞는 주말이었다. 모든 업종, 특히 음식점은 새롭게 오픈했을 때 어떻게 하느냐에 따라 가게의 성패가 나뉜다. 그래서 대부분의 가게들이 처음 오픈했을 때 몰린 고객들을 상대로 좋은 이미지를 가져가려고 하고, 그 속에서 고객들의 충성도를 얼마나 높이느냐에 따라 단골 고객을 확보할 수 있다. 그리고 이때 단골 고객을 얼마나 확보하느냐에 따라 가게의 수명이 결정되기에 오픈 시기는 음식점 입장에서 특히 매우 중요한 시기다. 특히 SNS의 영향을 강하게 받는 관광지에 위치한 사장님의 가게는 다시 돌아오지 않을 중요한 주말이었을 것이다.

그러한 시기에 사장님은 나에게 음식점의 가장 중요한 이미지인 '맛'을 나에게 맡겼다.

실제로 손님이 오셨는데 손님 테이블에 나갈 초밥을 나에게 편하게 만들어 보라며 전적으로 믿고 맡기시기도 하셨다. 사장님이 믿어준 덕분인지 자신감을 얻은 나는 사장님께 현재 있는 메뉴를 다른 방법으로 조합해서 새로운 초밥을 만들어 보고 싶다고 말씀드렸다. 그러자 사장님께서는 새로운 메뉴를 개발하려면 재료들의 맛을 제대로 알아야 한다고 하시며 1m가 약간 넘어 보이는 큰 생선을 도마에 놓고 바로 손질하시더니 초밥에 올라가는 부위부터 올라가지 않는 특수부위까지 한 점씩 나에게 맛보여 주셨다.

그리고 나에게 재료를 얼마나 써도 상관없으니 한번 맛있게 만들어 보라고 하셨다.
그래서 나는 두 가지 초밥의 조리 방법과 소스를 섞어서 새로운 초밥을 만들어 봤다.
사장님께서는 내가 만든 초밥을 맛보셨다.

사장님 : "이거 똑같은 방법으로 몇 접시 더 만들어 볼래?"

나는 사장님께서 맛을 평가하기에는 1 피스로 모자라는가? 하는 생각으로 일단 몇 접시 더 만들라고 하시니 그렇게 했다. 사장님께 추가로 만든 초밥들을 드렸다.
사장님께서는 내가 만든 초밥이 담긴 접시를 받자 그것을 들고 홀에 있는 손님들 테이블로 향했다. 손님들께 하나씩 드리며 말씀하셨다.

사장님 : "이거 저기 주방에 동생이 가게에 신메뉴를 만들어 보겠다고 하면서 만들었는데 가게에 신메뉴로 내도 될지 맛 평가를 함께해

주실 수 있으신가요?"

사장님의 돌발행동에 나는 깜짝 놀랐다. 가게의 이미지에서 가장 중요한 것이 맛인데 오늘 처음 일하는 직원의 음식을 손님 테이블에 내다니 아무리 서비스 개념이라고는 하지만 내가 만약 사장님이었다면 절대 하지 못할 행동이다.

손님께서는 주방 입구에서 조심스럽게 홀을 쳐다보고 있는 나를 향해 엄지척을 해주셨다.

나는 부끄러운 마음에 주방으로 도망갔지만 내심 기분이 좋으면서도 나를 믿어주신 사장님께 감사했다.

우리의 여수 무전여행 계획은 사장님의 가게에서 첫날만 일한 뒤 다음 날은 여수의 또 다른 곳을 구경하는 것이었다. 하지만 사장님을 만나면서 그 계획들은 다 없어졌다. 나도 사장님이 너무 좋았지만 사장님도 내가 마음에 드신 것인지 여행 계획을 물어보곤 하루만 더 있다가 가라고 하셨다. 그렇게 하루만 더를 반복하다가 우리는 결국 여수 여행기간 동안 사장님의 가게에만 있게 됐다.

나중에는 사장님께서 농담 삼아서 그냥 울산 가지 말고 여수에 살면서 같이 일하자고도 하셨다.

그렇게 2박 3일을 함께하는 동안 사장님께서도 집에 따로 안 들어가시고 우리와 함께 지내셨다. 잠은 가게에 좌식 테이블이 있는 방 쪽에서 테이블 사이에 누워서 자고, 샤워는 싱크대에 물을 가득 받아 바가지로 퍼가면서 다 같이 씻었다.

사장님께서는 항상 마감한 뒤 야식을 사서 같이 둥글게 둘러앉아 먹었다. 사장님은 이렇게 야식을 먹을 때나 일할 때나 사진을 자주 찍으셨는데 우리가 떠나는 날 아침에 이것도 시간이 지나면 다 추억이고 하나의 포트폴리오가 된다며 직접 영상을 만들어서 선물로 주시기도 하셨다.

또 헤어지기 전 사장님께서는 우리를 불러서 앉히고는 뜻밖의 말씀을 하셨다.

> 사장님 : *"2박 3일 동안 너무 고생 많았고 덕분에 오픈하고 첫 주말인데 큰 사고 없이 지나갈 수 있었어. 그래서 일한 값은 받아야지 얼마를 받고 싶니?"*

분명 우리는 약속한 숙식도 제공받았고 게다가 생각하지도 않았던 다양한 경험과 야식까지 매일 제공받았다. 거기에 충분히 감사함을 느끼고 있는데 얼마를 받을지 말하라고 하시니 당황스러웠다. 나는 어차피 처음부터 돈이 아닌 숙식이 필요하여 시작한 일이기에 먹여주고 재워주신 것으로 충분하다고 말씀드렸다. 하지만 이어지는 사장님의 말씀을 들은 나는 사장님이 나에게 다른 것을 알려주려고 하신다는 것을 깨달았다.

사장님 : "먹여주고 재워주는 건 당연한 일이야. 그리고 돈을 바라지 않고 한 일이라도 사람이 일을 하면 그 값을 받아야 하는 거야. 나는 너희가 나중에 어른이 되면 누군가가 주는 대로 일한 값을 받는 사람이 아니라 스스로의 몸값을 정할 수 있는 사람이 됐으면 좋겠어. 그런 의미로 지금 여기에서 내가 너희의 몸값을 정해서 주는 것이 아니라 각자 얼마를 받길 희망하는지 물어보는 거야.
자신의 몸값을 스스로 정해서 각자가 받고 싶은 금액을 이야기해 봐."

몇 번이나 반복되는 완곡한 사장님의 말씀에 나는 사장님께 최저시급만 달라고 요청드렸다.

그러자 사장님은 나에게 대충 봐도 2박 3일 일한 것에 대한 최저시급보다 훌쩍 넘어 보이는 봉투를 건네며 말씀하셨다.

사장님 : "그건 네가 정한 몸값이고 이건 내가 너에게 추가로 주고 싶은 값이야."

사장님과의 2박 3일을 하면서 나도 만약 내 일을 하고 내 밑에서 함께해 주는 직원들이 있다면 사장님 같은 사람이 되어야겠다는 생각을 했다. 직원에게 자신감과 용기를 주고 직원을 믿고 지지해 주는 그런 사람 말이다. 사장님은 나에게 그런 분이셨다.

그 후로도 사장님과 계속해서 SNS를 통해서 연락도 하고 했지만, 울산과 여수 사이에는 거리가 있다 보니 그렇게 자주 찾아뵐 기회가 없었다.

그래서 이번 무전여행을 출발할 때도 사실 이번 기회로 사장님을 뵈어야겠다고 생각해서 여수를 제일 먼저 코스에 넣었었다. 오랜만에 전화를 드렸음에도 불구하고 전화기 너머로 들려오는 구수한 전라도 사투리가 반가웠다. 사장님의 목소리를 듣는 것만으로 다시 예전 무전여행으로 돌아온 것 같이 들떴다.

사장님께서 내가 있는 곳에 다 와간다는 말씀을 하신 지 얼마 지나지 않아 사장님을 뵐 수 있었다. 사장님께서는 차에서 내리시며 언제나처럼 웃는 모습으로 나를 반겨주셨다.

우리는 차에 타서 오랜만에 만난 만큼 그간의 근황을 나누었다. 사장님은 내가 무전여행 때 함께 일했던 가게를 얼마 전에 접으시고 백화점과 같은 곳의 푸드코트 안에 새로운 상호명으로 초밥 가게를 오픈했다고 하셨다. 우리는 이런저런 이야기꽃을 피우며 우리 모두의 추억이 있는 기존 사장님 가게로 향했다.

낯선 풍경의 도로를 지나 이순신 광장이 보이고 점점 내가 일했었던 사장님 가게에 가까워지자 박스 깔고 자다가 비를 맞고 깬 기억, 당시에 일을 구하러 새벽에 다니던 모습, 그리고 사장님과의 첫 만남까지 다양한 추억들이 생각났다.

옆에 있던 편의점도 주변 다른 가게들도, 우리 가게 위에 펜션까지도 모두 같은 위치에 같은 모습으로 그대로 있었다. 단 하나, 나의 추억이 가득 담긴 사장님 가게를 제외하고는 말이다.

우리 가게 간판이 있던 자리에는 다른 간판이 있었다. 사장님 지인분이 가게를 인수하셔서 다른 식당으로 운영하고 계신다고 하셨다. 사장님의 지인분 가게이기에 아직 문을 열지 않았지만 가게 안으로 들어가 볼 수 있었다.

테이블 배치나 이런 대부분은 내가 일할 때와 똑같았다. 바뀐 것은 테이블 위에 놓여있던 메뉴판이나 액자와 같은 작은 소품들뿐이었다. 하지만 그 작은 것마저도 바뀐 점을 찾았을 때 속상함이 밀려왔다. 다른 분께서 인수하셨는데 그런 작은 것까지 바뀌지 않길 바라면 그것은 욕심이겠지.

이제는 우리의 가게도 아니고 나는 처음 와보는 가게이지만 사장님은 자연스럽게 홀에 있는 테이블 하나에 앉고 나는 익숙하게 부엌에서 컵과 냉장고에 물을 한 통 꺼내 와 앉았다.

그때 이 가게를 인수하신, 현재 사장님으로 보이는 분께서 들어오셨다.

나는 일어나 인사를 했고 사장님은 지인분께 나를 소개해 주셨다.

그 순간 나는 사장님의 옛날 특징이 생각났다.

사장님께서는 옛날에도 거래업체 사장님들이나 지인들 심지어 나에 대해 관심도 궁금한 점도 없이 그냥 식당에 들어와 식사를 하고 계시는 손님들에게까지도 나를 동네방네 자랑하셨다. 엄청나게 대단한 사람인 것처럼 과장해서 말이다. 그때 사장님께서는 마치 자신의 일처럼 자랑스러운 표정을 하시며 나를 소개하셨다.

1년이 지난 지금도 역시 한결같으시다.

> 사장님 : "얘가 어떤 애인지 알아요? 지금 무전으로 전국을 여행하고 있는 애예요. 아니 돈 한 푼 없이, 그것도 혼자서 말이에요. 사장님은 이런 것 하실 수 있겠어요? 저는 절대 못 해요. 이 친구 심지어 나이도 열아홉이야. 너무 대단하지 않나요? 앞으로 진짜 크게 될 친구예요."

종종 이렇게 나를 소개해 주는 사장님을 본 손님들 중에는 혹시 아들이냐고 물어보는 분도 계셨다. 내가 봐도 팔불출 아버지 중에서도 특출난 아버지가 자식 자랑을 늘어놓는 것처럼 보이긴 했다.

대부분 밖에 나가서 자식 자랑하는 팔불출 아버지한테 마지못해 대단하다고 대답하는 사람들의 반응을 보며 부끄러움은 나의 몫이었지만 그때마다 내가 대단한 사람이 된 것 같이 자신감도 생겼고 동시에 사장님이 나를 많이 믿고 기대해 주는 만큼 나도 그런 사람이 되도록 노력해야겠다는 생각도 들었다.

그렇게 또 한바탕 팔불출 사장님의 소개가 끝나고 나는 지인분과 짧은 인사를 나누고 다시 사장님과 대화를 이어갔다. 역시 사장님과는 그저 마주 보고 대화만 나누어도 기분이 좋아지고 힘을 얻는 느낌이 든다. 사람에게서 뿜어져 나오는 기운이 보인다면 사장님의 뒤에는 분명 긍정의 밝은 빛이 풍길 것이다. 사장님과 함께 한참 대화를 나누며 사진도 찍고 저녁도 함께 먹었다.

해가 조금씩 저물어 갈 때 나는 사장님과 헤어졌다.

사장님과의 인연은 내 첫 무전여행을 통해 남은 성과물이고 나에게는 내 첫 무전여행이 성공적이었다는 사실적 증거가 되어주었다. 그렇기 때문에 그런 사장님과의 만남은 나에게 자신감을 주기에 충분했다.

덕분에 내 마음이 앞으로 남은 여정들도 잘해낼 수 있을 거라는 생각과 긍정적인 에너지로 가득 찼다.

나는 내일 일정을 위해 해가 지기 전에 잠자리를 찾을까 했지만 한 분 더 만나 뵙기로 한다.

여수는 내 첫 무전여행 목적지였고, 사장님과의 추억도 있지만 여수가 내 제2의 고향이 된 것은 그보다 더 전부터였다.

여수는 내가 어릴 때 어머니가 잠깐 지내셨던 곳이기도 했다. 여수에 머무는 동안 지인들도 많이 생긴 어머니는 가족여행을 갈 기회가 있으면 여수로 자주 가곤 했다. 덕분에 나는 다른 도시에 비해 여수에 갈 기회가 많았고 여수에서의 추억도 많이 쌓여 지금은 생각만 해도 마음이 따뜻해지는 제2의 고향이 되었다.

여수를 찾을 때마다 항상 꼭 얼굴은 보고 가라며 나를 기다리고 계시는 어머니의 친구분이 계신다. 나에게는 오랜 이모다. 사장님과 헤어진 나는 다음 계획이었던 이모를 만났다.

어머니와 함께가 아닌 혼자 떠나는 여행은 처음이기에 사실상 이모를 혼자서 뵙는 것도 처음이었다. 시간이 늦었던 터라 나는 이모와 만나서 짧은 대화만 나누었다.

나에게 "아이구 애기야. 정말 무식하게 한 푼도 안 챙기고 이 길을 왔냐?"라고 물어보시는 이모를 보며 황당해하면서도 나를 걱정해 주는 마음이 느껴졌다. 나는 나중에 무전여행이 끝나고 여수에 또 놀러 오게 되면 연락드린다고 말씀드리고 짧은 만남을 뒤로 헤어졌다.

나는 이모와 헤어져 적당한 잠자리를 찾아 누웠다. 오늘 오전 창원에서 형과 그리고 친구와 헤어진 후 세 번의 히치하이킹으로 도착한 여수, 그곳에서 정말 그리웠던, 그리고 꼭 뵙고 싶었던 사장님과 이모까지 만나 너무나도 피곤한 하루였지만, 오늘 지나온 섬진강의 강줄기처럼 이렇게 어떻게든 흘러가는 여행의 흐름 속에서 힐링이 되는 하루였다. 그래도 역시 하루에 140km의 거리를 히치하이킹으로만 이동하는 건 무리였는지 누적된 긴장감이 풀리며 금방 잠이 쏟아졌다. 앞으로 여행 일정이 많이 남았기에 내일은 조금 여유를 가지고 움직이기로 한다.

Day 4

저울은
평등해질 수 있을까?

주변이 밝아지자 저절로 눈이 떠졌다. 어제 많은 거리를 이동하였기에 오늘은 여유롭게 움직이기로 했다. 짐을 풀지도 않았기에 얼마 챙길 것도 없는 짐을 느긋하게 챙기기 시작했다.

짐을 챙기다 보니 깜빡 잊었던 식량이 생각났다.

어제 나를 재워줬던 창원 형 집에서 출발하기 전, 형이 내가 걱정된다며 먹을 것을 싸준다고 이야기했었는데 계속해서 거절하다가 마지못해 "그러면 밥에다가 고추장만 비닐봉지에 담아줘."라고 부탁해서 가방에 챙겨놓은 것이었다.

짐을 얼추 다 챙긴 나는 그것으로 아침을 대충 해결하고 출발하기로 했다.

나는 배낭에서 흰쌀밥과 고추장이 담긴 비닐을 꺼내며 이마저도 없었다면 나는 오늘 하루 종일 굶었을 텐데 챙겨달라고 하길 잘했다고 생각했다. 나는 밥과 겉도는 고추장을 섞어보고자 비닐봉지 채로 손으로 주물럭거렸다. 하지만 이미 비닐봉지 안에서 딱딱해진 밥은 내가 아무리 힘을 줘서 눌러도 으깨지지 않았고 고추장 양념은 하나도 배지 않았다.

나는 그냥 돌이 된 맨밥을 뜯어 먹기로 하고 비닐봉지를 벌려 입을 가까이 댔다.

어제부터 염증이 난 것인지 잇몸이 붓고 심한 통증이 이어졌었는데 갑자기 그 통증이 느껴지기 시작했다. 분명 아침부터 일어나 더위 속에 짐을 싼다고 많이 허기졌는데도 불구하고 통증 때문에 밥을 입에 넣고도 씹을 수가 없었다. 결국 나는 딱딱한 밥은 잇몸 통증 때문에 도저히 못 먹겠다고 생각하고 허기진 배를 뒤로한 채 다시 비닐봉지를 묶었다.

그리고 가방을 메고 길을 나섰다.

오늘 나의 목표는 순천까지 가는 것이다. 정확히는 순천에 위치한 우리나라의 유일한 국가정원인 순천만으로 갈 계획이다(이제는 내가 살고 있는 울산에 태화강 국가정원이 생겼지만 이때는 순천만이 유일한 국가정원이었다). 나는 창원의 기억을 살려 부산에서 창원으로 출퇴근하는 인구가 있듯이 여수와 순천도 거리가 가깝다 보니 서로 출퇴근하는 사람들이 있지 않을까? 하는 생각이 들었고 만약 그렇다면 여수에서 순천으로 이동하는 차들의 통행량이 많은 시간대는 출근 시간이라 생각했다.

그래서 출근 시간대를 완벽하게 공략하고자 이렇게 출근 시간 한참 전부터 출발한 것이다.

지금은 포인트를 옮겨가며 여유롭게 히치하이킹을 하다가 출근 시간쯤에는 창원에서처럼 순천으로 가는 길목에 자리를 잡고 히치하이킹에만 매진할 것이다.

순천으로 가는 길목을 향해 걸으며 히치하이킹할 만한 곳을 찾기 시작했다.

한참을 걷는 동안 히치하이킹에 집중해도 되겠다는 생각이 들 정도로 마땅한 포인트가 보이지 않았다. 내비게이션에서 한동안 직진만 하라고 안내하기에 휴대폰 배터리를 아끼기 위해 휴대폰 전원을 끄고 걷기로 했다. 그렇게 한참을 걷고 난 뒤 휴대폰을 켜서 내비게이션을 보니 이미 10km나 걸어온 상황이었다. 그리고 그것보다 더 놀라운 것은 시간이 벌써 오후가 다 되어간다는 것이었다.

내가 아무리 준비를 여유롭게 하고 천천히 걸었다고 하지만 분명 아침 일찍 출발했었는데 벌써 출근 시간대를 한참 놓쳐서 오후가 다 되어가다니. 나는 계획과 틀어진 일정에 불안해졌다.

언제 될지 모르는 히치하이킹과 그늘 한 점 없는 도로에서 더위에 지쳐가던 나는 저 멀리 보이는 육교를 발견하고 그 밑에서 5분만 쉬기로 했다. 육교에 다다른 나는 잠시 햇빛도 피하고 다리도 쉴 겸 육교 밑으로 들어가 앉으려는데 위에서 큰 물방울이 떨어졌다.

처음에는 빗방울이 떨어지나 싶었지만 육교 밑인데 빗방울이 떨어질 일도 없고, 비가 온다고 하기에는 구름 한 점 없는 날씨였다. 그냥 내가 잘못 느낀 것이겠지 생각하고 넘어가려 했는데 또 물방울이 떨어졌다. 내가 잘못 느낀 것이라고 생각하기에는 옷 위로 젖은 흔적이 선명했다. 설마 위에 지나가는 사람이 물을 흘렸나 싶어서 위를 보는 순간 큰 물방울이 내려오더니 이번엔 내 눈 위로 떨어졌다. 나는 떨어지는 물방울의 정체가 새까만 쇳물이라는 것을 두 눈으로 보고 나서야 알게 되었다. 육교에서 쉬지 말라고 쫓아내는 건지 내가 쉬려고만 하면 그 자리에 쇳물이 떨어졌다. 나는 어쩔 수 없이 쉬기를 포기하고 다시 길을 나섰다.

그렇게 나는 또 한참을 걸어 오후가 되어서야 순천으로 빠지는 길이 있는 포인트에 도착했다. 길이 두 방향으로 나뉘어진 갈림길이었다. 이정표를 살펴보니 한쪽은 순천으로 빠지는 길이고 또 다른 한쪽은 여수의 시내 쪽으로 빠지는 길이었다. 한동안 서서 관찰해 보니 여수 시내를 향하는 차가 아홉 대 지나가면 순천으로 가는 차가 한 대 정도 지나가는 것 같았다.

순천으로 가는 길의 통행량은 적었지만 그래도 확실하게 순천으로 향하는 차들만 들어가는 길목을 찾았다는 사실만으로 만족스러웠다.

평발인 내가 출발하고부터 한시도 쉬지 않고 걸어와서 그런지 발바닥 통증이 몰려왔다. 게다가 그늘 없이 햇빛을 그대로 받아와서 피부가 따끔따끔 아파져 왔다.

하지만 나는 쉬지 못하고 곧바로 자리를 잡고 히치하이킹을 이어갔다.

내가 서있는 곳에는 신호가 없어 내가 잠시 쉬더라도 그 사이에 차들은 계속해서 지나갈 것이고 그 시간 동안 운명의 차가 지나갈 수도 있는 노릇이었다.

그렇게 히치하이킹에 집중한 지 1시간이 지나서야 처음으로 내 앞에 차 한 대가 멈춰 섰다. 20대로 보이는 남성 운전자셨다. 다행히도 순천까지 한 번에 가는 차여서 나는 감사하다는 인사와 함께 차에 탔다.

차에 타자마자 시원한 에어컨 바람이 내가 흘린 땀을 급속도로 식혔다. 땀이 식어가자 시원함과 추움 그사이의 경계를 타고 나에게 쾌적함으로 다가왔다. 땀을 많이 흘렸던 터라 냄새도 냄새인데 시트 등받이에 내 땀이 묻으면 민폐일 것 같기도 해서 등받이에서 등을 약간 떼어 좌석에 걸터앉았다.

민폐가 될까 잔뜩 경직된 자세로 차 안의 쾌적한 공기를 느끼고 있던 중 운전자께서 먼저 말을 건네셨다.

운전자 : "날씨가 많이 덥죠? 사실 오늘 우연히 회사를 가지 않게

돼서 혼자 순천에 가는 길이었는데 마침 히치하이킹 중이신 걸 봐서
정말 다행이네요."

언제 될지 모르는 히치하이킹을 하며 물도 없이 어질어질하고 있던 나로서는 정말로 감사한 우연이었다.

운전자분은 말씀을 이어가셨다.

운전자 : "사실 제가 교회를 다니는데 제 주변 전도사분들 중에서도
배낭여행과 같은 도전을 하시는 분들이 많이 계시거든요. 그런 분들
을 주변에서 봐왔던 터라 히치하이킹 중이신 것 보고 태우는 데 제
가 큰 부담이 없었던 것 같아요. 제가 아는 선배는 자전거로 세계 일
주를 가기도 했거든요. 그리고 저 또한 친구들과 무전여행을 해본
경험이 있고요."

무전여행을 해본 경험이 있는 분을 만나다니 또 어떤 이야기를 들려주실지 기대가 됐다. 운전자는 자신이 한 무전여행과 주위 지인들의 다양한 도전을 이야기해 주며 무전여행에 대한 여러 조언을 주셨다.

그렇게 한참 이야기를 나누다 보니 역시 나의 학교에 대한 이야기로 이어졌고 나는 내가 좋아하는 일을 찾기 위해 자퇴를 했다는 것과 자퇴 후 한 활동들에 대해서 말씀드렸다.

운전자 : *"아까 말씀드린 제 주위 전도사분들과 비슷하시네요. 그 전도사분들도 여러 시도들을 많이 하시지만 동시에 교육 쪽에 관심 있으신 분들도 많으시더라고요."*

그 이야기를 듣고 나는 내가 생각하는 교육과 내가 진행했었던 교육 프로그램들에 대해서도 말씀드렸다. 그리고 앞으로 만들고 싶은 교육 프로그램과 하고 싶은 도전에 대해서도 이야기를 나누었다. 나는 순천까지 향하는 동안 운전자로부터 정말 다양한 조언을 들을 수 있었다. 운전자께서는 아낌없이 조언해 주신 것도 모자라 나에게 순천의 어디로 갈 계획인지 묻고는 나의 목적지인 순천만까지 태워주신다고 하셨다.

좋은 분을 만난 덕분에 여러 의미 있는 조언들도 들으면서, 순천만까지 한 번에 갈 수 있었다.

순천만에 도착한 나는 함께 사진을 찍어달라고 요청드렸다. 흔쾌히 허락해 주신 덕분에 우리는 함께 사진을 찍었다. 사진을 찍은 후 나는 떠나기 위해 인사를 드리려고 했다. 그때 운전자분께서 나에게 물어왔다.

운전자 : *"점심은 어떻게 했어요?"*

나 : *"점심은 아직 안 먹었어요."*

운전자 : "그럼 밥 한 끼 같이 해요. 괜찮죠?"

정말 끝없는 호의에 죄송한 마음이 들었지만 그분의 손에 이끌려 근처 음식점으로 향했다. 순천만 바로 근처의 꼬막 정식을 판매하는 음식점이었다. 덕분에 나는 예정에도 없던 제대로 된 밥, 아니 그 이상의 호화스러운 상을 받았다.

무전여행 중에 내가 식당에 들어갈 줄이야. 정말 무전여행 중에 생각도 못 했던 밥상에 이래도 되는 건가 하는 생각이 들었다. 그분과 함께 밥을 먹으며 이야기를 이어나갔다.

운전자 : "사실 집안이 어느 정도 여유가 있고 생활이 안정적인 사람들이나 여행이나 도전을 할 수 있는 것이지, 당장 생활이 급급한 사람들은 무언가 새롭게 도전할 수 있는 시간도 없고 상대적으로 도전할 수 있는 기회 또한 잘 주어지지 않잖아요? 그런 것을 보면 정말 사회는 불공평한 것 같아요. 저는 모두에게 공평한 기회가 주어지는 평등한 세상이 와야 한다고 생각해요."

문득 도전을 하고 싶지만 가정을 책임져야 해서 도전할 기회와 용기가 나지 않는다던, 창원까지 나를 태워줬던 형의 말이 생각났다. 금전적으로나 시간적으로나 여유로운 상황이라면 용기나 자신감을 가지기에도 상대적으로 쉬울 것이고, 또 환경이 받쳐준다면 이런 내적인 마음가짐만 가져도 내가 새로운 것에 도전해 봐야겠다는 마음이 들 때 언제든지 실행할 수 있다. 하지만 가정을 책임지기 위해 창원의 형이 화물차 운전과 롯데리아 파트타임을 병행하듯 수익적 활동을 잠시라도 멈출 수 없는 상황의 사람이라면 아무리 내적인 마음가짐이 확실하게 갖춰져 있더라도 여러 외부적인 요인으로 인해서 아무리 도전을 하고 싶더라도 선뜻 시도하기가 힘들 것이다.

이분은 그러한 이유에서 평등한 세상이 와야 한다고 말씀하신 것 같다.

이분의 이야기를 듣다 보니 나 또한 지금 이렇게 도전을 하고 있는 사람이었다.

어떻게 보면 나도 하나의 혜택을 누리고 있는 것은 아닐까?

나 역시 홀로 나와 누나를 키운 어머니 밑에서 그렇게 부유하게는 자라지 못했지만, 나에게는 내 의견이라면 무엇이든 믿고 따라주던 어머니가 있었다.

이미 다져진 포장도로를 가는 길을 포기하고 내가 개척해 나가야 할 자퇴라는 길을 선택했을 때도 어머니의 믿음이 있었고, 성인이 되지도 않은 나이에 무전여행에 도전해서 이렇게 혼자 순천만 앞 꼬막집에서 운전자분과 마주 보고 밥을 먹고 있는 것도 어머니가 믿고 허락해 줬기 때문이었다.

나에게는 부유한 가정보다 더 소중한 나를 믿고 응원해 주는 가족들이 있었다는 사실을 잠시 잊고 있었던 것 같다. 나를 무한으로 믿고 응원해 주는 사람이 있다는 것은 큰 힘이 되는 것 같다. 내가 이때까지 무엇인가에 대해서 새롭게 도전할 때, 무엇이든 하면 된다는 마음으로 자신감 넘치게 이어갈 수 있었던 것도 이 때문이 아닐까? 나도 어떻게 보면 이러한 것들을 갖추었기 때문에 도전할 수 있는 여유와 기회가 주어진 것이겠지.

새삼스럽게 가족에 대한 감사함과 내가 누리는 이 여유가 당연하지 않다는 것을 깨달았다.

이야기를 나누다 보니 어느새 그릇에 밥이 비어있었다.

식사를 마친 우리는 연락처를 서로 교환하고 여행을 마치고도 연락하며 지낼 것을 약속하고 헤어졌다.

운전자분과 헤어진 나는 다시 운전자분께서 말씀하신 평등한 세상이라는 단어를 곱씹어 봤다. 평등한 세상이라, 평등을 어떠한 형태로 만들어야 평등한 세상이라고 할 수 있을까?

먼저 생활, 문화 영역에서 평등해지기란 어려울 것 같다. 정확히 말하면 평등의 기준을 정하기가 난해할 것 같다. 아무래도 이것들은 너무 주관적인 문제들이기 때문이다.

생활이라면 어느 정도 수준이 평등한 생활이라고 정의할 것이며, 문화 영역이라면 월 몇 회 정도의 문화생활이 평등하다고 할 것인가? 문화생활의 종류는 영화로 할 것인지 여행으로 할 것인지 정할 수 없는 노릇이었다. 만약 하나의 기준점을 정해서 맞춘다고 해보자.

생활하는 것에 있어서는 한 달에 물 몇 병, 쌀 몇 kg 등으로 정하고. 문화는 한 달에 영화 한 편씩 관람. 이렇게 정했다고 생각해 보자.

이것들을 누리지 못했던 사람들이라면 이것이 평등에 가까워지는 것이라고 말할 수 있겠지만 이것들을 당연하게 누려왔던 사람들이라면 모두가 동일하게 이러한 기준을 정하고 맞춘다고 했을 때 평등하다고 느낄까?

이번엔 정확히 수치상으로 계산이 가능한 금전적인 평등은 어떠할까? 어떤 일을 하든 모든 사람들에게 같은 급여를 주는 것? 능력만큼 일한 만큼 급여를 받는 대한민국이니 개인의 능력에 따라 급여를 지급해 주는 것? 금전적인 것은 아무래도 정확히 숫자로 계산이 가능하다 보니 평등함의 기준점을 찾을 수 있을 것이라 생각했지만, 어떤 것이 '평등'하다고 봐야 할지 모르겠다.

그렇다면 복지적으로 사회적 약자를 위한 복지정책을 많이 만든다면 조금 평등한 세상에 가까워지지 않을까? 내가 복지 전문가는 아니지만 복지가 존재하는 이유는 사람이 사람답게 살 수 있도록 도와주기 위해서라고 생각해 왔다. 그러한 복지를 확대한다면 모두에게 기회의 평등까지는 어떻게 줄 수 있지 않을까? 하지만 그만큼의 복지 시스템을 만들려면 엄청난 예산이 소모될뿐더러 복지 시스템은 혜택을 받는 수혜자가 있으면 이미 많은 것을 누리고 있거나, 또는 평범한 생활을 누리지 못하지만 사각지대에 놓여있어 혜택을 받지 못하는 사람도 생길 것이다.

부모님의 말씀을 잘 듣고 심부름을 잘해서 이미 많은 장난감을 가진 A 아이와 아직 부모님의 심부름을 할 만한 능력이 되지 않아 장난감이 없는 B 아이 두 아이에게 크리스마스 선물을 준다. 장난감을 많이 가지고 있는 A 아이에게는 이미 다른 친구보다 장난감이 많다는 이유로 선물을 주지 않고, 반대로 장난감이 없는 B 아이에게는 선물을 주고 난 후 이제는 비슷한 수의 장난감을 가졌으니 평등하지? 묻는다면 과연 두 아이의 대답은 같을 수 있을까?

그리고 장난감이 상대적으로 적다는 이유로 크리스마스 선물을 받은 B 아이는 자신이 부모님의 심부름을 비롯한 장난감을 얻을 수 있는 노력을 굳이 하지 않아도 크리스마스만 되면 선물을 받을 것을 알고 있다. 그리고 만약 본인이 어떠한 노력을 해서 장난감을 많이 얻어낸다면 돌아오는 크리스마스에 다른 친구들보다 장난감이 많다는 이유로 선물을 받지 못하는 것 또한 알고 있다. 한마디로 결국 가지게 될 장난감은 똑같은데 가만히 있으면 선물을 받을 수 있지만 무언가 노력을 하면 선물은 받지 못하는 것이다. 과연 B 아이는 다음 해 크리스마스까지 어떤 선택을 할까?

내가 생각한 복지가 이와 같았다. 복지의 수혜자에서 벗어나려면 아무래도 자신이 속한 환경을 모두 바꿔야 하기에 남들보다 많은 노력이 필요하다. 그런데 내가 그렇게 복지의 수혜자에서 벗어나 받는 월급 등의 혜택이 내가 가만히 있음으로써 받는 복지 혜택보다 모자라거나 조금밖에 차이가 나지 않는다면 어느 누가 그 상황에서 벗어나기 위해 피나는 노력을 하겠는가?

물론 병을 앓고 있거나 바꿀 수 없는 요인으로 인해 그 상황을 벗어나고 싶어도 벗어나지 못하는 사람들도 있지만 자신에게 자립할 수 있는 힘이 있음에도 그 혜택을 계속 누리기 위해 또는 이미 오랫동안 받아온 혜택에서 벗어나는 것이 두려워서 복지의 늪에 빠져있는 사람들도 분명 있지 않을까?

그러면 앞서 말한 크리스마스를 앞둔 두 명의 아이처럼 굳이 노력할 필요성을 느끼지 못해 가만히 있으면서도 혜택을 받는 사람과 열심히 노력해 복지의 늪에서 나와 스스로 자립하는 사람 사이에는 또 다른 개념의 차별이 생겨날 것이다.

내가 이 사회 체계를 연구하는 사람이 아닌 평범한 청소년이어서 그런지 도대체 어떤 것이 평등한 것인지에 대해서 쉽게 정의 내릴 수 없었다.

그렇게 평등의 기준점을 찾기 위해 다양한 생각을 이어가다 보니 세상의 사람들이 자갈밭에서 주운 돌멩이와 비슷한 것 같다는 생각이 들었다. 돌멩이와 사람은 다 고유한 각자의 모양과 무게를 가지고 있다. 그리고 사회의 평등은 이 제각각인 돌멩이를 저울에 올려서 수평을 맞추려는 행위와도 같다.

균형을 맞추려고 한쪽에 돌멩이를 얹으면 한쪽으로 기운다. 그래서 그 수평을 맞추기 위해 반대쪽에 복지를 비롯한 무게의 기준점을 찾아 나름의 힘을 실어주면 이번엔 이쪽에 균형이 쏠려 또 수평이 맞지 않게 된다.

계속해서 한쪽을 위해 한쪽을 차별하는, 한쪽의 권리를 위해 한쪽의 권리를 낮추는 것의 반복이다.

돌멩이처럼 제각각의 성격과 능력을 가지고 생활하는 사람들을 저울질하며 수평을 맞추는 것은 짧은 나의 생각 속에서도 힘들 것만 같았다. 하지만 나는 생각하기를 포기하지 않고 더 고민해 보기로 했다. 모두가 평등할 수 있는 기준점을 찾는 건 생각보다 어려웠다. 그렇다면 완벽한 평등은 아니더라도 평등에 조금이나마 더 가까워질 수 있는 방법은 있을까?

만약, 돈이나 물질적인 것이 아닌, 평등한 교육을 제공한다면?
마치 서로 다른 모양의 돌멩이를 조각한 뒤, 그것을 모아 하나의 큰 작품을 만들어 내듯 서로 다른 사람들로 이루어진 하나의 큰 사회라고 하더라도 그 속에서 모두가 자신이 하고 싶은 일에 대한 계획이 분명하고 각자가 맡은 일에 대한 책임을 다할 수 있다면 서로 다른 돌들이 모여 만들어진 아름다운 조각상처럼 우리 사회도 평등하지는 못하더라도 조금 더 조화로울 수 있지 않을까?

그러기 위해서는 자신이 원하는 것과 이루고 싶은 것 등 본인의 니즈를 정확히 파악할 수 있도록 돕는 교육이 늘어나야 할 것이다. 만약 이런 방법으로도 사람들이 조화롭게 이루어지지 못했다고 하더라도 무관하다.

이러한 교육을 들은 사람들은 목표와 계획을 통해 나름대로 자신의 길을 향해 나아갈 것이다.
조금은 잔인한 방법일지 모르지만 이러한 사람들을 대상으로 자신이 가지고 있는 목표와 그것을 하나씩 이루어 가는 성취감에만 집중하여 살아갈 수 있도록 시야를 좁혀나가는 교육을 추가로 진행하는 것이다. 그렇다면 자신이 부당한 처벌을 받고 있어도 자신의 세상 안에 갇혀 만족감을 느끼며 살아갈 수 있을 것이다.

쉽게 말해서 실질적으로 생활 수준과 복지의 저울은 수평을 이루고 있지 않지만 본인이 받고 있는 차별을 느끼지 못하게 본인이 현재 생활 속에서 만족할 만한 것들로 눈을 가리는 교육을 진행하는 것이다.

이렇게 하면 실질적인 평등은 아니더라도 사람들이 평등하다고 '착각'하면서 살 수 있지 않을까? 사실 이것도 나름의 가능성은 있지만 그리 윤리적인 방법은 아닌 듯하다.

이쯤 되면 '평등한 세상이라는 게 있긴 할까?'라는 생각이 들었다.

그렇게 계속 이어지는 생각의 꼬리를 따라가다 보니 어느새 나는 순천만 주차장을 지나 입구에 서있었다.

자연과 함께하는 우리가 아닌
'자연의 품속 우리'였다

나는 순천만 도착에 대한 인증샷을 입구에서 짧게 찍고 순천만에 입장하려고 했다. 그때 어떤 안내 문구가 보였다. 안내 문구에는 내가 생각지도 못한 글이 적혀있었다. 바로 순천만 입장에는 입장료가 필요하다는 문구였다. 나는 국가정원이라기에 울산에 있는 대공원처럼 큰 공원일 것이라고 생각하고 공원이니 당연히 절차 없이 자유롭게 입장하면 되는 줄 알았다. 그런데 입장료를 내야 한다니 상상도 못 한 일이었다. '에이 그래도 설마 공원인데 입장료를 받겠어?' 하는 마음으로 다가갔지만 입구 옆쪽에는 보란 듯이 크게 매표소라고 써있었다. 그리고 많은 사람들이 그곳에서 표를 사서 들어가는 것 같았다. 내가 여기까지 오려고 아침 일찍부터 움직여서 이제야 도착했는데 입구에서 사진 한 장만 찍고 순천만에서 떠나야 하는 건가?

혹시 특정 요일이나 학생은 무료일 수도 있지 않을까? 나는 매표소로 다가갔다.

매표소에는 입장료가 적혀있었다. 고등학생인 나의 요금은 6천 원이었다.

정말 이대로 돌아가야 하나? 아침부터 순천까지 왔던 과정들이 눈앞을 스쳐 지나갔다.

여행 코스에 놀이공원이나 미술관 같은 곳을 넣은 적이 없었기에 여행 중 입장료라는 개념의 돈이 필요할 것이라고는 생각도 하지 못했다. 내 생각이 짧은 탓이라 생각하며 우선 매표소 앞에 있어도 방법이 떠오르지 않으니 잠시 다른 곳에서 고민하고 다시 오기로 했다.

마침 옆에 공용 화장실이 있어 나는 더위를 식힐 겸 공용 화장실에서 세수를 하며 고민을 해봤다. 아무리 생각해도 입장료를 구할 방법은 떠오르지 않지만 그렇다고 이대로 돌아가면 두고두고 후회할 것이 분명했다. 나는 끝내 입장을 하지 못하더라도 나중에 후회가 남지 않기 위해 마지막까지 최선을 다해보기로 했다. 그리고 내가 생각한 방법들 중 가장 최후의 노력을 해보고자 입구에서 입장표를 확인하는 직원으로 보이는 분께 다가갔다. 일부러 멀리서부터 내가 메고 있는 배낭과 거기에 꽂힌 태극기를 보였다. 난 직원분께 떨리는 목소리로 말을 건넸다.

나 : "저기 제가 지금 대한민국의 곳곳에 있는 아름다운 장소들을 무전으로 여행하는 중인데요. 그래서 저는 우리나라의 국가정원이라는 순천만은 얼마나 아름다울까? 하고 이렇게 힘들게 왔는데 입장료가 있는지 몰랐습니다. 말씀드린 대로 제가 지금 무전으로 여행을 진행하고 있어서 그러는데 혹시 제가 입장할 수 있는 다른 방법이 있을까요?"

그러자 직원분은 짧게 대답하셨다.

직원 : "들어가세요."

너무나도 당연하다는 듯한 말투의 짧은 대답에 오히려 당황한 나는 다시 물었다.

나 : "네?"

직원 : "우리나라에는 아름다운 곳이 정말 많아요. 학생이 그런 곳에 관심을 가지고 이렇게 혼자서 여행을 다니는 것은 정말 대단하고 좋게 생각해요. 그러니 학생의 입장료는 제가 해결해 줄게요. 여기 순천만도 우리나라에서 국가정원으로 선정될 정도로 정말 아름다운 곳이니까 잘 둘러보고 가요. 앞으로 남은 여행도 파이팅 하구요!"

나는 나를 응원해 주시는 분들 덕분에 그렇게 무사히 순천만에 들어갈 수 있었다.

내가 머릿속에 그려왔던 순천만의 이미지는 공원이었다. 물론 국가에서 인정한 곳이라고 하니 단순하게 그만큼 크기가 큰 공원일 것이라 생각했다.

그래서 입구에 조형물 몇 개 정도 세워져 있고 사람들이 돗자리 깔고 피크닉을 즐기는 모습을 생각하며 배낭을 메고 한 손에는 여유롭게 셀카봉을 들고 들어갔다.

하지만 나는 눈 앞에 펼쳐진 엄청난 규모에 놀랐다.

순천만 입구를 지나자마자 다른 세상으로 순간이동을 한 것 같았다.

내 시야가 아무리 최대로 움직인다고 해도 자연에서 시작해서 자연으로 끝났다. 계속 보고 있으니 내가 압도당하는 기분까지 들었다.

나는 학교에서 환경사랑 글짓기 대회를 할 때도 그렇고 여러 환경 캠페인 영상을 볼 때 인간은 자연의 정복자가 아닌 함께 살아가는 존재이고 자연이 없으면 인간 또한 살아가지 못하니 자연을 보호해야 한다는 말을 자주 들었던 것 같다.

하지만 순천만에서 받은 느낌은 달랐다. 우리는 자연과 함께 살아가는 것이 아니다.

자연의 품에 우리가 얹혀사는 것이다. 이때까지 자연이 우리를 품어주고 있었던 것이다.

끝없이 펼쳐져 있는 놀라운 광경을 보니 과연 우리가 이곳을 얼마

나 지켜낼 수 있을까? 하는 생각도 들었다. 조금 더 내가 받은 느낌대로 표현하자면 '과연 자연이 언제까지 우리를 품어줄까?'가 더 정확한 전달인 것 같다.

자연에서 나오는 자원이 고갈되었을 때를 대비해 우리는 대체 에너지를 비롯한 여러 기술을 연구한다. 예전에는 그러한 기술 연구는 인류의 생존 연장을 위해 꼭 필요한 일이기에 최대한 빨리 이루어져야 한다고 생각했다.

하지만 이렇게 자연 앞에 서니 자연이 고갈되었을 때의 연구를 하는 것이 맞는지 헷갈린다. 물론 인류는 계속해서 생존해야겠지만 이때까지 우리를 품어주던 자연을 힘이 다했다는 이유만으로 버리고 우리만 따로 생존할 수 있는 방식을 연구한다?

이것은 나를 키워준 부모가 나이 들어가며 은퇴하고 건강이 쇠퇴한다고 내팽개치는 것과 무엇이 다를까? 여러 여건으로 인해서 효도하는 자녀가 되지는 못하더라도 최소한 우리를 품어준 부모를 모른 척하지는 말아야 하지 않나? 지금 우리는 자연이 언젠가는 고갈될 것이라는 전제하에 우리 인류의 생존법을 연구할 것이 아닌 우리를 품어주는 자연이 온전하게 쉴 수 있는, 자연과 인류가 함께 상생할 수 있는 기술에 대해서 더 집중해야 하지 않을까?

사실 나는 이때까지 자연에 대해서 크게 어떠한 감정을 느끼거나 한 적이 없다. 그래서 여행을 갈 때도 경치가 아름다운 곳이나 자연이 아름다운 곳으로 가는 것은 따분하다는 생각에 주로 그 도시의 주요 상점가가 위치한 번화가나 대학가 쪽에 가곤 했다. 하지만 순천만을 둘러보며 자연을 온전히 느끼는 경험을 해보니 왜 사람들이 자연을 찾아서 산과 바다로 가는지 조금은 알 것 같았다.

순천만의 웅장한 모습이 사진으로 다 담기지 않아 아쉬움도 조금 남았지만 내 눈 안에 최대한 순천만의 모습을 담았다. 나는 무전여행 중인 지금과 또 어떻게 다른 느낌을 받을지 궁금하기에 다음번에 가족끼리든 일반 여행으로 한 번 더 순천만을 방문하기로 하고 순천만을 나왔다.

어제 많이 무리하여 움직인 탓에 원래 계획으로는 오늘은 조금 여유롭게 순천만까지만 둘러보고 근처에서 잠을 잔 뒤 내일 보성으로 가려고 했다. 그런데 순천만 근처는 아무리 둘러봐도 주차장뿐이라서 텐트를 치거나 비바크를 할 만한 상황이 안 돼 보였고 노을이 지고 있긴 했지만 아직 해가 완전히 떨어지기 전이라 이동이 아주 불가능하지는 않은 상태였다.

히치하이킹을 위해 아침부터 쉬지 않고 걸었던 피로에, 넓은 순천만을 걸어 다니며 쌓인 피로가 더해지니 발바닥 통증이 심해졌다. 마음 같아서는 조금만 앉아있다가 출발하고 싶었지만, 이곳은 순천만을 방문하는 사람 외에는 차가 다니지 않는 곳이었다. 이대로 해가 저물어 버리면 순천만을 방문하는 사람들의 발길도 줄어들 것이고 자연스럽게 히치하이킹을 할 차들도 끊길 것이었다. 때문에 무리해서라도 지금 바로 보성으로 넘어가야 했다. 나는 곧바로 쉬지 않고 길을 나섰다.

역시 쉬지 않고 걷기 시작해서 그런지 발바닥이 땅에 닿을 때 걸음걸음마다 그 진동이 그대로 종아리를 타고 몸으로 느껴졌다. 그렇다고 쉬기 위해 잠시 서있으려고 하면 또 나의 체중이 발바닥에 그대로 전해져 발이 아파져 왔다. 어쩔 수 없이 히치하이킹 포인트를 찾아 쉬지 않고 걸었다. 그러다 보니 나는 어느새 IC 입구에 도착해 있었다.

제발 여기서만
나가게 해주세요

운 좋게 IC 입구에서부터 연달아 두 번의 히치하이킹을 성공한 나는 해가 지기 전 보성의 한 시골 마을 정류장에 도착할 수 있었다. 두 번의 히치하이킹 속에서 첫 번째 운전자분께는 물 5병을, 두 번째 운전자분께는 캔 커피 6캔을 받았다. 두 분 모두 밥이 될 만한 것을 주고 싶지만 차에 이것밖에 없다고 하면서 선뜻 호의를 베풀어 주셨다.

그렇게 감사한 마음을 가득 안고 도착한 정류장은 시골의 정류장이라서 그런지 다행히 앉을 곳도 있었다. 나는 조금 앉아있다가 멀리서 차가 보이면 일어나서 히치하이킹을 시도하기로 하고 정류장에 앉았다. 물을 마시며 차가 오기를 앉아서 기다리고 있는데 10분이 넘도록 히치하이킹은커녕 이곳을 지나가는 차가 한 대도 없었다.

게다가 도착하고부터 해가 조금씩 저물어 가는 것이 너무 잘 느껴진다는 생각이 들어 문득 주위를 둘러보니 내 주변 어디에도 가로등이 없었다.

설상가상 휴대폰 배터리도 5%가 되고 여기서 갇히지 않을까 하는 불안함이 몰려왔다. 분명 오랜만에 의자에 앉아서 쉬고 있음에도 마음이 편안하지 않았다. 나는 내가 일어서서 적극적으로 히치하이킹에 임한다고 해도 차량의 통행량이 늘어나지 않을 것을 알고 있었지만 그래도 내 마음가짐이 조금은 영향이 있지 않을까? 믿으며 자리에서 일어나 차 한 대조차도 오지 않는 도로를 향해 박스를 흔들었다.

하지만 내 마음과는 달리 20분이 지나도 이쪽으로 다가오는 차는 한 대도 없었다. 나는 역시 내가 열심히 임한다고 해도 달라지는 것은 없다는 현실을 깨달았다. 이제 상황을 감정적으로 보지 않고 보다 이성적으로 판단할 필요가 있었다. 일단 언제 끝날지 모르는 히치하이킹이니 체력이라도 아끼자는 생각으로 다시 자리에 앉아 차를 기다리기로 했다.

그렇게 시간이 더 흘러 이제는 주변이 거의 다 어두워졌다. 내가 있는 곳까지 오는 도로가 몇km 동안은 갈림길 없이 이어져 있기도 하고 길 자체가 커브가 없는 일직선인 데다 어두워져서 그런지 몇백m 떨어진 저 먼 지점에서 불빛이 다가오는지를 보면 차가 오는지 알 수 있었다.

물론 주변에 아무것도 없는 시골이기에 지켜보고 있지 않아도 제법 멀리서 오는 차 소리도 들렸다. 그때 멀리서 불빛 하나가 보였다. 히치하이킹을 시도한 뒤로 처음 오는 차였다. 나는 언제 올지 모르는 기회에 나를 어필할 수 있는 모든 행동을 다 했다.

지금까지는 박스를 들고 서있기만 했는데 손도 흔들고 박스도 흔들며 최대한 내가 이곳에 있음을 알렸다. 하지만 어둠에 묻혀서 내가 보이지 않았던 것인지 야속하게도 잠깐의 희망이 되어줬던 차는 나에게 차가운 바람만 남기고 지나쳐 갔다.

차 통행량이 많아도 히치하이킹이 오래 걸리는데 통행량이 거의 없다 보니 한 대가 지나갔을 때 몰려오는 불안감과 심리적 압박도 클 수밖에 없었다.

촉박한 시간 속 다음 차가 언제 올지 모르는 채 막연히 기다려야만 하는 상황에 목이 타서 가지고 있던 물 5통을 순식간에 다 마셔버리고 곧바로 캔 커피를 하나씩 따서 마시다가 어느새 가지고 있던 6캔을 모두 마셔버렸다. 들고 있던 마실 것을 하나씩 비워나가면서도 혹시 여기서 나가지 못할 상황을 대비해 조금 남겨둬야 하지는 않을까? 하는 생각은 했지만 당장 느껴지는 갈증 속에 내 목을 통해 넘어가고 있는 이 시원한 물줄기의 흐름을 멈추는 것은 힘들었다.

그렇게 당장의 갈증은 해소됐지만 뒤에 물처럼 마신 것이 커피여서 그런지 얼마 지나지 않아 입안이 말라갔다.

바짝 말라가는 입으로 침을 삼켜가며 차가 오기를 기다리고 또 기다렸다. 그렇게 30분에 한 대씩 정도의 간격으로 세 대를 더 보낸 것 같았다. 간신히 잡고 있던 정신력도 점점 떨어져 갔다. 이미 주변은 더 어두워질 수 없을 만큼 어두워졌고 여기서 시간이 더 지나면 지금처럼 그나마 뜸하게 지나가던 차들마저도 오지 않을 것을 나는 너무 잘 알고 있었다.

이때까지는 여기서 나가기만 하면 그래도 밝은 곳이 있을 거고 그곳에서 히치하이킹을 통해 오늘 밤을 안전하게 보낼 만한 장소를 찾으려 했다. 하지만 이제는 이곳에서 오늘 안에 나가지 못할 수도 있다는 사실을 어느 정도 인정하고 오늘 밤 이곳에서 어떻게 버틸지 조금 생각해 두기로 했다.

하지만 나는 주위를 둘러보고 곧바로 그 생각을 접었다. 바로 두 걸음 정도 앞이 차들이 지나다니는 아스팔트 도로이기에 텐트를 칠 수는 없었고, 내가 앉아있는 정류장에서 자기에는 이 정류장이 보통의 버스정류장처럼 긴 의자가 설치되어 있는 것이 아니라 누가 가져다 놓은 의자만 달랑 놓여있는 것이 끝이었다. 때문에 이 의자는 고작 사람 한 명 앉아있는 게 다였다.

나는 결국 이곳에서 나가지 못하면 오늘 밤을 온전하게 버틸 수 없을 것이라 판단하고 없는 힘까지 끌어내 탈출에만 전념하기로 했다.

그때 저 멀리서 자동차 소리가 들려오고 그 뒤로 희미한 불빛이 보였다.

이미 퇴근 시간도 한참 지났기에 오늘 이곳을 지나가는 마지막 차량일 수도 있었다.

나는 이 차를 놓치면 의자에 앉아서 밤을 새울 것이라는 각오로 박스를 준비해 차도에 최대한 가깝게 섰다. 그런데 이미 깜깜한 상황에 과연 내 메시지가 보일까?

내가 고민할 시간을 주지도 않는 듯 차는 점점 더 가까워졌다. 가로등 불빛 하나 없는 어둠은 지금 나에게 다가오는 차가 무슨 색인지조차 파악할 수 없게 했다. 내 눈에는 차의 색상조차 보이지 않는 어둠이지만 부디 운전자의 눈에는 내 모습과 내 박스에 적힌 글자가 선명하게 보이기를 기도했다.

그렇게 어떻게 생긴지도 모르는 차량과 함께 오늘 밤 나의 운명이 가까워져 왔다. 그리고 차 불빛으로만 차의 위치를 파악하고 있던 나는 느낌상 나와 가까워질수록 그 불빛의 속도가 느려지고 있음을 느꼈다.

거의 내 앞에 다가왔을 때는 확신이 들 정도로 차의 속도가 현저히 줄고 있었다.

"아, 나를 발견하고 내 앞에 멈추기 위해서 속도를 줄이는 거구나. 살았다."

이제 나에게 다가오는 이 차를 타고 이곳을 벗어날 생각만 하며 나를 이곳에서 구해주실 운전자분은 어떤 분이실지 상상하고 있던 찰나 나의 희망을 비춰주던 차량의 불빛은 나를 지나쳐 갔고 희망의 불빛이 지나가자 순식간에 내 앞은 다시 깜깜해졌다.

나는 이전에 나를 지나간 세 대의 차를 통해 느낀 감정이 합해진 만큼의 절망감이 몰려왔다.

더 이상 나에게는 오늘 히치하이킹이 가능할 것이라는 희망도, 조금만 더 힘을 내보고자 노력할 만한 체력도 없었다.

나는 절망감에 고개를 떨궜다. 그리고 발밑의 아스팔트 도로를 보며 오늘은 이곳에 박스를 깔고 앉아서 해가 뜰 때까지 버티는 것이 최선이겠구나, 생각하던 찰나 어디선가 사람의 소리가 들려왔다. 분명 나 이외에 여기서는 사람의 소리가 날 만한 것이 없었다. 그때 내가 히치하이킹을 위해서 바라보던 방향과 반대 방향에서 조금 더 크고 선명한 목소리가 들렸다.

"학생? 거기서 뭐 해!"

깜짝 놀란 나는 소리가 들려오는 쪽으로 고개를 돌렸다. 그곳에는 방금 지나간 차가 세워져 있었고 그 옆에 차에서 내린 운전자가 서있었다.

나는 질문에 대해서 바로 답변하면 내 대답을 듣고는 바로 자리를 뜨실까 봐 불안해 가방과 짐들을 챙겨서 운전자를 향해 달려갔다. 불과 몇 시간 전까지 사람들 속에서 있었는데도 며칠 동안 혼자 있었던 것마냥 오랜만에 보는 사람이 너무 반가웠다.

그렇게 사람의 실루엣에서 운전자의 얼굴이 보일 때까지 쉬지 않고 달렸다. 나는 운전자 바로 앞까지 가서야 내 상황에 대해서 이야기했다.

나의 상황을 들은 운전자께서는 나에게 어디까지 가는지도 물어봤다. 역시 어두운 탓에 박스에 적힌 메시지는 보지 못한 듯했다. 나의 메시지가 아니었다면 운전자께서는 왜 멈춘 것일까? 이 시간에 여기 사람이 있을 리가 없는데 웬 사람이 서있으니 단순하게 무슨 일인지 확인하고자 멈춘 것인가?

그렇다는 것은 나를 태우기 위해서 멈춘 것이 아니라는 이야기고 이 분은 이제야 우연히 길을 지나가다가 나의 박스를 본 수많은 운전자들 중 한 명이 되었다는 것이다.

나를 태워주지 않을 가능성이 훨씬 크다는 이야기이기도 하다. 나는 다시 또 불안해지기 시작했다.

나는 일단 운전자분의 질문에 대해 내 목적지와 추가 설명을 끝냈다. 그 뒤로 운전자분과 나는 서로 마주 본 상태로 긴 침묵이 이어졌다.

이 침묵이 이어진 건 10초 남짓한 시간이었지만 나의 불안한 마음을 최대치로 증폭시키기에는 충분한 시간이었다.

나는 침묵이 길어질수록 마음을 접고, 거절당했을 때 운전자분께서 나에게 미안한 마음이 들지 않게 하려면 어떤 표정을 지으며 괜찮다는 말을 해야 할지 고민하기 시작했다. 그 순간 운전자는 무언가 말을 하려는 듯 움직이기 시작했고 곧이어 나는 그토록 듣고 싶었던 말을 들을 수 있었다.

운전자 : "어서 타요."

네 글자의 짧은 문장임에도 내가 운전자분께 듣고 싶었던 수많은 말들의 의미를 다 담은 확실한 말이었다. 그렇게 난 드디어 그곳을 벗어날 수 있었다.

나는 운전자분의 옆자리에 탔고 한결 편해진 마음으로 대화를 이어갔다.

그러던 중 운전자분께서는 나에게 뜻밖의 이야기를 하셨다.

운전자 : "학생이 서있던 자리가 가로등도 하나 없어서 깜깜하다 보니 내가 학생이 적어놓은 글을 못 봤듯이 다른 사람들도 히치하이킹하는 학생 모습을 못 볼 것 같아서…. 학생이 히치하이커라는 것을 안 뒤로는 바로 학생을 태워주고 싶었어.

그런데도 내가 고민을 한 건 한편으로는 학생이 지금 무전여행 중인데 그러면 날이 밝을 때까지 잘 집도 필요할 것 아니야? 그런데 우리 집에는 오늘 손님이 와서 재워줄 상황이 되지 않거든. 그래서 오늘 밤 재워줄 수도 없는 내가 태워주는 게 맞는 건지 고민했었어. 내가 학생을 안 태우면 학생을 자신의 집에서 재워줄 수 있는 다른 사람이 나타나 태워줄 수도 있지 않을까? 해서 말이야."

나는 그 정적의 시간이 나를 태우는 것에 대한 단순한 고민이나 나를 향한 경계일 것이라 생각했다. 아니면 나를 이미 태우지 않기로 마음먹은 상황인데 나에게 어떻게 거절을 표현해야 하는지 고민하기 위한 시간인 줄만 알았지. 운전자께서 나의 잠자리까지 고민하고 계실 거라는 생각은 전혀 하지 못했다.

　나는 계속해서 나의 잠자리를 걱정하시는 운전자분의 걱정을 덜어드리기 위해 무슨 말이라도 해야 했다.

　나 : "저는 텐트 치고도 자고, 박스만 깔고도 잘 잤어요. 누울 자리만 있으면 잘 자는 편이니 제 잠자리는 따로 걱정하지 않으셔도 돼요. 태워주신 것만으로도 너무 감사해요."

　운전자 : "그렇다면 다행인데 그래도 내가 좀 마음이 쓰이네. 그럼 나랑 가는 길이 다르더라도 학생 가려는 목적지까지는 태워줄게. 어디에 내려주면 돼?"

　나 : "아 저는 보성에 녹차밭이 궁금해서 왔거든요. 녹차밭이 가시는 길이랑 크게 멀지 않으면 혹시 저를 그쪽 부근에 내려주실 수 있나요?"

　운전자 : "나야 녹차밭은 그리 멀지 않아서 크게 부담도 안 되고 상관없긴 한데 녹차밭이 궁금한 이유가 뭐야?"

　나 : "아 제가 TV에서 우연히 채널을 돌리다가 보성에 있다는 녹차밭을 봤는데 제가 평소에 자연경관에 관심이 없는 편이라 솔직히 그 풍경이 아름답거나 하는 느낌은 크게 받지 않았어요. 그런데 그때

우연히 한 번 본 그 계단식으로 펼쳐져 있던 밭이 머릿속에 인상 깊게 남아서 왠지 모르게 꼭 한번 가봐야겠다는 생각을 했어요. 그런데 이번에 여행할 기회가 주어졌고 단순히 직접 내 눈으로 한번 보고 싶다는 생각 하나로 보성과 녹차밭을 여행 경로에 넣었어요. 제 여행은 외곽을 따라 도는 여행인데도 말이죠."

운전자 : "학생이 녹차밭을 꼭 봤으면 좋겠는데, 지금 녹차밭이 열려있나 모르겠네. 아마 닫았을 것 같은데 나도 그쪽 동네 사람은 아니라서…. 만약 열었다 해도 지금은 깜깜해서 밭이 보이려나 모르겠네."

나는 내 답변에 이어지는 운전자의 이야기를 듣고 나서야 운전자의 질문이 녹차밭을 무슨 이유로 가는지에 대한 질문이 아닌 이 시간에 왜 녹차밭에 가는지에 대한 질문이었음을 알았다. 난 녹차밭에 대해서 따로 알아보고 온 것이 아니고 잠깐 그 TV 속 장면으로 본 것이 다였다. 그래서 내 상상 속의 보성 녹차밭은 시골에 경운기가 다니는 비포장도로 양옆으로 TV에서 본 계단식 밭이 펼쳐져 있는 모습이었다. 때문에 운전자께서 말씀하시는 연다? 닫는다? 라는 말이 밭이라는 단어와 잘 매치되지 않았다. 나는 당연히 야외에 있는 밭이니 녹차밭을 자유롭게 볼 수 있을 것이고, 가면 가로등 불빛이라도 있겠지 하는 생각으로 해맑게 대답했다.

나 : "넵 괜찮아요!"

운전자 : "밤에 녹차밭에 들어가는 것을 추천하지는 않는데 네가 그렇게까지 이야기하니 일단 데려다줄게."

사실 운전자분께서 말씀하신 들어간다는 개념도 잘 이해되지 않았다. 녹차밭 관광은 농촌 체험처럼 논밭에 들어가는 그런 개념인가? 밤에는 잘 보이지 않아 논두렁에 빠지거나 하는 사고가 생길 수 있으니 밤에 들어가는 것은 별로라는 것인가? 휴대폰도 이미 꺼져서 조명도 켤 수 없으니 조심해서 다니기로 한다.

우리는 깜깜한 도로를 계속해서 달려 녹차밭에 도착했다.
그렇게 도착한 녹차밭 주변은 정말 아무것도 보이지 않고 깜깜했다. 주위를 둘러본 운전자분은 아무래도 이런 곳에 나를 혼자 내려주는 것이 불안한 것 같다.

운전자 : "그냥 이 부근에 잘 만한 곳이 있는지 둘러보고 그곳까지 태워줄 테니 내일 다시 오는 게 어때?

나도 창문 밖으로 아무것도 보이지 않는, 생각보다 훨씬 깜깜한 모습에 걱정은 됐지만 그래도 아까 있던 정류장에서 밤을 지내는 것보다는 나을 것 같다는 생각으로 감사 인사를 드리고 차에서 내렸다. 나는 녹차밭에 처음 와봤기에 TV에서 본 큰 녹차밭이 어디서부터 펼쳐지는지 몰랐다. 때문에 무작정 주변부터 둘러보기 시작했다. 하지만 이미 어둠이 녹차를 다 삼켜버린 것인지 아무것도 보이지 않았다.

그래도 내가 내린 곳 바로 앞에 화살표와 함께 녹차밭 입구라고 적힌 안내판이 있었다.

입구를 보니 운전자분의 들어간다, 열리고 닫는다, 하는 개념을 이해할 수 있었다.

나는 화살표를 따라가려다가 뒤를 돌아봤는데 운전자분께서는 내가 걱정되는지 아직 자리를 떠나지 않으시고 차량의 시동을 끈 상태로 나를 바라보고 계셨다.

내가 운전자분의 시야에서 사라져야 걱정을 덜고 출발하실 것 같아 화살표가 가리키는 방향으로 내려가기로 했다. 그때 어렴풋이 운전자분의 목소리가 들려왔다.

돌아서 본 운전자분의 입 모양으로는 무슨 말씀을 하시는 것 같긴 한데 거리가 있어서 무슨 말인지 정확히 알 수 없었다. 내가 차에 두고 내린 것이 있나? 일단 운전자분의 표정을 보니 나를 부르는 것 같아 다시 차로 뛰어갔다. 운전자분은 내가 다가가자 창문을 내리고 말씀하셨다. 이미 녹차밭의 문이 닫힌 것 같으니 어디 잘 만한 곳이나 하다못해 히치하이킹할 수 있는 밝은 곳이라도 내려줄 테니 내일 오전에 다시 오는 게 어떤지 재차 물어보셨다.

아직 입구에 완전히 내려가 보지 않았지만 입구가 있다는 건 개장 시간이 따로 있다는 것이고 이렇게 깜깜한 상황에서는 밭이 잘 보이지 않으니 문을 닫았을 가능성이 클 것이다. 그리고 내가 기대한 녹차밭 방문은 이런 깜깜한 모습이 아닌 TV 속에서 본 것처럼 파릇파릇한 녹차밭 앞에 서서 여유롭게 즐기는 것이었다. 운전자분의 말씀대로 내일 다시 오는 것을 기약하는 것이 옳은 판단인 것 같았다. 하지만 녹차밭으로 올 때 주변을 보니 지금 이 차를 타고 다시 나간다 해도 이 근방에 텐트를 치거나 할 곳은 없어 보였다. 게다가 내일 다시 이곳에 오려면 히치하이킹을 새롭게 해야 한다. 그런 번거로움을 감당할 바에는 차라리 이곳 녹차밭 주차장에서 텐트를 치고 자는 게 낫지 않을까? 하는 생각이 들었다. 그렇게 창문으로 나를 바라보는 운전자분 앞에서 한참을 고민하고 있을 때 조금 떨어진 곳에서 어떤 할아버지의 목소리가 들렸다.

할아버지 : "거기 무슨 일이에요?"

이 시간에 이곳에 사람이 있다니…. 야간 순찰 중인 이 녹차밭의 관리자이신가?
할아버지께서 우리 차에 다가왔을 때 나는 할아버지가 이곳에서 근무하시는 분은 아니라는 것을 깨달았다. 따로 경비복이나 유니폼을 입고 계시지 않고 일반적인 옷차림을 하고 계셨기 때문이다.
그때 갑자기 운전자분께서 할아버지께 말을 건넸고 그렇게 두 분의 대화가 이어졌다.

운전자 : "할아버지 혹시 이 근처 사세요?"

할아버지 : "그렇게 가까이는 아닌데 근처에 살아."

운전자 : "사실 이 학생이 무전으로 여행을 하고 있어요. 돈 한 푼 없이 하는 여행이요. 저도 이 학생이랑 잘 알지는 않고 학생이 여기 녹차밭에 간다고 해서 그냥 여기까지 태우고 온 사람이거든요. 그런데 지금 밤도 되고 해서 녹차밭이 닫은 것 같더라구요."

할아버지 : "응, 여기 해가 지면 닫아."

운전자 : "아 역시 그랬군요. 그래서 그런데 할아버지 혹시 이 주변에 이 학생이 잘 만한 곳 있을까요? 저희 집에 재우려고 했는데 오늘 손님이 와서 힘들 것 같아서요. 그런데 계속 걱정은 되고 차마 먼저 갈 수가 없네요."

할아버지 : "근처에는 잘 곳이 없고 내 차 타고 조금 더 가면 우리 집에 빈방 있으니 거기서 재우지 뭐. 걱정 붙들어 매고 얼른 가."

운전자 : "아이고 할아버지 감사합니다. 학생 잘 좀 부탁드립니다."

운전자께서는 이제야 마음이 놓이셨는지 나에게 앞으로 여행도 무사히 끝내라는 응원을 남기시고 돌아가셨다. 나는 내가 부탁하지 않았음에도 나를 위해서 잠자리를 구해주신 운전자분께 감사의 마음을 담아 차량이 눈앞에서 사라질 때까지 고개 숙여 인사를 드렸다.

그렇게 나는 할아버지를 따라 차에 탔다. 방금 계시던 운전자분과 할아버지의 대화에서 할아버지 집은 녹차밭에서 조금만 가면 있다는 것을 알았기에 녹차밭에서 해봐야 차로 3~5분 정도 거리일 것이라 생각했다. 실제로 녹차밭에서 얼마 지나지 않아 아파트 단지가 보였다. 할아버지께서는 이 아파트에 사시는구나 생각하고 있을 무렵 할아버지께서는 아파트 단지를 그냥 지나가셨다. 그 뒤 빌라 단지가 보였고 아 이 부근에 사시는가? 생각했지만 또 지나쳐 갔다. 그 뒤로도 주택단지를 지나 할아버지의 차는 계속해서 달렸다.

조금씩 가로등 불빛이 없어지고 마침내 불빛 하나 없는 시골길에 들어섰다. 길도 제대로 된 길인지 보이지도 않았다. 할아버지는 주차를 하시며 이곳이 우리 집인데 차도 사람도 지나다니지 않아서 조용히 쉬기 좋을 것이라고 웃으며 말씀하셨다.

분명 조용히 쉬기에는 안성맞춤인 곳처럼 보였다. 하지만 나는 내일 녹차밭으로 다시 가기 위해서 히치하이킹을 해야 하는데 할아버지의 말씀을 들으니 막막하기만 했다.

막막함을 뒤로하고 할아버지 댁에 들어가니 할머니께서 나를 웃으며 반겨주셨다.

할아버지가 나를 태우고 가는 길에 할머니께 미리 무전여행 중인 한 친구 태워서 가니 먹일 수 있는 밥을 준비해 달라고 해주신 덕에 이미 할머니께서는 나를 위해 따뜻한 밥상도 차려두셨다.

할머니께서 차려주신 따뜻한 밥을 한 숟가락 입에 넣는데 눈물이 맺혔다.

사실 맺힌 눈물이 흐르지 않게 하려고 억지로 참느라 맛을 제대로 느끼지는 못했다. 하지만 입속에서, 그리고 내 몸속에서 느껴지는 따뜻한 온기는 확실히 느낄 수 있었다.

할아버지와 할머니는 따뜻한 밥에 이어 따뜻한 잠자리까지 마련해 주셨다. 옛날에 아들이 지내던 방이라며 침대가 있는 방을 내주셨다. 방 안에는 지금보다 조금 더 젊어 보이는 할아버지와 할머니, 그리고 아들이 함께 찍은 가족사진도 보였다.

샤워 후에 할아버지께서 아들이 입던 옷이라며 편하게 입으라고 건네주신 티셔츠와 바지로 갈아입었다. 내가 입고 있던 옷은 바닥 한쪽에, 차고 있던 시계는 머리맡에 가지런히 정리해 놔둔 채 잠자리에 누웠다. 온기 가득한 잠자리에 누우니 몇 시간 전 버스정류장에서 불안에 떨었던 내 모습이 생각나 여행 중 처음으로 집이 그리워졌다.

정류장에서는 무리해서 보성까지 가겠다고 출발한 것을 후회했었는데 지금 보면 덕분에 이렇게 따뜻한 할아버지와 할머니를 뵐 수 있어서 다행이라는 생각이 들었다.

자기 전 휴대폰 충전이 어느 정도 돼서 휴대폰을 켠 나는 내비게이션으로 녹차밭을 검색해 봤다. 한동안 달린 탓에 거리가 좀 있는 것 같다는 생각은 했었는데 할아버지 집에서 녹차밭까지는 25km나 떨어져 있었고 할아버지 집은 보성을 벗어난 타 지역에 위치해 있었다.

보성 시골 정류장에서부터 녹차밭에 가기 위해서 엄청난 고생을 했고 녹차밭에 도착도 했었는데 오히려 지금은 그 정류장에서의 거리보다 더 먼 곳에 있다니 고생한 것에 비해 상황이 원점으로 돌아간 듯한 기분이었다.

내일 아침 녹차밭까지 다시 어떻게 갈지 막막한 생각이 들었지만, 걱정은 잠시 미뤄두고 우선은 푹 자기로 한다.

Day 5

드디어 TV에서만
보았던 녹차밭으로!

무전여행 5일 차가 되었다. 오늘도 역시 알람이 없음에도 새벽에 자동으로 눈이 떠졌다.

나를 감싸는 이불 속 온기는 뿌리치기 힘들었으나 오늘은 평소보다 더욱 서둘러야 했다.

왜냐하면 내일 비가 온다는 예보가 있기 때문이다. 원래 계획이라면 내일 해남 땅끝마을로 들어가야 하는데 땅끝마을이라는 지리적 특성상 관광객들의 차를 타지 않으면 들어가는 것도 나오는 것도 힘들 것이다. 그런데 비까지 오면 안 그래도 히치하이킹이 힘들어지는데 관광객의 출입량도 줄어들 것이다. 그렇게 되면 비가 그칠 때까지 해남에 못 들어가거나 안에서 나오지 못할 수도 있었다. 그래서 나는 오늘 녹차밭도 가야 하지만 해가 지기 전에 해남에도 들어갔다가 나와야 했다.

나는 아직 해도 뜨지 않았기에 내가 당연히 제일 먼저 일어났을 것이라고 생각하여 최대한 조용히 옷을 입고 나서 방문을 열었다.

거실로 나가니 이미 할머니께서는 아침을 준비 중이셨고 할아버지께서는 마당에 계셨다. 할머니께서는 방에서 나온 나를 보며 밤 동안 춥지는 않았는지, 잠은 푹 잤는지 다정하게 물어보셨다. 가족에게서만 느낄 수 있는 따뜻한 온기가 오랜만이었다. 금방 밥을 차려주신다며 부엌으로 들어가시려는 할머니께 오늘은 녹차밭도 가야 하고 이동도 많이 해야 해서 차려주시는 아침을 못 먹고 일찍 나가야 할 것 같다는 말씀을 드려야 하는데 말이 잘 나오지 않았다.

어제저녁에 먹은 할머니의 따뜻한 마음이 가득 담긴 밥이 다시 생각나기도 하고 나에게 그런 밥을 먹일 생각에 일찍부터 일어나셔서 준비하신 할머니의 눈빛을 보며 거절하기란 쉽지 않은 일이었다.

여행 중 언제 또 먹을지 모르는 그 따뜻한 밥을 나는 당연히 먹고 출발하고 싶었지만, 오늘 서두르지 않으면 정말 언제 해남에서 나올지 모르기에 나는 출발해야만 했고 할머니께 정중히 말씀을 드리고 가방을 쌌다.

어젯밤 집에 들어올 때 주위를 둘러보기도 했고 할아버지 말씀을 통해서도 집 주위에 아무것도 없는 것을 알고 있었기에 어떻게 다시 녹차밭으로 가야 할지 막막했다.

'어떻게든 방법이 있겠지'라는 생각으로 우선 출발하기로 했다. 떠나기 전 할머니께 인사를 드리고 나서 마당에 계시는 할아버지께도 인사를 드리려고 문을 열고 나왔다.

그때 나를 배웅하기 위해서 곧바로 내 뒤를 따라 나오신 할머니께
서 마당에 있던 할아버지께 말씀하셨다.

> 할머니 : "이 근처에는 차가 없으니 내가 밥해놓고 있을 테니 할범
> 이 녹차밭까지 태워주고 오슈."

할아버지께서는 잠시만 기다리라는 말을 남기시고 집으로 들어가
시더니 곧바로 자동차 키를 가지고 나오셨다. 안 그래도 어젯밤부
터 막막한 상황이었는데 정말 감사한 도움으로 녹차밭까지 무사히
갈 수 있게 되었다.

나는 다시 한번 할아버지의 차에 올라타며 할머니께 감사 인사를
드렸다.

할아버지는 나를 녹차밭까지 태워주셨고 녹차밭에 도착할 때쯤
할아버지 차 안에 있던 시계를 보니 7시였다.

할아버지께도 마지막 감사 인사를 드리고 할아버지의 차가 시야
에서 사라질 때까지 바라봤다. 하룻밤이었지만 두 분의 아들 방에
서 아들의 옷을 입고 함께 밥을 먹으니 잠깐이지만 할아버지, 할머
니의 가족이 된 것 같은 느낌이었다. 그만큼 두 분이 정말 나를 아
들처럼 따뜻하게 대해준 것이겠지.

나는 할아버지의 차가 사라진 뒤에야 발걸음을 돌렸다. 그리고
몇 걸음 가지 않아 무언가 허전함을 깨달았다. 손목시계를 어젯밤

벗어놓고 나올 때 챙기지 않은 것이다.

이미 할아버지의 차는 떠나버렸고 두 분의 연락처도 없기에 연락할 방법도 없었다.

만약 연락이 된다고 하더라도 나의 실수로 놓고 온 시계를 다시 가져다 달라고 부탁드릴 수는 없는 노릇이었다. 난 혹시 다른 것도 놓고 온 것이 있는지 가방을 다시 확인했다.

불행 중 다행인지 내가 놓고 온 것은 시계뿐이었다.

휴대폰 배터리를 아끼기 위해 껐을 때나 휴대폰 배터리가 아예 나갔을 때 시간을 알 수 있는 유일한 방법이었는데 이제 시간 확인은 휴대폰으로만 가능하니 휴대폰 배터리 관리에 조금 더 신경 쓰기로 했다. 그렇게 허전해진 왼쪽 손목을 오른손으로 만지며 녹차밭 입구로 향했다.

그래도 새벽에 상쾌한 공기를 마시니 시계를 잃어버려서 허전한 마음이 금방 채워졌다.

어제는 너무 어두워서 보이지 않았는데 입구 방향으로 내려가니 꽤 큰 주차장이 있었다.

이 주차장을 지나가야 입구가 나오는 것 같았다. 주차장에는 단체버스가 몇 대 주차되어 있었지만, 사람은 한 명도 보이지 않았다.

사람이 없으니 녹차밭이 열린 것인지 닫힌 것인지 구분이 되지 않았다.

그렇게 조금 더 걸으니 저 멀리 입구가 보였다. 밭의 입구가 정말로 있다니 어제 안내판을 보긴 했지만 실제로 보니 더 신기했다. 어제 운전자분께서 열고 닫는다고 말씀하셨던 게 다시 생각났다. 그리고 그 입구 옆에는 또 무슨 글자가 적혀있었다. 거리가 너무 멀어서 무슨 글씨인지 전혀 알아볼 수 없었지만, 문득 어제 순천만의 기억이 스쳐 지나갔다.

약간의 불안함을 가지고 입구로 다가가는데, 아니나 다를까 그 글의 정체는 역시 매표소였다.

녹차밭도 어제의 순천만처럼 입장료가 있었던 것이다.

밭에 입구가 있는 것도 생각하지 못한 내가 입장료가 있을 것이라는 생각을 해봤을 리가 없었다.

어제에 이어서 두 번째 방문을 하고도 녹차밭을 보지 못할 수 있다는 불안감이 들었다. 그래도 어제의 경험이 있으니 결과가 어떻게 되든 어제처럼 후회를 남기지 않기 위해 부딪쳐 보기로 한다.

그렇게 녹차밭 입구로 멈추지 않고 걸어갔다. 이윽고 매표소 앞에 도착한 나는 매표소 직원분께 어제 순천만 직원분께 말씀드린 것처럼 내가 하고 있는 여행에 대한 설명과 현재 상황을 말씀드렸다. 끝에는 혹시 방법이 없을지 여쭈어봤다.

어제보다는 비교적 희망을 가지고 말을 건넸지만 직원분께 말씀드린 후에 어떤 대답이 돌아올지 생각하며 느끼는 긴장감은 어제와 비슷했다. 다행히도 내 이야기를 들은 직원분의 표정이 점차 밝아졌고 그에 따라 내 표정도 함께 밝아졌다.

직원분께서는 특별하게 위에 보고를 하셔서 내가 입장할 수 있도록 도와주셨다.

　직원분의 도움 덕분에 나는 내가 그렇게 보고 싶었던 녹차밭에 입장할 수 있었다.

　그렇게 입장한 녹차밭은 순천만과 조금은 다른 느낌의 자연이었다.

　순천만이 웅장하게 나를 누르는 느낌의 자연이라면 녹차밭은 포근하게 나를 감싸주는 듯한 느낌이었다. 물론 그 자체도 충분히 매력 있었지만 내가 생각했던 녹차밭은 계단식의 녹차밭이었는데 주위를 둘러봐도 그런 풍경은 없었다. 내가 TV에서 봤던 녹차밭이 보성이 아닌가? 다른 지역에 녹차밭이 또 있는데 내가 잘못 알고 온 것인가? 하는 생각을 잠시 했다. 그렇게 걷고 있으니 이정표가 하나 나왔다.

　이정표가 알려주는 곳으로 가면 TV에서 본 그 풍경이 펼쳐져 있을지도 모른다는 생각으로 조금은 불안하지만 일단 이정표가 지시하는 방향으로 향했다.

　녹차밭에 있을 것이라고는 생각하지도 못했던 오르막이 계속 이어졌다. 그렇게 나는 내가 생각하는 곳이 맞을지 아닐지도 모르는 그곳을 가기 위해 무거운 가방을 이끌고 정상으로 향했다. 서서히 내려오는 사람들도 보였다. 아까 주차되어 있던 버스의 단체 관광객 같아 보였다. 아무 짐 없이 생수 하나를 한 손에 들고 사진을 찍으며 내려오는 모습을 보니 내 등에 짊어진 가방의 무게가 더 무겁게 느껴졌다.

그래도 힘내서 걸은 덕분에 나는 얼마 지나지 않아 정상에 다다랐고 TV 속 연예인들이 섰던 바로 그 위치에 서서 TV와 같은 풍경을 볼 수 있었다. 정상에서 본 녹차밭은 나를 감싸주는 듯한 느낌이 아닌 순천만에서 느낀 것과 비슷한 웅장한 느낌이었다.

TV와 사진 속에서만 보던 녹차밭에 내가 서있다는 것이 마치 내가 그 속에 들어간 것만 같고 신기했다.

나는 태극기와 함께 사진을 찍은 후 한동안 눈 앞에 펼쳐진 풍경을 아무 생각 없이 바라봤다.

나는 평소 멍하게 아무 생각 없이 있는 것을 좋아하지 않는다. 하지만 녹차밭 정상에서의 그 순간은 자연이 주는 여유가 온전히 느껴졌다.

한참을 그렇게 여유를 누리고 사진도 더 찍은 나는 이제 내려가기로 했다.

새벽부터 부지런히 움직여 단체 외에는 관광객이 한 명도 없을 때 입장한 뒤, 정상에 올라 여유를 누리고 내려오는 나 스스로에게 정말 부지런하게 잘해내고 있다며 칭찬도 해줬다. 그렇게 기분 좋은 마음으로 내려가다 보니 내려가는 길은 올라간 것에 비해 굉장히 짧게 느껴졌다. 어느새 내리막길을 다 내려와 다시 매표소 입구에 다다른 나는 시간을 보기 위해 습관처럼 손목을 봤다가 휴대폰을 켜서 다시 시계를 봤다. 한바탕 등산과 여유를 부리고 나오니 2시간이 지나있었다.

이미 주차장에는 아까는 보이지 않던 단체버스들이 몇 대 더 들어와 있었고 단체버스에서 내린 사람들은 세 명, 네 명 짝지어서 입구 쪽으로 다가오고 있었다. 그 관광객들 중 한 무리가 맞은편에서 나온 나를 보며 관심을 가지고 다가오셨다. 무리 중 한 분이 나에게 말을 건넸다.

관광객 : "뭐 하는 중이세요?"

너무 갑작스러워서 질문의 의미를 이해하지 못했지만 나의 배낭에 꽂힌 태극기를 보고 질문하신 것이라 추측하며 대답했다.

나 : "아 무전여행 중에 보성에 녹차밭을 직접 보고 싶어서 오게 되었습니다."

관광객 : "무전여행이면 돈 한 푼 안 가지고 하는 여행이요?"

나 : "네! 지금 무전으로 전국 한 바퀴를 목표로 여행하고 있습니다."

관광객 : "그러면 걸어서 해요? 밥은 어떻게 먹고요? 잠은 어떻게 자요?"

나 : "이동은 걷거나 히치하이킹을 통해서 하고 있습니다. 히치하이킹을 하며 좋은 운전자분들을 만나다 보니 운전자분들이 먹을 것을

조금씩 주셔서 아직까지는 괜찮았습니다. 잠은 여기 가방에 묶여있는 텐트를 치고 자는데 오늘은 우연히 만난 할아버지 할머니께서 재워주신 덕분에 따뜻하게 잘 잤습니다."

관광객 : "우와 정말 대단하네요. 잠시만 기다려 보세요!"

관광객분은 나에게 그렇게 말씀하신 뒤, 다시 버스로 돌아가셨다. 나는 그분과 함께 있던 다른 관광객 두 분과 함께 어리둥절하게 서있었다. 곧이어 그분은 버스에서 무언가 들고 내리셨다.
그리고 나에게 다가오며 과자와 음료수가 담긴 지퍼백을 건네시며 말씀하셨다. 아마 단체에서 준 간식 같았다.

관광객 : "따로 줄 것이 없지만 이거라도 가져가요. 다치지 말고 계획대로 무사히 마쳤으면 좋겠어요. 응원할게요."

그리고 같이 사진을 한 장만 찍어도 되는지 물어보셨다. 나는 당연히 그러자고 했고 함께 사진을 찍은 후 내 휴대폰으로도 한 번 더 찍자고 말씀드렸다. 그렇게 우리는 서로의 휴대폰으로 한 번씩 사진을 남겼다.
관광버스에서 뒤늦게 내린 사람들이 사진을 찍고 있던 우리가 궁금했는지 우리에게 다가왔다. 그 관광객분은 그분들에게도 나를 소개했다. 나는 그 덕분에 관광버스에서 내리는 사람마다 생각지도 못한 많은 응원을 받고 힘차게 출발했다. 도롯가까지 나와서 뒤를 돌아봤는데 아직도 그분들은 나를 보며 손을 흔들고 계셨다. 그 모습을 보니 감사함과 함께 약간 뭉클했다.

한반도 최남단
땅끝에 서다

나는 히치하이킹을 위한 박스를 만들기 시작했다.

이번에는 히치하이킹 스타일을 조금 바꾸고자 박스에 지금까지와는 약간 다른 문구를 쓰기로 했다. 이와 같은 결정을 한 것은 무전여행 첫날 첫 히치하이킹에서 울산에서 부산까지 태워주신 운전자분의 말씀이 생각나서다. 운전자께서는 처음에 나에 대해서 경계심이 들었다고 말씀해 주셨다.

나는 그전까지 생각해 보지 못했던, 운전자도 나에게 경계심을 가질 수 있다는 사실을 깨닫게 해주신 거다. 그때부터 이 문제에 대해서는 고민을 하고 있었는데 그 뒤로도 운전자분의 말씀을 증명이라도 하듯 만나는 운전자들로부터도 종종 비슷한 이야기를 들었다. 이제는 히치하이킹이 잘 되지 않을 때면 나를 지나쳐 가는 차들을 보며 '이 차들도 내가 수상하게 보이거나 경계심이 들어서 지나치는 거겠지?' 하는 생각이 들 정도였다.

만약 히치하이킹이 잘되지 않았을 때 문제가 이러한 경계심 때문이 아니라고 해도 나에게는 앞으로 여행기간이 많이 남았기에 앞으로의 여행을 위해서라도 충분히 시도해 볼 만한 변화였다.

나는 어떻게 하면 나에 대한 운전자들의 경계심을 줄일 수 있을까? 고민해 봤다. 운전자들이 나에게 경계심을 가지는 것은 내가 본인이 알지 못하는 낯선 사람이기 때문일 것이다. 그렇다면 지금 전달하고 있는 내 여행과 목적지 정보에 덧붙여 나에 대한 정보를 운전자에게 추가로 전달한다면 운전자가 간단한 정보라도 나에 대해 알 수 있고 그러면 경계심 또한 조금이라도 줄어들지 않을까? 하는 생각을 했다.

그리고 항상 히치하이킹이 잘되지 않을 때 자주 들던 '만약 내가 위험한 사람이 아니라는 것을 알았다면 저 차가 나를 태워줬을 수도 있었을 텐데' 하며 아쉬워하던 생각을 이렇게 내가 정보를 전달한 상태로 히치하이킹을 한다면 똑같이 차들이 나를 지나쳐 가더라도 운전자들이 목적지가 달랐을 거라고 생각하며 마음 편하게 넘길 수 있을 것 같았다.

그래서 나는 이 정보전달도 역시 박스를 통해 하기로 정하고, 박스 하나에 목적지만 적었던 기존의 히치하이킹 방식에서 박스 하나를 더해 내 정보를 적기로 했다. 박스 하나에 다 적기에는 가독성도 떨어질뿐더러 나에 대한 정보를 다른 박스에 적는다면 목적지를 적은 박스는 매번 바꾸더라도 이 박스는 바꿀 필요 없이 계속 쓸 수 있었다.

방법도 정했으니 이번엔 문구를 정해야 했다. 나에 대한 정보 중에서도 운전자의 경계심을 낮추는 데 가장 효과적이면서도 짧게 전달할 수 있는 문구가 뭐가 있을지 고민하다가 새로 만든 박스에는 이렇게 적었다.

'19세 청년의 무전여행'

내가 운전자라면 아무래도 같은 남성이라고 하더라도 성인 남성보다는 청소년에 대한 위협이 적게 느껴질 것 같았다. 실제로 내가 히치하이킹을 했을 때 운전자와의 대화에서 내 나이를 들은 후에 말투가 편안해지는 운전자들이 많았던 것 같았다.

내 나이와 동시에 무전여행 중임을 알리면 나에 대한 경계심은 더욱 효과적으로 줄어들 것이었다. 기존 박스에 목적지와 함께 무전여행 중임을 적었었는데 이제 무전여행 글을 다른 박스로 옮겼으니 한 박스는 내가 가고자 하는 목적지만 꽉 채워서 크게 적을 수 있게 되었다.

그렇게 나는 2개의 박스를 가지고 도로를 따라 걸었다.

나는 한참을 걷고 나서야 이곳이 인도가 없는 자동차전용도로임을 인지했다.

보통의 자동차전용도로는 자동차들이 쉴 새 없이 쌩쌩 달리는데 내가 걷고 있는 도로는 차량이 가끔 지나갈 정도로 적은 통행량에 비해 도로가 잘되어 있어 내가 자동차전용도로에 아스팔트 길을 걷고 있다는 사실을 눈치채지 못했다.

돌아가기에는 이미 많은 길을 걸어왔던 터라 안전한 곳이 나올 때까지 조금 더 걸으며 히치하이킹을 해보기로 했다.

한적하지만 쭉 펼쳐진 아스팔트 도로를 보며 걷다 보니 아까 웅장하게 펼쳐진 녹차밭 풍경을 보며 느껴졌던 여유와 그 감정이 비슷하게 느껴졌다. 하지만 이 여유는 뜨거운 태양 앞에 무너졌다. 위에서는 뜨거운 태양이 아스팔트가 식지 않도록 꾸준히 달구고, 덕분에 아지랑이가 피는 그 도로 위를 햇빛을 막아줄 모자도 없이 걷고 있으니 금방이라도 익어갈 것만 같았다.

손에서 익어가는 박스를 들고 아무것도 없는 아스팔트 도로 위를 한참을 걸었다. 그렇게 걷다가 가끔 뒤에서 차 소리가 나면 돌아서서 히치하이킹을 하는 방식으로 진행했다. 그래도 걸으면서 하니 가만히 서서 하는 히치하이킹보다는 조금 덜 지치는 것 같았다. 그렇게 몇 대의 차를 보내고 히치하이킹에 성공했다. 녹차밭에서 출발한 뒤로 총 네 번의 히치하이킹을 통해 해남에 들어갈 수 있었다.

해남은 지도상으로도 가장 아래에 있다 보니 다른 지역으로 가는 길에 지나는 사람도 없을 것이고 오로지 해남을 목적지로 둔 사람들만을 대상으로 히치하이킹을 해야 하기에 해남에 들어가서 땅끝마을을 보고 나오려면 적어도 3일은 걸릴 것이라고 생각했다.

그렇기에 비 예보로 어쩔 수 없이 세웠다고는 하지만 하루 만에 해남을 갔다가 나오는 것은 욕심이라고 생각했다. 그런데 막상 해남에 생각보다 빠르게 도착하고 나니 잘하면 가능할 수도 있겠다는 생각이 들었다.

내가 해남에서 가고 싶었던 곳은 딱 하나였다. 땅끝마을. 대한민국 한 바퀴를 여행하는데 한반도 최남단은 당연히 갔다 와야 하지 않겠냐는 내 나름의 생각에서 나온 코스다.

박스에 문구를 추가한 히치하이킹 방법이 성공적으로 먹혔는지는 몰라도 예상보다 이른 시간에 해남에 도착했으니 자신감과 함께 조금 더 욕심을 내보기로 하고 곧바로 히치하이킹 준비를 시작했다.

내가 내린 곳 주변에는 전자제품 매장도 있고 한 것을 보니 해남에서 시내권에 해당되는 곳인 것 같았다. 나는 다른 곳보다 이곳에 차량 통행량이 많지 않을까? 하는 생각으로 따로 포인트를 찾아 이동하지 않고 이곳에서 히치하이킹을 하기로 했다.

우선 화장실도 급하고 박스도 구하기 위해 전자제품 매장으로 갔다. 매장에 들어간 나는 혹시 화장실이 있는지 여쭈어봤다. 건물 뒤편에 화장실이 있다는 직원의 안내를 받고 화장실을 먼저 가기로 했다. 그렇게 건물 뒤편으로 돌아서 가니 화장실도 있었지만 그것보다 뒤편에 쌓여있는 박스들이 먼저 눈에 들어왔다.

화장실을 해결한 후 직원분께 건물 뒤 박스 중에 하나만 챙겨도 되는지 허락을 구했다.

다행히 허락해 주셔서 박스를 비교적 쉽게 구할 수 있었다. 가전제품 매장이라 주로 냉장고, TV 같은 무거운 물건들을 담아야 해서 그런지 튼튼하고 큰 박스들이 많았다.

한가득 쌓인 박스 더미에서 튼튼하고 잘 구겨지지 않는 재질의 박스를 구하기 위해 뒤지고 있는 나의 모습이 꼭 산더미처럼 옷을 깔아놓고 파는 시장에서 자신에게 맞는 옷을 찾기 위해 열심히 뒤지는 사람들의 모습 같았다.

평소 같았으면 길에 쌓여있어도 관심도 없었을 박스가 무전여행 중인 나에게는 보물같이 소중하게만 생각됐다.

생각보다 튼튼한 박스가 많아서 앞으로 계속 들고 다닐 생각으로 만든 정보전달용 박스도 여기서 교체해 가기로 했다.

그렇게 박스를 양손에 들고 직원분께 감사 인사를 드리고 매장에서 나와 다시 도로로 향했다.

오늘은 평소보다 히치하이킹은 잘되지만 한 번에 목적지까지 가는 차가 잘 없는 것 같다. 그래서 10분, 20분 짧게 짧게 차를 타다 보니 깊은 대화를 나누기 힘들었다. 보통 내 나이를 듣고 학교에 대한 질문이 이어지다가 내 여행 이야기가 나오기도 전에 내려야 할 지점에 도착해 버렸다. 분명 차를 네 번이나 탔는데 방금 만났음에도 뚜렷하게 생각나는 운전자가 없었다. 그중 한 번은 네 번의 히치하이킹 중에서 가장 오랫동안 동승했음에도 불구하고 운전자분께서 과묵하신 탓에 제일 대화를 나누지 못했다.

이번에 탈 차량은 만약 땅끝마을까지 한 번에 가는 차량이라고 해도 이곳에서 땅끝마을까지는 그렇게 멀지 않아 운전자와 또 많은 대화를 나누지는 못하겠지만 어떤 분을 만날지 기대는 됐다.

오늘은 정말 히치하이킹의 운이 따라주는 것인지 히치하이킹을 시작한 지 얼마 지나지 않아 트럭 한 대가 내 앞에 멈췄다.

창문이 열려있는 상태여서 창문을 통해 운전자분의 얼굴이 보였다. 80대쯤 되어 보이시는 할아버지셨다. 할아버지께서는 이미 열려있던 창문을 통해 짧게 말씀하셨다.

할아버지 : "타."

그렇게 차에 탔는데 할아버지께서는 이미 내 목적지를 박스를 통해 보신 건지 별다른 질문 없이 바로 출발하셨다. 그렇게 내가 탄 트럭은 서서히 움직이기 시작했다. 그런데 할아버지의 트럭이 오래된 트럭이었는지 차가 달리는데 차체가 심하게 떨렸다. 양쪽의 사이드미러가 떨어지지는 않을지 걱정될 정도였다. 그리고 할아버지께서는 중앙선을 넘나들며 반대편 1차선부터 우리가 달리는 방향의 2차선까지 왕복하시며 지그재그로 운전을 하셨다.

그리고 보통 터널을 지날 때 대다수의 운전자들은 창문을 닫는데 할아버지께서는 운전석과 조수석 그리고 뒷자리까지 창문을 활짝 열고 자신감 있게 터널 속을 누비셨다. 할아버지께서는 터널의 먼지로 기침을 하시면서도 절대 창문을 올리지 않으셨다. 지금까지 짧은 거리를 함께 한 운전자는 기억에 잘 남지 않을 것이라 생각했는데 할아버지의 터프한 운전에 이 할아버지 운전자분만큼은 여행이 끝나도 확실히 기억이 날 것 같다는 생각을 했다. 혹여 할아버지를 잊더라도 이 트럭과 이 승차감만큼은 잊지 못할 만큼 강렬했다.

할아버지가 지금까지의 운전자와 다른 점은 이것뿐만이 아니었다. 지금까지 경험에 따르면 보통의 운전자들은 내가 차에 타자마자 나에 대한 궁금증으로 여러 질문을 하며 대화를 이어가는데, 할아버지께서는 어떠한 말씀도 없이 운전에 집중하셨다. 할아버지의 모습을 보니 할아버지께서는 대화가 없어도 어색함을 느끼실 분 같지 않았고 정말 이대로 목적지까지 아무 대화 없이 가실 것 같았다.

나는 할아버지의 터프한 운전 속에 무서움을 느끼면서도 할아버지와 대화를 하고자 먼저 말을 건넸다.

나 : *"해남에 처음 와봤는데 정말 좋은 곳인 것 같아요."*

딱히 먼저 꺼낼 만한 말이 없기도 했지만 일단 정적을 깨고자 무슨 말이든 해야겠다고 생각하고 던지다 보니 정말 별 의미도 없는 형식적인 말이 나왔다.

할아버지는 대답이 없으셨다. 바로 옆이지만 내가 건넨 말을 듣지 못해서 대답을 못 하신 게 분명했다. 그럴 만도 한 게 할아버지께서는 시속 80km로 차량을 운행하시면서도 절대 창문을 닫지 않으셨고 활짝 열린 창문으로 안 그래도 큰 차체 흔들리는 소리와 시속 80km에서 나오는 바람 소리가 합쳐져 차 안의 모든 소리를 먹고 있었기 때문이다.

사실 나도 차체 소리와 바람 소리 때문에 할아버지가 무슨 말씀을 하시는데 놓칠까 봐 계속해서 할아버지 입 모양을 보고 있었기에 할아버지께서 내 말을 듣지 못하시는 것은 어찌 보면 당연한 것이었다.

이제는 밖의 소리 때문에 고막이 아파져 와 내 쪽 조수석 창문을 올리고 싶었지만 할아버지께서 이렇게까지 창문을 올리지 않으시는 데는 무슨 이유가 있으실 것 같아 관두기로 했다.

그렇게 나는 할아버지와의 대화도, 내 고막도 포기하고 얻은 시원한 바람 소리와 함께 혼자만의 어색함을 느꼈다. 분명 함께 차에 타있는데 관광버스 맨 뒷자리에 혼자 탄 것 같은 느낌이 들었다.

그리고 목적지까지 가면서 '왜 할아버지께서는 창문을 올리지 않으시는 걸까?'라는 생각을 해봤다. 혹시 할아버지께서 폐소공포증이 있으신가? 아니면 차 창문이 고장 났나? 또 아니면 나에게 해남의 바람을 제대로 느끼게 해주시려는 건가? 나중에는 할아버지께서 창문을 닫는 법을 모르시는 것인가? 등 혼자 말도 안 되는 상상들을 하며 갔다.

할아버지께서는 중간에 다른 길로 가야 해서 나를 내려주셨다.

나는 처음 탈 때 이후로는 끝내 차에서 내릴 때까지 할아버지의 목소리를 듣지 못했고, 할아버지 트럭의 창문은 왜 올라가지 않는 것인지에 대한 의문을 풀지 못했다.

짧은 동승에도 강력한 기억을 남긴 할아버지 이후 총 세 번의 히치하이킹을 더 한 끝에 나는 땅끝마을 부근에 도착할 수 있었다.

땅끝에서부터 팽목항으로
이어진 마음

마지막 운전자분께서는 해남 분이 아닌 외지 관광객이셔서 땅끝마을 위치를 잘 모르셨다. 그래서 내비게이션에 땅끝마을을 치고 데려다주셨다. 사실 내비게이션은 조금 더 내려가라고 안내했지만 내가 가고 싶은 곳은 TV를 통해서 본 땅끝마을이라는 글자가 적힌 큰 비석이 있는 곳이었기에 큰 비석이 있는 이곳에서 내려달라고 했다.

내비게이션에 나오는 땅끝마을은 정말 그냥 땅끝에 있는 마을이겠거니 하면서 말이다.

나는 그 비석 앞에서 사진도 찍고 최남단에 히치하이킹을 통해서만 왔다는 뿌듯함을 누리고 있었다. 그렇게 한참을 있다가 문득 땅끝마을은 어떻게 생겼는지 궁금해졌다. 해남에는 이 땅끝이라는 문구가 적힌 비석 하나만 생각하고 왔었지만 언제 다시 이곳에 올 수 있을지 모르니 온 김에 땅끝마을도 보고 가기로 했다.

그리고 한 가지 의문도 들었다. 보통 땅끝마을이라고 하면 가장 유명한 게 이 비석일 텐데 지금 내가 사진을 찍고 있는 비석 앞에는 나를 제외하면 한 가족밖에 없었다. 게다가 아까부터 단체 버스들도 이곳에 잠깐 멈추지도 않고 지나쳐 땅끝마을 방향으로 내려가고 있었다.

그 모습을 계속 보다 보니 혹시 '땅끝마을에 내가 모르는 볼거리가 많지 않을까?' 하는 생각이 들었다. 나는 옆에 있던 가족들이 이제 얼른 땅끝마을로 가자는 대화를 듣고 가족들이 자리를 뜨려고 할 때 혹시 땅끝마을 쪽으로 가면 태워주실 수 있는지 여쭤봤다. 걸어가도 되는 거리였지만 오늘 안에 해남을 나오려면 구경은 여유롭게 하더라도 이동시간은 최대한 줄여야 했다. 이미 내가 무전여행이 적힌 피켓을 들고 사진을 찍거나 하는 모습을 주의 깊게 보셔서 그런 것인지 감사하게도 다른 질문 없이 흔쾌히 허락해 주셨다. 차에 탄 지 얼마 지나지 않아 땅끝마을에 도착했다.

나와 가족이 구경하던 비석 앞을 지나 내려갔던 많은 관광버스들이 여기에 다 모여있었다. 땅끝마을은 그야말로 사람들로 북적북적했다.

북적거리는 사람들 중에는 관광객만 있는 것이 아닌 듯 보였다. 사람들이 가장 많이 모여있는 쪽에서 어떤 MC가 진행하는 듯한 마이크 소리가 나오고 사람들이 노래를 부르는 소리도 났다.

소리를 따라가니 'ㅇㅇㅇ 여사님의 팔순 잔치 축하합니다'라는 문구가 적힌 큰 현수막이 보였다.

이제 보니 마을 곳곳에 현수막이 걸려있었다.

마을 주민 중 누군가의 팔순 잔치를 하는 듯했다. 누가 봐도 마을 잔치인데 나는 마을 사람이 아니니 혹시 공연이라도 하나 싶어서 행사장 외곽 쪽에서 잠깐 구경을 했다. 그런데 음식 부스 쪽에서 비닐장갑을 끼고 음식을 나누어 주던 한 아주머니께서 무대 쪽을 보고 있다가 뒤돌아보시더니 나를 보고 부르셨다.

아주머니 : *"총각 이리 와봐. 무전여행 중인 것 같은데 음식 좀 가져가. 챙겨줄게."*

내가 들고 있던 박스를 본 것 같다. 갑작스러운 말에 나는 당황했다.

나 : *"저는 이 마을 사람이 아닌데요?"*

아주머니 : *"원래 잔치하는 집 있으면 지나가다가도 이 음식 저 음식 먹고 주인공 축하해 주고 그러는 거야. 잔치를 연 집에서도 잔치를 할 때 최대한 많은 사람에게 베풀어야 또 돌아오는 거거든."*

그러고선 아주머니는 내 손목을 낚아채 비닐봉지에 엄청난 양의 떡을 주셨다.

나는 잠깐 무슨 행사인지 구경만 할 생각이었는데 그렇게 음식을 받고 나서 바로 자리를 뜨는 건 아니라는 생각에 마을 사람들 사이에서 축하하는 마음을 담아 함께 박수도 치고 한동안 잔치를 함께 즐겼다.

그렇게 마을 잔치를 어느 정도 구경하고 마저 마을을 둘러보고 있는데 저 멀리 아까 내가 서서 찍었던 비석과 비슷하게 생긴 것이 하나 더 있었다. 나는 그 비석 앞에 다다라서야 깨달았다. 내가 TV와 인터넷에서 보면서 가고 싶다고 생각했던 곳이 아까 내가 사진을 찍던 곳이 아닌 바로 여기였다는 것을 말이다. 안 그래도 위쪽에 있던 비석은 '희망의 땅끝'이라고 적혀있어서 그사이에 문구가 바뀌었다고 생각했는데 아래쪽에 비석이 하나 더 있을 줄이야.

내가 TV와 인터넷 이미지를 통해서 본 비석에 적혀있었던 '한반도 최남단'이라는 단어가 똑같이 적혀있었다. 한반도 최남단이라는 글자가 내 가슴을 울렸다.

히치하이킹만으로, 그리고 무전으로 한반도의 최남단까지 온 것에 대한 뿌듯함과 내가 지금 도전을 잘 이어가고 있다는 생각에 자신감이 생겼다. 나는 사진을 찍는 많은 사람들 뒤에 줄을 서서 내 차례가 되자 뒤에 계신 분께 사진 촬영을 부탁드리고 '19세 청년의 무전여행'이라고 적힌 박스를 든 채로 비석 앞에 섰다.

줄을 기다리던 사람들부터 주변에 사람들까지 나를 보며 수근거렸다. 일행끼리 하는 이야기인데도 그 이야기가 내 귀에 선명하게 들려왔다. 대부분은 나의 무전여행을 신기해하거나 궁금해하는 대화였다.

조금 민망해진 나는 사진을 찍어주신 분의 휴대폰으로도 사진을 찍어드리고 도망치듯 나왔다. 이제 나의 원래 계획대로라면 해남에서 바로 나가야 했다.

하지만 땅끝마을까지 오던 중에 할아버지 다음으로 태워주셨던 분과의 대화가 생각났다.

그분은 나에게 해남을 코스에 넣은 이유에 대해서 질문을 했다. 나는 솔직한 답변으로 해남에서 어디가 유명한지 잘 모르지만, 한반도 최남단이라는 상징성 때문에 코스에 넣었다고 말씀드렸다. 그러면서 해남은 잘 오지 못하는 곳이니 혹시 온 김에 둘러볼 만한 곳이 있는지 운전자분께 여쭈어봤었다.

그리고 운전자께서는 그리 멀지 않은 곳에 진도가 있으니 그곳을 가보라고 추천해 주셨다.

나는 진도라는 단어를 듣고 곧바로 팽목항이 떠올랐다. 우연히 본 뉴스에서 팽목항은 진도에 있다고 들었던 것 같다. 진도는 해남과 전혀 관계없는 지역이라고 생각해서 해남을 코스에 넣으면서도 진도는 생각도 못 했는데 가까이 있다고 하니 무조건 가봐야겠다고 생각했다.

사실 진도도 가본 적이 없기에 무엇이 있는지, 또 어디에 가볼 만한 곳이 있는지 전혀 모른다. 하지만 팽목항은 이번 여행 때문이 아니더라도 평소에 내가 시간 내서 꼭 한 번은 가겠다고 생각해 왔던 곳이었다.

사실 내가 무전여행 동안 배낭에 노란 리본을 달고 다니며 여행 중 만나는 사람들과 세월호에 관해서 이야기를 나눈 것도, 여행을 출발하던 날 울산에서 세월호 관련 다큐멘터리 영화를 관람한 것도 모두 팽목항까지는 멀어서 가지 못하나 세월호에 대해 계속 기억하고 관심을 가져야겠다는 생각 때문이었다.

지금 바로 해남에서 나오는 것도 촉박한 시간이었지만 팽목항에서 자게 되거나 내일 비가 와서 이틀 이상 팽목항에서 나오지 못하는 일이 있어도 가야겠다고 생각했다.

내가 사진을 찍을 때 주변 사람들이 많이 봤던 터라 지금 땅끝마을 주차장에는 내가 무전여행을 한다는 사실을 이미 알고 있는 사람들이 많을 것 같았다. 내가 무전여행 중임을 추가적으로 설명하지 않아도 되는 지금이 히치하이킹 가능성도 더 클 것이기에 이 사람들이 흩어지기 전에 얼른 히치하이킹을 시도해야겠다고 생각했다.

여수를 향할 때 휴게소에서 진행했던 히치하이킹처럼 정차되어 있는 차와 지나다니는 사람들을 대상으로 히치하이킹을 하기로 했다.
나는 박스를 새롭게 구할 시간도 아끼기 위해 해남이라고 적혀있던 박스를 뒤집어 뒷면에 진도를 적고 바로 히치하이킹을 시작했다.

히치하이킹을 한 지 얼마 되지 않아서 해남에서 치킨집을 운영하시는 운전자분이 본인 운영하는 가게까지 태워주신다고 하셔서 땅끝마을에서도 금방 나왔다.

큰 대화는 주고받지 않았음에도 운영하시는 가게에 도착하자 운전자분은 나에게 잠깐 기다리라고 하시곤 가게 안에 들어갔다가 나오시더니 가게에 이것밖에 없다며 꽝꽝 얼린 생수 2병과 음료수 5개 그리고 오징어를 봉지 가득 담아주셨다. 그리고 더운 날 고생한다며 응원의 말씀도 함께 건네셨다.

그 뒤에는 낚시를 가는 중이셨던 운전자의 차를 히치하이킹했는데 낚시 가서 본인이 먹으려고 샀다는 도시락을 나에게 건네셨다. 해남 땅끝의 엄청난 인심을 몇 배로 무거워진 가방의 무게로 느낄 수 있었다.

잔치에서 받은 떡과 운전자들로부터 받은 음식만 있어도 이틀은 굶지 않을 수 있을 것 같았다. 그렇게 두 번의 히치하이킹과 무거워진 가방을 가지고 조금씩 진도에 가까워져 갔다.

오늘따라 히치하이킹은 굉장히 빠르게 잘되는데 이상하게 이때까지처럼 목적지까지 한 번에 가는 차는 한 번도 만나지 못한 것 같다. 이번에도 히치하이킹을 시작한 지 얼마 되지 않아 곧바로 차 한 대가 멈췄다. 운전석에 계시던 아저씨는 팽목항까지는 아닌데 진도 방향으로 가는 중이라고 옆에 타라고 하셨다. 역시 목적지까지는 아니었지만 마침내 진도에 들어갈 수 있는 차를 만났기에 감사 인사와 함께 차에 올랐다.

아저씨는 시골집에 갑자기 급한 일이 생겨서 모든 가족들이 모이고 있다고 하셨다.

그래서 그런지 고속도로를 따라 매우 **빠른** 속도로 운전을 하셨다.

아저씨가 운전하는 내내 벨소리가 울렸다. 차량 내에 내비게이션 화면에 뜨는 이름으로 보아 가족들과 친척들인 것 같았다. 가족들에게 이렇게까지 전화가 오는 것은 무슨 일인지는 몰라도 상황이 급박해 보였다. 우리 차는 계속해서 울리는 아저씨의 벨소리와 함께 계속해서 달렸다. 나는 급박한 상황인데 아저씨가 나 때문에 늦는 것은 아닌지 걱정되는 마음에 물었다.

나 : *"제 목적지 방향과 시골집이 비슷한 방향인가요?"*

아저씨 : *"사실 이미 아저씨가 가려던 곳은 지나쳤어. 그런데 네가 걱정돼서 최대한 목적지 근처에 인도가 있는 곳까지 태워주려고 가는 중이야."*

나 : *"많이 급해 보이시는데 가족분들이 기다리시는 것 아닌가요? 저는 어디 내려주셔도 잘 갈 수 있으니 걱정 안 하셔도 돼요."*

아저씨 : *"가족들이 기다리고 있기는 한데 나를 기다리는 가족들처럼 네가 무사히 도전을 마치기를 네 가족들도 기다리고 있을 거야."*

급해 보이는 상황에 운전에 방해가 될까 봐 더 이상 말을 잇지 않았다.

그렇게 아저씨는 우수영까지 태워주신다고 했다가 다시 조금만 더 조금만 더를 반복하시며 우수영도 지나쳐 진도읍까지 본인의 목적지를 30분이나 지난 지점에 내려주셨다.

그리고선 우리가 온 방향 쪽으로 차를 돌려 **빠른 속도**로 출발하셨다.

워낙 급박해 보여서 많은 대화를 나누지도 같이 사진을 찍거나 하지도 못했다. 무슨 상황인지는 모르겠지만 급박한 상황 속에서도 나를 배려해서 최대한 목적지까지 가깝게 태워주신 것이 너무나도 감사했다.

아저씨 덕분에 팽목항에 가는 길목과 가까워져서 그런지 히치하이킹 시도 1분 만에 바로 차를 탈 수 있었다.

그 차에는 여성 두 분이 타고 계셨는데 진도에 거주하시는 한 분과 함께 반가운 분이 타고 계셨다. 바로 나와 같은 울산 주민분이셨다. 여기가 외국은 아니었지만 여행하다가 머나먼 땅끝마을에서 나와 같은 지역 사람을 만나다니 이렇게 반가울 수가 없었다. 그분도 진도에 지인 집에 놀러왔다가 같은 울산 사람을 보니 너무 반갑다고 했다. 나는 한동안 처음 방문하는 낯선 동네들과 전라도, 충청도 사투리를 쓰는 사람들 사이에서 대화하며 여행을 해왔기에 익숙한 동네 이름과 익숙한 말투를 듣자 반가움이 배가 됐다.

그분들은 원래 전혀 다른 목적지로 가고 있었는데 내 박스에 적힌 문구를 보고 감동을 받아 태워주고 싶다는 생각을 했고 뒤에 일정을 미루고 나를 태워주기로 했다고 하셨다.

그렇게 그 두 분도 자신들의 목적지에서 약 20분을 더 달려서 나를 내려주고 왔던 길로 되돌아가셨다.

많은 분들의 배려와 도움 덕분에 나는 리본의 노란 물결로 가득한 팽목항에 무사히 도착할 수 있었다. 팽목항이라는 이름을 뉴스나 기사에서만 봐오다가 직접 보니 생각한 것과 비슷한 느낌도, 또 다른 느낌도 들었다. 나는 팽목항의 노란 리본들이 안내하는 대로 팽목항의 길 끝에서 끝까지를 계속해서 왕복해 걸었다. 처음에는 노란 리본들만 보였다가 몇 번을 더 걷자 노란 리본이 그려진 빨간 등대가 보였다. 그리고 조금 더 있으니 길을 따라 달린 현수막들과 그 속에 담긴 세월호 참사 피해자들을 위한 사람들의 소망들이 보였다. 처음 걸으며 그 모든 것들을 볼 때는 이런 것들도 있구나. 정도의 감정이었는데 계속해서 걸을수록 그 안에 담긴 소망들이 보였고 바로 옆에서 말로써 들리는 듯했다. 어느새 내 눈에는 눈물이 가득 맺혔다. 짧은 팽목항 방파제의 끝에서 끝까지를 얼마나 왔다 갔다 했는지 모르겠다. 나는 멈출 수 없이 그냥 계속해서 걸었다. 멈출 수 없는 걸음과 함께 조금씩 흐르는 눈물 또한 멈출 수 없었다.

세월호 참사에 대해서 크게 관심이 없던 사람이라도 피해자들에게 닿기를 바라는 마음을 글로 적은 노란 리본과 음식들로 만든 팽목항의 길 위에서는 많은 생각이 들 것이다.

나는 사람들이 놔둔 술과 음식들로 이루어진 길에서 빈자리를 찾았다. 그리고 그 자리에 시민들로부터 받은 떡과 오징어, 식혜까지 모두를 남김없이 놔뒀다.

앞으로 내가 이틀은 굶지 않을 수 있는 소중한 식량이었지만 전혀 아쉽지 않았다.

단순히 어딘가에서 사 온 음식이 아닌 나를 응원하는 많은 사람들의 마음이 담긴 음식들이기에 조금 더 의미가 있지 않을까? 하는 생각으로 음식에 담긴 사람들의 마음 한켠에 내 마음도 함께 담았다.

아까보다 가벼워진 배낭을 다시 들며 방금까지 배낭의 무게로 느껴졌던 많은 사람들의 묵직한 마음들이 내 마음과 함께 세월호에 타고 있었던 형 누나들에게 잘 전달되기를 다시 한번 기도했다.

그렇게 주차장 쪽으로 다시 나온 나는 얼마 전 세월호를 목포로 인양한다는 기사를 봤던 기억이 났다. 나는 팽목항의 노란 리본 물결이 나를 목포로 가리키는 듯한 느낌이 들었다.

팽목항은 남쪽 끝이고 세월호가 인양된 목포 신항까지는 다시 원래 있던 해남으로 나와서 가야 하는 어려운 코스다. 게다가 이미 시간이 많이 지체되어 곧 해가 저물어 갈 상황이었기에 사실상 팽목항에서 빠져나가는 것만을 목표로 하더라도 빠듯했다.

하지만 이미 내 머릿속은 세월호의 흔적을 따라 오늘 목포에 반드시 가야겠다는 생각뿐이었다. 나는 곧바로 박스에 글을 쓰고 히치하이킹을 시작했다.

세월호를 따라 목포로

나는 땅끝마을에서처럼 주차장에서 차를 타려는 사람들을 집중적으로 히치하이킹하기로 했다. 목포로 나가려면 해남이나 진도에 거주하는 운전자가 아닌 완벽한 외지인의 차를 히치하이킹해야 했다. 하지만 해가 저물어 가는 와중에 팽목항에 오는 외지인은 있을 리가 없었다.

우려한 대로 1시간이 지나도 사람이라고는 보이지 않았다. 나름 이곳은 비를 피할 곳도 있으니 해가 완전히 지면 여기서 노숙을 하기로 하고 해가 지기 전까지라도 노력해 보기로 한다.

다행히 해가 완전히 지기 전에 목포로 간다는 한 가족을 만났다.

해남을 거치지 않고 바로 목포라니 나에게는 더할 나위 없는 행운이었다.

게다가 이 가족은 목포 중에서도 세월호 인양 장소로 간다고 했다. 아무리 봐도 2시간이 다 되도록 사람 한 명 없었던 팽목항에서 목포의 내가 원하는 목적지까지 한 번에 가는 차를 만난 건 하늘이 나를 도왔다는 생각밖에 들지 않았다.

사람들로부터 받은 마음을 팽목항에서 함께 나눠서 그런 걸까? 역시 사람은 좋은 마음으로 베풀면서 살아야 하나 보다.

나는 어느 때보다도 밝게 감사 인사를 드리고 가족들을 따라 차에 탔다.

초등학생쯤 되어 보이는 아이 한 명과 그보다 어려 보이는 아이 둘, 이렇게 세 명의 아이와 부부까지 해서 총 5인 가족이었다. 그래서 나는 무전여행 처음으로 뒷자리에 탔다. 우리 차는 모두가 타자마자 바로 출발했고 운전하시던 아저씨께서 먼저 말을 건네셨다.

> 아저씨 : "사실 저희가 집은 대구인데 아이 세 명과 함께 세월호를 따라 여행 중이었어요. 아이를 키우는 입장에서 세월호 사건은 너무 안타까운 사건이고 우리 아이들이 꼭 알아야 한다고 생각했어요. 그래서 주말 시간을 빼 대구에서부터 출발해서 세월호를 따라 여행하고 있어요."

주말 시간에 아이들이 세월호 참사에 대해서 알아야 한다는 생각으로 다른 휴양지가 아닌 세월호를 따라 여행하는 계획을 잡은 아저씨와 아주머니도 대단하지만 어린 마음에 주말에 친구들과 놀거나 집에서 게임을 하고 싶을 수도 있는데도 아버지 어머니를 따라 함께 여행을 하고 있는 아이들도 대단해 보였다.

아저씨 아주머니와 대화를 하며 막연하게 세월호에 대해서 오랫동안 기억하자는 생각을 하던 나와는 달리 세월호를 따라 여행을 할 정도로 세월호 참사에 대해서 관심을 가지고 뉴스나 기사를 찾아본 두 분 덕분에 나는 세월호에 대해서 내가 몰랐던 여러 이야기들을 새롭게 알 수 있었다.

그리고 반대로 나는 두 분께 나의 여행 이야기들을 들려드렸다. 아저씨 아주머니는 나의 여행 이야기를 너무나도 흥미롭게 들으셨다. 아이들에게 내가 하는 무전여행이 어떤 여행인지에 대해서 자상하게 한 번 더 풀어서 설명하기도 하셨다. 아이들도 돈 없이 하는 여행과 히치하이킹이라는 것에 대해서 처음 들었는지 나를 신기해했다. 뒷자리에서 장난치며 가다 보니 아이들과도 금방 친해졌다. 목포까지 함께 가는 동안 차 안에는 웃음이 끊이질 않았다.

아저씨 아주머니도 굉장히 밝은 인상을 가졌지만 아이들도 장난기 가득한 얼굴에 또래 친구들보다 밝아서 함께 있으면 기분이 좋아지는 가족이었다. 그렇게 화목한 가족으로부터 긍정적인 에너지를 가득 받다 보니 어느새 우리는 세월호 인양장소에 도착해 있었다.

나는 가족과 함께 사진을 남기고 헤어졌다. 뒤를 돌아보니 아저씨 아주머니 아이들까지 아직도 나를 향해 손을 흔들고 있었다. 누가 봐도 화목한 가족의 모습에 문득 울산에 있는 가족들이 겹쳐 보였다.

보기만 해도 미소가 지어지던 가족들과 헤어지고 조금 더 걸어가자 노을 지는 하늘 밑으로 세월호가 보였다.

아직 가까이서 보거나 하지는 못하는 상황이라 아쉬움은 남았지만 멀리서나마 본 것으로 만족하기로 했다. 그리고 고개를 돌리자 팽목항에서 봤던 노란 리본의 길이 이곳에도 이어져 있었다. 팽목항에서 느꼈던 그 알 수 없는 감정들이 다시 한번 올라왔다.

노란 리본이 만든 물결을 따라 걷다 보니 글을 적을 수 있는 리본을 배부하는 테이블이 놓여있었다. 아마 이 노란 물결도 나처럼 지나가는 사람들이 여기서 리본에 글을 써 하나씩 묶은 게 모여서 만들어졌을 것이다. 나도 큰 리본 하나를 받아 나름대로 글을 쓴 뒤 사람들이 달아놓은 곳이 아닌 내 배낭에 묶었다.

이곳의 노란 물결에 동참하는 것도 의미 있겠지만 나는 여행기간 동안 전국을 다니며 많은 사람들을 만날 것이다. 그때마다 이 배낭에 달린 리본을 보며 그 사람들과 함께 세월호를 다시 생각할 수 있는 기회를 만드는 것도 의미 있지 않을까? 하는 생각을 했다.

그렇게 새롭게 변신한 배낭을 메고 조금 더 걸으니 세월호와 관련된 영상을 볼 수 있도록 컨테이너로 만들어 놓은 공간이 보였다.

나는 그래도 땅끝에서 나왔으니 그 안에서 영상을 보며 겸사겸사 잠깐 앉아서 쉬었다 가기로 했다. 모니터에 자동으로 재생되고 있는 영상을 보니 울산을 떠나오던 날 어머니와 함께 봤던 영화가 생각나 계속해서 반복 재생되는 같은 영상을 한동안 봤다.

그렇게 한참 영상을 보다가 이제 어디로 가야 할지에 대해서 고민이 들었다.

목포는 원래 계획에 없었고 오직 세월호 인양장소를 보기 위해서 왔다.

난 이미 세월호를 봤고 목포에서 할 것은 다 한 상태였다. 그러면 계획한 코스 중에서 다음 목적지로 바로 갈지 아니면 목포에서 다른 곳을 더 둘러볼지 정해야 했다.

잠시 고민한 끝에 계획과 다르긴 해도 오랜만에 목포에 온 김에 계획을 하나라도 더 만들기로 했다. 일단 목포에 있는 지인에게 연락을 해보고 시간이 안 된다고 하면 바로 다음 여행지로 넘어가거나 여기 근처에서 자고 내일 넘어가기로 했다.

곧바로 목포에 사는 동생에게 연락했는데 갑작스러운 연락이었음에도 다행히 동생도 시간이 된다고 해서 동생을 만나기 위해 동생 집 쪽으로 향하기로 했다.

컨테이너에서 꽤 오랜 시간 앉아있었는지 이미 밖은 어두운 상태였다. 이 주변에는 가로등도 많이 없는데 근처에 차들도 다니지 않았다. 저 멀리 가로등들이 모여있는 곳에 많은 차들이 다니는 것이 보였다. 나는 내비게이션도 켜지 않은 채 가로등 불빛이 있는 곳만 바라보고 무작정 30분 정도 걸었다. 그러자 차들이 다니는 도로가 나왔다.

동생으로부터 받은 주소를 참고하여 박스에 동생 동네를 크게 목적지로 적고 히치하이킹을 시작했다.

차량 통행량이 많아서인지 얼마 지나지 않아 차 한 대가 멈췄고 나는 그렇게 젊은 남성 운전자분의 차 위에 올라탔다.

운전자께서는 자신이 가는 방향과 내 목적지가 약간 달랐음에도 나를 동생 집 부근까지 태워주셨다. 덕분에 나는 오늘의 길고 긴 히치하이킹을 끝낼 수 있었다. 오랜만에 동생을 만나 이런저런 이야기를 하다가 밤이 늦어 동생 집에서 신세를 지게 되었다.

너무 고된 일정에 지쳐있었던 상태에다가 새벽부터 비가 내릴 상황에서 마땅히 잘 곳도 없어서 걱정하고 있었는데 너무 다행이었다. 덕분에 나는 오랜만에 손빨래도 하고 비 맞을 걱정 없이 잠자리에 누웠다. 내일 비가 온다는 소식에 서두르느라 정신없기도 했지만 오늘은 이상하리만큼 히치하이킹을 짧게 자주 해서 목적지에 도착한 것 같다. 하긴 목포에 올 때 가족들의 차를 제외하면 한 차에 오래 탄 적이 거의 없었다. 그래도 이렇게 불가능하다고 생각했던 계획을 성공적으로 수행한 건 주말이라서 그런지 오늘따라 히치하이킹이 금방 성공한 덕분이다. 그러니 짧게 끊어서 이동했음에도 많은 거리를 이동할 수 있었겠지. 만약 어제처럼 몇 시간씩 히치하이킹을 해도 잘되지 않았으면 오늘 나는 팽목항은커녕 해남에서 나오지도 못했을 것이다.

잠자리에 누워서 오늘 하루를 돌아보니 오늘 총 열일곱 번의 히치하이킹을 하고, 수많은 운전자들을 만났다. 이렇게 히치하이킹이 잘되는 것은 여행 진행에도 분명 좋은 일이지만 오늘 겪어보니 히치하이킹이 잘되지 않아 어렵게 차를 구하더라도 한 번에 장거리를 이동하는 것이 오늘 같은 히치하이킹보다는 피곤함이 덜한 것 같다.

비 때문에 서두른 것도 있지만 결론적으로 어제, 오늘 이틀 동안 4일분 계획의 코스를 진행했기에 일정에 대한 부담도 많이 덜어졌을뿐더러 비가 오면 발이 묶이니 이왕 이렇게 된 거 비가 내리는 내일은 목포에서 오로지 쉬다가 모레 출발하기로 했다.

내일 목포에서 쉬는 동안에도 일정은 아예 정해두지 않기로 했다.
어차피 돈이 없는 상황에서 관광도 힘들 것이고 비 때문에 히치하이킹도 힘들 것이다. 그런 상황에서 하루를 알차게 보내야겠다는 욕심에 이동에 집착한다면 뒤의 일도 그르칠 수 있다는 생각 때문이었다. 내일은 무언가 움직여야 한다는 강박감도 버리고 모레 출발과 동시에 다시 이어질 여행에 대한 계획을 재정비하는 것에 온전히 집중하기로 한다.

어떻게 보면 이것이 무전여행의 묘미인 것 같다. 계획을 아무리 세워놔도 상황에 따라 바뀌고 그에 맞춰서 계획을 재수정하고 변수에는 임기응변을 통해 대처해야 하는 게 나름 재미있다.
이렇게 마음을 아예 단념하고 나니 내일은 오랜만에 늦잠을 잘 수 있을 것 같다는 기대와 함께 무전여행 5일 차를 마무리한다.

Day 7

비를 뚫고 광주에 도착하라,
우천 속 히치하이킹

하루를 온전히 쉬는 것에 집중하기로 해놓고도 또 무언가 움직여야 할 것 같다는 생각을 버리지 못할까 봐 걱정했는데 어제 하늘에 구멍이 뚫린 것처럼 시원하게 내려준 비 덕분에 아무 미련 없이 쉴 수 있었다. 무전으로 여행하다 보니 해봐야 늦잠을 자고 주변의 흔한 공원을 걷는 것이 다였지만 해가 지기 전까지 어딘가로 움직여야 한다는 촉박함이 없다는 사실만으로도 충분히 쉬는 기분이 들었다.

일기예보에선 오늘까지 비가 내린다고 하였기에 오늘까지는 목포에서 쉬고 내일 천천히 출발해도 되는 계획이었다. 하지만 이제 근처 공원을 산책하는 것보다 또 새로운 사람들을 만나고 새로운 곳에 가보고 싶다는 생각이 들어 욕심을 냈다.

대신 오늘은 광주 도착까지만을 목표로 잡고 여유롭게 움직이기로 했다.

국토대장정의 경험을 살려 혹시 몰라 챙겼던 대형봉투로 배낭을 감쌌다. 그리고 가위로 조금 잘라 팔걸이를 그 사이로 빼 멜 수 있게 만들었다. 무전여행 5일 차 밤부터 어제까지 이틀 동안 전국을 무대로 활동한 비는 이미 길에 있는 나무와 꽃을 충분하게 적셨음에도 그칠 줄을 몰랐다. 평소라면 '비가 많이 내리는구나'라고만 생각했겠지만, 무전여행을 하는 중이다 보니 히치하이킹이 걱정됐다.

비가 오는 중에 히치하이킹은 힘들 것임을 이미 알고 있었지만 막상 하려니 막막하기만 했다.

그래도 다행인 건 배낭을 둘러싼 대형봉투가 비를 막아줘서 나는 내 몸만 신경 쓰면 됐다.

혹시 몰라 출발 전 챙겼었던 접이식 우산을 쓰고 히치하이킹을 시작했다. 하지만 든든했던 김장 봉투는 얼마 가지 못했다. 비바람 몇 대를 세게 맞더니 금방 찢어져 버린 것이다. 심지어 우산도 뒤집혀서 부러져 버렸다. 그렇게 나는 비를 맞지 않겠다는 생각은 포기하고 그냥 가방과 옷이 다 젖어가는 상태로 걸어가며 히치하이킹을 이어갔다.

어제 운동화가 다 젖었었고 오늘 비가 이어서 오기도 하니 아침에 울산에서 챙겨왔던 슬리퍼를 신고 나왔었다. 그런데 이 슬리퍼마저 히치하이킹 포인트를 찾기 위해 젖은 산길을 조금 오르고 내리다가 나뭇가지에 걸려 한쪽이 뜯겨나가고 어느새 발도 상처와 흙으로 더러워져 있었다.

히치하이킹이 된다고 해도 괜히 태워주시는데 차를 더럽히는 민폐를 저지르는 것은 아닐지 걱정됐다. 그래도 히치하이킹을 멈출 수는 없기에 계속해서 히치하이킹 포인트를 찾아다니며 히치하이킹을 시도했다. 역시나 비가 와서 그런지, 나의 몰골 때문인지 히치하이킹이 되지 않았다. 양말에는 피가 조금씩 적셔가고 상처 부위들이 따끔했다. 샤워를 한 것처럼 다 젖은 상태로 몇 시간을 더 히치하이킹한 끝에 오후가 되어서야 히치하이킹에 성공할 수 있었다.

다행히 목포에서 광주로 한 번에 가는 차였다. 하지만 히치하이킹에 성공했음에도 마냥 기쁘지 않았다. 막상 차에 타려니 내 발과 옷 상태 때문에 걱정이 앞섰다.

나는 차마 조수석에 이대로는 탈 수 없어서 운전자분께 몸이 젖어서 지저분한 상태라고 말씀드리고 가방에서 수건을 꺼내 뒷자리 시트 위에 깔고 그 위에 앉았다. 그리고 히치하이킹을 하며 쓴 박스를 발밑에 두고 그 위에 신발과 발을 올렸다.

운전자분께서는 성격이 온화하신 분이셔서 괜찮다고 하셨지만 그래도 머리부터 발까지 온몸이 다 젖은 상태였기에 차 안에 좋지 않은 냄새들이 날까 봐 눈치가 보인 나는 목적지까지 비가 들어오지 않을 정도로만 창문을 열고 갔다. 뒷자리에 타기도 했고 너무 죄송한 마음에 적극적으로 대화를 시도하지 않아 이번 운전자분과는 많은 이야기를 나누거나 하지는 못했다.

그렇게 목적지에 도착해 이번에는 감사 인사와 함께 죄송하다는 인사도 드리고 차에서 내려 내가 앉았던 시트를 다시 한번 마른 수건으로 닦고 문을 닫았다.

어떻게 해서 히치하이킹으로 광주에 도착은 했지만 역시나 비는 그치지 않았다.

광주에는 펭귄마을이라는 곳이 궁금해서 온 것이었는데 비가 너무 오기도 하고 해도 저물어 가니 오늘 아침 출발할 때의 다짐대로 오늘은 광주에 도착했다는 것에 만족하고 펭귄마을은 내일을 기약하기로 했다.

더 이상 이동을 하지 않기로 하자마자 오늘 출발부터 방금까지도 내 모든 이동의 장애물이었던 빗줄기의 쏟아지는 소리가 내 지친 몸을 달래주는 것 같이 들렸다.

목포에서 광주까지의 이동, 한 번의 히치하이킹만 했고 이동 거리도 이때까지에 비하면 매우 짧은 편이었지만 평소와 비슷할 정도로 피곤했던 하루였다. 그래도 순천에서와 해남에서 생각보다 시간을 단축시킨 덕분에 비가 오는 상황에서 무리하지 않아도 됐다. 원래 계획상으로는 광주 도착이 내일이었으니 말이다. 휴대폰으로 날씨를 검색하니 내일부터는 비가 완전히 그치고 맑은 날씨일 것이라고 했다. 내일부터 다시 본격적으로 이동하기로 하고 지금은 나를 달래주는 빗소리에 집중해 본다.

Day 8

펭귄마을의 정체

2박 3일 동안 쉴 새 없이 내린 비가 이제야 지친 것인지 아직 완전히 맑은 날씨는 아니었지만 빗소리 없이 일어난 것은 제법 오랜만인 느낌이었다.

길에 떨어진 수많은 나뭇잎으로 이틀 동안 비가 얼마나 신나게 내렸는지 알 수 있었다.

나는 오늘 목표인 펭귄마을까지 걸어가기로 결정했기에 오랜만에 박스 없이 양손 가볍게 걷기 시작했다. 아스팔트 도로와 인도가 비 때문에 찐득해진 탓인지 발걸음도 평소보다 무겁고 피로감이 배가되는 느낌이었다.

그래도 당분간 비 소식도 없으니 또 발이 묶이기 전에 힘내서 이동하기로 한다.

하지만 얼마 걷지 않아 나의 마음을 비웃기라도 하듯 다시 비가 내리기 시작했다.

가방을 보호할 비닐도 없던 터라 급하게 사람 하나 겨우 가릴 정도의 크기에 이미 너덜너덜 부서져 버린 우산을 펴 몸은 포기하고 급한 대로 가방만 가린 채 비를 피할 곳을 찾아 발걸음을 재촉했다.

그렇게 걷다가 한 공원에 놓인 정자를 발견하고 정자에서 비를 피하기로 했다. 벌써 출발한 지 일주일이 지난 이 여행의 과정이 나만 고된 건 아니었는지 신발이 버티지 못하고 엄지발가락 부분에 큰 구멍이 뚫려있었다. 그리고 그 구멍으로는 신발에 물이 한가득 들어와 양말이 다 젖어버렸다. 비 오는 날 운동화 속에 젖은 양말을 신고 걷는 느낌이란 대부분의 사람들이 알 것이다. 찝찝한 느낌의 순위를 사람들로부터 투표를 받는다면 이와 같은 상황이 다섯 손가락 안에 뽑히지 않을까?

나는 오늘과 같이 비가 내리는 날씨에는 하루 종일 말려놔도 양말이 마르지 않을 것을 알고 있었다. 하지만 시늉뿐이긴 해도 한 번 널었던 양말을 신으면 조금은 찝찝함이 덜하지 않을까 하는 생각에 양말을 벗어서 정자 한쪽 모퉁이에 널었다. 지나가는 사람들과 바로 앞에 정류장에서 버스를 기다리는 사람들도 내가 신기한 듯 쳐다봤다. 그리고 나도 그런 사람들을 구경하기 시작했다.

비를 예상하지 못한 것은 나만이 아니었는지 사람들은 갑작스러운 비에 우산 없이 급한 대로 손에 들고 있는 것으로 비를 막으며 뛰어다니고 있었다.

뜬금없이 옛날 중학생 시절 수업시간에 선생님께서 재밌는 이야기를 해주신 게 떠올랐다. 그 이야기는 사람들이 들고 있는 가방이 진품인지 가품인지 알 수 있는 방법에 대한 이야기였다. 선생님의 말씀으로는 그것을 구분하는 방법은 두 가지나 있다고 하셨다.

첫 번째는 카페나 음식점에서 가방을 어디에 두는지를 보는 것이다. 바닥에 놓으면 가품, 의자나 무릎 위에 놔두면 진품일 가능성이 크다고 하셨다. 또 두 번째 방법은 오늘과 같은 날 알 수 있다. 바로 비 오는 날 자신을 지키기 위해 가방을 머리 위로 쓰고 가면 가품, 가방을 지키기 위해 자신의 품에 안고 가면 진품이라고 했다.

선생님께서 아주 흥미진진한 표정으로 말씀해 주시던 그때 그 상황을 생각하며 빗속에 제각각 가방을 쓰고 가는 사람과 안고 가는 사람들을 보며 나도 모르게 미소가 지어졌다.

그렇게 즐겁게 사람 구경을 하다 보니 빗줄기가 점차 얇아져 갔다.

완전히 비가 그치지는 않았지만 이 정도면 비를 맞으면서 이동해도 크게 무리가 없을 것 같았다. 나는 축축한 양말을 주워서 신고 다시 펭귄마을을 향해 출발했다. 펭귄마을은 공원에서 3km 정도 떨어져 있었다.

계속해서 걷다 보니 어느새 펭귄 마을 부근에 진입했다. 언제 한번 TV에서 봤었나? 일본에 한 섬에 고양이들이 엄청 살아서 고양이를 좋아하는 사람들의 방문이 이어지다가 고양이 섬으로 유명한 관광지가 되었다는 이야기를 봤었다.

나는 처음에는 펭귄마을도 그런 유의 장소일 것이라 생각했다. 나는 동물원도 아닌데 광주 도심 한가운데 펭귄들이 줄지어 다니는 귀여우면서도 신기한 모습을 상상하며 코스에 넣은 것이다. 그렇게 펭귄마을 근처에 꽤 근접했지만 아직 펭귄이 보이지 않았다. 펭귄이 도로 위를 다니면 위험하니 펭귄마을 안에만 가둬둔 건가? 아니면 펭귄은 낮에 잠을 자고 밤에 활동하는 야행성인가? 여러 생각을 하며 걸음을 재촉했다. 걸으면서 나는 깨어서 뒤뚱뒤뚱 걸어 다니는 펭귄을 보고 싶었기에 후자는 아니기를 바랐다.

펭귄마을 입구에 들어서자 어르신들이 많이 보였다. 그리고 펭귄마을 입구에 펭귄마을이라는 이름의 유래가 적힌 설명 판이 세워져 있었다.

펭귄마을이라는 이름은 내가 생각했던 의미와는 완전히 달랐다. 펭귄마을의 유래는 펭귄마을에 살고 계시는 어르신들께서 무릎이 편찮으셔서 걸을 때 뒤뚱뒤뚱 걷는 모습이 꼭 펭귄과 닮았다고 해서 붙여진 이름이라는 것이다.

실제 펭귄은 보지 못한다고 하니 아쉬운 마음이 들었지만 이왕 방문한 김에 평소에 문화기획 일을 하니 이것도 또 하나의 도시재생 사례라는 생각으로 학습차 둘러보기로 했다.

하지만 내 생각보다는 작은 규모의 평범한 벽화 마을이었다. 그래도 비가 과하지 않게 내려줘서 골목골목마다 운치는 있었다. 벽화마을이지만 벽화보다는 그 마을의 고유 향기가 느껴지는 곳이었던 것 같다. 마을이 크지 않아 구석구석 꼼꼼히 기록하며 돌아다녔음에도 금방 한 바퀴를 돌아볼 수 있었다.

 그렇게 펭귄마을과의 짧은 만남을 뒤로하고, 생각보다 펭귄마을
에서 시간을 많이 안 써서 근처에 걸어서 이동할 수 있는 정도의 몇
군데를 검색해서 둘러보려고 하는데 구름을 보니 금방이라도 비가
쏟아질 것만 같았다. 비가 오면 다시 발이 묶일 것이고 비가 온다고
쉬어가기에는 더 이상 계획에 여유가 없었다. 나는 오늘 도착 계획
이었던 전주로 향하기로 했다.

길에서 만난
친구와 가족

　히치하이킹을 위한 박스를 제작하는 것은 이제 능숙해져서 금방 하는데 박스를 구하는 시간은 항상 복불복이다. 오늘은 박스를 구하고 만드는 데까지 1시간 정도 걸린 것 같다.

　주변에 편의점과 마트가 꽤 있었음에도 불구하고 다른 때보다 박스를 구하는 데 훨씬 오랜 시간이 걸렸다.

　그렇게 힘들게 구한 박스를 든 나는 이제는 나름 요령이 생긴 것인지 자연스럽게 내비게이션에 가까운 IC를 검색한 후 걷기 시작했다. 평소처럼 걷는 와중에도 히치하이킹을 함께 진행하려고 했지만 차 통행이 전혀 없는 골목이거나 인도 자체가 없어 서있기 위험한 구간이 많아서 최대한 빠르게 포인트인 IC 길목까지 걸어가서 히치하이킹에만 집중하기로 했다. 신발의 엄지발가락 쪽 구멍으로 발걸음을 뗄 때마다 축축하고 딱딱한 아스팔트의 느낌이 찝찝하게 들어

왔다. 찝찝함이 모이니 마치 아스팔트 지면이 나를 잡아당기는 것
같이 몸 전체가 무거워져 갔다.

  그 상태로 2시간을 더 걸은 뒤에야 IC 입구에 도착할 수 있었다.
나는 곧바로 히치하이킹을 시작하고자 박스를 손에 들었다.
  진짜 하늘이 나를 지켜보고 있는 것인지 내가 박스를 드는 순간
다시 비가 쏟아지기 시작했다. 굴하지 않고 히치하이킹을 이어갔
지만 자리 선정이 문제인지 좀처럼 히치하이킹이 되지 않았다.
  라인을 따라 신호 대기열 앞쪽도 가보고 차들이 더 많이 모이는
곳도 가보고 차들이 내려오는 쪽으로도 가보며 계속 위치를 바꿔봤
지만 오늘따라 히치하이킹이 잘 되지 않았다. 항상 조금 있으면 차
한 대가 내 앞에 멈출 것이라는 희망이 있었는데 몸이 지친 탓인지
오늘은 그런 희망 고문마저도 없었다.

  자리 탓이 아니면 역시 비 때문인가? 아니면 전주로 가는 차 자체
가 많이 없는 것인가? 뭐가 문제인 것인지 고민을 하며 3시간이 넘
게 박스를 들고 서있었다. 이때까지 여행 중에 제자리에서 가장 오
래 히치하이킹을 했던 시간이 2~3시간 남짓이었는데 아까 걸어오
며 히치하이킹을 한 시간까지 합하면 5시간이 넘게 지났는데도 히
치하이킹이 되지 않으니 '아무리 비가 와도 일찍 출발했으니 광주는
당연히 빠져나가겠지'라고 생각하며 자신감 있게 출발했던 아침의
내 모습은 사라진 지 오래였다.

가방에 무엇을 더 넣은 것도 아닌데 시간이 길어질수록 어깨와 허리가 아파져 왔다. 보통은 히치하이킹을 할 때 가방이 무거우니 길바닥에 내려놓고 하지만 땅이 비로 인해 모두 젖어버려서 그 위에 가방을 놓을 수 없었다.

5시간째 가방을 한 번도 내리지 못한 나는 어깨와 허리 그리고 가방과 내 체중을 온전히 받치고 있는 발바닥까지 통증이 심해져 갔다. 설상가상으로 온몸이 비에 완전히 젖은 채로 오랜 시간 바람을 맞다 보니 몸살이 걸린 것처럼 몸이 떨려왔다.

그러고 보니 마지막으로 물과 음식을 먹은 것이 언제인지 눈앞이 어질어질했다.

그렇게 몸도 마음도 한계치에 다다르고 있을 때 차 한 대가 나를 지나치는 듯하더니 20m 앞쪽에 섰다. 저 차가 나를 태우기 위해 섰는지 개인적인 용무 때문에 섰는지는 알 수 없었지만 나는 무작정 차를 향해 뛰어가기 시작했다. 그 순간 가방과 젖은 신발의 무게, 젖은 양말의 찝찝함은 느껴지지 않았다. 내가 몸을 움직여야겠다고 판단하기 이전에 온몸이 순식간에 반응했다. 차를 향한 나의 움직임은 한 단어로 본능적이었다.

차에 다가가니 아주머니 한 분과 아들로 보이는 내 또래 친구 한 명이 앉아있었다.

조수석 창문이 점점 내려왔다. '나 때문에 멈춘 게 아니면 어떡하지?' 창문이 내려가는 와중에도 불안한 생각은 멈출 수 없었다. 나는 긴장 속에 반쯤 내려가고 있는 조수석 창문으로 여쭈어봤다.

나 : *"혹시 어느 방향으로 가시나요?"*

이어지는 아주머니의 대답.

아주머니 : *"전주까지 가긴 하는데….."*

아주머니의 대답을 답을 듣고 이제 됐다. 전주까지 갈 수 있겠구나, 하는 생각에 감정이 벅차올랐다. 하지만 그 생각은 나의 앞서간 판단이었다. 세상이 무서운 세상이다 보니 아주머니께서는 아직 나를 태워주신다고 확실하게 결단을 내리지 않으신 상태였다. 아무리 내가 학생이라고 해도 히치하이킹에서 여성 운전자가 남성 히치하이커를 태우는 것은 많은 용기가 필요함을 알기에 충분히 이해됐다.

그렇게 실제로는 몇 초간의 아주 짧은 정적이 흘렀다.

전주까지 갈 수 있을지에 대한 갈림길 앞에서 기다리는 시간이어서 그런지 나에게는 그 몇 초간의 시간이 지금까지 히치하이킹을 위해 서있던 몇 시간보다 길게 느껴졌다.

정적의 틈이 길어질수록 불안한 마음이 커져갔고 전주까지 갈 수 있겠다는 생각보다 다시 히치하이킹을 시작해야 할 것 같다는 현실에 대한 부정적 감정이 더 커져가고 있었다. 그렇게 이제 거의 포기하려는 찰나 아주머니께서는 나를 믿어주신 듯 말씀하셨다.

아주머니 : *"일단 뒤에 탈래?"*

나는 감사 인사를 드리고 차에 올라탔다.

보성에서 새롭게 추가한 박스에 적힌 나에 대한 정보가 운전자에게 전달돼서 태워주신 듯했다. 왜냐하면 이전의 운전자들은 첫 질문으로 대부분 나이를 물었는데 아주머니께서는 내가 차에 타자마자 이미 내 나이를 아시는 듯 반응하셨기 때문이다.

새롭게 바꾼 히치하이킹 전략이 헛되지 않았음에 뿌듯했다.

아주머니 : "올해 열아홉이야?"

나 : "네 올해 열아홉입니다."

아주머니 : "그럼 우리 아들이랑 친구네. 사실 우리는 집이 전주인데 아들 입대 신체검사 때문에 광주에 왔다가 지금 다시 집으로 돌아가는 길이었거든."

아주머니 : "그러면 지금 여행을 언제 어디서 출발한 거야?"

나 : "저는 원래 울산에 사는데 출발한 지 일주일 정도 된 것 같아요."

그 뒤로 지금까지 여행에 대한 이야기를 해드리니 자연스럽게 단골 질문이 이어졌다.

아주머니 : "지금 일주일째 여행 중이면 학교는 어떻게 했어? 우리 아들도 방학 기간 아닌데."

나에 대한 인상이 갈라지는 질문이 또 다가온 것이다. 오랜만에 듣는 질문이어서 그런지 떨리는 마음을 숨기고 나는 평소처럼 대답했다.

나 : "학교는 제가 하고 싶은 일 찾아보려고 자퇴했어요."

아주머니는 나와 동갑인 아들을 둬서 그런지 내가 자퇴했다는 것에 대한 이때까지의 운전자분들의 반응이나 표현과는 약간 달랐다.

아주머니 : "이런 여행도 그렇고 자퇴도 그렇고 쉬운 일이 아닌데. 친구도 대단하지만 부모님이 정말 대단하시다."

우리 부모님에게 대단하다고 이야기하는 운전자분은 처음이었다.
사실 내가 자퇴를 할 수 있었던 것도 그렇고 이런 여행을 하는 것도 어머니의 도움이 없었으면 절대 불가능했을 것이다. 보통의 부모님이라면 자녀가 앞으로 평생 보통의 사람들과 다른 길을 걸어야 하는 자퇴와 더불어, 언제 어떤 사건이 벌어질지 모르는 상황에서 여행하는 이러한 도전적 활동들까지 심지어 대학생도 아닌 고등학생 아들이 혼자서 떠난다고 하는데 보통의 부모였으면 허락해 줬을까?

보통의 부모님이라면 이러한 자녀를 아직 세상 물정 모르는 철부지로 판단하고 속된 말로 뜯어말렸을 것이다. 나와 어머니에 대해서 아무것도 모르는 사람으로부터 어머니가 이러한 이야기를 듣는 것을 가끔 본 적이 있다.

"아들이 자퇴한다고 했을 때 뜯어말렸어야지. 자식이 올바르지 않은 길로 가는데 말리지 못하면 그건 제대로 된 부모가 아니지."

이렇게 자녀가 일반적인 길에서 벗어나 다른 길을 걷고 있으면 주위 형제 친척들에게도 그렇고 사회적 시선에서도 아이를 불안정한 길로 이끄는 그릇된 부모라는 소리를 듣곤 한다.

선택과 결정은 모두 내가 했고 어머니는 내가 한 결정을 믿고 응원해 준 것뿐인데도 이러한 이야기를 듣는다는 사실이 가끔은 화가 나기도 하고 죄스럽기도 했다.

하지만 그때마다 어머니는 그런 사람들에게 "우리 아들은 자퇴생이 아니라 반 사회인이에요. 혼자 스스로 여러 도전적인 프로젝트도 진행하고. 웬만한 대학 졸업한 친구들보다 사회에서 다양한 활동을 이어가고 있으니 얼마나 듬직한지 몰라요."라며 나에 대해 자랑스럽게 이야기하곤 했다.

어찌 보면 '자퇴생'이라는 일반적이지 않은 길을 선택해 사회적 편견에 맞서 싸우고 있는 것은 나뿐만이 아니라 '자퇴생 자녀'를 둔 어머니도 마찬가지가 아닐까?

이런 생각을 하니 나의 부모님이 대단하다는 아주머니의 말씀이 너무나도 공감됐다.

문득 자퇴를 할 때도 이제 자퇴했으니 사회인으로서 네가 알아서 살아가야 한다고 말씀하시고 가장 많이 도와주신, 여행을 출발할 때도 말로는 울산에 다시 돌아오지 않아도 된다고 하시면서 결국에는 누구보다 걱정하면서 내가 건강하게 울산에 도착하기를 기도하고 있을 어머니가 생각났다.

그 뒤에도 우리는 이런저런 대화를 이어가다 아주머니께서는 나의 상세한 여행과정이 궁금하셨는지 질문이 쏟아졌고 나는 질문에 맞춰 대답을 쏟아냈다.

아주머니 : "그러면 주로 잠은 어디서 자? 빨래는 어떻게 하고? 먹을 거는?"

나 : "주로 잠은 텐트에서 잤는데 가끔 태워주신 분들께서 배려해주셔서 덕분에 편하게 잘 때도 있었어요. 빨래는 실내에서 자게 될 때는 양해를 구하고 화장실에서 손빨래를 하고 밖에서 잘 때는 근처 공중화장실에서 빨래를 해왔어요. 먹을 것도 태워주시는 분들이 가끔 간식 같은 것 챙겨주시고 한 번은 아예 밥을 사주셔서 아직까지는 어떻게 해결은 하고 다니고 있습니다."

그러자 아주머니께서는 뜻밖의 말씀을 하셨다.

아주머니 : "그러면 오늘은 우리 집에서 자고 가."

아주머니의 말씀을 들은 나는 곧바로 그렇게 하기로 했다. 그렇지 않아도 비가 와서 오늘은 전주까지만 가기로 했었고 최근 빨래를 하지 못해 걱정도 됐었고 전주에서 텐트를 칠 만한 곳도 알아보지 못한 상황이라 나에게는 너무나도 감사한 말씀이었다.

어느새 우리 차는 전주에 들어섰고 아주머니께서는 집에 가기 전 잠깐 한 군데만 들렀다가 가자고 말씀하셨다. 그렇게 우리 차가 향한 곳은 전주의 한 대학교였다.

대학교에서는 축구 경기를 하고 있었다. 나는 아주머니와 친구가 축구 관람을 좋아한다고 생각했는데 아주머니와 친구는 대기하고 있는 선수들과 자연스럽게 인사를 나누기 시작했다.

여기 오랫동안 응원한 팀이 있는 건가? 생각하며 우리는 경기가 마무리될 때까지 구경을 하다가 경기가 끝난 후 다시 차를 타고 집으로 향했다.

도착한 집은 내가 꿈꾸던 너무 멋있는 단독주택이었다. 집은 여러 층으로 되어있었는데 아주머니께서는 한 층이 비었다고 그곳을 쓰면 편하게 쉴 수 있을 것이라고 방을 안내해 주셨다.

방을 안내해 주신 뒤, 원래 오늘은 밖에서 외식할 계획이었다고 같이 나가게 준비를 하라는 말씀을 하셨다.

방으로 올라가는 계단에 상장과 메달, 트로피가 많았다. 전부 축구와 관련된 것들이었다.

나는 '축구를 정말 좋아하는 가족이구나'라고 생각하며 짐만 방에 놓고 다시 1층으로 내려갔다. 그사이 1층에는 아저씨가 와계셨다. 아저씨를 본 나는 깜짝 놀랄 수밖에 없었다. 아까 봤던 대학교 축구 경기에서 선수들을 지도하고 있던 분이셨다.

이제야 우리가 왜 축구 경기를 보러 갔는지, 그리고 왜 집에 축구와 관련된 상이 많았는지 이해가 되었다. 나중에 들은 이야기로는 친구 위로 형이 있는데 그 형이 축구선수라고 하셨다. 궁금했던 모든 상황들이 퍼즐처럼 맞아떨어지는 것 같았다.

우리는 주차장으로 나왔다. 아저씨께서는 비닐도 뜯지 않은 새 차를 보며 이 차도 나처럼 울산에서 출발해서 오늘 방금 도착했다고 하셨다. 비록 자동차이긴 하지만 고향에서 왔다고 하니 왠지 모르게 반가웠다. 우리는 잠깐 차 구경을 한 뒤 곧바로 차를 타고 출발했다.

단골 식당이 있다고 하셔서 가는 길에 형을 태우고 그곳으로 향했다.

우리는 식당에 도착해서 대화를 나누며 밥을 먹었다. 이게 오늘 첫 끼였던가? 생각해 보니 어제는 밥을 먹었었나? 언제 밥을 먹었는지 기억이 나지 않았다. 사실 별로 중요하지 않았다. 오랜만에 먹는, 그리고 또 언제 먹을지 모르는 따뜻한 밥을 지금 이 순간 먹고 있다는 사실에 집중하기로 했다.

허기가 달래질 때쯤 주변을 둘러보니 밥을 먹고 있는 우리 주위부터 해서 식당 안에는 유난히 가족 단위의 손님들이 많았다. 주위를 둘러보던 나의 시선이 곧 우리 테이블에 나와 함께 앉아있는 가족들에 이르렀다. 그리고 그곳에서 또 다른 가족 단위의 손님 속 나의 모습을 발견했다.

화목한 가족 안에서 가족이 아닌 내가 함께 밥을 먹어서인지 아니면 내가 가족의 품을 벗어나 혼자서 여행한 지 시간이 조금 흐른 탓인지, 그저 가족끼리 일상적인 대화를 나누고 있는 모습을 바라보고 있을 뿐인데 그 순간에 지금까지 함께 있으면서 보이지 않았던 친구네 가족과 나 사이의 벽이 보였다.

마치 그 벽은 지금까지 계속 존재했지만 나만 눈치를 채지 못한 듯 강한 존재감을 뿜어냈다.
그리고 그를 통해 방금까지는 의식하지 못했던 외로움이 싹트고 있었다.

나의 이런 마음을 눈치채신 건지 아주머니와 아저씨께서 나에게 말을 건네며 챙겨주셨다.
아주머니와 아저씨의 배려를 보며 이렇게 좋은 분들을 두고 잠시나마 혼자서 거리감을 느꼈던 나를 반성하게 됐다.
나를 위해 세심하게 배려해 주시고 챙겨주신 두 분 덕분에 주위 어떤 가족들보다도 우리 테이블이 가장 화목한 가족처럼 보였다.

그리고 어느새 나도 이 화목한 가족의 한 구성원처럼 느껴졌다.

오랜만에 가족의 온기를 느낄 수 있었던 식사시간이었다.

그렇게 나는 다른 테이블 부럽지 않은 화목한 식사를 마치고 가족들을 따라 집으로 들어갔다.

아주머니께서는 내가 씻는 동안 빨래도 도와주신다고 빨래할 것을 1층에 가져다주면 세탁기를 돌려주신다고 하셨다. 이때까지 항상 내가 손빨래를 했었는데 세탁기라니 인류가 불을 처음 발견했을 때 이런 느낌이었을까?

나 때문에 괜히 번거로우실까 봐 내일 입을 옷 한 벌만 부탁드릴까 하다가 또 언제 빨래를 할 수 있을지 모르는 상황이었기에 죄송함을 무릅쓰고 며칠 동안 숙제 같았던 티셔츠 2장, 양말 3켤레를 포함한 빨래를 모두 부탁드렸다. 그리고 나는 내 층으로 올라와 샤워를 했다.

요 며칠간 비에 흠뻑 젖기도 하고 눅눅한 길에서 시간을 보낸 데다가 오랜만에 하는 제대로 된 샤워에 따뜻한 물이 몸을 타고 내려오는 기분이 이루 말할 수 없었다.

씻고 나서 젖은 머리를 말리며 느끼는 개운함, 그리고 잠시 잊고 살았던 이 포만감, 끝으로 나를 기다리고 있는 따뜻한 잠자리까지 모든 것이 마음대로 되지 않았던 출발과 달리 너무나도 완벽한 마무리였다. 아주머니와 가족들 덕분에 사막 여행 중 리조트를 만난 기분이었다.

지금은 모두의 배려로 정말 안전한 울타리 안에 있지만 내일이면 또 나를 보호해 줄 것 하나 없는, 위험요소가 가득한 밖으로 나가야 한다.

아주머니와 가족들께 감사한 마음을 안고 또 무슨 변수가 생길지 모를 내일을 대비해 일찍 잠자리에 든다.

Day 9

한옥마을에서
양말을 말리며 느낀 데자뷔

오늘도 어김없이 해가 뜨기 전에 눈이 저절로 떠졌다. 여행 전에는 알람을 맞추고 잠자리에 누워도 다음 날 아침 알람이 울리는지도 모르고 자던 나의 기상 시간이 무전여행이 계속될수록 더 짧아지고 있다. 이렇게 사람이 갑자기 변하는 게 좋은 건지는 모르겠으나 분명한 건 일찍 일어나는 것이 상쾌한 새벽공기를 마실 수 있다는 점에서만큼은 좋은 변화다.

기분 좋게 일어난 나는 전체적인 예상 일정과 코스도 진행 상황에 맞춰서 새롭게 수정하기도 하고 안전하고 편안한 공간에서 잠을 잔 만큼 일찍 일어난 특권이라 생각하며 오랜만에 여유도 부려본다.

여유를 부리고 있다 보니 친구가 내 방문을 노크하고 문을 열었다. 친구는 오늘 학교에 가는 날이라 등교하는 길에 아침 인사 겸 작별인사를 하기 위해 내 방을 들린 것이다.

친구는 나에게 짧게 응원의 말을 건넸다.

친구 : "남은 여행도 파이팅!"

새벽공기보다 더 큰 에너지를 머금은 한마디였다. 조금 더 여유를 부릴까 했지만 이렇게 큰 에너지를 받았으니 이제 움직여야지.

잠자리를 정리하고 슬슬 출발하려고 짐을 챙겨 방에서 나왔는데 다른 방에서 주무시던 형께서 눈을 비비며 나오시더니 일어나신 지도 얼마 되지 않으셨는데도 불구하고 다음 목적지인 한옥마을까지 태워주신다고 하셨다.

1박 2일 동안 많은 신세를 졌음에도 또 염치없이 차에 올라타 다음 목적지인 전주 한옥마을로 향했다. 형은 나를 한옥마을 앞까지 데려다주는 동안에도 끊임없이 응원의 말씀을 해주셨다.

차에서 내려서 헤어지는 순간까지 내가 더 필요한 게 없을지 신경써서 챙겨주셨다.

아직 전주 여행을 본격적으로 시작하지 않았음에도 무전여행이 끝나고 다시 전주에 놀러 와야겠다는 생각이 들 정도로 전주라는 곳에 좋은 기억이 가득 쌓였다.

아저씨, 아주머니, 형과 친구 모두 나에게는 잊지 못할 너무 감사한 가족들이다.

그렇게 차에서 내린 나는 곧바로 한옥마을 이곳저곳을 둘러보기 시작했다.

나는 한옥마을이 우리나라의 전통적인 느낌을 가득 품은 한옥들이 줄지어 있고 군데군데 전통문화나 놀이를 체험할 수 있는 공간들이 있는 곳일 거라 상상했다.

하지만 내가 도착해서 본 한옥마을은 온갖 프랜차이즈와 다양한 상권들로 가득했다.

한옥마을 자체는 우리나라에서도 유명한 관광지이다 보니 상권이 있는 것은 당연하다고 생각하는데 그러면 적어도 그 상권이 한식을 파는 음식점이나 한복대여같이 우리나라 고유문화를 판매하는 곳들만 있었으면 좋았을 텐데 한국의 전통성과 거리가 먼 상권들이 많았다.

내가 본 한옥마을의 첫인상은 건물이 한옥으로 되어있다는 것뿐이었다. 게다가 한옥마을에 많은 사람들이 전동 킥보드와 왕발통을 타고 다니는 것이 한옥 거리 특유의 분위기를 많이 해하는 것 같았다.

개인적으로 첫인상은 아쉬웠지만, 볼거리는 많은 것 같아 전체적으로 조금 더 둘러보기로 했다. 그러다가 1박 2일 동안 화목한 가족들과 있었던 탓인지 문득 어머니가 생각이 나 그래도 한옥마을에 도착한 만큼 이곳의 모습을 보여주고자 어머니에게 여행 중 처음으로 영상통화를 걸었다. 어머니는 다른 사람들과 모여서 공부를 하고 계셨다. 화면이 확확 돌아가며 같이 있던 사람들의 얼굴이 보이고 아들이 무전여행 갔는데 일주일 넘어서 이제 전주에 도착했다며 자랑하는 어머니의 목소리가 들렸다.

그렇게 나는 한옥마을의 분위기를 더 많이 보여드리기 위해 제자리에서 한 바퀴 돌기도 하고 영상통화 중 카메라를 통해 한옥마을이 어머니에게 제대로 전달되고 있는지 확인하기 위해 영상통화 화면을 보며 걷다가 그만 한옥마을을 따라 물이 흐르고 있던 수로에 발이 빠져버렸다.

비 내리는 2박 3일간 항상 축축한 양말을 신고 찝찝하게 다니다가 어제 아주머니께서 빨래를 돌려주셔서 오랜만에 새것처럼 뽀송뽀송한 상태의 양말을 신고 기분 좋게 출발했었는데 순간적으로 억울함이 확 몰려왔다. 발목까지 물에 빠진 탓에 걸을 때마다 양말에서 마치 즙처럼 따뜻한 물이 나오는, 그리고 그 나온 물들이 신발속을 채웠다가 다시 양말로 흡수되는…. 말로 표현할 수 없을 만큼 불쾌한 느낌이었다.

나는 이 상태로는 발도 퉁퉁 부을 것이고 물집도 잡힐 수 있으니일단 맨발로 다니는 한이 있더라도 우선 양말을 벗어야겠다고 생각했다. 나는 어머니께 양말이 젖어서 일단 말려야겠다고 말씀드리고전화를 끊었다.

그리고 마침 내 바로 앞에 앉을 만한 곳이 있어서 자리에 앉아 신발과 양말을 벗어 조심스럽게 옆에 놔뒀다. 아까까지만 해도 아주머니께서 정성껏 빨아주신 양말을 다시 망쳤다는 생각에 억울하기도 하고 분하기도 했는데 그렇게 생각해 봐야 나만 더 스트레스를 받으니 '오늘 여행이 잘되려고 액땜했나 보다' 하며 긍정적으로 생각하기로 했다.

지나가는 사람마다 내가 벗어놓은 신발과 양말, 그리고 그 옆에 놓인 태극기가 꽂힌 배낭, 마지막으로 발을 쭉 펴서 말리고 있는 나의 모습을 살펴보고 지나갔다. 많은 사람들이 관광지에서 이러고 있는 나를 이상하게 보는 것 같았지만 하루 종일 축축한 상태의 양말을 신고 여행을 하는 것은 상상도 하기 싫기에 아랑곳하지 않고 계속 말렸다.

나중에는 태양의 방향이 바뀌며 내가 앉는 곳에 그늘이 생겼다. 나는 햇빛이 비치는 곳에 신발과 양말을 말리고자 사람들이 다니는 길 쪽에 옮겨놓고 다시 자리에 앉았다. 멀리서 내 신발과 양말을 바라보니 마치 길에 버려진 주인 없는 물건들 같아 보였다.

시간이 조금 지나자 이제 사람들의 시선이 전혀 신경 쓰이지 않았다.

그제야 나는 아침에 형이 싸주신 토마토와 오렌지가 들어있는 통을 열어 햇빛에 말라가는 신발과 양말을 바라보며 여유롭게 먹었다. 오랜만의 비타민이어서 그런지 유독 오렌지가 새콤하게 느껴졌다. 주변에 분위기 좋은 카페가 많아 보였지만 한옥마을 한복판에 말라가는 신발과 양말 뷰는 어느 카페의 뷰 부럽지 않았다.

어제 광주에서는 비가 오고 있어서 하루 종일 말려도 안 마를 것 같았는데 오늘은 날이 좋아서 땡볕 아래 1시간 정도의 일광욕을 즐긴 신발과 양말이 완벽하게는 아니더라도 제법 말라있었다. 나는 신발과 양말도 말랐겠다. 이제 신고 출발하려고 하는데 저쪽에서 정장을 입은 한 아주머니가 나에게 무슨 말이라도 하려는 듯 내가 있는 쪽으로 점점 다가오셨다.

그리고 자신의 휴대폰을 펴면서 말을 건넸다.

아주머니 : "학생, 스마트폰 쓸 줄 알죠? 내가 스마트폰 조작법도 잘 모르고 글씨도 잘 안 보여서 그러는데 이거 좀 보고 알려줄래요?"

그냥 아주머니가 불러주는 말을 아주머니 연락처에 있는 사람에게 문자로 적어서 한 통 보내주면 되는 어렵지 않은 부탁이어서 나는 흔쾌히 그러겠다고 한 뒤 아주머니의 문제를 금방 해결해 줬다. 문제가 해결된 아주머니께서는 나에게서 휴대폰을 돌려받으시곤 휴대폰을 몇 번 조작하시더니 대뜸 다시 휴대폰을 건네시며 말을 이으셨다.

아주머니 : "학생 정말 착한 학생이네! 복이 많을 것 같아. 혹시 이거 한번 보지 않을래?"

휴대폰 화면에는 십자가 그림이 있는 처음 보는 홈페이지가 띄워져 있었다.

아까까지는 잘 보이지 않던 스마트폰 글들이 갑자기 막 눈에 들어오시는지 나보다도 능숙하게 영문으로 본인의 아이디와 비밀번호를 쳤다. 그 뒤에 이어지는 아주머니의 말씀.

아주머니 : "학생 혹시 도가 뭔지 알아? 나랑 같이 공부하지 않을래?"

순간 데자뷔가 느껴졌다. 무전여행 2일 차에 부산에서 만났던 사이비 종교 전도활동과 같은 유형이었다. 관광지에서 정장을 입고 나에게 혼자 다가올 때부터 찝찝하긴 했지만 이야기를 듣고 단순하게 스마트폰 조작이 어려운 아주머니인 줄 알았는데 한 번 당했음에도 또 당한 것이다.

나에게만 왜 이런 일들이 일어나는지 모르겠지만 오늘 액땜 한번 제대로 하는 것 같다는 생각이 들었다. 만약 무전여행 전의 나에게 똑같은 일이 일어났다면 아주머니의 말을 끊지도 못하고 1시간 동안 정말 그 자리에서 도가 트일 정도로 아주머니의 이야기를 듣고 있었을 것이다.

하지만 부산에서의 경험도 있고 무전여행을 하며 다양한 사람과 대화를 나눈 경험이 쌓인 나는 정중하게 의사를 표현하고 자리를 떴다.

다른 사람이 무슨 말이나 부탁을 할 때 잘 들어줄 수 있는 포용력도 중요하겠지만 가끔은 거절할 수 있는 용기도 필요한 것 같다는 생각이 들었다.

한옥마을에 오기 전 한옥마을에 대해서 많이 알아본 것은 아니지만 이곳에 국내에서 가장 아름다운 성당이 있다는 이야기를 지인에게 들은 적이 있어서 검색해 본 적이 있다. 영화 「전우치」를 비롯해 다양한 영화와 드라마의 촬영지로도 나온 유명한 성당이라고 했다.

마침 내가 양말을 말리던 곳 바로 앞에 성당이 그 성당인 것 같아 들어가 보려고 했지만 아쉽게도 오늘은 출입이 안 되는지 막혀있었다. 아쉬운 대로 입구에서 사진 한 장만 찍고 한옥마을을 얼추 다 돌아본 나는 남부시장으로 향했다.

남부시장은 원래 계획된 코스에는 없었다. 그럼에도 갑자기 추가한 이유는 나는 평소 전국 청년활동가들이 모이는 행사에 참석했을 때 여러 지역의 활동가들과 대화를 나누면서 전라도 쪽이 특히 청년문화가 잘 되어있다는 생각을 가지고 있었다. 그래서 어제 아주머니의 차를 타고 전주로 넘어올 때 아주머니께 혹시 전주에는 청년사업과 관련해서 가볼 만한 곳이 있는지 여쭈어봤었다. 아주머니께서는 남부시장이라는 곳에 청년몰이 잘되고 있고 문화기획을 하는 나에게 가볼 만할 것이라고 말씀을 주셔서 코스에 넣게 됐다.

내가 아는 지자체들의 청년몰은 갑자기 유행처럼 각 지역에 생겨나 대부분 입지가 안 좋거나, 입지가 좋으면 임대료가 비싼 등 여러 현실적 문제로 얼마 가지 못하고 폐쇄했다.

그런데 전주에는 청년몰 운영이 원활하게 돌아가고 방문객도 어느 정도 있다는 아주머니의 말씀에 궁금하기도 하고 기대가 됐다. 다행히 남부시장은 한옥마을에서 길만 건너면 바로 위치해 있어서 따로 히치하이킹이 필요하지 않았다.

남부시장에서 조금 헤매다가 청년몰을 안내하는 이정표를 발견했다. 남부시장의 청년몰은 시장 건물 2층에 위치해 있었다. 청년들이 다양한 아이템으로 각자의 사업을 이어가고 있었다. 내가 울산에서 참여하고 있는 청년 창업지원 사업과 유사한 사업들을 함께 진행하는 것 같은 팀들도 있었다. 간판과 그에 적힌 여러 카피들에서 청년들의 톡톡 튀는 발상과 아이디어들이 돋보였다. 다양한 청년스러운 아이템과 그에 따라가는 분위기는 나의 눈길을 사로잡기에 충분했다. 가는 곳마다 멈춰 서서 여러 아이템들을 구경했다.

그렇게 여유롭게 한 바퀴를 돌아본 나는 전주에서 가보고 싶던 곳과 새롭게 생긴 곳도 갔겠다, 좋은 추억도 가득 만들었겠다, 다음 목적지인 공주로 향하기로 했다.

시장이라서 그런지 남부시장에서 박스를 구하는 것은 생각보다 쉬웠다. 덕분에 금방 박스에 문구를 적고 히치하이킹 준비를 끝낼 수 있었다.

히치하이킹은 남부시장에 비해 타지 관광객이 많은 한옥마을에서 하기로 했다.

마침 시간대도 점심시간을 막 지나갔으니 점심 식사 후 다른 곳으로 이동하는 관광객을 잡기로 계획했다.

나를 무겁게 만드는 응원

그렇게 한옥마을에서 히치하이킹을 시작한 지 1시간이 넘었다. 내 예상처럼 한옥마을은 관광객들로 북적댔다. 하지만 반대로 내 생각과 다른 것도 있었다. 그 관광객 대부분이 나를 태워줄 수 없는, 관광버스로 한옥마을을 방문한 단체 관광객이라는 것이다.

관광객으로 아무리 붐벼도 내 입장에서는 단체 관광객과 히치하이킹은 무관하니 무의미한 상황이었다.

그래도 히치하이킹을 진행한 1시간 동안 나에게 손을 흔들어 주시는 분부터 자신이 관광버스에 타고 와서 태워주지 못해 미안하다고 대신 여행 마칠 때까지 응원하겠다고 말씀해 주시는 분까지 정말 1시간 동안 응원을 받기 위해 서있었다고 생각될 만큼 많은 분들에게서 관심과 응원이 쏟아졌다.

응원을 과하게 받은 것인지 에너지가 너무 충전되어 버린 나는 넘치는 힘을 가지고 가만히 서있기가 힘들어 IC 입구로 포인트를 옮겨 가기로 했다.

IC 입구로 걸어가는데, 20분을 넘게 걸어도 나는 계속 한옥마을에 있었다.

남부시장을 가기 전 나는 분명 한옥마을을 다 둘러봤다고 생각했는데 내가 둘러본 것이 다가 아니었다. 내가 끝이라고 생각했던 한옥마을 단지 뒤편으로 더 크게 한옥들이 이어져 있었다. 이곳에는 주로 한옥으로 된 게스트하우스나 숙박시설들이 많이 있었다.

그렇게 한참을 더 걸어 한옥마을을 빠져나온 나는 큰길들이 합쳐지기 시작한 것을 보고 이 라인이 장거리 이동 차량들이 모이는 지점일 것이라는 직감이 왔다.

이곳에서 히치하이킹을 하기로 한 나는 배낭을 땅에 벗어놓고 박스를 들었다. 그렇게 첫 신호가 걸리고 바로 차 한 대가 내 앞에 멈췄다.

히치하이킹을 시작하자마자 첫 신호 만에 차가 멈춘다니 역시 히치하이킹은 자리가 매우 중요하다는 것을 느꼈다.

나는 인사를 드리고 차에 탔다. 운전자분께서는 원래 다른 곳으로 갈 계획인데 IC 입구가 가까워서 IC 입구까지 태워준다고 하셨다.

이어지는 소개로는 운전자분께서는 이곳 전주 한옥마을에서 게스트하우스를 운영하는 중이라고 하셨다. 그 뒤로는 운전자분의 질문에 내가 대답하는 식으로 대화가 진행되었는데 역시 대화의 흐름은 자연스럽게 나의 여행 이야기로 시작해 내가 자퇴 후 현재 하고 있는 일들로 넘어갔다.

나의 이야기를 다 들으신 운전자분께서는 갑자기 나에게 묵직한 마음이 담긴 응원의 말씀을 해주셨다.

운전자 : *"너는 무엇을 해도 성공할 사람이다. 그러니 초심만 잃지 마라."*

지금까지 여행을 하면서 만난 운전자분들 중에서도 지금 진행하는 무전여행과 같은 나의 도전성 또는 용기 같은 것에서는 칭찬을 해주신 분들이 계셨다.

하지만 내가 앞으로 살아갈 인생에 대해서 칭찬과 함께 이렇게 묵직한 조언을 해주시는 분은 여행 중 처음이었다. 운전자분의 말 속에서 진심이 가득 느껴졌다. 그 뒤로도 운전자분께서는 내가 살아온 배경에 대한 여러 칭찬과 그밖에도 다양한 조언들을 해주셨다. 계속되는 운전자분의 이야기를 듣고 있으니 어느새 내 안에는 자신감이 넘쳐흐르고 있었다. 내릴 때쯤 돼서 운전자분은 나에게 명함을 건네시며 마지막 말씀을 하셨다.

운전자 : *"너를 평생 기억할 테니, 언제든지 전주에 오게 되면 연락해. 무료로 우리 게스트하우스에서 재워줄게."*

다음에 전주에 오면 게스트하우스에 초대해 주신다는 말씀도 감사하지만, 그보다도 나를 평생 기억한다는 말이 더 강하게 들어왔다. 가족이 아닌 누군가로부터 나를 평생 기억하겠다는 말은 처음 듣는 것 같다. 지금 내가 하고 있는 여행의 성공 여부를 떠나서 나를 믿고 기억해 주는 사람이 있다는 사실만으로도 정말 열심히 살아가야겠다는 생각이 들었다. 짧은 한마디 말이었지만 앞으로 내가 살아갈 인생에 책임감이 들게 만드는, 나를 무겁게 만드는 응원이었다.

내가 살면서 가족이 아닌 타인에게 이런 무한적인 응원과 지지를 받을 기회가 또 언제 있을까? 그렇게 나는 또 다른 감사한 인연을 만들고 동진주 IC에 도착해 차에서 내려 인사를 드렸다.

새로운 인연이
새로운 인연을 낳다

동진주 IC 입구에서 나는 또 새롭게 히치하이킹을 시작했다.

아무래도 차만 다니는 곳이라 조금 위험하기는 했으나 이곳에서 히치하이킹을 하면 다가오는 차들이 이미 고속도로에 진입한 차들이기에 금방 히치하이킹이 될 것 같았다.

그렇게 히치하이킹을 하고 있는데 저 멀리 톨게이트 통행권을 뽑는 곳 쪽에서 한 아주머니가 나를 향해 걸어오기 시작했다.

내가 서있던 곳이 고속도로 바로 입구였기에 이곳에 서있으면 안 된다고 주의를 주러 다가오시는 건가? 그렇게 말씀하셔도 나는 이제 여기서 나갈 방법이 따로 없는데…. 걱정되기 시작했다.

어느새 아주머니는 나와 가까워졌고 나는 아주머니께 쓴소리를 듣고 싶지 않아서 아주머니께서 볼 수 있도록 들고 있던 피켓을 다가오는 아주머니 쪽으로 슬쩍 돌렸다. 아주머니도 내 의도대로 피켓을 보셨는지 나의 상황을 얼추 파악한 듯했다. 그래서 나에게 이곳에서 무엇을 하고 있는 건지에 대해서 묻지 않고 곧바로 말씀하셨다.

아주머니 : "여기 차가 빠르게 달리니 여기에 서있으면 안 돼. 히치하이킹할 거면 차라리 저쪽에 통행권이 나오는 기계 앞에 서서 해."

그래도 아주머니의 말씀에는 짜증이 조금 섞여있었다. 나로 인해서 번거롭게 됐으니 그럴 만도 했다. 나는 아주머니를 따라 통행권 발급 기계 쪽으로 걸었다. 앞장서 걷던 아주머니가 말을 건네셨다.

아주머니 : "그런데 요즘 세상에 모르는 사람을 태워주는 사람이 어디 있니? 만약에 모르는 사람 태웠다가 사고라도 나면 모두 운전자 책임인데 안 그래? 네가 저 앞에 박스 들고 서있어 봐라. 네가 아무리 서있어도 아무도 안 태워줄 게 분명해."

나로 인해 번거로움을 느끼게 한 것은 죄송했지만 아주머니의 말씀은 내가 걸어온 여행과정과 지금까지 나를 도와주신 분들을 욕하는 것 같아 순간적으로 울컥했다.

그리고 이때까지 응원을 받던 입장에서 갑자기 내 여행에 대해서 악담과 부정적인 예고를 하는 분을 만나니 순간 울컥한 나는 아주머니의 말을 되받아치듯 말했다.

나 : "지금 무전여행이 9일째인데 울산에서부터 여기까지 히치하이
    킹으로만 왔습니다."

　내가 이곳까지 무전으로 무사히 왔다는 사실이 세상에 아직 선한
사람들이 많다는 근거임을 말씀드리고 싶었으나 아주머니는 계속
해서 같은 말씀을 반복할 뿐이었다. 그래서 나는 조금 더 강한 어투
로 다시 한번 반박했다.

나 : "저는 지금까지 여행하면서 하루에 평균 열세 번 정도 히치하
    이킹을 했고 심지어 자신의 집에서 재워주시는 분도 계십니다. 또
    상황 때문에 태워주지 못하시는 분들도 지나가다가 관심 가져주시
    고 응원해 주시는 분들이 많습니다. 제가 9일이라는 시간 동안 본
    우리나라에는 아직 좋은 분들이 많습니다."

　하지만 아주머니는 완고했다.

아주머니 : "요즘 세상이 어떤 세상인데, 정상적인 사람이라면 절대
    그럴 일이 없어. 괜히 긁어 부스럼 생길 일을 뭐 하러 만드냐?"

　이제는 약간의 화를 내고 계셨다. 나는 아주머니의 이야기에 반
박은 하고 있지만 이쯤 되니 아주머니의 생각도 어느 정도 이해가
된다. 왜냐하면 이때까지 나를 태워주신 분들 중에서도 "요즘 같은
세상에 저 말고 또 태워주는 사람이 있던가요?" 하는 질문을 던지

시는 분들이 꽤 계셨기 때문이다.

내가 그런 질문에 있다고 대답하면 대부분이 본인 또한 나를 태워 주고 있으면서 "아직 세상이 살 만하구나…." 하면서 엄청 놀라신다.

그렇기 때문에 아주머니의 생각이 이해는 되지만 아주머니께서는 직접 히치하이킹을 해보신 경험도, 히치하이커를 만나본 경험도 없으시다. 그런데도 불구하고 지금까지 히치하이킹만으로 여기까지 온, 그야말로 걸어 다니는 증거인 나의 의견에 부정하며 본인이 생각하는 가치관만을 내세우는 아주머니의 태도는 이해가 잘 되지 않았다.

뭐 그것도 그만큼 삶에 쫓겨서 사람들 사이의 정이 없어졌기 때문이겠지. 사실 이웃끼리 인사도 나누고 하던 시대에 살지 않았던 내 입장에서는 지금의 세상이 그렇게 무정하게 느껴지지 않는데 주위 어른들의 말씀으로는 옛날에는 이웃집에 수저 개수까지 알았다고 하니 그에 비하면 세상이 많이 각박해지긴 한 것 같다.

내가 어떠한 말씀을 드려도 흔들리지 않는 가치관을 가지신 아주머니께 내가 세상이 좋아졌다고 설교할 것도 아니기에 아주머니와의 대화는 이쯤에서 포기하고 그냥 조용히 히치하이킹을 시작하기로 했다.

톨게이트 표를 뽑는 곳 앞에 선 후 히치하이킹을 다시 시작한 지 10초나 됐을까?

통행권을 뽑기 위해 다가오는 차가 톨게이트로 진입하기 시작했고 통행권을 뽑기 위해 운전석 창문을 내리고 통행권을 뽑으시던 운전자께서는 통행권 기계 바로 옆에 서있던 나의 팻말을 보시곤 아무 말 없이 차에 타라고 손짓했다.

아주머니가 지켜보고 있는 앞에서 보란 듯이 첫 차에 바로 히치하이킹을 성공한 것이다.

다소 놀란 표정을 보이는 아주머니께 인사를 드리고 차에 탔다. 아주머니도 아마 내가 한 번 만에 히치하이킹에 성공하는 것을 보고 조금은 세상을 긍정적으로 바라볼 수 있는 계기가 되지 않을까? 생각해 본다.

이번에 태워주신 분께서는 금융회사를 운영하고 계시는 분이었다. 마침 대전에 위치한 회사로 가시는 길인데 가는 길에 내려준다고 하셨다.

많이 바쁘신지 나랑 대화를 하다가도 전화가 계속해서 걸려왔다. 통화가 끊기면 대화를 이어가기를 반복하면서 이번에도 역시 나의 나이와 여행, 하는 일들에 대한 이야기를 나누었다.

이전 운전자들과 대화의 흐름은 비슷했으나 내가 해오던 일에 대한 이야기 중 우연히 교육에 대한 이야기로 대화 주제가 흘러갔다. 나는 내가 하고자 하는 교육 가치관과 프로그램에 대한 이야기를 말씀드렸다. 이에 대해 보통의 운전자들은 짧은 응원을 하거나 그래도 학생은 학교를 가야 한다는 반응을 보이고 다시 여행에 대한 이야기로 돌아가는데, 이분은 나의 여행 이야기보다도 내가 생각하는 교육과 내가 현재 하고 있는 일들에 대해서 더 구체적으로 물어 보셨다.

그렇게 한참 동안 나의 일방적인 이야기가 이어진 뒤 운전자분께서는 갑자기 서울에 교육 관련 사업을 하시는 아는 형님이 계신다고 소개해 주신다고 하시곤 생각난 김에 바로 연결해 준다며 그 자리에서 바로 전화를 거셨다.

나는 운전자분과 그 형님분의 통화를 차량 스피커를 통해 함께 들었다.

운전자분은 그 형님분과 통화하며 나에 대한 소개를 하셨다.

> 운전자 : "열아홉의 나이에 혼자 무전으로 전국을 여행하는 재미있는 친구가 지금 내 차에 타고 있어. 그런데 이 친구랑 대화하다 보니까 형이 딱 생각나더라고. 교육 관련 기획일도 하는 것 같은데 형이랑 잘 맞을 것 같아서 한번 이어주려는데 어때? 한번 만나볼래? 만나본다고 하면 내가 형 번호를 이 친구에게 넘기게."

전화를 받은 쪽에서도 나에 대해 관심이 생기셨는지 전화번호를 넘기는 것에 대해서 동의를 하셨다.

그렇게 나는 이름도 얼굴도 모르지만 서울에서 교육 관련 사업을 하신다는 대표님의 번호를 넘겨받았고 받자마자 내 번호를 남겨드리고자 간단한 소개와 함께 문자로 연락을 드렸다.

나 : '방금 ○○○ 대표님에게서 연락처 연결받은 이강희입니다. 제 번호 남겨드리고자 이렇게 문자 남겨드렸습니다'

나의 문자에는 곧바로 회신이 왔다.

서울 대표님 : '안 그래도 여행 중이라고 들었는데 서울에는 언제쯤 지나가요?'

나는 확실하지는 않지만 예정대로 일정이 흘러간다면 금요일에서 토요일쯤 지나간다고 문자를 드리자 저녁에 같이 밥 한 끼 하며 이야기 나누어 보자고 답장을 주셨다.

교육과 문화 사업에 이제 막 관심을 가지고 시작한 나에게는 이것 저것 여쭈어보고 조언도 들을 수 있는 소중한 기회가 생긴 것이다. 무전여행을 통해 방금 만난 인연에서 또 새로운 인연이 생기는 것이 신기하기도 하고 정말 사람 간의 관계가 중요함을 다시 한번 느꼈다.

아직은 낯설기만 한
문화재 관광

　그렇게 새로운 인연을 선물해 주신 대표님께 감사 인사를 드리고, 나는 대전 월드컵 경기장 쪽에서 내렸다. 나는 계획된 코스는 아니었기에 이곳이 어떤 곳인지는 잘 모르지만 이름도 월드컵 경기장이고 한눈에 봐도 엄청나게 큰 경기장처럼 보여서 조금 둘러보기로 했다.

　오랫동안 둘러보기에는 공주까지의 시간이 촉박해 경기장 외곽을 따라 걸으며 조금 둘러보고 공주로 가는 길목에서 히치하이킹을 시작했다.

　오늘따라 무슨 일인지 이번에도 5분이 채 되지 않았는데 히치하이킹에 성공했다.

　창문이 내려가는데 여성 운전자분이셨다. 여행기간 중 세 번째로 만나는 여성 운전자인 것 같다. 조수석에는 또 다른 여성 분이 타고 계셔서 나는 뒷자리에 탔다.

내가 차에 타고 문을 닫자 운전자분은 출발하며 말을 하셨다.

운전자 : "저희가 세계유산 관련 일을 하고 있어서 마침 공주 쪽으로 가고 있었거든요. 그래서 팻말 보고 저희와 목적지가 같길래 잘됐다고 생각은 했는데 태울지 말지 엄청 고민했어요. 사실 학생이라고 해도 남성이다 보니 혼자였으면 무서워서 태우지 못했을 것 같은데 지금 저희가 두 명이기도 해서 이렇게 태웠어요."

나 : "사실 저도 히치하이킹을 하면 대부분 남성 운전자이긴 한데, 가끔 여성 운전자 차에 타기도 하거든요. 태워주시긴 하셨어도 저를 경계하는 듯한 느낌은 받았어요. 그래서 원래는 목적지만 적고 히치하이킹을 하다가 나름 저에 대한 경계를 풀고자 제 나이도 함께 적었는데 역시 제가 남성이다 보니 경계가 되는 건 어쩔 수 없는 것 같아요."

운전자 : "안 그래도 저희도 박스에 적힌 나이를 보고 학생이라고 하니 경계심이 확실히 줄긴 했어요. 만약 성인이라면 저희가 두 명이라고 하더라도 못 태웠을 것 같아요."

히치하이킹 전략을 바꾼 것에 있어서 운전자로부터 직접적으로 듣는 첫 피드백이었다.

지금까지는 히치하이킹이 되면 '내 나이를 적은 게 그래도 효과가 있나?' 혼자서 추측할 뿐이었는데, 직접 운전자로부터 피드백을 받으니 역시 나에 대한 정보를 추가로 적기를 잘했다는 생각이 들었다. 앞으로 여행이 끝날 때까지 계속 이 방법으로 히치하이킹을 해야겠다.

그 뒤로는 당연히 내 여행 이야기와 학교 이야기가 이어졌고 두 분은 나의 이야기에 긍정적인 반응을 보이셨다. 이런저런 이야기들을 하다 보니 어느새 우리 사이에 경계심은 풀리고 편안한 분위기 속에서 우리 차는 공주의 금강을 따라가고 있었다. 나의 이야기를 들으며 나를 좋게 봐주셨는지 나를 응원하는 마음이라며 본인들의 목적지에서부터 방향을 틀어 내가 가려고 하는 공산성까지 태워주신다고 하셨다. 히치하이킹을 한 번 더 거치지 않고 바로 목적지까지 갈 수 있게 되자 공산성을 구경하고 나서 원래는 내일 도착 목표인 천안까지 도전해 볼까? 하는 생각도 들기 시작했다.

정확히는 모르지만 세계 문화유산과 관련한 일을 하고 계신다는 두 분은 직업적 특성 때문인지 이미 공산성을 잘 알고 계신 듯 나에게 질문을 하셨다.

> 운전자 : "지금 무전여행 중이라고 했는데 아마 공산성에는 입장료가 있을 거예요. 돈을 하나도 안 들고 다니면 이런 입장료 있는 관광지에는 어떻게 들어가요? 아무리 무전여행이라도 이런 입장료는 들

고 다니는 거죠?"

나는 깜짝 놀라 되물었다.

나 : "공산성에도 입장료가 있어요? 저는 이때까지 입장료도 그렇고 아예 무일푼으로 다녔는데…."

운전자 : "아 공산성에 입장료가 필요한 거 모르셨어요? 그럼 지금까지는 입장료 필요한 곳을 어떻게 들어갔어요? 입장료가 없는 곳만 다녔나요?"

나는 두 분께 순천만과 보성 녹차밭에서 겪은 일을 이야기해 드렸다. 두 분은 내 이야기를 들으시더니 깔깔 웃기 시작하셨다.

운전자 : "정말 재미있는 여행을 하시네요. 원래 공산성 입장료가 학생은 800원인가 할 거예요. 근데 정문 말고 뒤편에 등산로 같은 입구가 하나 더 있거든요? 그쪽으로 가면 따로 입장료 없이 입장할 수 있는 걸로 알아요. 저희가 그쪽에 내려줄게요."

두 분은 직업 때문인지 공산성에 대해서 정말 잘 아는 듯했다. 두 분은 나를 배려해 입장료를 받지 않는 쪽으로 향했다. 관련된 일을 하시는 분들을 만나서 다행이지 공산성에 대해 잘 모르는 일반 운전자의 차를 탔으면 공산성까지 와놓고 입장도 못 한 채 돌아갈 뻔했다.

두 분의 배려 덕분에 무사히 공산성에 입장은 할 수 있게 됐지만, 그나저나 공산성에도 입장료가 있었다니…. 두 번이나 그러한 일을 겪어놓고도 미리 입장료를 알아보지 않고 무작정 목적지라고 박스에 적어 히치하이킹한 뒤 여기까지 온 나의 대책 없는 행동에 스스로 감탄이 나왔다.

목적지에 도착해 나는 나를 히치하이킹의 위기에서도, 또 입장료의 위기에서도 구해주신 두 분에게 감사하는 마음을 담아 인사드린 후 함께 사진을 찍어달라고 부탁했다. 그렇게 사진을 함께 찍은 나는 마음 같아서는 공산성에 대해서 잘 아시는 두 분에게 금산성에 대해 조금 더 정보를 여쭈어보고 싶었지만 두 분은 이미 일정이 있던 와중에 나에게 충분히 시간을 할애해 주셨기에 짧은 작별인사를 나눈 후 헤어졌다.

그 뒤로 나는 혼자서 공산성 등산을 시작했다.

입장료는 깜빡하고 알아볼 생각을 하지 못했지만 이렇게 역사와 관련된 관광지에 가본 적이 잘 없는 나는 오늘 아침에 인터넷을 통해 공산성에 대해서 조금 알아봤었다. 인터넷에 검색해서 본 내용으로는 공산성은 유네스코 세계문화유산임과 동시에 백제의 1,000년 역사를 자랑하는 곳이라고 했다.

1,000년이라는 단위가 대체 얼마나 오래되었는지 이제 18년을 산 나에게는 도무지 감이 오지 않았다. 하지만 이렇게 감각이 무뎌

질 만큼 오래된 역사라는 것만으로도 대단해 보였다.

감각조차 무뎌질 만큼의 오랜 역사를 가졌지만 공산성을 따라 걷는 길은 모든 감각이 선명하게 느껴질 정도로 보존이 잘되어 있었다.

공산성 주변의 길도 마치 아파트 단지 내 길처럼 관리가 잘 되어 있어 너무 깔끔하고 좋았다. 한적한 길을 따라 여유롭게 걷다 보니 평소 가지고 있던 여러 고민들이 마치 자신을 정리해 달라는 듯 하나씩 튀어나왔다.

문득 이곳 공산성에 대해서 나에게 더 많은 정보가 있다면 똑같은 관광을 하더라도 또 다른 느낌을 받거나 지금 받고 있는 이 느낌이 더 선명해지지 않을까? 하는 생각이 들었다. 그래서 나는 배낭 무게로 지칠 때쯤 앉아서 잠깐 쉬었는데 그 시간을 활용하여 공산성에 대해서 추가로 검색을 해봤다.

그렇게 쉬는 와중에 검색을 통해 추가로 알게 된 공산성은 의자왕이 항복을 한 곳이기도 하며 임진왜란 때 사용되기도 한 성곽이라고 했다. 나는 솔직히 역사는 고리타분하고 재미없는 것이라고만 생각해 왔다. 사람이 발전하려면 과거보다는 미래에 집중해야 한다는 내 나름의 철학 때문이었다. 나의 이러한 생각은 이번 무전여행 코스에 역사와 관련된 여행지가 없는 이유이기도 했다.

분명 공산성은 나에게 생각이 정리되는 여유롭고 기분 좋은 느낌을 안겼지만 솔직하게 공산성에 관련된 역사에 깊이 알고 싶은 마음이 들거나 나의 기억에 남는 관광지라고 느껴질 만큼 매력 있게 다가오지는 않았다. 아마 이것 또한 내가 역사를 잘 알지 못하고 관심을 많이 두지 않은 탓인 것 같다. 역사에 무지한 나에게는 그저 사람 없고 한적한, 여유롭게 걸을 수 있는 좋은 산책로로 기억될 것 같다.

그래도 아무것도 모르는 상태에서 걸을 때와 공산성에 대해서 추가로 검색하여 짧게나마 공부를 하고 걷는 것은 사뭇 다르다는 것을 알았다. 공산성에 대해 조금 더 알게 되니 걸어왔던 길에 담긴 역사에 대해 다시 생각하게 되고 아까와 똑같은 길을 걸으면서도 주변이 다르게 보였다.

아는 만큼 보이고 보는 만큼 느낄 수 있다는 말을 몸으로 느낄 수 있는 경험이었다.

확실히 공산성은 나에게 인상 깊은 관광지는 아니었지만 공산성을 통해서 역사나 그 관광지에 대한 지식을 알고 여행을 할 때와 모르고 여행할 때의 차이를 느낄 수 있었던 것이다. 내가 역사와 관련된 관광지에 아직 흥미가 없다고 하더라도 앞으로도 이런 곳에 올 일이 생길 텐데 그때 조금 더 무언가를 느끼고 얻으려면 역사에 대한 관심과 배경지식이 어느 정도는 필요한 것 같다고 생각했다. 이렇게 소중한 생각을 할 수 있게 도와준 공산성을 코스 안에 넣길 잘한 것 같다.

가방 무게를 짊어지고 산길을 오르다 보니 몸은 많이 힘들었지만 힘들게 올라간 공산성의 정상에서 바라보는 금강은 너무나도 아름다웠다. 인터넷으로 검색해 본 바로는 금강의 야경이 그렇게 아름답다던데 마음 같아서는 이왕 온 김에 해가 질 때까지 있다가 아름다운 금강의 야경을 보고 가면 좋겠지만 해가 지면 히치하이킹이 힘드니 아쉬운 마음을 뒤로하고 다음에 또 오기로 한다.

내려가는 길은 정상까지 올라가는 길에 비해 가볍게 느껴졌다.

N잡러와 20년
한 직장의 만남

그렇게 공산성에서 내려온 나는 시간을 확인했다. 중간중간 쉬어가며 공산성을 꽤나 여유롭게 둘러본 것 같은데 생각보다 시간이 얼마 지나지 않았다. 오늘따라 수월하게 진행된 히치하이킹과 대전에서부터 공산성까지 한 번에 온 것이 이런 시간적 여유를 만들어준 것 같다.

나는 오늘 아침 출발할 때까지만 해도 '욕심을 내면 오늘 안에 천안까지 진입이 가능할까? 아무래도 공산성을 둘러보면 해가 질 테니 무리겠지?'라고 생각했었는데 생각보다 시간도 남았겠다 천안 도착까지는 아니더라도 내일 이동 부담을 줄이기 위해 최대한 가깝게라도 가보기로 결심했다. 나는 결심이 서자마자 바로 공산성 주차장으로 향했다. 그리고 주차장 내부 공중화장실 앞에 버려진 박스더미에서 박스 하나를 주워 피켓을 제작했다. 넓은 주차장에 비해 근처에 다니는 차도 없고 주차된 차도 없어서 나는 IC까지 걸어가기로 생각하고 내비게이션에 IC 입구를 쳤다. 내비게이션에서 안내하기론 걸었을 때 약 1시간 30분 정도 소요된다고 했다. 해가 지려고 하는 상황에서 IC 입구까지 1시간 30분을 걸으면 내가 히치하이킹을 시작하려고 할 때쯤 이미 해가 진 상태일 것이다.

IC 입구 주변 환경을 모르니 밤이 되면 히치하이킹이 가능할지 미지수였지만 그래도 이곳은 통행하는 차가 너무 없으니 우선 IC 입구까지 뛰어가는 한이 있어도 그곳에서 히치하이킹을 해야겠다는 생각으로 우선 주차장을 나가기로 했다.

그때 주차장에 유일하게 서있어서 직원 차인 줄 알았던 세 대 중에서 두 대가 내 뒤에서 시동을 걸고 주차장에서 나가려고 하고 있었다. 나는 혹시나 하는 마음으로 몸을 돌려 뒤쪽을 향해 박스가 적힌 문구를 보여줬다.

역시나 차 두 대는 내 앞을 지나서 주차장을 벗어났다. 크게 기대하지 않았기에 실망감도 크지 않았다. 그렇게 다시 걸어서 주차장을 벗어나려고 몸을 앞쪽으로 돌리니 저 앞쪽에 비상등을 켠 채 차 한 대가 멈춰있었다.

방금 뒤에 있던 차 두 대 중 뒤에 있던 차였다. 나는 서둘러 뛰어가 차를 탔다.

차에는 40에서 50대쯤 되어 보이는 아저씨가 타고 계셨다. 아저씨는 본인도 천안에 가는 길이라며 옆에 타라고 하셨다. 천안에 한 번에 가게 될 것이라곤 기대도 하지 않았는데 기대하지 않은 상황에서 선물과도 같은 행운을 만나니 그 기쁨이 배가 됐다.

차에 타자 아저씨께서 먼저 말을 꺼내셨다.

> 아저씨 : "사실 제가 사는 곳은 인천인데 공주에 잠깐 혼자 쉬러 왔
> 다가 천안에 모임이 있어서 이제 출발하는 길이었어요. 그러다가 우
> 연히 학생을 발견했네요.
> 학생은 이런 도전을 하는 것 보니 따로 학교를 다니는 것 같지는 않
> 고, 무슨 일 해요?"

이미 아저씨는 내가 학교를 다니지 않는 상황인 것을 눈치채신 듯
했다.
학교에 대한 질문 없이 곧바로 내가 하는 일에 대한 질문을 받는
것은 처음이었다.

> 나 : "행사 같은 것을 기획하기도 하고, 교육 쪽도 관심 있어서 또
> 무언가 만들어 보려고 구상해 보고 있어요."

내 대답을 들은 아저씨는 자신은 영업 일을 20년째 하고 계신다
고 했다.
나는 성격이 그런 것인지 한 가지 일에는 집중이 안 되기도 하고
만족하지 못해서 여러 일을 병행하고 있기에 한 가지 일을 오랫동
안 하고 있는 아저씨가 대단하고 신기하게 느껴졌다. 그래서 나는

아저씨께 여쭈어봤다.

> 나 : "저는 지금 이런저런 일을 병행하고 있는데 저한테 무슨 일이 맞는지 그리고 제가 무슨 일에 정착해야 할지 아직도 모르겠어요. 아저씨께서는 자신에게 맞는 일을 정확히 찾아서 정착하신 건가요? 만약에 그렇다면 자신에게 맞는 일을 찾는 방법은 따로 있는 건가요? 그리고 찾은 그 일을 그만두지 않고 오랫동안 꾸준히 하려면 어떻게 해야 하나요?"

아저씨는 웃으며 나와 또 다른 관점에서 내가 생각하지 못한 대답을 해주셨다. 내가 쏟아낸 질문들을 깔끔하게 한 번에 정리하셨다.

> 아저씨 : "사실 저는 스스로가 여러 방면에 재능이 없다고 생각해서 그냥 내가 해온 일을 그대로 꾸준히 해왔을 뿐이에요. 오히려 제 입장에서는 학생처럼 여러 일을 동시에 해나가는 사람이 더 신기하고 멋진데요?"

이어서 아저씨는 본인이 하나의 일을 오랫동안 하면서 있었던 여러 이야기를 해주셨다.

> 아저씨 : "옛날에 제가 지금의 영업 일을 처음 시작했을 때는 내비게이션이라는 것이 없다 보니 종이로 인쇄된 지도를 보면서 운전했었어요. 그래서 혼자 밤에 운전할 때는 갑자기 가다가 막다른 길이

나오거나 웬 저수지가 나오는 등 길을 잃는 경우도 많았어요. 그래서 타 지역에 갈 때는 웬만하면 조수석에 다른 사람을 태우고 그 사람에게 지도와 길 안내를 부탁한 뒤, 운전자는 운전만 하는 식으로 차를 타고 갔어요."

지금의 나로서는 상상도 되지 않는 이야기였다. 나도 지금 종이로 인쇄된 지도를 가지고 있긴 하지만 이동을 할 때는 기본적으로 휴대폰 내비게이션을 켜고 다음 목적지를 찍은 후 이동하고 있기 때문에 내가 들고 다니는 지도 종이는 내가 어느 지역들을 거쳐서 왔는지 메모용으로 사용되는 정도였다. 그런데 타 지역까지 이런 종이 지도 한 장만 보고 가야 한다니 지금 무전으로 전국을 여행하고 있는 나조차도 시도하지 못할 것 같다.

아저씨는 옛 추억에 잠긴 듯 말씀을 이어가셨다.

아저씨 : "그리고 그 당시에는 읍으로 나가기 위한 어르신들이나 집과 학교 거리가 걸어서 2시간에서 3시간 되는 학생들이 히치하이킹하는 일이 많았거든요. 저도 그런 어르신들이나 학생들 보면 자주 태워주곤 했는데 요즘은 교통이 발달해서인지 어느 순간부터 그런 히치하이커들이 사라져서 한동안 보지 못했는데 학생이 내가 몇 년만에 처음 보는 히치하이커네요. 그래서 반갑기도 하고 학생 이야기도 듣고 싶어서 태웠어요."

지금은 무전여행을 하며 히치하이킹하는 내 모습을 지나가는 사람들이 신기하게 보지만 예전에는 흔하게 볼 수 있는 모습이었다니 옛날이었으면 지금보다는 히치하이킹이나 무전여행이 조금은 더 수월했을 수도 있겠다. 하긴 그때는 그때 나름대로 힘든 점이 있었겠지….

내 이야기가 궁금하다는 아저씨의 말씀을 들은 나는 지금까지의 여행 이야기와 내가 학교를 나오고부터 한 도전에 대한 이야기를 들려드리고 조금 대화를 나누다 보니 어느새 천안에 들어와 있었다.

아저씨는 나에게 모임 시작시간이 다가오긴 하지만 조금의 여유는 있어 근처면 태워줄 수 있다고 구체적인 목적지를 물어보셨다.

나의 오늘 최종 목표는 항상 거리 때문에 보지 못했던 친한 동생을 만나는 것이었다.

이 동생과는 그간의 즉흥적인 만남이 아닌 무전여행 출발 전부터 약속했었다. 어떻게 보면 천안은 오로지 이 동생을 보기 위해 코스에 넣은 것이다. 그런데 한 가지 문제가 있다면 원래 계획으로는 내일 도착 예정이었어서 동생도 내가 내일 도착하는 줄 알고 있었을 것이다.

나는 아까까지만 해도 오늘 안에 천안까지 히치하이킹이 될 줄 몰랐기에 아직 동생에게 연락하지 못한 상황이었다. 히치하이킹이 된 뒤로도 차 안에서 아저씨와 대화를 하느라 깜빡 잊고 있었던 것이다.

나는 혹여나 여기까지 와서 동생을 만나지 못할까 봐 급하게 동생에게 연락했다. 다행히 동생은 오늘도 시간이 있었고 나는 동생에게 구체적인 집 주소를 요청했다. 그렇게 전달받은 동생 주소를 보고 나는 당황스러웠다. 동생이 보내준 집 주소에 따르면 동생의 집은 천안이 아닌 아산에 있던 것이었다.

이때까지 아저씨께 천안이라고 말씀드린 상황이라 다시 아산이라고 번복하기에는 너무 죄송스러웠다. '그냥 천안 아무 곳이나 내려서 아산까지 다시 히치하이킹을 할까?' 하는 생각도 들었다. 하지만 천안에서 딱히 내릴 곳도 없기에 일단 아저씨께 솔직하게 상황을 말씀드렸다.

나의 실수로 인해 생긴 일이기에 목적지까지 태워주지 않으셔도 된다고 말씀드렸지만 아저씨께서는 천안에서의 모임 시간이 다 되어감에도 방향을 틀어 내 목적지인 동생 집까지 태워주셨다.

아저씨와 짧은 작별인사를 나누고 나는 동생을 만났다.

원래 나의 계획은 동생과 짧게 만나고 다시 이동하는 것이었다. 그런데 동생이 갑자기 집에 계시는 어머니께 연락해 아는 형이 무전여행 중이라는 상황을 알렸고 그 이야기를 들은 동생 어머니께서는 밥이라도 먹고 가라고 나를 집으로 초대하셨다.

그렇게 인사만 드리러 들어간 동생 집에서 얼떨결에 잠자리까지 신세를 지게 됐다.

사실 천안에는 동생만 보러 온 것이라 이동을 한다고 하면 이제 타 지역으로 가야 하는데 이미 밤이 깊어 타 지역으로 가는 것은 힘들어 보였다. 그리고 사실 원래 일정으로는 내일 점심쯤 천안에 도착해서 동생을 보고 저녁에 떠나는 계획이었기에 오늘은 더러워진 옷 몇 벌도 손빨래할 겸 이곳에서 하룻밤을 보낸 후 내일 아침에 출발하기로 한다.

잠자리에 누워 오늘 하루를 돌아보니 오늘도 많은 일이 있었고 새롭게 많은 것을 배운 것 같다.

먼저 어떠한 일을 이루기 위해서는 그만한 마음가짐이 필요하다는 것을 깨달았다. 전주에서부터 공주를 거쳐 천안 아산까지 불가능할 것이라고 생각했던 일정이 오늘도 어떻게 해결됐다. 해낼 수 있다고 믿는 마음을 가지고 중간에 포기하지 않고 끝까지 히치하이킹을 시도한 덕에 가능했다. 이러한 끈기와 마음가짐이 일을 해결하는 데 있어서 중요한 원동력이 되는 것 같다.

그리고 오늘은 우연히 길에서 만난 사람과 인연이 이어지고 또 그 사람으로부터 새로운 사람을 소개받아 새로운 인연이 생기는 일을 겪으며 다시금 사람과의 관계에 대한 소중함과 인연의 연속성을 다시 한번 느꼈다.
이렇게 이어진 인연이 그냥 우연에서 그칠지 운명으로 이어질지는 내가 하기 나름이겠지.

이제 내 여행 일정 계획으로는 절반 이상을 넘겼다. 15일이라는 한정된 기간과 이 안에 대한민국 한 바퀴를 돌겠다는 목표를 정했기에 쫓기는 마음이 들지 않는다고 하면 거짓말이겠지. 실제로 여행 중에 계획된 일정에서 조금 늦어지거나 히치하이킹이 잘 되지 않으면 불안할 때도 있다. 하지만 뜻대로 되지 않는 것은 즐기자고 했던 출발할 때의 초심을 잊지 않고 앞으로 이어질 여행은 상황이 내 뜻대로 되지 않더라도 즐거운 마음으로 임해야겠다고 다짐했다.

그렇게 혼자만의 다짐을 마무리하고, 내일 코스 계획을 다시 한 번 재정비한 뒤에야 여행 9일 차를 마무리했다.

Day 10

대한민국에서
지중해를 경험하다

일어나자마자 어제 빨아놓은 빨래를 확인했다. 옷들이 아직까지 축축했다. '어젯밤에 조금 더 짰어야 했나?' 하는 생각이 들 때쯤 동생이 다가왔다. "형, 길게 하는 여행은 페이스 조절이 필요해. 여행 중에 가끔은 여유도 부릴 필요가 있고. 만약 도착까지 여유가 조금 있으면 이 부근에도 볼 것이 있으니 오늘까지만 아산에 있다가 가는 건 어때?" 동생은 나에게 하루만 더 아산에서 여유롭게 둘러볼 것을 권유했다.

갑자기 어제 자기 전 스스로 했던 다짐이 생각났다.

처음 여행을 준비할 때는 변수에 몸을 맡기자고 해놓고 일정 계획에서 조금이라도 늦어지면 안 될 것 같다는 생각에 항상 일정보다 앞서가기에만 급급했다.

이미 여행의 절반을 지나오기도 했고 생각해 보면 지금 여유를 부리느라 조금 늦어지더라도 그만큼 보충한 에너지로 또 열심히 하면 되는 것이었다.

어제의 다짐처럼 목표를 향해서 나아가되 그 속에서 즐기기로 했다. 계획에서 벗어나더라도 오늘 하루를 통해 에너지를 충전할 수 있는 거고 또 계획에 없던 경험으로 새로운 것들을 배울 수도 있지 않을까?

나는 동생의 의견을 받아들여 오늘은 온전히 아산을 둘러보는 데 쓰고 내일 다른 지역으로 넘어가기로 했다. 동생은 아산에서 둘러볼 곳으로 지중해 마을을 추천했다. 사실 지중해 마을은 무전여행 전에도 가보고 싶었던 관광지인데, 이곳 아산에 있다는 사실은 모르고 있었다.

심지어 지중해 마을은 동생 집에서 그리 멀지 않은 곳에 있어서 히치하이킹이 따로 필요하지 않았다. 나는 지중해 마을에 가기로 하고 아직 마르지 않은 내 옷은 그대로 놔두고 동생 옷을 빌려 입고 지중해 마을로 향했다.

지중해 마을에 들어서자마자 이국적인 풍경이 눈앞에 펼쳐졌다.

일단 건물들이 예쁘고 눈에 잘 띄었다. 전체적으로 건물들의 색이 밝으면서도 너무나도 조화롭게 이루어졌다.

어제 공산성의 경험을 바탕으로 여행지에 대한 정보를 미리 알아두기 위해 출발 전 지중해 마을에 대해서 검색을 했었다. 검색한 내용으로는 지중해에 있는 3개의 도시를 따라서 마을 전체를 꾸며놓았다고 했다. 내가 이른 아침에 도착해서 거리에 사람이 없었음에도 건물의 색과 그 특유의 디자인 때문에 마을 전체에 활기가 띠었다.

지중해 마을을 걷는 동안 정말 여기가 우리나라가 맞는지 의심될 정도로 이국적인 분위기에 계속해서 감탄하며 걸었다.

하지만 조금 더 걸어서 들어가니 지중해 마을도 역시 전주 한옥 마을에서 본 것처럼 상점들이 따닥따닥 붙어 하나의 상권을 이루고 있었다. 관광객들의 편의성을 위해서도 그렇고 관광지로 활성화되려면 상권이 생겨야 하는 것이 당연하지만 한옥마을과 마찬가지로 테마와 어울리지 않는 상가가 많다는 것이 아쉬웠다.

지중해 마을에서 영업하는 식당이라면 적어도 파스타와 피자를 파는 등 이국적인 음식점만 있었으면 했는데 순두부찌개를 파는 곳부터 낙지볶음 등 너무나도 한국적인 음식과 상품을 파는 가게들이 줄지어 있으니 조금 전까지만 해도 느끼던 이국적인 분위기가 와장창 깨져버렸다.

지중해 마을이라는 컨셉과 그 컨셉에 맞는 건물 디자인, 거리의 분위기까지 너무 잘 조성되어 있는 이 분위기를 제대로 살리지 못해 아쉬운 마음이 들었다.

그렇게 지중해 마을을 걸어 다니다가 한식집 사이에서 음료를 판매하면서 동시에 지중해 마을 컨셉에 맞는 테마 의상을 대여해 주는 카페를 발견했다.

아직 가게들이 오픈하기에는 이른 시간이라 밖에서 살펴보는 게 다였지만 한옥마을에 한복이 있듯 지중해 마을에 어울리는 드레스부터 다양한 옷들이 꽤 많았다. 개인적으로 봤을 때는 그나마 이 마을의 컨셉에 맞는 상점이었다.

그러고 보니 지중해 마을은 '특별하게 예쁜 건물', '특별히 사진이 잘 나오는 포토존'이 따로 없는 듯했다.
전체적으로 건물들의 컨셉이 통일되어 있다 보니 카메라 구도를 어느 쪽 방향으로 잡아도 경관이 예쁘기 때문에 젊은 층의 관광객 중에서 이러한 의상을 대여해서 사진을 찍는 사람들이 꽤 있을 것 같다. 하지만 이른 시간이라 상점들의 오픈 준비로 물품 운송용 차량들이 거리를 따라 많이 주차되어 있어서 어디 쪽으로든 카메라를 들이밀어 봐도 사진에는 길게 늘어진 차들과 그곳에서 짐을 내리는 사람들의 모습이 담겼다. 나는 결국 사진 남기기는 포기하고 두 눈에 많이 담기로 했다.

그래도 평일이라 사람이 별로 없을 것 같았는데 상점들이 하나둘씩 오픈하자 거리에는 어느새 꽤 많은 사람들이 다녔다. 대부분은 상점가를 이용하기보다는 건물들만 둘러보고 사진만 몇 컷 찍다가 차를 타고 떠나는 것처럼 보였지만 말이다.
지중해 마을만의 독특한 컨셉과 분위기를 살려 마을 안에서 할로윈 같은 특정 시즌에 퍼레이드 형식의 축제라도 열면 건물만 보고 금방 떠나가던 사람들도 그 속에서 콘텐츠를 즐기고 추억을 남기러 가족 또는 연인 단위의 방문객이 오지 않을까?

이 마을이 하얀 도화지가 된 것처럼 무언가 다양한 콘텐츠들을 채울 수 있을 것 같아 두근거렸다. 마을을 다시 한번 돌면서 여기에는 이게 들어오면 좋겠고 이런 콘텐츠가 여기 있으면 좋겠다, 하며 혼자서 상상 속 마을을 채워갔다.

그렇게 한바탕 나만의 지중해 마을을 만들고 나니 생각보다 훨씬 오랜 시간 동안 지중해 마을에 있었음을 깨달았다.

원래 오늘은 쉬어가려는 계획이기도 했고 관광을 계획한 곳도 지중해 마을뿐이었기에 여유도 있겠다 조금만 더 둘러보기로 했다.

그렇게 또 넘칠 만큼 충분하게 둘러보고 여유롭게 동생 집으로 돌아왔다.

보통 한 바퀴 둘러보고 다음 여행지로 가기 바빴지 한 여행지에서 이렇게까지 오랜 시간을 보낸 것은 처음이었다.

분명 나는 많은 곳을 가지도 않았고 한 곳에서 여유롭게 하루를 보냈는데 오늘 하루가 다른 날과 비교를 했을 때 더 꽉 찬 하루였던 것 같다. 지금까지 여행을 하면서 내가 일정을 맞춘다고 중요한 부분을 놓치고 있었지는 않았을까? 되돌아보게 됐다.

무전여행을 다 마쳤을 때 일정에 쫓겨서 또는 변수로 인해 제대로 보지 못한 여행지들은 나중에 다시 한번 둘러보고 싶다는 생각이 들었다. 그리고 그 코스에 첫 번째로 넣을 여행지는 오늘 본 지중해 마을로 해야겠다.

이번에 충분히 보긴 했지만 다른 사람과 함께 오면 또 다른 기분이 들 것 같다는 생각 때문이다. 오늘 에너지도 제대로 충전했고 빨래도 어느 정도 말랐겠다, 이제 내일부터 다시 충전된 에너지와 뽀송뽀송한 옷을 입고 수도권 진입을 목표로 나아갈 일만 남았다.

내일 목표는 수원, 성공적인 히치하이킹을 기도하며 10일 차 밤을 마무리한다.

Day 11

치열한 눈치 싸움,
그 속에서 발견한 나의 모습

무전여행 11일 차 아침이 밝았다. 오늘은 경기도권으로 들어가 수원을 가는 것이 목표다. 원래라면 어제 수원을 가고 오늘 서울에 들렀다가 다음 지역으로 이동해야 했기에 시간적 여유가 된다면 욕심을 내서 서울까지 가보기로 했다.

사실 서울에 간다고 생각하니 걱정은 됐다. 내가 관광지 같은 사람 많은 곳에서 박스를 들고 히치하이킹을 할 때면 많은 사람들 속에서 종종 나를 이상하게 보는 사람들이 있다. 그런 사람들의 시선을 받을 때면 약간 부끄러울 때도 있었다. 그런데 서울은 대한민국에서도 인구수가 가장 많은 곳인데 이 복장 그대로 그곳에서 히치하이킹하는 모습을 상상하니 '마치 잠옷을 입고 백화점에 있는 기분이 아닐까?' 하는 생각이 들었다.

이러한 걱정과 대한민국 외곽을 따라 한 바퀴라는 나의 여행 컨셉이라면 서울은 코스에서 제외해도 됐지만, 또 수도인 서울을 빼놓고 대한민국 한 바퀴라고 하기에는 섭섭한 마음이 들기에 어쩔 수 없었다.

그리고 그저께 히치하이킹을 하다가 만난 분을 통해 소개를 받아 서울에 약속도 생겼기 때문에 이제 와서 서울을 코스에서 뺄 수도 없었다.

가는 김에 겸사겸사 서울에 있는 친누나도 만나야겠다.

교육사업을 운영하시는 대표님과는 내일로 약속이 되어있었기에 사실 약속 일정에 여유가 있으려면 최대한 오늘 안에 서울에 도착하는 쪽이 마음에 편했다.

사실 이쯤 되니 천안에서 바로 서울로 갈까? 하는 생각도 들었지만 공산성을 본 이후로 역사적 문화재에 관심이 생겼고 수원에 있는 화성을 가보고 싶어서 일정에 여유가 없더라도 수원을 거쳐서 서울로 향하기로 했다.

바쁜 일정이 되겠지만 '마음은 여유롭게 하고 변수 속에서도 여행을 즐길 수 있는 하루를 만들자'고 다짐하고 동생 집을 나서는데, 동생 어머니께서 동생이 타 지역에 갈 일이 있어 천안아산역까지 태워줘야 하는데 가는 방향이 같으면 역까지 동승할지 물어보셨다.

마침 나는 또 IC에서 히치하이킹을 할 계획이었는데 동생 집에서부터 IC까지의 거리보다 역에서 IC까지 거리가 더 짧아 그렇게 하기로 말씀드리고 동생과 함께 차를 타고 역에서 내렸다.

그렇게 2시간을 걸어야 도착할 IC까지 거리가 반으로 줄어들었다. 동생 어머니의 배려 덕분에 아침 산책 삼아 1시간 정도만 걸었는데 고속도로 입구에 도착할 수 있었다. 고속도로 진입 방향의 길목에서 히치하이킹을 시작하고 얼마 되지 않아서 차 한 대가 멈췄다.

차에 타고 계시던 운전자분은 평택으로 향한다고 하셨다. 수원으로 가는 차는 아니었지만 천안에서보다는 수원에 가까워지니 감사 인사를 드리고 얼른 차에 올라탔다.
이번에 태워주신 운전자분께서는 혼자 가면 심심하기도 하니 나를 태운 것이라고 하셨다.
그런데 이 말씀을 뒤로 계속해서 말씀이 없으셨다. 그렇게 운전자와 나 사이에는 어색한 공기만 가득해져 갔다. 이렇게 말없이 간 것은 이번이 처음은 아니었지만 해남에서 만난 운전을 터프하게 하시는 할아버지의 트럭에 탔을 때는 그나마 창문이 다 열려있어서 창밖을 바라보면 돼서 큰 문제가 되지 않았었다.

그리고 이 운전자분께서는 분명 평택까지 혼자 운전해서 가는 것이 심심해서 나를 태웠다고 하셨는데, 그 말씀은 나를 말동무 삼아서 가려고 태우셨다는 뜻이다. 그런데도 어떠한 말씀이 없으신 것을 보면 내가 먼저 대화를 이어주기를 바라시는 것 같았다.

나는 평소 낯선 사람과 만났을 때 먼저 대화를 꺼내지 않는 편이다. 어색함을 피부로 느끼면서도 괜히 내가 말을 잘못 꺼내서 분위기가 더 악화할까 봐 지레 겁먹고 계속해서 상대가 먼저 말을 걸어주길 기다리곤 한다.

이번에도 분명 운전자께서는 내가 먼저 입을 열어주길 기다리는 것 같아 보였다. 운전자의 이러한 마음을 알면서도 먼저 입을 열지 못한 채 '내가 먼저 대화를 시도하지 못하는 건 지금 상황이 먼저 말을 꺼내기 눈치 볼 수밖에 없는 분위기라서 그런 거야'라며 이 순간에도 자기합리화를 하고 있는 나의 모습을 발견했다. 그리고 그 속에서 나는 아직도 소심함을 벗어던지지 못하고 나에게 꼭 필요한 상황에서만 적극적으로 임하는 나의 모순된 면을 볼 수 있었다.

앞으로도 이대로 살아간다면 나는 누군가가 나에게 먼저 손 내밀어 주길 기대하며 자립하지 못하는 의존형 인간이 될 것만 같았다.
그래서 어렵지만 이러한 내 성향을 고쳐보고자 첫발을 내디딜 겸 운전자분께 먼저 말을 걸어보기로 했다.
제일 먼저 무슨 말을 할까 고민하다가 이때까지 만난 수십 명의 운전자분과 대화를 했던 주제들 중에서 지금까지 가장 많이 채택된 주제인 여행 이야기를 꺼내 먼저 말을 걸었다.
하지만 한동안 대화가 아닌 정보전달성에 가까운 내가 운전자분께 전하는 일방적 소통이 되어버렸다.

그래서 나는 지금까지 운전자들이 나에게 공통적으로 궁금해하고 질문하던 내용들을 지금의 운전자분도 질문하게끔 유도해 봤다.

내 나이에 대한 것이나 학교에 대한 것 등.

덕분에 나 혼자 전하는 정보전달성 대화에서 서서히 운전자분의 질문으로 대화가 이어졌다.

우리 사이에 있던 어색한 공기도 조금씩 따뜻하게 변해갔다. 운전자분도 이러한 공기의 변화를 느끼셨는지 표정이 사뭇 밝아지셨다.

이번 경험을 통해 사람과의 관계 속에서 내가 상대에게 얼마나 적극적으로 임하는지에 따라 나와 상대의 관계가 적극적인 관계가 될지 소극적인 관계가 될지 달라질 수 있다는 것을 알게 되었다. 앞으로는 다른 사람과 적극적인 관계를 만들어 가기 위해서 내가 먼저 상대에게 적극적으로 다가가야겠다.

물론 아직 한 번의 시도로는 낯선 사람에게 먼저 말을 걸고 대화를 이어가는 부분이 여전히 어렵다. 하지만 이 또한 내가 여행을 하며 그래왔듯 부딪치고 시도하다 보면 틀림없이 조금씩 성장해 나갈 것이다. 그렇게 우리 차는 쉬지 않고 달려 목적지인 평택에 도착했다.

운전자분께 감사 인사를 드리자 운전자분의 밝은 웃음을 볼 수 있었다.

차의 문을 닫고 멀어지는 차를 보는데 내리면서 본 운전자분의 밝은 웃음이 떠오르며 대화와 함께 이러한 긍정적 관계도 내가 먼저 이끌어 갔다는 것이 제법 뿌듯했다.

상상도 못 한 히치하이킹

평택에서 내린 나는 곧바로 수원으로 가기 위한 히치하이킹을 시작했다. 수원으로 가는 운전자는 좀처럼 볼 수 없었지만 나의 도전에 관심을 가지고 응원해 주시는 운전자분들은 많이 만날 수 있었다. 차를 타고 지나가시다가 창문을 열고 음료수 4캔과 카스타드 5봉지를 건네며 힘내라고 하시는 분부터 경적으로 응원을 해주시는 분까지…. 목적지가 달라 태워주지는 못하시지만 그 마음은 온전히 느껴졌다.

그렇게 하나둘씩 받은 음식이 소중하게 느껴지는 것은 단순히 무전여행 중이라서가 아니라 그 속에 담긴 따뜻한 마음 때문일 것이다. 때문에 음식으로의 가치 이상으로 나에게는 힘이 됐다.

그 뒤로 힘입어 히치하이킹을 계속하고 있는데 웬 시내버스 한 대가 내 앞에 멈춰섰다.

순간 내가 기사님께 승객으로 오해를 불러일으키도록 정류장에서 히치하이킹을 하고 있었나? 하는 생각이 들어 주위를 둘러보니 내가 서있는 곳은 물론이고 주변에도 정류장은 없었다.

나는 비교적 인적이 드문 곳이고 하니 정류장 표시가 없이 일정한 시간에 여기서 멈추는 버스인가 보다 생각하고 나로 인해 오해한 기사님이 번거롭게 버스의 문을 열거나 하시지 않도록 버스들이 나를 의식하지 않는 곳으로 포인트를 옮기기로 했다. 이동을 위해 땅에 놓았던 가방을 다시 메고 발걸음을 떼려는 순간 버스의 앞문이 스르륵 열렸다.

나는 '역시 나 때문에 오해하셔서 기사님께서 문을 여셨구나. 이제 기사님은 열린 문을 통해 나에게 버스를 탈 것인지 말 것인지 물어보실 거고, 나는 거기에 무전여행 중이라 서있었다고 해명해야겠지? 그러면 승객으로 오해했던 기사님은 아무래도 승객으로 헷갈리게 정류장에 서있던 나의 행동에 대해서 주의를 주시겠지?' 이렇게 앞으로 이어질 대화를 생각하며 약간은 겁을 먹었다.

그렇게 버스의 문은 오늘따라 유난히 느리게 열렸다. 떨고 있는 내 앞으로 반 이상 문이 열렸을 때 밝은 표정의 기사 아저씨가 보였다.

기사 아저씨의 표정을 보고 일차적으로 안심하고 있는데 기사님께서 나긋한 목소리로 말씀하셨다.

　　기사 아저씨 : "학생~ 타요."

나는 마치 얼음 땡 놀이를 하듯 얼었던 몸이 한순간에 풀렸다.

내가 굳은 몸이 풀렸다고 생각하기 이전에 내 몸은 이미 버스를 타기 위해 계단을 오를 준비를 하고 있었다. 그제야 막혔던 머리가 순간적으로 돌기 시작했다. 일단 아직 내가 안심할 상황이 아니었다.

나를 히치하이커가 아닌 승객으로 오해하고 있더라도 기사 아저씨의 말씀은 자연스러운 맥락이었다. 정류장에 혼자 서있는 승객에게 문을 열고 타라고 할 수 있는 것이다.

갑자기 기사 아저씨께서는 내가 무전여행 중이라는 피켓을 보신 건지, 아직 내가 버스를 타는 승객이라고 착각하시는 건 아닌지, 나는 돈이 없는데 승객처럼 서있었다고 야단맞고 다시 내리라고 하시는 건 아닐지, 그러면 또 안에 타고 있는 승객들은 나 때문에 기다리시거나 피해를 보시는 건 아닐지 등….

나는 버스 계단을 오르기 전 그 짧은 시간 동안 할 수 있는 한 최대한의 부정적인 생각을 다 한 것 같다. 그렇게 나는 기사 아저씨의 다음 말이 이어질 때까지 다시 한번 긴장했다. 냉탕과 온탕을 오가는 기분이었다.

나는 나름 이 상황을 완화하고자 일부러 피켓을 기사 아저씨가 보이는 방향으로 돌려서 누가 봐도 부자연스러운 모습으로 버스 계단을 오르기 시작했다.

요금을 내는 곳에 선 나는 기사 아저씨의 반응을 기다리며 마찬가지로 누가 봐도 어색한 자세로 서있었다.

아무 말이라도 먼저 말을 걸어주길 바라는 마음이었다.

그때 기사 아저씨께서 입을 여시며 상황은 정리되었다.

기사 아저씨 : "저기 자리에 앉아요."

나 : "감사합니다!"

나는 긴장했던 만큼 약간 삑사리가 섞인 목소리로 인사를 하고 나 때문에 정류장도 아닌 이곳에 버스가 멈춰서 중요한 약속에 늦거나 피해를 보는 승객은 없는지 보기 위해 좌석 쪽으로 시선을 돌렸다.

다행히 버스 안에는 나 이외에 아무도 타고 있지 않았다.

나는 히치하이킹을 할 때의 습관 때문인지 좌석 수가 굉장히 많음에도 운전석과 가장 가까운 맨 앞 좌석에 앉았다.

기사 아저씨께서는 마침 타고 있던 승객도 없는데 나를 우연히 발견해서 태웠다고 하셨다.

나는 기사 아저씨께 농담처럼 말을 던졌다.

나 : "아저씨, 제가 이제 무전여행 11일 차인데 그동안 정말 다양한 차를 히치하이킹했지만 시내버스는 처음이네요."

그러자 아저씨도 웃으며 말씀하셨다.

> 기사 아저씨 : "사실 나도 시내버스로 히치하이커를 태울 줄은 생각
> 도 못 했어."

우리는 서로의 대답에 한바탕 웃었다.

그렇게 정말 몇 마디의 대화를 나누니 다음 정류장에서 승객이 탔다. 승객이 탄 뒤로는 기사 아저씨와 내가 대화를 하면 사람들이 불편해할 수도 있기에 더 이상 대화를 하지 못했다.

생각해 보니 버스는 보통 정해진 노선이 있으니 어디로 가는 버스인지 보고 타야 하는데 내가 무전여행 중이기도 했고 워낙 갑자기 버스를 타게 돼서 내가 탄 버스가 어디로 가는지 미리 보지 못했다.

그리고 시내버스는 말 그대로 시 안에서 다니는 버스이기에 타지로 가지는 않을 것이다. 적어도 내가 사는 울산에서는 그랬다. 그런데 내가 버스를 탄 이곳은 평택이고 내가 가야 할 곳은 엄연히 다른 도시인 수원이었다.

조금 불안한 마음은 들었지만 기사 아저씨께서 내가 히치하이킹 중이라는 것을 아신다는 것은 피켓을 보셨다는 거고 피켓에 수원이라고 크게 적혀있었으니 기사 아저씨는 아마도 내가 수원으로 가고 있다는 사실도 알고 계실 거다. 그리고 아저씨는 당연히 버스 노선

이랑 내 목적지인 수원이 겹치니까 타라고 했겠지?

　하지만 내 피켓을 보셨다고 하더라도 나는 피켓에 수원이라고만 적어놨었기에 구체적으로 수원의 어디에 갈지는 기사 아저씨도 모르실 것이다. 그래서 같은 수원이라고 하더라도 내가 화성과 전혀 면 방향으로 가지는 않을까? 하는 걱정도 들었다. 그리고 나는 이 지역의 버스를 처음 타보기 때문에 주변 풍경을 봐도 여기가 어디쯤인지 모른다. 내가 목적지에 가깝게 내리려면 반드시 누군가에게 물어봐야 한다.

　어쩔 수 없이 나는 모든 의문을 해결하기 위해 기사 아저씨께 질문하기로 했다.
　그렇게 기사 아저씨께 여쭈어보려고 하는데 마침 기사 아저씨께서 먼저 나에게 목적지가 어디인지 물어봐 주셨다. 그래서 나는 수원 화성이라고 말씀드렸다.
　이어지는 기사 아저씨의 친절한 안내로는 내가 탄 이 버스는 평택에서 오산을 거쳐 수원으로 가는 버스이고 수원 화성 또한 지나간다고 하셨다. 화성에 가려면 어느 정류장에서 내리면 가장 가까운지 정류장 이름도 알려주셨다. 그리고 해당 정류장에 다 와가도 타지 사람인 나에게는 아무래도 생소하다 보니 안내방송이 잘 들리지 않을 거라고 안내방송과 별개로 기사 아저씨께서 직접 나에게 따로 말씀도 해주신다고 하셨다.

기사 아저씨께서 친절하게 설명해 주신 덕분에 걱정했던 것들은 물론 추가로 걱정할 만한 것들까지 말끔하게 사라졌다. 드디어 편안한 마음으로 목적지까지 앉아있을 수 있게 되었다.

그렇게 승객들이 하나둘씩 타던 우리 차는 얼마 지나지 않아 제법 승객들로 찼다.

그렇게 탄 승객들 중 아주머니 몇 분과 아저씨는 내 배낭과 옷차림을 한번 쓱 살펴본 뒤, 내가 손에 들고 있는 히치하이킹 문구가 적힌 박스도 보시곤 여러 질문도 하셨다. 그리고 내 이야기를 듣고서는 응원도 해주시며 기사 아저씨보다는 승객들과 주로 대화를 이어갔다.

그러다가 기사 아저씨께서 약속하신 대로 내가 내려야 하는 정류장에 도착했을 때 다음 정류장에서 내리면 된다고 말씀해 주셨고 나는 탈 때와는 다르게 내릴 때는 일반적인 승객들처럼 벨을 누르고 뒷문으로 가서 버스에서 하차했다. 나를 두고 출발하는 버스의 창문으로 사람들이 손으로 나에게 파이팅을 보냈다. 나도 그에 대답하듯 고개 숙여 인사를 드리고 버스가 완전히 떠날 때까지 자리를 지켰다. 내 시야에서 버스가 완전히 사라진 뒤 나는 수원 화성의 입구를 찾기 시작했다.

화성 외곽을 따라 걷다 보니 굳이 내비게이션을 켜지 않아도 입구를 금방 찾을 수 있었다.

그렇게 입구를 향해 걸어가고 있는데 순간 아차 싶었다. 또 입장료를 알아보지 않은 것이다. 이 정도면 나랑 입장료랑 뭔가 질긴 악연이 있는 것이 분명하다. 하지만 다행히도 화성은 입장료를 따로 받지 않았다.

운 좋게 화성에 입장할 수 있게 된 나는 화성의 지도를 보며 코스를 정하기로 했다. 먼저 성곽을 따라 장안문에서 정상을 찍은 후, 남문에서 히치하이킹을 하기로 한 나는 남문 쪽으로 내려가는 코스를 따라가기로 했다. 코스도 정했겠다 곧바로 입구를 지나 화성을 오르기 시작했다.

마치 산책로처럼 대체적으로 길은 잘되어 있었는데 무거운 가방을 짊어진 나에게는 가파른 경사와 높은 계단으로 이루어진 코스가 등산처럼 느껴졌다.

평소 운동을 하지 않아서인지 허벅지가 터질 것 같이 뜨거워졌다. 나는 우리나라의 세계문화유산을 꼭 둘러보겠다는 마음으로 계속해서 걸었다. 그렇게 걷다가 이 속도로는 가방 무게에 지쳐 정상에 도착하기 전에 몇 번 쉬면서 가야 할 것 같다는 생각이 들었다. 나는 당장 체력 소모는 크더라도 속도를 올려 정상까지 빠르게 올라가기로 했다. 평평한 산책로라 생각하고 마음 편하게 왔었는데 정상에 다 와갈 때쯤의 나는 이미 등부터 온몸이 땀으로 다 젖어있었다.

서서히 모여있는 사람들 무리가 보이기 시작했다. 어느새 정상에 도착한 나는 사진을 남기기 위해 경치가 가장 잘 보이는 포토 스팟을 찾기로 했다. 주변을 둘러보니 사진을 찍기 위해 사람들이 많이 모여있는 곳이 있었다. 그곳에 가서 화성 아래 풍경을 바라보니 수원이 한눈에 내려다보였다. 탁 트인 풍경은 힘들게 흘린 땀을 닦아주는 것 같았다.

풍경 감상도 했겠다. 조금 쉴 겸 아까 받은 음료수와 카스타드를 먹으며 방금 정상에 도착한 사람들을 구경하기로 했다. 모두가 등산복 같은 옷을 입고 있어서 그런지 내 옷차림에 전혀 위화감이 없었다. 덕분에 매번 신경 쓰이던 사람들의 시선도 없어서 오랜만에 사람들 틈에서 편하게 쉴 수 있었다.

잠깐이지만 조금 쉬어서 그런 것인지 내리막길이라 그런 것인지 모르겠지만 올라올 때보다는 가방의 무게가 훨씬 가볍게 느껴져서 내려가는 것은 한결 수월했다.

평소 운동을 하지 않고 짐까지 짊어지고 있었던 나에게는 힘든 코스로 다가오기도 했지만, 수원 화성의 성곽은 정말 아름다운 길이었다. 그리고 정상까지 올라가는 길을 따라 있었던 조명과 정상에서의 전망을 보니 밤에 화성의 운치와 정상의 야경이 기대됐다. 다음번 방문에는 가방 없이 밤에 와봐야겠다.

그렇게 남문으로 내려온 나는 내일 있을 약속을 위해 곧바로 박스를 구해 목적지로 서울을 적고 히치하이킹을 시작했다. 서울은 우리나라에서 인구수가 가장 많기 때문에 서울로 향하는 차도 많을 것이고 무전여행 전부터 서울로 가는 히치하이킹은 수월할 것이라고 생각을 하며 자신만만했었다. 그래서 굳이 IC 입구로 가지도 않고 화성에서 내려온 바로 앞에서 히치하이킹을 시작했다. 하지만 그 생각을 완전히 뒤엎듯 쉽게 히치하이킹이 되지 않았고 그 뒤로도 걸어 다니며 히치하이킹을 시도했지만 멈추는 차가 한 대도 없었다.

화성에서 내려오자마자 발의 피로가 풀리지 않은 상태에서 배낭을 메고 몇 시간을 계속 걸어 다니니 발에 통증이 몰려왔다. 발에 통증이 갈수록 심해져 더 이상 서있기도 힘들 때쯤 드디어 차 한 대가 멈췄다. 운전자께서는 서울로 가지는 않으시고 근처에 혼자 바람을 쐬러 가신다고 하셨다. 짧은 거리이지만 그래도 여기보다는 가까워지겠지? 하는 마음으로 차에 올라탔다. 짧은 시간이라 역시 서로 소개도 제대로 끝내지 못한 채 차에서 내릴 수밖에 없었다.

짧은 히치하이킹은 대화가 길어질 만한 대화 소재를 서로 꺼내지 않다 보니 정말 이동만 하게 되는 것 같다. 그 뒤에도 짧은 히치하이킹이 두 번 이어지고 깜깜한 밤이 되어서야 서울 안으로 진입할 수 있었다.

그렇게 도착한 서울은 밤인데도 불구하고 온갖 불빛으로 환했다. 그리고 출발 전 나의 상상대로 다른 도시들에 비해 확실히 많은 사람들이 다녔다. 태극기를 꽂고 여행용 배낭을 멘 내 인상착의는 서울 거리를 다니는 많은 사람들의 관심을 끌기에 충분했다.

누나를 만나기 위해서는 누나가 사는 동네까지 히치하이킹을 해서 가야 하고, 히치하이킹의 성공률을 높이려면 사람들이 많이 다니는 곳에 서서 해야 하는 것은 당연했다.

이렇게 당연한 사실을 알면서도 대한민국 수도라는 특수성 때문인지 사람들의 시선을 못 버틴 나는 결국 지나다니는 사람이 비교적 적은 도로에서 히치하이킹을 시작했다.

그렇게 사람들이 내 앞을 지나가는데 사람들이 내가 들고 있는 박스에 적힌 글을 보시는 것인지 그 박스를 들고 있는 나를 보시는 건지 모를 시선을 줄 때마다 나를 이상한 사람으로 생각하는 건 아닐지 걱정됐다.

하지만 내 걱정과는 달리 그 뒤에 지나가는 사람들 중 몇몇 사람들께서 "멋있는 도전 하고 계시네요.", "무사히 완주해요. 학생." 등 응원의 말을 주시며 지나가셨다.

처음에는 지나가는 모든 사람들이 나를 이상한 사람으로 생각할 줄 알았는데 이러한 말을 듣고 나니 지금 거리에 다니는 이 사람들도 나의 도전을 응원해 주던 지금까지 만난 운전자분들과 크게 다르지 않다는 것을 알게 되었다. 덕분에 나는 용기를 내 큰 도로로 나갔다.

그렇게 이때까지와는 비교도 안 될 정도로 많은 차량이 지나다니는 큰 도로에서 히치하이킹을 시작했고 곧바로 히치하이킹에 성공했다.

그 뒤로도 짧은 히치하이킹을 여러 번 하며 우여곡절 끝에 새벽 1

시쯤이 돼서야 누나를 만날 수 있었다. 지금까지 여행 중 가장 늦게 목적지에 도착한 것 같다.

대학교 학생회 임원인 누나는 사실 오늘 밤새 학교에서 해야 할 일이 있었다고 했다.

나는 누나 학교의 학생회실에 따라가 누나가 밤새 일을 할 때 그 옆에서 잠을 자기로 했다.

새벽 2시가 넘어갈 때쯤 누나 학교에 도착한 나는 일을 시작한 누나를 두고 적당한 빈자리에 누웠다. 사실 오늘 이동 경로로만 따지면 수원화성에 갔다가 이곳에 온 것이 끝이지만 다른 날에 비해 압도적으로 히치하이킹 시간도 길었고 걸어서 이동한 시간도 길었기에 몸에 전체적으로 피로가 많이 쌓인 듯했다. 매일 밤 아무리 피곤해도 다음 날 계획은 세우고 잤었는데 오늘은 일찍부터 눈이 감겨서 일단 조금 자도록 해야겠다.

Day 12

"네 나이에 맞는 일을 해."

살면서 처음으로 대학교 건물에 들어왔는데 학생회실에서 아침을 맞는 색다른 경험을 하게 됐다. 새벽에 도착해 충분한 숙면을 취하지 못한 탓인지 오늘따라 유난히 몸이 무겁게 느껴졌다.

게다가 어제 피곤함에 바로 자버린 나머지 빨래를 깜빡했었다. 그래서 일어나자마자 학생회실 앞의 남자 화장실에서 급하게 빨래를 한 후 출발 준비에 들어갔다.

원래 무전여행을 출발할 때 계획으로는 서울에서의 일정이 누나의 얼굴만 잠깐 보고 떠나는 것이었지만 교육사업을 운영하시는 대표님과의 약속이 오늘 저녁에 잡혀있기에 뒤에 일정들이 하루 정도 밀리는 것을 감수하고 서울에서 보내는 시간을 늘리기로 했다.

교육사 대표님과는 문자를 통해 강동구에 위치한 대표님의 사무실에서 뵙기로 약속되어 있었다. 나는 딱히 서울에서의 계획도 없었기에 시간적 여유가 충분할 것 같아 히치하이킹 없이 강동구까지 걸어서 가기로 했다.

그렇게 나는 내비게이션에 약속장소를 치고 천천히 걷다 보니 4시간 만에 약속장소에 도착했다. 걸어서 왔음에도 약속시간까지 시간이 조금 남았다. 근처 상점가를 조금 둘러보기도 하고 앉을 곳을 찾아 앉아있기도 하며 시간을 보냈다.

그렇게 시간을 보내다가 약속시간이 다 되어갈 때쯤 다시 사무실로 올라갔다. 사무실 문이 잠겨있어 전화를 드리니 조금 늦는다고 말씀하셔서 문 앞에 계단에 앉아 기다렸다. 조금 후 계단 아래쪽에서부터 인기척이 들리고 얼마 지나지 않아 문자로만 인사를 드리던 대표님을 드디어 뵐 수 있었다.

대표님은 많이 기다렸냐는 물음과 함께 사무실 구경을 시켜주신다고 사무실 문을 먼저 열고 들어가셨다. 대표님 뒤를 따라 들어간 사무실에는 다양한 교구와 책들이 있었다.

사실 대표님을 뵙기 전에 어떤 일을 하시는 분인지 호기심이 들어 인터넷을 통해 회사 이름을 검색해 봤었다. 하지만 관련한 기사 같은 것들이 많지 않아 어떤 교육사업을 하고 계시는지에 대해서 큰 정보를 얻을 수 없었다. 그렇기에 대표님과 대표님이 운영하시는 교육사업에 대한 궁금치가 최대로 달해 있는 상황이었다.

만나자마자 인사 없이 사무실로 들어왔기에 어떤 교육을 하고 계시는지에 대해서 아직 듣지 못했지만, 사무실 여기저기에 놓인 교구와 책들을 보고 어떤 주제의 교육사업을 하고 계시는지 어렴풋이 알 수 있었다.

한 5분에서 10분가량 짧게 사무실을 구경하고 대표님께서는 밖에 나가서 이야기를 나누자고 하셨다. 우리는 사무실에서 나와 근처에 있는 카페로 갔다. 대표님의 질문으로 대화가 시작됐다.

대표님 : "올해 나이가 몇이지?"

나 : "올해 열아홉입니다."

나는 대표님께서 이미 내 나이를 알고 계실 것이라 생각했기에 운전자들과 대화할 때와 다르게 대수롭지 않게 대답했다.

그런데 대표님의 반응과 그 뒤에 이어진 우리의 대화는 내가 며칠 동안 대표님과의 만남을 기대하면서 생각하던 것과는 완전히 달랐다. 나는 내가 아직 열정과 두루뭉술한 꿈만 있을 뿐 명확한 계획이 없으니 그에 대해 질문을 드리면 대표님께서 본인의 여러 경험을 통해 실제로 이 일을 어떻게 만들어 가고 운영해 나가야 하는지에 대해 답변을 주시고 나는 대표님의 조언을 통해 배워가는 대화를 상상했다.

하지만 내 나이를 듣고 난 대표님의 첫 답변부터 내가 생각하던 만남은 나만의 생각이었음을 깨달았다.

대표님 : "창업은 웬만하면 꿈꾸지 마. 창업은 아무나 하는 것이 아니야. 네 나이에 맞는 일을 해."

이전에도 이와 비슷한 질문을 들었었지. 과연 내 나이에 맞는 일이 무엇일까? 학교에 다시 들어가라는 말씀이신 건가? 대표님께서 이런 말씀을 하시는 의도를 전혀 파악할 수 없었다.

하지만 뒤이어 이어지는 말을 통해 나는 그 말의 의미를 정확히 알 수 있었다.

대표님 : "학생이면 학교에서 공부를 해야지. 다 성장하는 과정이 있는 거고 그 나이 때 해야 하는 일이 있는 거야. 다시 학교로 돌아가. 그렇지 않으면 너는 반드시 후회하게 될 거야."

대표님은 내가 학교로 다시 돌아가기를 바라시는 것 같았다.

그리고 더 이어지는 대화를 통해 대표님께서는 나를 등교하기 싫어서 자퇴한 철없는 어린아이로 보고 있다는 것을 느꼈다. 철없이 집 나온 아이를 잘 타일러서 돌려보내기 위해 나와 약속을 잡으신 건가? 정말 그 이유 하나로 나를 만나기 위해 시간을 빼주신 건가?

그 뒤로도 대표님께서는 다양한 표현을 쓰셨지만 그 속에 본질은 '본인 나이에 맞는 일을 하라'는 이야기를 거듭 강조하고 계셨다.

나는 대표님의 말씀을 따라 다시 한번 생각해 봤다. 내 나이에 해야 할 일이라면 어떤 것일까? 학교에 다시 다니는 것? 영 단어를 외우는 것? 수능을 준비하는 것?

열아홉에 어떤 일을 하고 있어야 정답인 인생을 살아가고 있는 것일까?

나는 꽤 긴 시간을 생각해 봤지만 이 질문에 대한 정답을 찾을 수 없었다.

하지만 자퇴 후 내가 이때까지 해온 일들에 대해서는 누구한테도 명확하게 이야기할 수 있었다. 물론 내 나이에 맞는 일이 아닐 수도 있다. 하지만 나는 나이를 떠나서 내가 하고 싶은 일, 내가 가치 있다고 생각하는 일을 선택했고 그에 대한 후회는 없다. 다만 아직 능력이 부족하여 성과가 드러나지 않은 일이 있을 뿐. 그것 또한 나의 목표를 구체적으로 세운 후 실행하는 단계이기에 성공하는 과정 속 잠시 있는 정체기라고 생각할 뿐이다. 그 속에서 내가 할 수 있는 일은 이러한 정체기를 줄이고 목표에 조금 더 가까워지기 위해 이렇게 관련 일을 하시는 대표님을 뵙는 등 전보다 더 노력하는 일뿐이다.

사실 나는 이 정도면 열심히 살아가고 있다고 생각하고 스스로 나름 만족하고 있었다.

내가 자퇴를 선택한 나의 생각이 맞다고 믿어온 시간과 과정에 비하면 대표님의 주장은 흘려넘길 수 있는 말이었지만 거듭되는 대표님의 말씀에 한 번 더 곱씹게 되었다.

'내가 맞다고 믿어왔던 것들이 사실은 모두 틀린 것이고 그저 어린 나의 착각은 아니었을까?'

대표님의 말씀에 흔들리는 나를 보니 나의 선택으로 인한 결과에 내가 항상 만족한 것은 아닌 듯했다. 나도 한편으로는 주위 친구들과 다른 길을 가고 있음에서 나오는 불안감을 느끼고 있었던가? 내가 '꿈'이라는 낭만적인 단어로 두 눈을 가렸던 것은 아닐까? 만약 나에게 시간을 거슬러 선택을 번복할 기회를 준다면 나는 어떤 선택을 할까?

하지만 나는 다시 생각해 봐도 내가 믿고 있던 것들에 대해서 생각이 변하지 않았다.

나는 아무리 안정적인 직업과 일자리를 제공한다고 하더라도 내 꿈, 내가 하고 싶은 일이 아니면 전혀 행복하지 않을 것이다.

대표님께서는 계속해서 나에게 인생의 순서에 대한 이야기를 해 주셨다.

대표님 : "인생을 살아가는 데에는 다 순서가 있는 거야. 그 순서를 빠르게 가려고 해서도 안 되고 거슬러 올라가려고 해서도 안 돼. 너는 먼저 학교에 돌아가서 학교라는 작은 사회에서 사회성을 배우고 그 뒤에는 또래 친구들처럼 자신의 성적에 맞는 대학교를 진학하고 그곳에서 자기가 하고 싶은 일을 찾으며 자신을 PR할 법을 배워야

하는 거야."

    대표님의 말씀에 의하면 인생에는 순서가 있고 그 순서를 어겨서는 안 된다. 하지만 나는 분명 학교에 다니지 않고 있으니 인생을 살아가는 순서를 어기고 있는 것이었다.

    그리고 대표님의 말씀에 의하면 내 나이는 학교라는 작은 사회에서 사회성을 배워야 하는 단계인데 물론 학교와는 다르지만 오히려 나는 그보다 더 큰 사회에서 훌륭한 활동들을 하고 계시는 수많은 멘토분들을 뵈며 많은 것을 배우고 있다.

    그 외에도 나는 다양한 도전들을 통해 내가 하고 싶은 일을 찾아가고 있고, 나만의 스토리 또한 만들어 가고 있다. 나의 다양한 도전에서 나오는 경험과 이야기들은 또 다른 나만의 PR포인트가 되지 않을까?

    대표님께서는 계속해서 말씀하셨다.

    대표님 : "창업은 경험 삼아 하거나 이미 창업해 놓고 배우면서 할 생각을 하면 안 돼."

    맞는 말씀이었다. 창업은 관련한 정보 없이 섣불리 시작했다가는 그 부주의에 비례한 금전적인 리스크가 돌아오기 마련이다. 만약 소규모 창업이라 적은 비용을 투자하였기에 상대적으로 금전적 리스크가 적다고 하더라도 그 대신 따라가는 시간과 에너지를 무시하지 못할 것이다.

나는 어렸을 때부터 경험이 가장 중요하다는 어머니의 말씀을 들으며 자라왔다.

그리고 어머니는 나에게 항상 실패도 경험이니 무언가에 도전하는 것에 있어서 두려워하지 말라고 하셨다. 그리고 나는 어머니의 그런 지도방식을 따라 아이스크림도 새로운 것이 나오면 새로운 것으로, 식당에서 메뉴를 정할 때도 신메뉴로, 작은 것 하나도 새로운 경험이라면 도전하며 살아왔다.

그리고 그 도전의 결과가 실패였다고 하더라도 과거에 그렇게 도전했던 경험들이 또래 친구들보다 도전적이고 임기응변에 강한 지금의 나를 만들었다고 생각한다.

그렇기에 나는 아직도 어머니의 말씀처럼 경험은 인생에서 가장 중요한 요소라고 생각하고 있다.

대표님은 계속해서 창업에 대한 대표님의 생각을 말씀하셨다.

대표님 : "창업을 했으면 반드시 성공해야 해."

물론 창업을 시작했으면 반드시 성공하게끔 만들어야 하는 것이 맞다. 하지만 창업에 실패하고 싶은 사람이 어디 있겠고, 실패할 것을 미리 알고 창업을 시작하는 사람이 어디 있겠는가?

모두가 성공할 생각으로 창업을 하지만 내가 알기로 신규 사업자의 90%는 몇 년을 버티지 못하고 문을 닫는다.

그리고 아무리 좋은 아이템이라고 하더라도 환경에 따라 여러 변수가 생길 수 있고 이러한 운적인 요소로도 실패할 수 있다. 아직도 반드시 성공하는 창업이 존재한다고 생각할 수 있을까? 나는 그런 것은 존재하지 않는다고 생각한다. 하지만 실패를 몇 번이나 겪고도 다시 딛고 일어나 크게 성공하는 사업가들은 분명 있다.

나는 대표님처럼 창업을 제대로 해본 적은 없지만 이런 것들을 봤을 때 창업을 반드시 성공하는 방법보다 창업의 성패와 상관없이 그 경험에서 어떤 자세로 배움에 임할지가 중요하다는 생각이 들었다. 물론 그 경험은 달달한 경험이 될 수도, 약처럼 쓰디쓴 경험이 될 수도 있지만 말이다.

대표님 : "그렇기 때문에 너는 아직 네 나이에 맞는 일을 해야 한다는 거야."

이야기는 창업에서 돌고 돌아 내 나이에 관한 이야기로 돌아왔다. 창업은 경험 삼아 해서는 안 되고, 시작해 놓고 배우려고 해도 안 된다. 그리고 창업은 반드시 성공해야만 한다. 앞에 말씀하신 이 내용들은 아직 어린 내가 창업을 하면 안 되는 이유에 대해 설명해 주신 것이었다.

나는 다시 내 나이에 해야 하는 일이 무엇인지에 대해서 생각해 봤다.

그리고 나는 내가 하고 싶은 일을 찾는 것이 내 나이에 해야 할 일이며 나는 그 찾아가는 과정에서 다양한 경험들을 쌓을 것이라는 내 나름대로의 결론을 내렸다.

나는 아직 나의 확실한 꿈이 무엇인지 확실히 모르겠다. 만약 있다고 하더라도 나는 아직 어리기에 앞으로 변할 가능성이 더 크겠지. 하지만 현재 열아홉의 나이에서 나는 상상하는 것을 현실로 만드는 것에 대해 흥미를 느끼고 있는 것 같고 직업적인 꿈으로는 이러한 것을 실현할 수 있는 기획자라는 직업이 나에게 맞는 것 같다. 그리고 여수까지 히치하이킹해 주신 화물차 기사 아저씨께서 직업에는 사명감이 중요하다고 하셨기에 추가로 생각해 봤다.

내가 사명감을 가지고 할 일은 두 가지가 있는 것 같다.

첫 번째로 교육을 받는 수혜자가 주체가 되어 자신이 원하는 교육 시스템을 직접 만들어 가고 그 속에서 스스로가 성장할 수 있도록 돕는 교육프로그램을 기획하는 것과 두 번째로 지역사회에서 시민들이 즐길 수 있는 다양한 문화행사를 기획하는 것이다.

앞으로 또 어떤 꿈이 생길지 모르나 이것들은 내가 현재 꿈꾸고 있는 것이다.

내 꿈에 대해 지금보다 더 명료한 정리도 필요할 것이고 꿈을 이루기 위한 구체적이고 현실적인 플랜도 필요하다.

내 나이에 맞는 일에 대해서는 이제 그만 고민하기로 한다. 누가 뭐라 해도 지금의 내가 해야 할 일은 바로 이것들이니까.

대표님은 내가 조금이라도 남들과 다른 길을 가려고 하거나 무언가 새롭게 도전하고 싶은 것이 있다고 말씀드리면 적극적으로 말리셨다. 하지만 이내 내가 시큰둥한 반응이라는 것을 느끼셨는지 이제는 새롭게 권유를 해오셨다.

> 대표님 : "학교에 다시 들어가는 것이 싫으면 괜찮은 조직에 인턴부터 시작해서 평범한 사람들이 하는 순서대로 차근차근 올라가 보면 어떨까?"

평소 일을 할 때면 혼자서 모든 일을 만들어 가야 하고 무슨 문제가 생기면 내가 모든 책임을 져야 하기에 많은 부담감을 느낀다. 그리고 일을 하다 막히면 어디 물어볼 곳도 의지할 곳도 없어서 답답한 경우가 꽤 많이 있다.

나 또한 직장에 들어가 안전한 월급을 받으면 다음 달 들어올 돈이 명확하니 지출계획과 저축계획도 세울 수 있겠지. 그런 면에서는 일도 배울 수 있고 모르는 것이 있으면 질문할 사람이 있는 그런 조직에 들어가고 싶다는 마음도 든다. 하지만 내가 하고 싶고 해오던 것은 항상 새로운 것에 대한 갈증을 해소해 나가는 일인데, 대부분의 조직은 해왔던 일을 계속해서 해나간다. 때문에 아직 나와 성향이 맞는 조직을 만나지 못한 것 같다.

대표님께서는 나의 창업을 반대하는 입장이기에 내가 창업을 해서 사업체를 운영해 나가는 것에 대해서는 조언을 듣지 못했지만 대표님께서 해주신 말씀을 내 스스로 심오하게 해석을 한 탓인지 결과적으로는 나를 돌아볼 수 있는 계기가 되었다. 대표님께서 나를 한층 더 성장시켜 주신 것 같다. 그렇게 나를 돌아보는 소중한 시간을 마치고 대표님과 나는 카페에서 나와 좀 걷기로 하고 바로 근처에 있는 강풀 거리로 향했다.

책을 좋아하지 않는
책방 사장님

대표님께서는 강풀 작가의 주 작품 모델 장소가 강동구여서 강풀 거리가 만들어졌다고 말씀해 주셨다. 강풀 작가님의 이름을 딴 거리답게 강풀 작가님의 만화 속 캐릭터들이 거리의 벽면을 가득 채우고 있었다. 그리고 그 거리를 따라서는 청년 창업공간들이 들어서 있었다.

그중에 대표님과 나는 홀린 듯이 한 작은 책방에 들어갔다.

책방에는 남자 사장님께서 혼자 계셨다. 그렇게 대표님과 함께 책방의 책을 구경하고 있던 중 갑자기 대표님께서 책방 사장님께 질문했다.

대표님 : *"사장님께서는 이 책방이 처음 하시는 창업인가요?"*

아마 나에게 창업에 대한 다른 사람의 의견도 들려주고 싶으셨던 것 같았다.

책방 사장님 : "사실 제가 창업을 세 번 정도 도전했었는데 다 망하고 네 번째 창업으로 책방을 하게 됐어요."

나는 책방을 하실 정도면 책을 엄청 좋아하시겠다는 생각을 속으로 하고 있었는데 내 생각을 듣기라도 하신 것인지 사장님께서 다음 말을 이어가셨다.

책방 사장님 : "사실 저는 책을 별로 좋아하지 않아서 처음부터 책방을 열려고 한 것은 아니에요."

나는 순간적인 호기심에 두 분의 대화에 합류했다.

나 : "그러면 책방은 어떻게 여시게 된 건지 여쭈어봐도 되나요?"

책방 사장님 : "사실 책에 대해서 별 관심이 없었는데 한 번 책이 제 생각을 바꾼 적이 있었어요. 그때 그 책이 돈보다는 행복을 좇으라는 내용의 책이었는데 그 책을 읽은 뒤로 돈을 많이 버는 것이 내가 행복해지는 길이 아니라는 생각을 하게 되었고 내가 정말 무엇을 하고 싶은지에 대해서 많은 고민을 하게 됐어요. 그때 한 수많은 고민들에 따라 행복을 좇다 보니 어느새 저는 책방 사장이 되어있었어요."

내가 정말로 좋아하는 일을 찾기 위해서 무전여행을 하고 있었던 나는 이미 좋아하는 일을 찾아 실행까지 옮기신 책방 사장님이 대단해 보이기도 하고 여러 조언을 듣고 싶다는 생각이 들었다. 이분이라면 내가 계속해서 고민하는 내가 좋아하는 일을 찾는 방법을 알고 계실 것만 같았다.

나 : "그러면 사장님께서는 사장님이 가장 좋아하시는 일을 찾다가 그게 책방을 여는 것이라는 사실을 알았고 그것에 따라 지금 책방을 차리셨는데 현재 스스로가 행복하다고 느끼시나요?"

책방 사장님 : "사실 아직 제가 행복한지는 잘 모르겠어요. 하지만 저는 제가 어떤 사람인지 어떤 것을 좋아하는지 브랜딩하는 도구로 이 책방을 사용하고 있어요. 그 부분에 있어서 내가 누구인지에 대한 질문에는 어느 정도 대답할 수 있는 수준을 이 책방이 만들어 준 것이니 이 책방을 통해 행복에 꽤 가까이 오지 않았을까요?"

책방 사장님께서는 본인의 상품인 책도 아니고, 그렇다고 본인이 운영하는 책방도 아닌 자기 자신을 브랜딩하고 있었다. 자신을 브랜딩한다는 이야기가 매우 신선하게 다가왔다.

책방 사장님 : "제 생각에는 첨단 기술과 서비스가 미래에는 저희가 따라가지 못할 정도의 속도로 계속 변할 거예요. 하지만 그 속에서도 자신만의 브랜드는 바뀌지 않을 것 같아요. 그래서 저는 더 좋은

책을 어떻게 공급할지에 대한 기술적인 부분도 고객들에게 어떤 서비스를 제공할지에 대한 부분도 아닌 저를 브랜딩하는 작업에 집중하고 있어요. 이것이 제가 책방을 운영해 가면서 내세우는 전략 중 하나예요."

나도 어쩌면 지금 하고 있는 이 도전이 나만의 브랜드를 만들기 위한 과정이 될 수 있지 않을까?

지금까지 내 나이에만 할 수 있는 일, 내 나이에 맞는 일에 대한 이야기를 들을 때 내가 이해하지 못하고 납득하지 못했던 근본적인 원인을 찾았다.

내 나이에 보통 해야 하는 일이라면 학교에 가는 것. 하지만 나는 남들과 다른 몸 때문에 병원 생활을 오래 했다. 그래서 학교에 가고 싶다는 생각만으로는 학교에 갈 수 없었다.

나는 따져보면 내 나이에 맞는 신분, 즉 학생이라는 신분이라면 누구나 할 수 있는 일과 해야 할 일들을 하지 못하는 상황에서 나이가 되었다는 이유만으로 얼떨결에 학생의 신분을 가지게 되었다.

학생이 학교에 가는 것은 언제든지 가능한 아주 쉬운 일이자 누가 뭐라 해도 당연히 해야 할 일이었다. 하지만 이것이 나에게는 언제든지 할 수 있는 일도, 쉬운 일도 아니었다. 그래서 나는 병원 창문으로 보이는 교복을 입고 등교하는 친구들이 부러울 때도 있었다.

나는 나이에 맞는 일을 하지 않은 것이 아니라 할 수 없는 상황에 있었다. 내가 남들과 다른 길을 가기로 선택한 것이 아닌, 이미 태어날 때부터 남들과 다른 길을 가야 했다. 대표님이 말씀하신 인생의 정해진 순서에서 나는 첫 단추가 달랐으니 그 뒤도 다르게 걸어갈 수밖에. 이러한 나의 상황은 까맣게 잊고 사람들로부터 나이에 맞는 일을 하라는 이야기를 들었으니 당연히 이해가 안 될 수밖에 없었다.

이제야 지금까지 가졌던 의문점이 조금 풀렸다.

스스로 학교를 나온 것이 남들과 다른 길을 걷기 시작한 포인트라고 생각했던 나는 가끔 내가 걸어온 삶에 의문점이 생길 때마다 자퇴를 한 날, 그날의 선택에 대해서 후회를 하는지 스스로에게 물어봤었다. 하지만 이제는 질문이 바뀌어야 한다. 나는 남들과 다르게 태어난 것에 대해 억울한지 스스로에게 물어봤다.

살아오면서 억울하지 않은 순간이 없었다고 하면 거짓말이겠지. 잦은 골절로 목발을 짚을 때면 가장 좋아하는 체육시간임에도 조회대에 앉아서 친구들이 웃으며 축구시합을 하는 모습을 혼자 지켜만 봐야 할 때, 병원에 있다가 오랜만에 간 학교에서 동급생 친구가 나를 모를 때, 그리고 그 친구에게 내 이름이 아닌 '구급차 자주 실려가던 애'라고 나를 소개하면 한 번에 알아볼 때 등 억울하기보다는 내가 왜 이렇게 태어났을까? 고민해 보던 순간은 많았다.

하지만 책방 사장님의 말씀을 들은 뒤로 남들과 다른 길을 가고 있다는 것에 더 이상 불안함이 느껴지지 않았다.

남들과 다르다는 것은 표면적으로는 불리하게 보일 수 있으나 스스로를 브랜딩할 때 자신만의 차별적 소재가 될 수도 있으니 말이다.

갑자기 내 마음을 불안하게 만들던 요소가 해결되자 머리도 맑아지는 것 같았다.

다시 생각해 보니 지금의 나는 '내 나이에 맞는 일'이 아닌 '지금 이러한 상황 속의 내가 해야 할 일'을 찾아야 했다.

그리고 현재 내가 해야 할 일에 '나를 브랜딩하는 것'도 추가했다.

남들과 다른 길을 걸어온, 그리고 앞으로도 남들과 다른 길을 걸어야만 하는 내 상황을 오히려 남들과 비교했을 때 차별성 있는 나만의 스토리로 만드는 것. 그것이 지금의 내가 해야 할 일이었다.

책방 사장님의 말씀을 듣던 대표님은 나에게 어떠한 이야기를 들려주고 싶으셨는지 책방 사장님께 말을 건넸다.

대표님 : "이 학생이 자신이 하고 싶은 일을 찾겠다는 이유로 아무 정보도 없이 창업을 시작하겠다고 하는데 저는 계속해서 말리고 있거든요. 사장님이 한 말씀 해주시겠어요?"

책방 사장님 : "정보 없이 도전한다면 실패할 확률도 높겠지만 결국 실패해 보는 것도 내가 정말 무엇을 하고 싶은지에 대한 고민의 해답을 찾는 길이라고 생각해요. 저도 세 번이나 창업을 실패하고 나

서야 내가 좋아하는 일을 찾아야겠다는 필요성을 느꼈는데 이미 학생은 스스로가 좋아하는 일을 찾아야겠다는 필요성을 느끼고 움직이고 있으니 저보다 더 나은 것 같네요. 그리 순탄한 길은 아닐 수도 있지만 그 속에서 분명 배울 수 있는 것이 있을 테니 열심히 부딪치고 도전해 보세요. 저는 학생에게 꼭 편안하고 순탄한 길을 추천드리고 싶지는 않네요."

대표님께서는 내가 대표님의 말씀에 굴하지 않으니 책방 사장님도 나를 함께 말려주셨으면 하는 의도로 질문한 것 같았지만 책방 사장님께서는 대표님의 의도와 전혀 다른 대답을 하신 것 같다.

그렇게 책방 사장님과 1시간 정도의 이야기를 나누고 나오는 길에 대표님께서 나에게 책 한 권을 선물해 주시며 말씀하셨다.

대표님 : "무전여행을 다니면서 시간 날 때마다 읽어보고 이 책을 읽고 나서는 창업할 마음이 접혔으면 좋겠다."

역시 대표님은 아직도 내가 창업에 대한 생각을 그만두기를 바라시는 것 같았다.

반면에 책방 사장님은 나의 이야기를 듣고 나에게 창업을 더 열심히 해보라고 권유하셨다.

전혀 상반되는 입장이긴 하지만 그 속에 나를 위한 진심은 의심할 여지가 없다. 따지고 보면 두 분 모두 오늘 처음 보는 나에게 조금이라도 더 도움이 되고자 한 마디라도 더 조언을 해주시는 것이니 두 분의 마음에 너무나도 감사했다.

두 분이 해주신 조언을 참고해서 나아가면 좋겠지만 아직 철이 없는 지금의 나로서는 바로 앞이 절벽이라고 하더라도 결국에는 내 생각이 맞다고 고집부리면서 앞으로 나아갈 때도 있겠지.

그렇게 되면 진심으로 조언을 해주신 두 분을 볼 면목이 없을 테니 한 번 더 두 분의 말씀을 새기기로 한다.

책방에서 나와 대표님의 차까지 걷고 있는데 대표님께서 시간이 늦었으니 본인의 집에서 자고 내일 출발하라고 권유하셨다.

하지만 처음 계획대로라면 어제 서울에서 벗어나야 했기에 오늘 밤 서울에서 자고 내일 출발할 만한 여유는 없었다. 따뜻한 잠자리의 유혹을 뿌리치기는 힘들었지만 어쩔 수 없는 것이었다. 대표님께는 일정상 오늘 안에는 춘천으로 넘어가야 한다고 정중하게 말씀을 드렸다.

그러자 대표님께서는 버스를 타고 가라고 재차 권유하셨다. 나는 이번에도 무전여행이다 보니 돈을 쓰지 않아야 해서 히치하이킹을 해서 가야 한다고 말씀드렸고 그렇다면 히치하이킹을 할 만한 가까운 IC 입구까지만 태워주시면 감사하겠다고 말씀드렸다.

대표님의 표정은 내가 걱정되는 듯 보였지만 흔쾌히 가까운 IC 입구까지 태워주신다고 해주셔서 차에 탄 나는 대표님과 못다 한 이야기를 하며 이동했다.

이야기를 나누던 중 목적지에 다 와간다는 대표님의 말씀을 듣고 창밖을 보니 우리 차가 멈춘 곳은 IC 입구가 아닌 동서울터미널이었다. 그리고 밤에는 히치하이킹을 하기 위험하다고 버스를 타고 가라고 하시며 함께 내려서 매표소로 향했다. 마침 이미 출발을 대기하고 있는 춘천행 버스가 있어서 대표님께서 티켓까지 끊어주셨다.

사실 처음 대표님을 만났을 때부터 이야기가 길어질수록 창밖에 해가 지는 모습이 눈에 밟혀 불안함을 느끼고 있었는데 대표님의 배려 덕분에 편안하게 서울을 벗어나 춘천으로 갈 수 있게 됐다. 버스 안에서 대표님께서 주신 책을 읽으며 편안하게 춘천에 도착한 나는 시간이 늦었으니 먼저 잠자리를 구하기로 했다. 텐트를 치기 위해 터미널과 터미널 근처를 돌아다녔는데도 마땅한 곳이 없었다. 그래도 강원도고 새벽이라 추울까 걱정했는데 겨울이 아니라서 그런지 크게 춥거나 하지는 않았다. 이 정도 날씨면 바람만 막아주는 곳에서는 텐트 없이 자도 되겠다는 생각이 들어 터미널 안에 의자에서 쪽잠을 잤다.

하지만 역시 의자에서 자는 건 불편했는지 주위에서 무슨 소리가 날 때마다 깨서 잠을 제대로 잘 수 없었다. 잠에서 깰 때마다 휴대폰으로 시간을 봤었는데 거의 20분 간격으로 일어났던 것 같다. 이렇게는 내일 정상적으로 출발을 하지 못할 것 같아서 그냥 터미널에서 나와 근처 벤치에서 자기로 했다. 그렇게 텐트도 없는 완전한 비바크를 하며 무전여행 12일 차 밤을 마무리했다.

Day 13

가끔은 나 자신을 믿어야
할 때도 있어

새벽에 이런저런 이유로 잠을 설쳤지만 오늘은 가족여행으로 차들이 많아지는 주말 중 마지막 날이었다. 오늘 춘천을 둘러보고 최대한 동해안 라인으로 나가야 하기에 아침 일찍부터 움직이기로 했다. 사실 길에 다니는 사람 소리에 잠을 더 자려고 해도 잘 수 있는 환경도 아니었다.

내가 춘천을 코스에 넣은 이유는 춘천에 있는 스카이워크 때문이었다. 스카이워크로 가기 위해 내비게이션에 길을 검색하니 가는 경로에 소양강 처녀상도 있었다. 어차피 지나는 길이니 소양강 처녀상에도 들르기로 하고 길을 나섰다.

스카이워크는 내가 고등학교 자퇴를 하기 전 살면서 처음으로 친구끼리 타지 여행을 갔을 때 들렀던 곳이다. 그 당시 친구 세 명과

2박 3일로 서울에 여행을 갔다가 울산으로 내려가기 전 춘천 스카이워크에 들려서 구경도 하고 사진도 찍었었던 기억이 난다. 그래서 이번 여행에서는 스카이워크를 보고 싶어서라기보다는 그때 그 추억을 떠올릴 겸 코스에 넣은 것이다.

나는 내비게이션이 안내해 주는 대로 걷기 시작했다.

그때 친구들과의 추억을 회상하며 걷다 보니 밤 동안 충분히 쉬지 못했음에도 크게 지치지 않았다. 스카이워크로 가는 길목에 내비게이션이 알려준 대로 소양강 처녀상이 있었다.

친구들이랑 여행을 왔을 때는 처녀상에 방문한 적이 없었기 때문에 이곳에 추억이 있거나 하지는 않았지만 춘천의 관광지 중 하나라고 하니 사진 한 장을 남기고 다시 스카이워크로 향했다.

아침 일찍 출발하였더니 스카이워크에 도착했을 때는 오전 9시가 막 넘어가고 있었다.

아직 스카이워크가 오픈되지 않아 주말임에도 사람들이 많이 없었다.

스카이워크 입구 주변에는 닭갈비 집이 줄지어 서있었다. 나는 줄지어 있는 닭갈비 집이 신기하기도 하고 아까 오는 길에 본 소녀상처럼 이 근처에 또 무언가 볼 것이 있지 않을까? 하는 생각에 주변을 돌아다녀 보기로 했다. 그 김에 겸사겸사 나중에 히치하이킹을 하기 위한 박스를 미리 구해두기로 했다.

나름 이른 시간이기에 박스가 금방 구해질 것이라고 생각한 나는 근처를 돌아다니며 보이는 편의점과 마트 다섯 군데를 돌았지만 역시나 박스는 이미 어르신들이 가져간 상태였다.

아무리 무전여행 13일 차인 나라고 하더라도 어르신들의 부지런함을 따라가기에는 아직 멀었나 보다.

결국 근처에서 박스를 구하는 건 포기하고 나중에 히치하이킹 포인트 근처에서 구해야겠다는 생각을 하고 있는데 우연히 한 교회 건물 주차장에 버려진 박스들을 발견했다. 히치하이킹 팻말로 만들기에는 힘도 없고 크기도 작았지만 여러 겹 겹치고 붙여서 어떻게든 써보기로 하고 아쉬운 대로 박스들을 챙겼다.

그렇게 1시간가량 주변을 돌아다닌 나는 10시가 되어 스카이워크로 갔다.

친구들이랑 왔을 때는 무전여행이 아니다 보니 크게 신경 쓰지 않아서 몰랐었는데 스카이워크에도 역시 입장료가 있었다. 또 입장료를 알아보지 않았음에 감탄이 나오긴 했지만 그렇게 크게 아쉽지는 않았다.

스카이워크는 이미 들어가 본 경험도 있고 오늘 스카이워크에 온 것은 입장을 하기 위함이 아닌 그때 이곳 근처의 식당에서 함께 밥 먹고 사진을 찍었던 친구들과의 추억을 회상하기 위해서였기 때문이다. 그래서 나는 스카이워크가 보이는 곳에서 사진만 찍었다. 여자친구는 아직 스카이워크를 와보지 않았을 테니 다음에는 여자친구와 함께 방문해서 입장까지 해보기로 한다.

나는 이제 스카이워크도 봤겠다. 바로 히치하이킹에 들어가기로 했다.

원래는 IC 입구나 다른 포인트를 찾아서 히치하이킹을 하려고 했는데 주말이고 여기도 유명한 관광지이니 여기서 바로 히치하이킹을 하기로 했다.

먼저 아까 주운 흐물거리는 박스를 튼튼한 팻말로 만들기 위해서 여러 겹을 겹친 후 테이프로 감고 내 목적지인 고성과 그 중간 동선인 속초와 양양을 함께 박스에 썼다.

스카이워크 입장이 되지 않은 덕분에 나는 비교적 이른 시간에 히치하이킹을 시작할 수 있었다. 히치하이킹을 시작한 지 몇 분 정도 지났을까 차 한 대가 멈추더니 창문이 내려가고 내려간 창문을 통해 한 아저씨가 말을 건넸다.

아저씨 운전자 : "왜 고성과 반대 방향인 이쪽에서 히치하이킹을 해? 맞은편에서 해야지!"

그 말을 들은 나는 처음에는 당황했지만 생각해 보니 하마터면 '왜 오늘따라 이렇게 히치하이킹이 안 되지?' 하면서 하루 종일 반대 방향에서 히치하이킹을 할 수도 있었는데 나에게 관심 가지고 정보를 알려주신 아저씨께 감사 인사를 드렸다.

나는 아저씨가 알려주신 대로 길을 건너 맞은편에서 히치하이킹을 시작했다.

그렇게 또 5분 정도 지났을까? 이번에는 길을 지나가던 한 아주머니가 다가왔다.

지나가던 아주머니 : *"고속도로로 빠져나가는 차들은 저쪽 방향으로 가니까 히치하이킹을 하려면 저쪽 맞은편에서 해야지!"*

이번에도 나는 일단 감사 인사를 드리고 또다시 처음 히치하이킹하던 곳으로 건너왔다.

얼마 지나지 않아 또 다른 분께서 맞은편으로 가라고 하시고 그렇게 여섯 번 이상을 왔다 갔다 했다. 계속되는 피드백에 어디가 고속도로로 향하는 제대로 된 방향인지 모르겠어서 이제는 누가 방향을 지적하지 않아도 한쪽에서 히치하이킹을 하다가 한동안 되지 않으면 '이곳이 반대편이라서 그런가?' 생각하고 맞은편으로 건너가 히치하이킹을 이어가다가 또 잘 되지 않으면 '이곳이 반대편인가?' 하는 행동을 반복하게 됐다.

그렇게 제대로 자리도 잡지 못하고 히치하이킹을 하다가 문득 휴대폰을 보니 벌써 4시간이 지나있었다. 스카이워크에서 어딘가 이동하지 않고 바로 히치하이킹을 시작했음에도 4시간이 넘도록 제자리였던 것이다.

시민들께서는 나름대로 나를 신경 써서 해주신 조언이었지만 사람들의 말에 너무 휘둘렸다가는 오늘 안에 춘천을 벗어나지 못할 것 같다는 생각이 들었다.

결국 4시간 동안이나 휘둘리고 나서야 처음에 내가 맞다고 생각하던 히치하이킹 시작 장소로 돌아왔다. 이제는 누가 뭐라고 하던 고집 있게 서있기로 결심했다.

그렇게 새로운 마음으로 히치하이킹을 시작한 지 10분은 지났을까? 나는 곧바로 히치하이킹에 성공할 수 있었다.

내가 모르는 것이 있을 때 주변인들의 도움을 받는 것도 중요하지만 옛말에 사공이 많으면 배가 산으로 간다고 하듯이 가끔은 너무 많은 사람들의 말에 휘둘리지 않고 내 의견을 지켜가는 것도 중요하다는 것을 깨달았다.

그렇게 내 앞에 오랜만에 선 차로 운전자께 목적지를 여쭈어봤다. 아쉽게도 춘천을 벗어나는 차는 아니었다. 하지만 이곳에서 4시간을 있어 보니 이곳은 히치하이킹이 힘들다는 판단이 섰고 나는 운전자분께 IC 부근까지만 태워달라고 부탁드렸다.

그렇게 짧은 이동을 거쳐 춘천 IC 부근에 내렸다.

춘천 IC 부근에서 또 히치하이킹을 시작하고 3시간이라는 시간이 흘렀다.

이번에도 지나가는 사람들 중 한 분이 저쪽에서 히치하이킹하면 더 잘될 거라고 권유했다.

3시간이라는 시간 동안 한 자리에서 히치하이킹을 했지만 단 한 대도 멈추는 차가 없었기에 나는 또 흔들리기 시작했다. 하지만 아

까의 경험을 바탕으로 이번에는 꿋꿋하게 처음 자리를 지켜보기로
했다. 그리고 내 결심이 통한 것인지 차 한 대가 내 앞에 멈췄다.

양양까지 가는 차였다. 3시간 만에, 아니 스카이워크에서부터 합
하면 7시간 만에 춘천을 벗어날 수 있었다.

학교를 떠나오며 잠시 잊었던
존재에 대한 그리움

조수석에 사람이 있어 나는 감사 인사를 드리며 뒷자리에 탔다.

태워주신 두 분은 사이가 좋아 보이는 남녀 커플이었다. 대화를 조금 나눠보니 남성분의 직업은 경찰, 여성분은 고등학교 교사라고 하셨다.

두 분은 다른 운전자들에 비해 내 이야기에 더 관심을 많이 가지셨다. 특히 내가 자신이 가르치는 학생들과 같은 나이여서 그런지 고등학교 교사인 여성분께서는 자신의 반 친구들에 대한 이야기도 해주시며 내 이야기에 귀를 기울이셨다. 나도 왠지 학교 밖에서 담임 선생님을 뵌 것 같이 편안한 느낌이 들어서 이때까지 운전자들과 이야기를 나눌 때보다도 더 즐겁게 지금까지의 여행과정부터 다양한 이야기들을 했다.

그렇게 쉬지 않고 이야기를 나누다가 우리는 화장실을 위해 중간에 휴게소를 들렀다.

우연히 들린 휴게소인데 보통의 휴게소와 다르게 외관이 굉장히 독특했다. 알고 보니 얼마 전에 새로 생긴 휴게소로 건축상을 받았다고 적혀있었다.

내가 이때까지 살면서 본 휴게소 중에서는 제일 크고 멋있었던 것 같다. 그렇게 화장실을 다녀온 뒤 두 분은 음식 코너로 가시더니 내가 하루 종일 굶은 것을 아셨는지 휴게소에서 이것저것 음식을 사와서 나에게 건네셨다.

저녁도 못 먹을 텐데 저녁 대용으로 먹으라고 손에 음식들을 쥐여주고도 내일이라도 내가 또 굶을까 봐 물부터 시작해서 배낭에 다른 음식들도 추가로 넣어주셨다. 괜찮다고 말씀드리는데도 내 배낭이 터지기 직전까지 계속 무언가를 챙겨주셨다. 감사한 마음이 크지만 한편으로는 내가 해드린 것도 없는데 받기만 하니 죄송스러웠다.

그렇게 뚱뚱해진 가방과 함께 우리는 다시 차에 타서 대화를 이어가며 목적지로 향했다.

다시 대화를 하다 보니 역시 내가 학교를 나오게 된 배경에 대해서 이야기를 하게 되었다. 나의 자퇴에 대한 이야기를 하면서 자연스럽게 공교육에 관한 이야기로 화제가 넘어갔다.

나는 내가 생각하는 현재 교육 시스템의 문제점과 내가 원하는 공교육 시스템을 말씀드렸다. 두 분은 대체적으로 긍정적으로 반응해 주시는 듯했다. 그나저나 현직에 계신 선생님과 함께 이렇게 공교육 시스템에 대해서 이야기를 나누다니 학교에 다닐 때는 생각도 못 하던 일이었다.

　그 외에도 여러 흥미진진한 이야기를 나누다 보니 두 분만이 주는 특별한 편안함을 느끼게 되었다. 나는 지금까지 히치하이킹을 하면서 그래도 많은 운전자들과 대화를 나눴는데 대화를 할 때 막힘이 없는 것은 둘째치고 내가 평소 고민하던 깊은 이야기까지 하게 되는 것 같았다.
　어쩌면 부모님과는 또 다르게 학교에 계신 선생님처럼 내가 모르는 것을 물어볼 수 있고 고민이 있을 때 편하게 상담할 수 있는 사람을 내가 그리워했을 수도 있다는 생각이 들었다.

　덕분에 비슷한 주제도 이때까지의 다른 운전자분들과 하던 이야기보다 더 깊게, 그리고 편안한 분위기 속에서 대화를 이어가며 양양 낙산 해수욕장에 도착했다.

　우리는 양양 낙산 해수욕장에 도착해서 사진을 찍고 헤어졌다.
　목적지에 도착한 것은 좋았지만 두 분과 더 많은 대화를 나누고 싶었는데 아쉬운 마음이 들었다. 그래도 여행은 아직 끝나지 않았으니 또 다양한 사람을 만날 수 있겠지.

　그렇게 도착한 해변에는 이미 아름다운 노을과 함께 태양이 바다의 경계선에 아슬아슬하게 걸려있었다. 해변에는 사람도 없어 더 한적하고 운치 있었다. 이 아름다운 노을을 여유 있게 봤으면 했지만 그러기에는 곤란하다.

아산에서처럼 하루 정도 쉬어가고 다음 날부터 일정을 재촉해 볼까? 생각도 했지만 이제 더 이상 일정을 재촉할 만한 날짜가 많이 남지 않았다. 여행 속 여유도 물론 중요하지만 내 무전여행의 목표 달성은 그보다 더 중요하다.

그리고 오늘은 가장 유동인구가 많은 주말의 마지막 날이다. 최대한 오늘 안에 많은 거리를 이동해야 하는 상황이고, 아무리 주말이라고 하더라도 아슬하게 걸쳐있는 저 태양이 완전히 져버리면 히치하이킹은 어려울 것이기 때문에 약간은 서두를 필요가 있다.

'이 동해 바다를 따라가면 우리 집도 나오겠지?'
그래도 내 고향인 울산과 같은 동해 바다를 바라보고 있다는 것만으로 큰 힘이 생겼다.

나는 곧바로 동해대로를 따라서 걸으며 히치하이킹을 시작했다.
히치하이킹을 시작하기 무섭게 태풍이 올라온 건가 싶을 정도로 눈도 뜨지 못할 강한 바람이 불었다. 길에 버려진 쓰레기봉투들이 뒹굴고 이정표가 떨어질 듯 흔들거렸다. 강한 바람 때문에 몇 겹을 겹쳐 만들어 평소보다 내구성에 더 자신 있었던 팻말이 반으로 접혀서 지나가는 운전자에게 문구가 제대로 보일까 걱정되었다.

하지만 내 걱정과는 달리 차량 한 대가 곧바로 멈췄다.

사람과 사람을 잇는 마법,
무전여행

이번에도 남녀 커플이 타고 있는 차였고 나는 자연스럽게 뒷자리에 탔다. 차에 타자마자 운전자도 역시 이 강풍 속에서 나를 태운 것이 신기했는지 서로 소개도 하기 전에 먼저 말씀하셨다.

> 남성 운전자 : "바람이 너무 심해서 박스에 뭐라고 적혔는지 글씨가 안 보였어요. 그런데 저도 예전에 캐나다에서 배낭여행을 하며 히치하이킹을 한 경험이 있거든요. 그래서 학생을 봤을 때 혹시 예전에 내가 했던 것처럼 히치하이킹을 하고 있는 것은 아닐까? 하는 생각에 일단 차를 멈췄는데, 차를 멈추고 나서 보니 제 짐작대로 히치하이커였네요. 게다가 저희는 속초로 가는 중이라서 마침 방향도 같아서 태울 수 있었어요! 우연이 참 신기하네요."

운전자분의 관심과 센스가 강풍에서의 나를 살렸던 것이다.

나 : "저도 그렇지 않아도 문구가 보일지 걱정했었는데 역시나 잘 보이지 않았군요. 대부분의 운전자분들이라면 문구가 잘 보이지 않으니 그냥 지나쳤을 텐데 관심 가지고 멈춰주시고 게다가 이렇게 태워주셔서 감사합니다. 혹시 속초 어디로 가시는 길이셨어요?"

남성 운전자 : "사실 저희는 사는 곳은 서울이고 속초에는 그냥 놀러 가고 있었어요. 그런데 목적지만 속초로 잡았지 속초에 도착해서 뭘 할지는 아직 안 정했어요. 한마디로 일단 무작정 속초로 가는 길이었다는 거죠. 그나저나 무전여행 지금 며칠째 하고 있는 거예요? 지금까지는 어땠는지 이야기 좀 들려주세요."

이번에는 굉장히 유쾌한 운전자를 만난 듯했다.
나는 지금까지 여행을 하며 있었던 일들을 들려드렸다. 내 여행 이야기를 들으며 자신이 캐나다에서 배낭여행 할 때의 모습이 생각나시는지 호응을 하며 집중해서 듣던 남성분은 나에게 질문을 했다.

남성 운전자 : "혹시 하고 있는 일이 있으면 어떤 건지 물어봐도 돼요? 그리고 앞으로 하고 싶은 일이 무엇인지도 궁금해요."

나 : "저는 지금은 문화기획 일과 교육 두 가지 일을 하고 있는데 아직 정말 제가 하고 싶은 일을 찾지는 못한 것 같아요. 일단 지금 상

태로는 이쪽 분야와 관련해서 무언가 새로운 시도들을 하고 싶은 것 같아요."

남성 운전자 : "사실 저도 교육과 문화기획 분야와 관련해서 하고 싶은 것이 있어요."

나는 이 분이 어떤 업에 종사하시고 계신지는 모르지만 교육은 그렇다 쳐도 문화기획이라는 일은 대부분의 사람들이 내가 설명을 해드리기 전까지는 어떤 영역의 일인지 감을 잘 못 잡는데 이 분야에서 하고 싶은 것도 있다고 하시니 신기하기도 하고 호기심이 생겼다.

남성 운전자 : "제가 하고 싶은 것은 교육과 관련해서 하나, 문화기획과 관련해서 하나 이렇게 두 가지 정도의 프로그램을 해보는 건데요. 문화기획 쪽은 아직 구체적인 생각까지는 안 해봤는데 교육 쪽은 우리가 학교에서 수업 듣는 것처럼 하는 교육이 아니라 직접 체험하고 부딪치며 그 속에서 무언가 얻어갈 수 있는 프로그램을 만들어 보고 싶어요."

나는 내가 진행하고 싶은 프로그램과 같은 형식의 프로그램을 기획해 보고 싶다는 운전자분의 이야기에 깜짝 놀랐다.
지금까지는 이러한 프로그램을 구상하면서도 '어린 나이에 생각한 현실과 동떨어진 이상이면 어쩌지?' 또는 '내가 이런 프로그램을 기획해서 만들었다고 해도 이 프로그램이 나 혼자만 원하는 프로그램이라면 어떡하지?' 하는 의심이 들 때가 있었다.

하지만 운전자분의 말씀을 듣고 이러한 프로그램의 필요성을 느끼고 있는 사람이 나 이외에도 있다는 것에 자신감이 생겼다. 세상에는 또 이 프로그램에 니즈를 느끼고 동참해 줄 사람들이 분명 있겠지? 그 뒤로는 목적지에 도착할 때까지 서로가 생각하는 교육프로그램에 대해서 의견을 나누고 공유했다.

우리는 그렇게 완전히 깜깜해진 뒤에야 속초에 도착할 수 있었다.

나는 두 분의 제안으로 속초시장에서 같이 저녁을 먹게 되었다. 나도 속초가 처음이지만 두 분도 관광객 입장인지라 우리는 속초시장을 따라 걷다가 그냥 보이는 가게에 들어갔다. 적당한 자리에 앉아 함께 밥을 먹는데 식당 사장님께서 다가와 우리 셋을 보고 말을 건넸다.

사장님 : "아들처럼은 안 보이는데 무슨 사이야? 아니면 부부가 너무 동안인 건가?"

당황하셨을 법한데 남성 운전자께서는 천천히 나의 상황에 대해 설명해 주셨다.

남성 운전자 : "아 이 학생이 양양에서 무전여행 중이라고 히치하이킹을 하고 있길래 저희가 태우고 여기까지 같이 왔는데 헤어지기 전에 따뜻한 밥 한 끼라도 먹이려고 같이 왔어요."

사장님 : "그렇단 말이지?"

사장님께서는 의미심장하게 웃으시곤 돌아서시더니 환타 1병과 물티슈 다섯 장을 가져오시며 짧은 말과 함께 내 손에 쥐여주셨다.

사장님 : "그럼 나도 후원할게."

우연히 들어간 식당의 사장님마저 특별하고 좋은 인연으로 이어주는 무전여행은 정말 사람과 사람을 잇는 마법 같다.

기분 좋게 식사를 마친 후 두 분은 다른 곳으로 떠나야 한다고 하시면서 나의 잠자리를 걱정하셨다. 나는 두 분이 걱정하지 않으시도록 최대한 씩씩하게 말씀드렸다.

나 : "근처에 해변이 있는 것으로 아는데 그곳에서 텐트를 치고 자면 되니 걱정 안 하셔도 됩니다."

여성 운전자 : "그러면 우리 이 친구 텐트 치기 쉬운 해변이라도 같이 찾아주고 거기까지만 데려다주고 가자."

남성 운전자 : "그래. 우리가 텐트 칠 만한 곳까지라도 태워줄 테니 일단 차에 다시 타요."

걱정을 덜어드리려고 한 말이 오히려 또 신세를 지게 되었다.

그렇게 두 분은 나를 다시 차에 태우고 근처 해수욕장들을 돌기 시작했다.

　마치 본인들 일인 것처럼 해변 하나를 지날 때마다 차를 세우고 함께 내려서 불빛은 있는지 사람이 어느 정도 다니는지 확인해 주셨다. 그렇게 몇 군데를 돌고 나서야 두 분은 만족스러운 해변에 나를 내려주셨다. 감사한 두 분에게 조심해서 올라가시라고 인사를 드리고 나는 곧바로 해변에 텐트를 치기 시작했다.

혼자 하는 여행 속
두려움과 처음 마주하다

 텐트는 생각보다 금방 쳤다. 내가 텐트 치는 실력이 능숙해서라
기보다는 그늘막 텐트다 보니 바닥도 없고 땅에 고정하는 것도 없
으니 텐트를 치는 것에 있어서 크게 할 것이 없었다. 나는 이번에도
역시 텐트를 고정하기 위해 내 가방 안에 들어있던 비닐로 주변 모
래를 가득 담아 어느 정도 무게가 나가는 모래주머니를 만들었다.
만든 모래주머니를 텐트의 기둥마다 묶었다.

 이제 잠을 자기 위한 자리를 만들어야 했다. 히치하이킹을 할 때
썼던 박스를 깔고 박스가 날아가지 않도록 그 위에 배낭과 휴대폰,
손에 들고 있던 비상식량 등을 대충 던졌다. 이제 잘 때 필요한 짐들
을 몇 개 꺼내려고 박스에 앉아 배낭의 지퍼를 여는 순간 갑자기 시
원한 바람이 느껴졌다. 순간적인 바람으로 텐트가 날아간 것이다.

텐트는 내가 고정한 모래주머니를 비웃는 듯 4개의 기둥 모두에 모래를 묶은 채 바다 쪽을 향해 날아갔다. 갑작스러운 상황에 놀라기는 했지만 텐트를 쳤던 곳과 바다 시작점까지는 어느 정도 거리가 있기에 쫓아가면 잡을 수 있을 것 같았다. 나는 텐트를 가져오기 위해 텐트가 날아간 방향을 따라 걷기 시작했다.

하지만 바닷바람을 우습게 본 나를 경고하듯 갑자기 전보다 더 강한 바람이 불어오더니 텐트가 파도를 향해 지금이라도 입수할 기세로 돌진했다. 이제 정말 뛰어가서 잡지 않으면 텐트가 파도를 타고 흘러가 버릴 것 같았다. 최선을 다해서 뛰기 시작했다. 텐트는 내 마음을 아는지 모르는지 속도를 늦추지 않았다. 이제는 날아가는 과정에서 자신을 묶고 있는 모래주머니를 하나씩 끊어버리며 더 가볍고 힘없이 모래사장을 구르며 날아갔다. 전력으로 뛰어보지만 텐트는 나에게서 점점 더 멀어져 가고 이제는 받아들이기로 했다. 결국 나는 파도에 다리를 담그고 나서야 물에 한쪽 면이 흠뻑 젖은 텐트를 잡을 수 있었다.

텐트가 젖기는 했지만 잃어버리지 않았으니 다행이라고 안도하려는 찰나 바람을 막아줄 텐트가 없어진 잠자리가 생각났다. 그곳에는 내가 깔고 자려 했던 박스와 지도부터 내 소지품이 다 놓여있었다. 나는 바로 고개를 돌려 텐트가 있던 자리를 바라봤다. 역시나 강한 바람에 내가 깔고 자려던 박스는 얼른 자신이 지키고 있던 자리를 살펴보라는 듯 저 멀리까지 날아가고 있었다.

떠나가는 박스를 보니 그 위에 있던 내 자잘한 짐들이 걱정됐다.

박스는 따라가지 않기로 하고 박스가 있던 자리라도 무사했으면 하는 마음으로 뛰어가려고 하는데 다시 한번 거센 바람이 불어 내가 들고 있는 펼쳐진 텐트에 정통으로 때렸다.

텐트가 펼쳐져 있는 상태에서 바람을 온전히 맞으니 내 몸이 바다 쪽으로 밀려나기 시작했다.

가까스로 바다에 빠지지 않으려고 버티고 서있지만 바람이 계속해서 불어서 내 몸을 끌고 가려는 텐트를 접으려고 해도 접을 수 없었다.

그러던 중 잠깐 바람이 그쳤을 때 나는 재빠르게 텐트를 거의 뭉개는 식으로 접으며 원래 텐트가 있던 자리를 향해 뛰었다. 그렇게 도착한 자리는 이미 강력한 바람이 모조리 휩쓸고 난 뒤였다. 세 장의 박스는 한 장밖에 남아있지 않았고 박스 한 장은 저만치 멀리 날아가 있었고, 다른 박스는 시야에 보이지도 않았다. 박스 전체가 날아가며 그 위에 있던 비상식량과 휴대폰 셀카봉 등등의 모든 물건들이 함께 날아가서 주변 모래사장 곳곳에 파묻힌 듯 보였다.

나는 원래 있던 자리에서 가장 가까운 곳에 떨어진 휴대폰을 먼저 찾아 모래를 털어냈다. 그리고는 깜깜한 모래사장 주변을 휴대폰 조명으로 비춰봤다. 텐트가 있던 자리 주변부터 꽤 멀리 떨어진 곳까지 내 물건들이 이곳저곳에 흩어진 듯했다.

자리 주변부터 물건을 주워나가는데 배낭에 다른 물건을 담으려고 하면 그사이에 배낭 옆에 꽂혀있던 또 다른 물건이 날아갔다.

깜깜한 밤에 아무도 없는 해변에서 귀를 때리는 바람 소리와 무섭게 올라오는 파도. 너무 무서워서 눈에 눈물이 맺히기 시작했다.

지금까지 혼자 여행을 떠나온 것에 대해서 크게 생각이 없었는데 만약 내가 방금 바람에 밀려 바다에 빠지고 그렇게 파도에 휩쓸려 갔다면 신고해 줄 사람이 있었을까? 하는 생각도 들고 처음으로 혼자 여행을 하는 것에 대해 무서움과 두려움이 느껴졌다. 만약 내가 일행이 있으면 한 명이 텐트를 쫓는 동안 한 명은 자리를 지키고 있었으면 이런 일은 일어나지 않았을 것이고, 물건을 줍는 지금도 한 명은 날아간 짐들을 줍고 한 명은 배낭과 다른 물건들이 더 날아가지 않도록 지키고 있으면 이렇게 고생하지 않아도 될 텐데…. 혼자 떠나온 여행이 처음으로 후회가 됐다.

바람이 불 때는 물건 찾기를 멈추고 날아갈 만한 물건들은 몸으로 엎드려서, 유일하게 남은 마지막 박스는 무릎으로, 아직 텐트 가방에 넣지 못한 텐트는 한 손으로 잡고 바람을 버텨갔다. 한참 매섭게 몰아치다가 바람이 잠깐 쉴 때 옆에 물건을 하나 넣고 다시 몰아칠 바람에 버틸 준비를 하고 이 행동을 반복했다. 바람이 계속 부는데 내가 움직이면 아직 가방에 넣지 못한 짐들이 날아갈 수도 있기 때문에 눈앞에 내 물건이 떨어져 있어도 바람이 불면 잠잠해질 때까지는 지켜볼 수밖에 없었다.

그렇게 혼자 재난영화를 찍으며 몇 시간 같은 몇 분을 보내고 바람이 잠시 사그라들었다.

나는 이 순간을 놓치지 않고 가장 먼저 텐트를 접어 가방에 넣었다.

이제 흩어진 짐들을 찾으러 다닐 손과 발이 생겼다.

언제 또 어떤 강풍이 불어올지 모르는 공포감 속에서 아무도 없는 모래사장을 손으로 파기 시작했다. 손에 잡히는 모래사장 속 버려져 있던 쓰레기와 내 물건을 휴대폰 조명과 손의 감각으로만 구분하며 배낭에 담았다.

그렇게 한참 동안 보물찾기를 하고 나니, 이제 더 이상 무서워서 이곳에 못 있을 것 같았다. 어둡다 보니 내가 잃어버린 물건을 다 찾았는지 확인할 방법이 없었지만 이제 주변에 내 물건도 보이지 않고 이만큼 찾았는데도 없는 물건이면 이미 멀리 날아가 찾지 못할 것이라는 생각으로 우선 공포스러운 이곳을 최대한 빨리 벗어나기로 한다.

나는 최대한 서둘러 사람들이 다니는 인도로 올라왔다.

그리고 가로등 불빛을 배낭에 비춰 배낭 속 소지품들을 확인했다. 해변에 처음 도착했을 때 여유 자리가 없던 배낭과 달리 조금의 여유가 생긴 배낭을 보니 없어진 물건이 있는 것 같은데 다시 바닷가 쪽으로 내려가는 건 너무나도 무섭기에 포기하기로 한다. 그래도 몇몇 중요한 물건은 있는 것을 확인했으니 이쯤이면 됐다.

인도에 상점들과 지나가는 사람들을 보니 맺혀있던 눈물이 쏟아졌다.

마치 다른 세상에 온 것처럼 주변이 밝고 아름답게 보였다. 인도 위에서 내가 있던 해변 쪽을 바라봤다. 반대의 의미로 다른 세상처럼 보였다. 마치 천국에서 지옥을 바라보면 이런 느낌일까? 무섭게 불어오는 바람과 바로 앞이 보이지 않는 깜깜한 바다, 자꾸만 나를 향해 다가오던 파도. 그곳에 혼자 남겨졌던 경험은 정말 잊을 수 없는 공포였다.

텐트도 우습게 날아가는 강풍 속에서 오늘은 텐트를 치는 것도 해변에서 자는 것도 깔끔하게 포기하고 오늘 새벽처럼 근처 바람을 막아줄 만한 야외 벤치 같은 곳을 찾아다니기로 했다.

그렇게 배낭과 유일하게 남은 무전여행 중이라는 문구가 적힌 박스 하나, 비상식량 봉지를 들고 벤치를 찾아 어디로 가야 할지도 모르는 상황에 무작정 출발해 보려고 하는데 저쪽에서 남성 두 분이 다가왔다. 그리고는 그중 한 분이 나에게 질문을 건네셨다.

남성 : "아까 해변에서 텐트 잡으러 뛰어가실 때부터 봤는데 무슨 일 있으세요?"

나 : "아 지금 제가 무전여행 중인데, 오늘은 이 해변에서 텐트를 치고 자려고 했거든요. 근데 제 텐트는 바닥도 없는 그늘막 텐트인 데다 텐트가 날아갈 정도로 바람이 심하게 불어서 해변에서 못 잘 것

같아서요. 주변에 잘 곳이 없나 찾아보려고 하고 있었어요."

남성 : "주변에 잘 곳이라면 숙박업소 찾아보시는 거예요?"

나 : "제가 무전여행 중이다 보니 가지고 있는 돈도 없어서 숙박업소보다는 근처에 누울 만한 공원 벤치나 버스정류장이 없나 찾아보려고요."

남성 : "요즘 같은 세상에 밖에서 자도 괜찮겠어요? 혼자서 밖에서 자는 건 위험할 텐데."

나 : "어젯밤에도 춘천 터미널에서 자다가 밖에 공원 벤치로 옮겨서 잤었는데 괜찮았어요."

남성 : "그런데 여기가 해안가기도 해서 이 주변에는 공원도 없을뿐더러 앉거나 누울 만큼 제대로 된 정류장도 없을 거예요."

나는 현지인처럼 보이는 남성분들의 말을 듣고 오늘 밤은 그냥 깨어있는 상태에서 밤을 새우는 것으로 마음이 기울고 있었다. 그때 두 분이 잠시 대화를 나누는가 싶더니 말씀하셨다.

남성 : "저희가 집에는 가족들이 같이 살아서 근처에 방을 잡아드릴 테니 오늘은 그곳에서 주무세요."

평소라면 내가 부담을 드릴까 싶어서 한 번은 거절하는 편인데, 지금은 그럴 상황이 아니었다. 어떻게 할지에 대한 생각보다도 살았다는 생각에 눈물이 먼저 맺혔다. 나는 두 분을 따라 눈앞에 바로 보이는 숙박업소를 향해 걸었다. 두 분은 카운터 사장님과 대화 몇 마디를 나누시더니 나에게 방 열쇠를 건네시고 떠나셨다. 두 분께 감사하다고 연락처라도 주시거나 사진이라도 함께 찍자고 했지만 괜찮다며 돌아가셨다.

그렇게 들어간 방은 두 분의 따뜻한 마음이 담겨서 그런지 온기로 가득했다.

두 분이 아니었으면 나는 지금쯤 매섭게 부는 바람 속에서 바람을 피할 만한 곳을 찾기 위해 밖을 헤매고 다녔을 것이다. 이미 따뜻하고 안전한 숙소에 들어왔지만, 아직도 해변에서의 긴박한 상황이 생생하게 재연되며 심장이 쿵쾅거렸다.

아까의 악몽은 잊고 오늘 밤은 숙소를 잡아주신 고마운 두 분의 얼굴을 생각하면서 잠자리에 들어야겠다. 유난히 고되고 힘든 하루였다.

Day 14

조언이 아닌, 자신의
상처를 보여준 어른

따뜻한 숙소에서 잔 덕에 편안하게 눈을 떴다. 눈을 뜨자마자 휴대폰으로 오늘의 날씨를 확인한다. 이렇게 날씨를 확인하는 것은 그간의 무전여행으로 다져진 일종의 루틴 같은 것이다.

일기예보에 내일까지는 맑지만, 모레부터는 전국적으로 큰비가 쏟아진다고 나와있었다.

날씨 확인을 끝낸 후 자기 전에 해놓은 빨래도 확인한다. 바닷가 앞이라 밤 동안 방 안이 습했는지 아직 물기가 느껴질 정도로 덜 마른 상태였다. 하지만 나에게는 빨래가 더 마를 때까지 기다릴 시간이 없다.

모레부터 비가 온다는 소식을 봤기에 원래 계획대로 15일 차인 내일까지 코스를 무사히 완주하고 울산으로 돌아가야 했다. 만약 내일까지 울산에 도착하지 못하면 내일부터 며칠 동안 이어지는 비로 완주가 얼마나 늦어질지 모르는 상황이었다.

생각은 빨리 출발해야 함을 알면서도 어제 여행 중 가장 긴 시간이 걸렸던 춘천에서의 히치하이킹과 깜깜한 해변에서 혼자 벌인 사투가 심적으로 부담이 된 건지 자꾸만 몸이 나에게 조금만 쉬라고 말하는 것 같았다. 시간은 촉박하지만 그 속에서 마음의 여유는 잃지 않기 위해 조금만 쉬고 딱 9시에 출발하기로 한다.

그동안 덜 마른 빨래를 드라이기로 겨우 말리고 어제 모래사장에 파묻혔던 짐들을 식당 사장님께 받은 물티슈로 닦아냈다. 이제 조금 쉬려는 생각으로 휴대폰을 켰더니 벌써 9시가 되어있었다.

히치하이킹할 때는 시간이 그렇게 안 가더니 항상 쉬는 시간은 눈 깜짝할 사이에 사라지는 것 같다. 스스로와의 약속을 지키기 위해 따뜻한 온기를 품고 있는 방을 뒤로하고 배낭을 멨다. 숙소 엘리베이터에 걸린 거울을 보고 파이팅을 외치며 쉬지 못한 아쉬움을 떨쳐냈다.

오늘의 목표는 속초에서 고성을 찍고 양양부터 올라왔던 길을 다시 돌아서 내려가는 것이다. 어떻게 생각하면 조금 힘이 빠지는 코스다. 힘들게 올라가 놓고 다시 되돌아서 내려와야 하니 말이다.

사실 춘천에서 바로 고성으로 올라가서 고성에서부터 울산을 향해 내려가면 같은 길을 반복하지 않는 훨씬 효율적인 동선이겠지만 나는 춘천에서 고성으로 가는 차가 많이 없을 것이라고 판단했다.

그래서 동해대로에 관심을 돌린 것이다. 동해대로는 사람들이 드라이브 길로 자주 찾다 보니 통행량도 어느 정도 있고 무엇보다 주요 도시들을 품고 길이 일자로 이어져 있다.

쉽게 말하면 동해대로가 품고 있는 도시들은 고속도로 속 휴게소 같은 개념인 것이다. 울산, 양양, 속초, 고성 등이 한 줄로 있다 보니 어디서 히치하이킹을 해도 위, 아래 방향만 맞추면 지나가는 모든 차량이 나와 경유지가 겹치는 차량들이 된다. 이러한 이유로 나는 조금 돌아가더라도 동해대로가 히치하이킹에 유리할 것이라 생각했다. 평소에 웬만하면 목적지를 크게 하나만 적던 내가 어제 춘천에서 히치하이킹할 때는 고성, 양양, 속초 3개의 목적지를 적은 것도 이 때문이다. 고성 도착 이전에 일단 동해대로를 타는 것이 최우선 목표였다.

사실 그러면 속초에서 동해대로를 따라 울산으로 바로 내려가도 되는데 굳이 비효율적임에도 고성을 들르는 이유는 그래도 대한민국 한 바퀴를 목표로 한 무전여행이니 대한민국 북쪽 끝의 상징이기도 한 고성의 통일전망대에 가야겠다는 생각 때문이다.

숙소에서 나오자마자 바로 앞이 동해대로인 데다 숙소에서 이미 박스를 제작해서 나왔기 때문에 바로 히치하이킹을 시작할 수 있었다. 나는 동해대로를 따라 걸으면서 히치하이킹을 시작했다. 내 예상이 맞은 것인지 동해대로를 따라 히치하이킹을 하니 출근 시간이 아님에도 불구하고 30분도 안 되어서 차 한 대가 섰다. 창문이 내려가고 50대 중후반으로 보이는 남성 운전자분이 물어보셨다.

아저씨 : "학생! 어디로 가?"

나 : "저는 고성으로 가려고 해요."

아저씨 : "학생, 옆에 타!"

나는 조수석 옆자리에 올라탔다.

나 : "태워주셔서 감사합니다. 혹시 어디까지 가세요?"

아저씨 : "사실 나는 집이 속초라서 집이 이 근처야. 지금 볼 일이 있어서 집 근처에 잠깐 나왔다가 이제 볼일 다 보고 집에 돌아가는 길이었는데 학생이 고성에 간다고 팻말을 들고 서있는 것을 우연히 봤어. 고성에 갈 일은 없는데 시간도 있고, 또 아저씨 고향이 고성이거든. 학생이 고성에 간다니까 데려다주고 싶어서 일단 세웠어."

내가 차를 탄 곳에서부터 고성 통일전망대까지는 내비게이션에 나오는 거리로만 봐도 약 60km의 거리였다. 그리고 나를 내려주고 다시 여기까지 돌아오시려면 왕복해서 120km 정도의 굉장히 먼 거리였다.

고성에 볼일도 없으신데 이 먼 거리를 나 하나 태워주러 왕복하시 겠다는 말씀에 약간의 부담감이 느껴졌다. 이런 나의 마음을 눈치 채셨는지 아저씨께서는 편하게 있으라고 말씀해 주셨다. 나는 아저 씨가 원해서 선택한 것이라고 하니 일단 감사한 마음으로 계속 타 고 가기로 했다.

이때까지 히치하이킹 중에서도 긴 거리에 속했기 때문에 오랜 시 간을 함께해야 할 운전자였다. 때문에 이전에 만난 과묵한 운전자 분처럼 대화 소재가 나오지 않아 내가 목적지까지 가는 긴 시간 동 안 대화를 이끌어야 하는 것은 아닌가? 걱정도 됐다.
다행히도 내가 차에 타자마자 아저씨께서는 대부분의 운전자들과 비슷한 내용의 질문을 비슷한 순서로 엄청나게 쏟아내셨다.

이제는 팻말에 써있지만 내가 그렇게 생기지 않았는지 항상 물어 오는 내 나이부터, 무전여행의 출발지는 어디였는지, 지금이 여행 며칠째인지, 앞으로 코스는 어떻게 되는지, 학교는 어떻게 했는지 등 일반적인 질문들을 한참 쏟아내셨다. 그렇게 거의 기자회견을 하 듯 답변을 해야 했지만 항상 히치하이킹을 하면 듣던 질문들인지라 이제는 굳이 생각하지 않아도 매뉴얼처럼 자동으로 답변이 나갔다.
그렇게 히치하이킹의 루틴 같은 과정이 이어지다가 갑자기 아저 씨께서는 약 예순 번의 히치하이킹을 하는 동안 운전자들로부터 한 번도 들어보지 못한 질문을 던지셨다.

아저씨 : "열아홉 살인데 이런 여행을 떠나온 걸 보면 무슨 일이 있는 거야? 개인적인 일이면 굳이 말하지 않아도 돼."

앞에 잠깐 나눈 대화와 이러한 질문을 던지는 것을 보고 아저씨는 단순히 나를 고성에 데려다주고 싶다는 이유만으로 나를 태운 것은 아닌 것 같은 생각이 들었다.

방금까지 질문할 때만 해도 밝은 표정으로 질문을 하고 계셨는데 지금의 아저씨는 어딘가 어두워 보였다.

아저씨께서 이런 질문을 던지신 이유가 혹시 여행하는 내 모습에서 본인의 과거 모습을 본 것은 아닐까? 이전에 만난 몇몇 운전자 분들도 나를 보며 자기 자신이 배낭여행을 할 때를 떠올린 분들도 계셨으니 말이다. 아저씨의 질문 내용으로 봤을 때 아저씨는 인생을 살다가 힘든 시기를 겪을 때 생각을 정리하기 위해 여행을 떠난 경험이 있으신 것 같다는 생각을 조심스럽게 해본다.

내가 이야기를 하는 것보다 운전자의 사연이 궁금해지는 것은 처음이었다. 하지만 섣불리 물어보기에는 실례가 될 수 있으니 물어보지 않기로 했다.

그렇게 나는 아저씨의 사연에 대해서 질문하고 싶은 마음을 애써 참고 지금까지의 히치하이킹과 비슷하게 다시 나에 대한 이야기를 이어갔다. 한참을 내가 이야기를 들려드리는 방식으로 대화가 이어지던 중 아저씨께서는 자신이 현재 하고 있는 일에 대한 이야기를 시작으로 입을 여셨다.

> 아저씨 : "사실 나는 중식 요리를 하고 있어. 학생은 지금 무전여행
> 도 그렇고 학생이 현재 하고 있는 일도 그렇고 많은 사람들과 함께
> 협업하는 일을 하고 있잖아? 나는 사실 누군가와 호흡을 맞춰서 함
> 께 일을 하는 것에 자신이 없어.
> 왜냐하면 나는 사람을 잘 못 믿거든. 사람은 잘 변하지 않아. 변할
> 것 같은 사람도 끝내는 다시 본성을 찾아가는 게 사람이거든."

아저씨께서는 한동안 나에게 사람은 믿을 수 없다는 이야기를 강
조하셨다.

아저씨의 말을 듣던 나는 아저씨가 대인관계 속에서 상처를 받은
경험이 있을 것 같다는 생각이 들었다. 아저씨는 계속해서 말을 이
어가셨다.

> 아저씨 : "사실 아까 학생에게 혹시 무슨 사연이 있는지에 대해서
> 질문했던 것은 내가 예전에 정말로 믿었고 결혼까지 생각했던 여자
> 친구로부터 배신을 당한 적이 있거든. 그때는 더 이상 삶에 대한 어
> 떠한 목적도 없었고 다시 원래 있던 곳으로 올라갈 수 있을 것이라
> 는 생각조차 들지 않을 만큼 삶의 밑바닥에 있었던 것 같아. 그래서
> 나는 그때 호주로 2년 동안 도망치듯이 떠났었어.
> 사실 학생을 태운 것도 그냥 내 고향인 고성으로 가니 태워주고 싶
> 은 마음이 든 것이 아니라 학생을 봤을 때 혹시 나와 비슷한 상처를

가지고 힘겹게 살아가고 있는 것은 아닐까? 하는 생각 때문에 학생
을 태웠던 것 같아."

아저씨의 이야기를 듣던 나는 내가 아저씨의 상황이었다면 어떻
게 했을까? 생각해 봤다.

나도 결혼을 계획 중인 여자친구가 있는 상황이기에 금방 아저씨
의 입장에 몰입할 수 있었다. 배신이 아니더라도 만약 사고로 인해
평생을 함께하기로 한 여자친구가 나를 떠난다면 나는 도무지 버틸
자신이 없었다.

하지만 그때의 상처를 완전히 씻어내지 못했다고 하더라도 현재
내 앞의 아저씨는 그렇게 도망치듯 떠났던 해외에서 돌아와 다시
일도 하고 계시고 나름 웃으며 생활하시는 것 같았다. 그 모습을 보
니 어떻게 그 힘든 상황에서 딛고 일어나셨는지 궁금했다.

나 : *"제가 만약 그런 일을 겪었다면 아저씨처럼 도망치듯 여행 갈*
생각도 하지 못하고 무너졌을 것 같은데 아저씨는 이렇게 상상만 해
도 힘든 고통 속에서 어떻게 딛고 일어나신 거예요?"

아저씨 : *"사실 2년 동안은 정말 아무런 희망도 없이 숨을 쉬니까*
사는 것처럼 하루하루를 버티듯 살았어. 그렇게 살다가 문득 내 상
황을 돌아봤어. 생각해 보니 나를 떠난 사람으로부터 받은 상처를
잊어보겠다고 보냈던 그 2년이라는 시간 동안 정작 나는 내 가족과

나를 믿고 기다리고 있는 주위 사람들을 버려두고 떠나왔더라고….
내가 느낀 고통을 내 주위 사람들에게도 똑같이 느끼게 한 거야.
그때 깨달았어. 내가 불행하면 주위 사람들한테도 죄를 짓는다는 것
을 말이야.
그래서 나는 그때부터 내가 행복해지기 위해서도 있겠지만 주위 사
람들에게 나와 똑같은 상처를 주고 싶지 않고 그들에게 미안할 일을
만들고 싶지 않아서 더 열심히 살기로 다짐했어 그 덕에 그 상황 속
에서도 딛고 일어선 것 같아."

아저씨는 자신이 잘못한 일이라고 말씀하시지만 나는 사람으로부
터 상처받아 스스로를 챙기기도 힘든 상황임에도 불구하고 그 속에
서 주변 사람들에게 상처를 주고 있는 본인을 발견해 냈다는 아저
씨가 대단하다는 생각이 들었다.

한편으로는 현재까지도 사람을 못 믿을 정도로 사람에 대한 상처
가 있으시면서 자신이 아닌 또 다른 사람들을 위해서 열심히 살고
있는 것 같아 아저씨가 조금은 안쓰러워 보였다.

TV를 통해 힘들었던 시기를 극복하고 성공한 사람들의 이야기를
접할 때는 그렇게 큰 감정이 들지 않았었다. 나는 연골이 없어서 습
관적으로 탈골되는 무릎을 수술했다. 그렇게 열다섯의 나이에 평생
을 뛰지 못하는 몸이 되었을 때 나는 내가 다른 사람들보다 힘들게
살아가고 있다고 생각했다. 정말 삶의 벼랑 끝에서 지푸라기를 잡고
버티다가 딛고 올라온 아저씨의 이야기를 들으니 '내 인생에 과연

힘든 시기는 있었을까? 나는 정말 내 삶에 대해서 최선을 다하며 살아가고 있었나?' 하는 질문을 스스로에게 던지게 되는 것 같다.

생각해 보면 무전여행을 통해 만난 어른들 말고도 주위의 많은 어른들을 만나왔지만 어른들은 나에게 자신이 성공한 이야기 또는 어떻게 하라는 지시나 조언만 해줬다.

대부분의 어른들이 나에게 무언가 가르쳐 주기 위해서 대화를 건네지만 자신이 실패했던 이야기나 자신이 겪은 아픔에 대해서 이야기해 준 어른은 한 명도 없었던 것 같다.

반면 아저씨는 성공한 이야기가 아님에도 자식뻘보다 어린 나에게 살아오며 겪은 이야기들을 솔직하게 해주셨다. 그리고 이러한 이야기 또한 나를 가르치거나 어떠한 방향으로 이끌기 위한 것이 아니었다.

그래서 그런지 대화하는 내내 어른과 학생의 수직적 관계가 아닌 사람 대 사람으로서 대화하는 듯한 기분이 들었다. 덕분에 나는 아저씨의 힘들었던 경험과 그에 따른 감정을 온전히 받아들여 함께 나눌 수 있었다. 아저씨는 나에게 조언하고자 하는 의도가 없었지만 아저씨의 상처를 함께 공감하고 나누는 동안 나도 내면적으로 한층 성장한 것 같다.

나에게 무언가 가르쳐 주기 위해서 자신이 성공했던 무용담을 늘어놓는 어른들보다 자신이 힘들었던 시기의 이야기를 부끄러워하지 않고 어린 나에게도 당당히 털어놓는 아저씨가 '어른'이라는 단어에 더 어울리는 사람인 것 같다.

처음 나에게 건넸던 질문부터, 사람 대 사람으로서의 진정성 있는 대화까지 정말 나에게 신선한 충격과 함께 강렬한 인상을 남기고 아저씨는 끝내 나를 통일전망대 입구까지 내려주셨다.

몇 시간 동안 한 공간에서 함께 대화를 나누었던 만큼 정이 들었는지 헤어지지 않고 한두 시간만 아저씨와 대화를 더 나누고 싶었다. 아저씨께서도 아쉬움이 남으신 건지 차에서 내리려는 나를 붙잡고 말씀하셨다.

> 아저씨 : "누군가에게 이만큼 내 이야기를 해본 적이 없는 것 같아. 항상 아프고 힘든 일이 있어도 혼자 삼켜야 했지. 학생한테 내가 너무 많은 말을 한 건 아닌가 후회도 되긴 하는데, 그래도 학생 덕분에 나도 내 삶을 한번 돌아볼 수 있었고 내 안에 오랫동안 응어리졌던 감정들이 조금은 풀린 것 같아. 앞으로는 여행 중에 나처럼 상처 많은 어른보다 좋은 어른들을 많이 만나서 학생한테 유익할 만한 이야기도 많이 듣고 학생에게 정말 많은 것을 얻을 수 있는 후회 없는 여행이 됐으면 좋겠어. 남은 여행도 힘내서 안전하게 마무리해. 아저씨도 멀리서 응원할게."

우리는 다음 만날 날을 기약하며 연락처를 교환하고 사진을 남겼다. 내가 차에서 내리자 아저씨는 다시 속초 방향으로 차를 돌리셨다.

멀어지는 아저씨의 차를 보며 아저씨의 마지막 말씀이 되새김질됐다. 어쩌면 아저씨는 대화 속에서 나로부터 공감과 위로를 받고 싶었던 것은 아니었을까?
나를 어른인 본인의 상처에 공감과 위로를 해줄 수 있는 사람이라고 생각해 주신 걸까?

아저씨와 내가 수평적 관계에서 대화할 수 있었던 건 어쩌면 아직 학생이긴 해도 나를 자신의 상처를 함께 공유해도 될 만한 사람이라고 존중해 줬고 또 그만큼 본인을 낮췄기 때문이 아닐까?

여행하면서 내가 학생이라는 이유로 차에 타자마자 지적과 훈계를 하는 어른도 만났고, 자신이 현재 가지고 있는 자산과 자신이 현재 사회적으로 어느 정도 위치에 있는지를 과시하듯 말하는 어른도 만났었다.
아저씨는 자신처럼 상처 많은 어른보다 성공한 어른들에게 유익한 이야기를 들으라고 말씀하셨지만 나에게는 나이가 많다고 나를 막 대하는 어른보다 나이를 넘어 사람을 존중하고 자신을 굽힐 줄 아는 아저씨와 같은 어른이 더 배울 게 많겠다는 생각이 들었다.

나도 나중에 나이가 들어 어른이 되면 내 아이들에게 그리고 후배들에게 성공한 이야기만 들려주면서 나에 대한 존중만을 강요하는 어른이 아닌 내가 실패했던 이야기도 부끄럼 없이 들려줄 수 있는, 나이의 경계를 허물어 나보다 어린 사람에게도 고민을 이야기할 수 있고 무언가 배우고자 하는 자세를 가지는 아저씨와 같은 어른이 될 것이라 다짐했다.

하마터면
월북자가 될 뻔하다

아저씨 덕분에 목적지까지도 한 번에 왔으니 서둘러 전망대에 올라가기로 했다.

입구를 통과하려고 하는데 직원으로 보이는 분이 다가와 나를 막았다.

이번에는 입장료가 있는지 확인도 하고 왔는데 통일전망대에는 어떠한 입장료도 없었다.

나는 항상 내 입장을 가로막던 입장료조차 없는 상황에서 직원분이 왜 내 입장을 막는지 이해할 수 없었다.

직원분은 의아해하는 나를 보며 손가락으로 한쪽을 가리켰다.

그리고 통일전망대에 입장하는 방법에 대해서 설명해 주셨다.

직원분이 가리킨 방향에는 차량을 신고하는 곳이라는 안내 표지

판이 있었다.

직원분의 설명에 따르면 통일전망대는 그냥 걸어서 올라갈 수 있는 곳이 아니었다.

올라가려면 조건과 절차가 필요했다. 먼저 차가 있어야 하고 그 차에 동승자로 등록하고 올라가야만 했다.

나는 어쩔 수 없이 차량 신고하는 곳 앞에서 계획에도 없던 히치하이킹을 시작했다.

히치하이킹은 어딘가 이동하기 위해서만 할 줄 알았지 입장을 위한 히치하이킹을 하게 될 줄은 상상도 못 했다. 그때 멀리서 차 한 대가 올라와서 차량 신고를 위해 멈췄다. 차에서는 외국인 두 명이 내렸다.

나는 영어 실력이 전혀 없지만 몸짓으로 설명하는 것에는 자신이 있어 두 분에게 다가갔다. 그렇게 나는 "제가 히치하이킹 중인데 이곳에 입장하기 위해서는 차가 필요하다는 것을 방금 알았어요. 혹시 차에 자리가 있으면 같이 타서 들어갈 수 있나요?"라는 이야기를 내가 아는 모든 짧은 영어단어를 섞어 팔다리를 최대한 휘적였다.

그렇게 한동안 열심히 팔딱거리니 이내 이해를 하신 듯 대답을 하셨다.

내 질문에 대답을 하시는 걸 보니 내 의사전달은 잘된 것 같은데 문제가 있었다.

그 대답이 영어라서 내가 이해를 하지 못한다는 것이다. 되게 길게 무슨 말씀을 하시는데 이게 안 된다는 말인지 된다는 말인지 감이 안 잡혔다.

나는 학교에서 했었던 영어 듣기평가처럼 두 분의 말 속에 예스나 노가 나오길 기다리며 집중해서 듣고 있었다. 그렇게 한동안 이해 못 할 말들이 끝나고 나의 반응을 살펴보려는 듯 나를 바라보셨다.

나는 일단 미소를 지어 보였다. 그리고 나는 두 분의 표정을 관찰하기 시작했다. 언어가 안 되면 눈치로라도 소통해야지. 하지만 두 분은 부정적이지도 긍정적이지도 않은 애매한 표정을 짓고 계셨다. 내가 열심히 표정을 살피는 동안 갑자기 생각보다 긴 말을 하시더니 돌아서서 차량 신고를 하는 곳으로 가셨다.

방금 마지막으로 하신 말씀이 뭔가 확실한 의사표현인 것 같은데, 따라오라는 건지 안 된다는 거절의 표현인지 구분이 안 갔다.

보통 차에 태우는 것이 안 될 것 같다는 거절을 했다면 '괜찮다', '다른 차를 타고 가면 된다' 등 내 대답이나 반응을 듣고 갈 텐데 긴 말씀을 하시고 나의 반응은 보지도 않은 채 가시는 것을 보니 따라오라는 뜻이 아닐까?

나는 조심스럽게 두 분을 따라갔다. 그렇게 몇 걸음 정도 따라갔는데 한 분이 돌아보시더니 따라오는 나를 보고 또 무슨 말씀을 하셨다.

또 엄청나게 빠른 속도로 귀에 꽂히는 영어 속에서 No와 Sorry가 들렸다.

무슨 이야기를 하셨는지는 이해가 안 갔지만 내가 들은 두 단어로도 거절의 의사임은 알 수 있었다.

한 번 거절했는데도 따라오는 나를 보고 얼마나 부담스러우셨을까? 순간 얼굴이 달아올랐다.

나는 두 분이 신고를 끝내고 올라갈 때까지 멀리서 숨어있다가 두 분이 시야에서 사라지는 것을 보고 다시 히치하이킹을 시작했다.

아마 오늘 밤 잠을 잘 때 이 순간을 생각하며 이불킥을 할 것 같다. 나에게 이불이 있다면 말이다.

그리고 얼마 지나지 않아서 차 한 대가 밑에서부터 올라왔고 차에서 한 부부가 내렸다.

나는 그 부부에게 내 사정을 설명해 드리고 나서 혹시 태워주실 수 있는지 여쭈어봤다.

남성분께서 흔쾌히 허락해 주신 덕에 나는 두 분이 탄 차에 동승자로 등록을 마치고 입장을 할 수 있었다. 나는 입장을 하면 바로 통일전망대가 있는 줄 알았는데 차를 타고 꽤 많은 거리를 더 들어가야 했다.

통일전망대까지 가는 길 동안 아저씨와 아주머니로부터 이제는 익숙한 질문들이 이어졌다. 또 나에 대한 이야기, 여행에 대한 이야기를 한참하고 있는데 운전을 하시던 아저씨께서 나의 이야기를 흥미롭게 들으시더니 칭찬과 함께 물으셨다.

아저씨 : "친구 정말 대단하네, 그런데 통일전망대 다 둘러보고 나서 다시 밑에 갈 때도 히치하이킹을 해야 하지 않아? 우리도 어차피

통일전망대 둘러보면 똑같이 다시 내려갈 건데 각자 보든 같이 보든 통일전망대 다 둘러보면 만나서 같이 내려가자."

나 : "저야 그렇게 해주시면 감사하죠! 안 그래도 내려가는 것도 걱정이었는데 정말 다행이네요. 너무 감사합니다. 저는 *빠르든 느리든* 상관없으니 두 분 둘러보시는 속도에 맞춰서 차로 올게요!"

그렇게 아저씨와 내가 웃고 있을 때 조수석에 계시던 아주머니께서 짜증 섞인 목소리로 말씀하셨다.

아주머니 : "아니, 여보. 우리 통일전망대까지만 태워주기로 나랑 *약속했잖아!*"

차 안에 공기가 순식간에 차가워지는 것을 느꼈다. 뒷자리에 타고 있던 나는 괜히 죄송스럽고 무안했다. 뭔가 초대받지 않은 손님으로서 차에 탄 것 같아 불편한 마음과 눈치가 보였다. 지금까지 많은 히치하이킹을 했지만 처음으로 듣는 말과 감정이었다.
그렇게 우리 차는 갑자기 대화도 사라지고 냉랭한 분위기를 유지한 채 통일전망대 주차장에 도착했다. 아주머니는 가장 먼저 조수석에서 내려 뒷좌석에 나에게 다가왔다.

아주머니 : "학생 미안하지만 우리 차에서 가방 좀 빨리 *빼줄래?*"

솔직히 조금 울컥했다. 하지만 감사함으로 묻어버리기로 했다. 말씀은 저렇게 하셔도 여기까지 태워주는 것에 대해서는 허락해 주셨기에 이렇게 내가 입장할 수 있었겠지. 나는 애써 웃으며 대답했다.

나 : "태워주셔서 감사해요. 덕분에 입장할 수 있게 되었어요."

아저씨는 나에게 미안한 듯한 표정을 짓고 계셨다. 나는 아저씨께도 고개 숙여 인사드리고 전망대로 향했다. 전망대는 주차장에서부터 조금 걸어서 올라가야 했다.

전망대 꼭대기에 도착하자 잘 보이는 것은 아니지만 금강산과 북한 쪽 풍경이 보였다.

얼마 전에 뉴스를 통해 봤던 남북 정상회담이 생각났다. 정상회담은 평화적이었고 남북한이 서로에게 호의적이었다는 뉴스였다.

이제 길었던 전쟁이 끝나는 것일까? 어릴 때 교과서에서 본 노래처럼 우리의 소원 통일이 드디어 이루어질까? 내가 지금 눈으로밖에 볼 수 없는 저 땅에 가족과 함께 여행을 갈 수 있는 날이 오는 것인가? 많은 생각들이 오고 갔다.

북한 쪽을 바라보며 통일이 되면 무전여행으로 대한민국 한 바퀴가 아닌 한반도 한 바퀴를 해보고 싶다는 생각도 했다. 그러고 보니 작년 친구들과 국토대장정을 했을 때도 목적지였던 이곳 고성 통일전망대에서 통일이 되면 다 같이 모여 한반도 끝에서 끝으로 국토대장정을 해보기로 약속했었는데 이 도전들을 이룰 수 있는 날이 하루빨리 왔으면 좋겠다.

나는 그렇게 대한민국 한 바퀴 무전여행에서 해남 땅끝마을과 마찬가지로 상징적인 의미가 있는 통일전망대에서 사진을 남기고 다시 주차장으로 내려와 히치하이킹을 시작했다.

히치하이킹을 하는데 올라올 때 태워주신 아저씨, 아주머니가 보였다.

또 두 분이 나 때문에 생긴 의견 차이로 다투게 될까 봐 들고 있던 박스를 숨기고 두 분이 보이지 않는 곳으로 피했다. 내가 크게 잘못한 것도 없지만 마치 죄인이 된 것처럼 주차장 한편에 숨어 두 분이 떠나기를 기다렸다. 그렇게 두 분이 떠난 것을 확인한 나는 다시 히치하이킹을 시작했다.

내가 히치하이킹을 하고 있는 것을 누가 본 것인지 어디서 나를 부르는 듯한 소리가 들려왔다.

"거기 서있는 학생! 이리 와봐!"

소리가 들리는 쪽을 돌아보니 금강산 휴게소라고 적힌 곳에서 커피를 판매하시는 아주머니께서 나를 손짓하며 부르고 계셨다. 부르시는 곳으로 달려가니 더운데 고생한다며 얼음이 동동 떠있는 냉커피를 한 잔 주셨다. 감사하다고 인사를 드린 뒤 냉커피를 받자마자 얼음까지 한 번에 입에 털어 넣었다. 약간 머리가 띵함과 동시에 정신이 개운해지는 느낌이었다.

나는 다시 힘을 내서 히치하이킹을 계속했다. 처음에는 주차장에서 히치하이킹을 하다가 통일전망대에서 나가는 길목으로 자리를 옮겼다. 생각보다 많은 차들이 멈췄는데 어디까지 가는지 여쭈어보면 대부분이 김일성 별장이라는 곳에 간다고 했다. 그곳을 같이 둘러보고 나서 태워준다고 하시는 분도 계셨지만 김일성 별장은 내가가야 하는 길과 반대 방향이기도 했고 나는 고성에 통일전망대에만 관심이 있었기 때문에 전망대에서 내려가는 차가 나올 때까지 히치하이킹을 이어갔다.

그렇게 약간의 시간이 흐르고 내가 히치하이킹하고 있는 바로 위쪽에 위치한 군부대에서 차량 한 대가 나왔다. 히치하이킹을 하는 동안 계속해서 궁금해 시선이 가던 곳이었다. 군부대에서 나오는 신기하게 생긴 차량을 보며 '여기에 있는 부대면 북쪽 끝에 근무하는 부대인 건가? 저 차에는 누가 타고 있는 거지?' 여러 호기심은 들었지만 히치하이킹을 하는 내 입장에서 군부대에서 나온 차량과는 크게 관계가 없기 때문에 차가 돌아서 나갈 수 있도록 도로 외곽쪽으로 길을 비켜줬다.

그러자 차가 나를 지나치지 않고 내 앞에 멈췄다. 그리고는 차에서 군복을 입은 50대쯤으로 보이는 한 아저씨가 내려서 나에게 다가왔다.

나는 내가 혹시 뭔가 잘못을 한 걸까? 아니면 이곳에서 히치하이킹을 해서 나가는 것이 수상한 건가? 정말 짧은 시간에 많은 생각이 오갔다.

어머니께서 경찰차를 보면서 겁을 먹는 사람은 지은 죄가 많은 거라고 말씀해 주셨었는데 내가 군복 입은 군인 아저씨를 보고 긴장하는 것을 보니 나도 마음에 걸리는 게 많은 것 같다.

군인 아저씨는 다른 운전자들과 다르게 정말 짧게 질문하셨다.

군인 아저씨 : "목적지가 어디야?"

짧은 질문이었지만 군복을 입은 아저씨의 묵직한 목소리는 한마디로도 나를 겁주기 충분했다. 나는 이미 겁을 먹은 상태로 대답했다.

나 : "간성이요."

사실 이제 목적지는 동해대로를 따라 내려가야 했고 내가 들고 있는 박스에도 목적지가 강릉이라고 적혀있었다. 하지만 무서운 나머지 순간적으로 기억난 지명을 말한다는 게 아까 전 시내까지만 나가면 차가 많아질 것 같아서 검색했었던 간성을 말해버렸다.

내 대답을 들은 군인 아저씨는 또 짧게 말씀하셨다.

군인 아저씨 : "타."

분명 나에게 타라고 말씀하셨고 똑똑히 들었는데 발이 떨어지지 않았다.

군인 아저씨께서 나를 간성까지 태워주시겠다는 의미로 차에 타라고 하신 건지 아니면 내가 어떤 잘못을 해서 동행하자는 의미에서 타라고 하신 건지 파악이 안 됐다. 나는 무서웠지만 어느 쪽이든 일단 군인 아저씨가 시키는 대로 해야겠다는 생각에 군인 아저씨의 지시를 따라 트렁크에 배낭을 넣고 아저씨는 조수석에, 나는 뒷자리에 탔다.

차 안에는 아저씨와 마찬가지로 군복을 입었지만 20대처럼 보이는 군인이 운전석에 한 분 뒷좌석에 한 분 더 계셨다.

운전석에 군인분과 뒷좌석에 군인분은 존칭을 쓰는 반면 조수석에 탄 아저씨는 그 두 군인에게 편하게 말씀하시는 것을 보니 여기서 가장 상사인 것 같았다.

아무래도 나이가 가장 많아 보이니 상대적으로 계급도 높으시겠지?

조수석에 타고 계신 군인 아저씨께서 보통 히치하이킹으로 차를 타면 그렇듯 나에 대한 질문을 시작하셨다. 그런데 그 질문 내용들이 어째 평범해 보이지 않았다.

군인 아저씨 : "학생 이름은? 전화번호는? 주민등록상 실제 거주지는?"

이름은 이때까지 운전자분들 중에서도 묻는 분들이 많으셨으니 대수롭지 않았고 전화번호는 이때까지 히치하이킹하면서 차에 타자마자 물어온 경우는 없었지만 운전자분들과 연락처 교환도 많이 했으니 충분히 전화번호까지는 물어볼 수 있다고 생각했다. 하지만 사는 곳도 아니고 주민등록상 실제 거주지를 묻는 것은 무슨 서류를 낼 때가 아니고는 처음 듣는 질문이었다. 앞에 평범한 2개의 질문이 마지막 질문으로 인해 일반적인 질문으로 받아들여지지 않았다.

'내가 무언가 잘못을 저지르긴 했구나. 이제는 어디로 가는 것일까? 연행되기 전 인적조사를 위해 취조를 하는 것일까?' 그 뒤에도 군인 아저씨께서는 나의 출생지부터 성씨는 어디를 따르는지 등 질문을 이어갔다. 이제는 거의 확신이 들었다.

내가 무슨 잘못을 해서 지금 내 인적사항을 확인하는 것이라고 말이다. 실제로 아저씨는 나에게 질문을 하면서 내가 대답을 할 때마다 무언가 메모라도 하듯 휴대폰으로 타자를 열심히 치고 계셨다.

아저씨의 질문에 계속 대답하면 무언가 처벌을 받을 것만 같아 대답하기가 꺼려졌지만 군인이 나에게 질문을 하는 것인데 대답하지 않으면 협조를 안 했다는 이유로 또 죄가 추가될 것 같아 무서워서 나는 질문에 대해 계속 대답해 나갔다.

그렇게 한동안 취조하듯 질문이 이어지고 내가 그 질문에 대한 대답을 다 하고 나서야 군인 아저씨의 질문은 끝이 났다. 그리고는 군인 아저씨는 미소와 함께 밝은 목소리로 말씀하셨다.

군인 아저씨 : "학생 이름이 보니까 잘될 수밖에 없는 이름이네. 울산에 산다고 했으니 놀러 가서 연락하면 되지?"

그리고는 전화기로 어디론가 전화를 거시더니 내 휴대폰이 울렸다.

군인 아저씨 : "그게 아저씨 번호야. 여행 중에 혹시 군부대 근처에서 도움받을 일 있으면 아저씨한테 연락해."

알고 보니 아저씨께서 휴대폰에 메모하던 건 나를 전화번호부에 저장하기 위해서였다.

아저씨께서 보여주신 휴대폰 화면에는 전화번호부에 울산 이강희 그리고 내 번호가 저장되어 있었다.

긴장이 한순간에 풀렸다. 조금 전까지 무서운 군인으로 보였던 아저씨가 갑자기 내가 이미 오랜 시간 알고 지냈던 자상한 삼촌 같아 보였다.

한편으로는 '전화번호부에 저장하시는 거면 조금 편안하게 물어봐 주시지' 하는 약간의 원망스러운 마음도 들었다.

순식간에 사라진 긴장감과 찾아온 안도감에 숨을 돌리고 있는 동안 아까 통일전망대로 들어올 때 지나왔던 검문소에 들어섰다. 들어올 때는 무섭기만 하던 군인들이 우리 차를 보며 크게 소리를 외치며 경례를 하고 있었다.

 그리고 우리 차는 앞 좌석이 아닌 내가 타고 있는 쪽 뒷좌석 창문
이 내려갔다.
 뒤이어 운전석 창문도 내려가고 조수석에 있던 아저씨가 나를 가
리키며 검문하는 군인께 말했다.

> 군인 아저씨 : "이 친구 무전여행 중이라고 팻말 들고 서서 히치하
> 이킹하고 있길래 내가 태워 왔거든."

> 검문소 군인 : "그렇습니까?"

> 군인 아저씨 : "아마 입장할 때는 다른 차를 탔을 거고, 그러면 인원
> 변동이 있을 테니 신원조회를 한번 해봐."

> 검문소 군인 : "알겠습니다."

 나에 대한 신원조회를 한다고 하니 다시 긴장되기 시작했다.
 우리는 갓길에 차를 세우고 기다렸다. 검문소 군인들은 바쁘게
움직이며 이곳저곳 명단을 뒤지고 전화를 하며 나에 대한 조사를
하는 것 같았다. 나에게 신분증도 달라고 하셔서 신분증도 주고 이
런저런 질문도 하셨다.

검문소 군인 : "혹시 학생 여기 들어올 때 어떤 종류의 차 타고 왔어? 아니면 번호판은 기억나?"

나 : "제가 평소 차에 관심이 없기도 하고 히치하이킹을 했던 것뿐이라 차종이나 번호판을 주의 깊게 보지 않아서 기억이 잘 안 나요."

검문소 군인 : "아니면 함께 타고 왔던 동승자는 기억나?"

나 : "한 40대 중반 부부로 보이는 아저씨, 아주머니 차를 타고 왔는데 그것 외에는 기억나는 게 없어요."

검문소 군인 : "그래 일단 알았어."

다행히 내가 입장한 경로와 나에 대한 신원조회가 무사히 끝났는지 인원 변동에 문제가 없다는 연락을 받고 나서야 우리 차는 검문소를 통과할 수 있었다.

간성 시내로 내려가는 동안 아직 상황파악이 되지 않은 나에게 군인 아저씨는 친절하게 하나씩 설명해 주셨다.

군인 아저씨 : "사실 들어올 때 이미 해봤으니까 잘 알 거야. 통일전망대에 들어갈 때와 나올 때는 동승자 인원신고와 검문이라는 과정을 거쳐야만 출입이 가능해. 이런 검문은 왜 하느냐? 검문은 북한에서 우리나라로 넘어오는 탈북과 그 반대인 월북 그리고 북한에서 일

반 국민인 것처럼 위장해서 몰래 우리나라로 넘어오는 간첩을 잡기 위한 거야.

이런 목적으로 검문이 있는 건데 너는 지금 들어갈 때와 나올 때 서로 다른 차를 탔잖아? 그러면 네가 들어갈 때 탔던 차는 입장할 때 너를 포함해 부부까지 총 세 명이 입장한 것으로 신고되어 있을 텐데 나올 때는 차 안에 두 명이니 인원수가 맞지 않는 거지. 그러면 이제 그 차가 통일전망대에 입장할 때는 타고 있었고 다시 나올 때는 사라진 네가 서류상으로는 월북자가 되는 거야. 만약 그렇게 되면 군부대 전체가 뒤집어질 만한 큰 사건이 되기 때문에 다소 번거롭더라도 확실하게 해야 했던 거야. 그래서 방금처럼 절차에 맞게 너에 대한 조사를 진행한 거야."

아저씨는 분명 웃으며 편안하게 설명해 주셨지만 아저씨의 설명을 다 들은 나는 등골이 서늘해졌다. 아저씨의 말씀에 따르면 나는 잠깐이지만 월북을 시도한 사람으로 등록되었던 것이다. 하마터면 아직 통일이 되지도 않았는데 내 무전여행이 대한민국 한 바퀴 무전여행이 아닌 한반도 반 바퀴 무전여행이 될 뻔했다.

긴장을 놓을 수 없는 상황이 이어지는 사이 우리 차는 어느새 간성 시내에 들어서 있었다.

나는 나에게 군부대 차량 히치하이킹이라는 잊지 못할 추억과 위기 상황에서 구해주신 군인 아저씨와 형들께 물었다.

나 : *"같이 사진 찍어주실 수 있나요?"*

아저씨는 운전하시던 군인 형과 뒷자리에 나와 같이 있던 군인 형을 돌아보며 "가능하지?" 물어보시더니 다 같이 차에서 내려서 사진을 찍었다.

군인 아저씨 : "대신 찍은 사진은 SNS에 그대로 올리면 안 된다. 정
올려야 한다면 우리 어깨에 계급과 이름표는 가리고 올려야 해. 조
만간 울산 놀러 갈 일이 있는데 그때 한 번 더 연락할게!"

그렇게 군인 아저씨와 형들은 사진에 대한 당부의 말과 작별인사를 건네고 떠나셨다.

처음 차에 탈 때는 군인과 한 차를 같이 타거나 직접 대화를 나누는 것이 처음이라 무섭기도 하고 어려웠지만 헤어질 때는 정말 아는 형, 삼촌같이 편하게 느껴지는 것을 보니 짧은 시간 안에 많이 가까워졌음을 느꼈다.

야, 너 몇 살이야?

나는 동해대로의 이점을 살려 목적지인 강릉과 그 전까지의 도시를 모두 박스에 적었다.

그렇게 간성에서 메인 도로로 보이는 곳에서 히치하이킹을 하기 시작했고 얼마 지나지 않아 히치하이킹에 성공했다. 오늘 아침 출발지였던 속초까지 간다고 하셨다.

내 예상대로 히치하이킹한 차가 어디까지 가든 내 목적지 방향과 일치하기 때문에 훨씬 수월했다. 나는 감사 인사를 드리고 차에 탔다.

이번 운전자분은 유치원에서 체육 관련 수업을 하시는 여성 운전자셨다.

공주에서와 다르게 여성분 혼자서 차에 타고 있었음에도 흔쾌히 태워주셔서 나를 태울 수 있었던 또 다른 이유가 있는지 궁금했다. 앞에 여성 운전자들 모두가 공통적으로 나를 태우자마자 '남자를 태우는 것에 대해 경계는 되지만 그래도 태울 수 있었던 이유'를 말씀해 주셨기 때문에 운전자분의 이야기를 기다렸다.

운전자분의 말씀은 이랬다. 이전에도 나와 같은 히치하이커를 몇 번 태운 적이 있었고 그때마다 좋은 기억이 있어서 반가운 마음으로 태웠다는 것이다.

처음으로 남자인 나를 경계하지 않고 태웠다고 답변해 주신 여성 운전자였다.

대부분의 여성 운전자도 나를 태울 때 경계를 하지만 나 또한 여성 운전자의 차를 타면 괜히 의심받지 않기 위해 최대한 움직임을 자제하면서 불편하게 가곤 했다.

하지만 이번 운전자께서는 나를 반가운 마음으로 태웠다는 말씀을 듣고 나니 마음이 조금 놓였다.

그렇게 운전자분과 잠깐 대화를 하며 겪어보니 이번 운전자분께서는 상당히 긍정적이고 밝은 성향이신 것 같았다. 왜냐하면 이동하는 동안 내 여행 이야기를 조금 한 것 외에는 나는 거의 말하지 않았고 운전자께서 나에게 칭찬과 응원만 계속했던 것 같다. 때문에 다양한 대화를 나누지는 못했지만 여러 응원의 말씀을 들은 덕에 에너지는 한가득 받았다.

속초에 도착해서는 나와의 추억을 남겨야겠다고 먼저 사진을 요청하셔서 사진도 함께 찍었다. 그렇게 나에게 긍정 에너지를 가득 남기고 운전자분은 떠나셨다.

오는 내내 미소 짓게 만드는 비타민 같은 분이었다.

과하게 받은 에너지로 힘도 넘치겠다. 나는 강릉까지 가기 위해 내린 자리에서 바로 히치하이킹을 시작했다. 따로 포인트를 옮기지 않아도 내린 곳이 포인트가 된다는 것이 동해대로의 가장 큰 장점인 것 같다.

그렇게 히치하이킹을 시작한 지 20분 정도가 됐을 때 엄청난 배기음과 함께 외제차 한 대가 내 앞에 멈췄다. 창문이 열리길래 강릉까지 가는 차량인가? 생각하고 다가갔다.

차에는 20대 초반으로 보이는 남성분이 계셨고 내가 먼저 인사를 드리려고 하는데 그전에 먼저 말을 쏟아내셨다.

20대 남성분 : "야 너 몇 살이야? 형이 여기 두 바퀴를 돌면서 널 지켜봤거든? 그 들고 있는 박스 쪼가리 봐봐. 고등학교는 졸업했니? 공부는 안 해? 여기 있지 말고 형이 만 원 줄 테니 택시 타고 터미널로 가서 강릉까지 가. 내가 또 돌아와서 너 갔는지 안 갔는지 볼 거야."

그리고는 창문 밖으로 만 원짜리 지폐 한 장을 내미셨다.

나에게 도움을 주려고 하시는 건 감사했지만 기분이 조금 나빴다.

내가 히치하이킹을 하고 있다곤 하지만 이분에게 내가 피해를 끼칠 만한 잘못은 한 적이 없었다. 그렇게 일방적으로 말씀하시고 그 차는 떠나버렸고 나는 나를 또다시 돌아와서 감시한다는 말에 괜히 마주쳐서 또 기분이 나빠지는 말들을 듣게 될까 봐 히치하이킹 자리를 옮기기로 했다. 나는 자리를 찾기 위해 일단 그 자리 그대로 보도블럭에 걸터앉아서 지도를 봤다.

지도를 보며 그 차를 한 번 더 마주치지 않으면서 히치하이킹할 수 있는 포인트를 찾기로 했다.

하지만 어떻게 봐도 내가 서있던 곳이 다른 도시로 가는 유일한 큰 도로였기에 강릉으로 가려면 이 길 외에는 히치하이킹에 불리했다. 할 수 없이 나는 그 자리에서 계속 히치하이킹을 이어갔다. 다시 오신다고는 했지만 괜히 겁만 주려고 말씀하신 걸 수도 있다고 생각했다.

그리고 몇 분이 지나지 않아 그 차가 멀리서 또 보였다. 나는 그 운전자분께서 말씀하신 대로 택시를 잡고 있었던 척하기 위해 박스를 숨기고 길에 서있었다. 하지만 그 차는 이번에도 엄청난 배기음과 함께 의심할 여지 없이 내 앞에 멈췄다. 이번에는 창문이 아니라 운전석 측 문이 열렸다.

운전자는 직접 내리시더니 나에게 왜 아직도 이러고 있냐며 곧바로 뒤에 오던 택시를 향해 손을 흔드셨다. 그렇게 잡은 택시 뒷문을 열고 나를 뒷자리에 밀어 넣는 느낌으로 태우시더니 기사 아저씨께 터미널까지 책임지고 태워달라고 말씀드리고는 문을 닫아버렸다.

기사 아저씨도 어리둥절하신 느낌이었지만 이내 터미널로 출발하셨다.

터미널까지 가는 동안 택시 안에서 생각해 보니 조금 기분 나쁜 말투로 말씀하시긴 했지만 나쁜 분은 아닌 듯했다.

그분 나름대로는 차를 잘 얻어 탔는지 나를 걱정하면서 몇 바퀴를 돌다가 내가 그 자리에 계속 있으니 내가 걱정은 되고 태워주기에는 본인은 가는 길이 다르니 만 원을 쥐여준 것이고 내가 또 그 받은 돈으로 택시를 타지 않고 히치하이킹을 계속할까 봐 나름 걱정 돼서 다시 또 돌아와 직접 택시를 잡아준 것이겠지.

표현 때문에 오해는 있었지만 나를 진심으로 걱정하는 마음에 챙겨주신 선한 분이셨다.

역시 같은 의미의 말도 어떻게 하느냐에 따라 전혀 다르게 들린다는 것을 느꼈다.

나도 주위에 말을 할 때 한 번 더 생각해서 해야겠다.

그렇게 나는 또 한 명의 감사한 분 덕분에 편하게 강릉까지 가게 됐다.

강릉에 도착한 나는 강릉에서 가보고 싶었던 정동진을 가기 위한 히치하이킹을 준비했다.

강릉이라고 적혀있던 박스를 뒤집어 정동진을 쓰고 내비게이션으로 정동진으로 들어가는 길목을 찾아 2km를 걸은 후 포인트라 생각되는 곳에서 히치하이킹을 시작했다.

30분 만에 차 한 대가 멈췄다. 이번 운전자분은 집은 반대 방향이신데 정동진까지 태워주신다고 하셨다. 그렇게 정동진까지 약 15km 즈음 되는 길을 이곳저곳 구경도 시켜주신다고 해안가를 따라 돌아서 데려다주셨다. 집과는 반대 방향이니 시간도 시간이지만 둘러가면 기름도 더 들 것이 분명한데 강릉 첫 방문인 나에게 조금이라도 강릉에 대해서 더 구경시켜 주고자 신경 써주시니 감사할 따름이었다.

히치하이킹을 하면 처음에는 거의 내 이야기로 이어지던 이제까지의 분위기와는 달리 이번에 태워주신 분은 처음부터 대화형식으로 흘러갔고 어딘가 장소를 지나갈 때는 그곳에 대한 역사적 이야기나 현지인들만 아는 이야기를 마치 관광 가이드처럼 설명해 주셨다.

　　운전자 : "정동진역이 우리나라에서 바다로부터 제일 가깝게 붙은 철도에 있어요. 그리고 그 철도 라인을 따라가다 보면 보이는 잠수함이 있는데 그 잠수함이 1996년 즈음에 북한의 간첩이 여섯 번 정도 내려왔다 올라갔다를 반복하다가 일곱 번째에 잡힌 곳이에요."

나는 친절한 설명을 해주시는 운전자분 덕분에 정동진역까지 향하는 길 동안 마치 코스 투어를 하는 듯 유익하게 갈 수 있었다. 그렇게 운전자분을 따라 정동진역도 구경한 뒤, 운전자께서는 나를 모래시계 공원까지 데려다주셨다. 운전자께서 먼저 요청해 주셔서 함께 사진도 찍었다. 그리고 나에게 명함을 주시며 작별인사를 건넸다.

운전자 : "여행이 끝나고 집에 무사히 도착하게 되면 연락 주세요. 내가 태워준 사람이 여행을 무사히 잘 끝냈다는 이야기를 들으면 뭔가 뿌듯하고 기쁠 것 같아서요."

나 : "가시는 길과 반대 방향인데도 불구하고 태워주신 것만으로도 감사한데 오는 내내 이것저것 설명도 해주셔서 감사합니다. 여행 마치고 집에 무사히 도착하면 꼭 연락 드릴게요."

정말 친절하고 좋은 분이셨다. 나는 운전자분께서 떠나자마자 같이 찍은 사진과 감사하다는 메시지를 다시 한번 명함에 적힌 번호로 보내드린 후 모래시계 공원을 구경했다.

출발 전 정동진역을 코스에 넣으며 모래시계 공원에 대해서 인터넷으로 알아본 적이 있었다.

그때 알아본 바로는 이 공원은 드라마 「모래시계」의 촬영지로 유명해진 것 같았다. 드라마 「모래시계」가 그때 당시에는 안 보는 집이 없을 정도로 유명했던 드라마라고 하는데 내가 태어나기 이전이라 나는 그 드라마에 대해서는 스토리도 잘 모른다.

사실 이 공원도 블로그 리뷰를 보면 많은 사람들이 이미 드라마를 통해 이 공원을 접한 탓에 첫 방문에도 익숙한 느낌을 받는다고 하던데 나는 꿈에서도 본 기억이 없는 완전히 처음 접하는 공원이었다.

그래도 입구부터 세워져 있는 안내판에 드라마에 대한 이야기도 있고 여러 설명들이 있어서 이미 드라마에 대해 아는 사람과 또 색

다른 느낌으로 구경할 수 있었다.

공원이 내 생각보다는 넓지 않아 둘러보는 데 얼마 걸리지 않았다.

분명 공원을 잠깐 둘러봤었는데 주위를 보니 나도 모르는 사이에 어둑어둑해지고 있었다.

하긴 강릉에 도착했을 때부터 해가 조금씩 지려고 했던 상황이었기에 지금쯤 어두운 것은 당연했다. 정동진을 해가 지기 전에 빠져나가려고 했는데 내 생각보다 많이 어두워진 상황이라 마음이 급해졌다.

히치하이킹할 지점을 찾기 위해 휴대폰으로 내 위치와 다음 목적지 경로를 잠깐 보고 있으니 금세 완전히 깜깜해졌다. 이 정도의 어둠이면 지나가는 차를 대상으로 하는 히치하이킹은 불가능하다고 판단해 모래시계 공원 주차장에 관광객들의 차를 노려보기로 했다.

나는 주차장 입구에서 차를 빼러 주차장으로 들어가는 사람과 주차장을 지나쳐 가는 차를 대상으로 히치하이킹을 시작했다.

멀리 있는 사람은 형체만 간신히 보이고 몇 걸음 사이로 거리가 완전히 좁혀진 뒤에야 간신히 얼굴이 보일 정도로 깜깜한 밤이 되었다. 그렇게 어둠 속에서 히치하이킹을 시작한 지 얼마 되지 않아 여성 운전자 한 분이 다가오셨다.

운전자 : "어디로 가요?"

목적지가 적힌 박스를 들고 있었지만 보이지 않는 듯했다.

나는 다음 목적지가 동해시였지만 일단 여기를 벗어나자는 생각으로 대답했다.

> 나 : "저는 어디든 상관없으니 동해 고속도로 위만 올라가면 될 것 같아요."

고속도로만 올라가면 어느 휴게소가 되었든 그곳에서 노숙을 하고 새벽에 화물차라도 얻어 탈 생각이었다.

> 운전자 : "제가 집이 타 지역이라 동해 고속도로를 타긴 해야 하는데 오늘은 밤이 늦어서 근처에서 자고 내일 갈 계획이거든요. 괜찮으면 입구까지라도 태워드릴까요?"

입구라고 하더라도 깜깜해서 히치하이킹도 힘들고 그나마 있던 관광객들의 발길도 점점 끊길 이곳보다는 다니는 차들이 많을 것이라 생각하고 차에 올라탔다.

운전자분은 나에게 어디쯤 내려주면 되는지 물어보셨다. 나는 휴대폰 내비게이션을 켜서 일단 동해시를 검색했다. 그리고 운전자분이 가는 경로 안에서 내릴 만한 곳을 찾기 시작했다.

얼마 가지 않아 내비게이션에 옥계 IC가 뜨고 옥계 IC에 가기 전 만남의 광장이라는 이름의 장소가 내비게이션에 떴다.

보통 만남의 광장이라면 휴게소 같은 곳에 이름으로 자주 붙이니 나는 그곳이 휴게소 같은 곳이라 생각했다. 그리고 휴게소는 화물차 기사님들이나 버스 기사님들께서 쉬고 가시는 곳이기도 하니 여수에 갈 때처럼 그곳에서 히치하이킹을 하면 될 것 같았다.

그러다가 진짜 만약에 밤이 늦도록 히치하이킹이 되지 않는다면 휴게소에는 화장실도 있겠다. 박스를 구할 수 있는 음식점과 편의점도 있을 테니 적당히 텐트를 치고 하루 정도 자고 새벽에 출발하면 될 것 같았다. 그렇게 나는 운전자분께 만남의 광장에서 내려주시면 될 것 같다고 말씀드린 후 얼마 지나지 않아 우리는 내비게이션이 안내하는 만남의 광장에 도착했다.

하지만 막상 바로 앞에 도착해서 본 만남의 광장은 매장이 하나도 없는 것인지 있는데 보이지 않는 것인지 불 꺼진 주유소 하나만 보이는 깜깜한 공터였다. 차는 물론 인기척 하나가 없었다.

운전자께서도 걱정되셨는지 물으셨다.

> 운전자 : "여기는 차도 사람도 밤 동안 아무것도 안 지나갈 것 같은데 괜찮겠어요? 차라리 다른 사람 차 탈 수 있게 아까 모래시계 공원에 다시 태워드릴까요?"

모래시계 공원 쪽도 이미 깜깜해졌으니 방문하는 관광객이 더 이상 없을 것이고 모래시계 공원이 위치한 지형을 봐서는 우연히 지나가는 사람도 없을 것 같기에 그냥 이곳에서 히치하이킹을 하겠다고 말씀드리고 차에서 내렸다. 운전자분께서는 걱정되시는지 창문을 열어 다시 원래 있던 곳으로 데려다줄 수 있다고 몇 번이나 재차 물었고 내가 괜찮다고 대답하자 천천히 떠나셨다.

아무리 봐도 오늘 밤이 아니라 며칠 동안은 아무도 오지 않을 것 같은 만남의 광장에서 히치하이킹은 불가능할 것 같아 나는 결국 지나가는 차를 대상으로 히치하이킹하기로 정했다.

무전여행이 적힌 팻말을 버리다,
SOS

만남의 광장 주위로 히치하이킹할 곳을 둘러보다가 만남의 광장 바로 옆에 인도는 없지만 작은 자동차 도로가 있길래 그곳에서 히치하이킹을 하기로 했다. 포인트라고 하기에는 큰 장점이 없어 보였지만 그나마 희미한 가로등 불빛이라도 하나 있었다.

그렇게 히치하이킹을 시작하고 나서 얼마 지나지 않아 나는 이곳이 히치하이킹을 하기에 매우 불리한 곳임을 깨달았다.

차 통행량이 아예 없지는 않았는데 일단 마치 고속도로를 달리는 것처럼 너무 빠른 속도로 차들이 지나갔다. 내 박스의 글이 보이는지 의심스러울 정도의 속도였다. 게다가 커브가 있어 나를 발견하자마자 브레이크를 밟는다고 해도 나를 지나쳐야 하는 도로였다.

그렇게 속도를 주체하지 못하고 나를 지나쳐 간 운전자들 중에서 몇몇 운전자들이 손 모양으로 마치 기다리면 다시 돌아와서 태우겠다고 표시를 했었는데 그분들이 1시간이 지나도 돌아오지 않는 것으로 보아 내가 있는 곳이 나를 지나쳐서 내려가면 차를 돌릴 곳도 없이 고속도로로 진입해 버리는 곳이라는 것도 알게 되었다.

내가 히치하이킹에 성공했을 때 케이스 중 꽤 많은 케이스가 운전자들이 나를 발견했음에도 빠른 속도에 차를 세우지 못하고 나를 한 번 지나친 뒤, 차를 다시 돌려 나를 태웠었는데 그것이 불가능하면서도 기본 속도가 높은 지금 위치는 히치하이킹에 절대적으로 불리한 상황이었다.

그렇다면 운전자로부터 그 짧은 순간 동안 나도 그렇고 내가 들고 있는 문구도 한 번에 인지되게 하는 것이 중요하다는 이야기인데, 내 형체만 겨우 비출 것 같이 약한 가로등 불빛을 보니 그것 또한 어림도 없어 보였다. 실제로 지나가는 차들 중 선팅이 잘 안 된 차 몇 대는 가로등 불빛을 지날 때 나름 속도를 줄인 운전자들의 얼굴이 스쳐 가듯 보이는데 운전자들의 대부분이 나와 내가 들고 있는 박스의 문구를 볼 때 아리송한 표정이었다.

차 몇 대를 보내고 난 후에 나는 이 히치하이킹 포인트에 대해서 알게 된 몇 가지 사실들을 다시 정리했다.

내 히치하이킹 팻말이 짧은 시간에 정보를 전달하기에는 불빛과 여러 이유 때문에 가독성이 부족해 운전자들이 읽지 못한다는 것, 만약 읽었다 해도 이미 차에 붙은 속도 때문에 운전자들이 나를 태울지 말지에 대한 결정을 하기도 전에 나를 지나간다는 것, 그리고 기다리고 있으라고 말씀하신 운전자가 몇 분 계셨는데 1시간이 지나도 돌아오지 않는 것은 다시 이곳으로 되돌아오는 길이 없다는 것이었다.

분명 히치하이킹 성공률을 높일 해답을 찾기 위해 정리를 시작한 것이었는데 이렇게 포인트에 대한 정리를 하고 나니 아무런 가능성도 없는 곳에 고립된 것 같이 느껴지며 의욕이 떨어져 갔다.

희망이 사라진 자리는 공포심이 가장 먼저 메꿨다. 인도가 따로 없기에 바로 뒤가 절벽인 가드레일에 딱 붙어서 히치하이킹을 하고 있었지만 대부분의 차들이 어둠 속에서 규정 속도보다 높은 속도로 주행하며 커브 길을 돌다 보니 나를 아슬아슬 피해가곤 했다.

나는 언제라도 사고가 날 수 있는 상황이기에 한순간도 긴장을 놓을 수 없었다.

히치하이킹을 계속하며 다리가 아파져 와도 내가 앉아서 쉴 때 운전자 위치에서는 내가 보이지 않아 사고가 발생할 수 있으니 앉을 수도 없었다.

걸어서는 사람 한 명 다닐 수 없는 이곳에서 나가지 못하고 혼자서 밤을 보내야 할까 봐 너무 무서웠다. 그렇게 내 앞을 무시무시한 속도로 스쳐 지나가는 차들과 주위를 채우는 음산한 기운에 그렇게 지나가는 차라도 반가울 따름이었다. 암흑 같은 도로에 홀로 남겨진 채 2시간이 더 흘렀다. 나는 이제 목적지로 가고 싶은 마음이 아닌 살고 싶은 마음이 들기 시작했다. 어떤 방법이라도 이곳에서 나갈 수만 있으면 좋겠다는 생각을 했다.

  우선 내가 든 팻말이 아니더라도 여기 사람이 서있다는 것을 알리기 위해 무전여행 처음으로 헤드라이트를 켜서 머리에 꼈다. 그래도 불빛이라도 있으면 무언가 있다고 생각하고 멀리서부터 속도를 줄일 테고 속도를 줄이면 내 문구를 보고 멈출 수 있을 것 같다는 생각 때문이었다.
  하지만 헤드라이트 불빛이 운전자의 시선에 닿으면 순간적으로 운전자가 눈이 부셔서 더 큰 사고로 이어질 수도 있기에 불을 최대한 약하게 해서 바닥으로 시선을 깔았다.
  하지만 이렇게 하면 운전자에게 불빛이 제대로 닿지 않아 헤드라이트의 의미가 없어졌다.
  운전자에게 불빛이 닿지 않는 순간부터 이 작전은 큰 효과가 없을 것 같아 접기로 했다.

  이번에는 혹시 몰라 챙긴 여유분의 박스도 몇 개 있으니 팻말의 문구를 짧은 시간에도 운전자가 인지할 수 있도록 불필요한 단어들을 줄여보기로 했다.
  처음에는 [19세 청년의 무전여행. 동해시까지 히치하이킹 중입니다. 가시는 곳까지만 태워주세요]라는 문구로 히치하이킹을 하다가

30분이 지나도록 히치하이킹이 되지 않아 [무전여행, 히치하이킹 동해시 가시는 분]으로 바꾸고 또 30분이 지난 후에는 아예 [히치하이킹, 동해시]로 바꿨다.

그리고 글자 외에도 시각적으로 상황이 전달되면 이해가 빠를 것 같아 배낭에 꽂혀있던 태극기를 뽑아 한 손에 들고 차가 언제 올지 모르는 도로 위에서 열심히 흔들었다.

그렇게 1시간이 지난 후 나의 진심이 통한 것인지 차 한 대가 빠른 속도로 달려와 다른 차들처럼 내 앞을 지나쳤다가 30m 정도를 지나 급하게 멈췄다. 나는 내가 낼 수 있는 최대한의 속도로 차를 향해 뛰어갔다. 이제 살 것 같았다. 계속해서 접어왔던 희망의 마음이 한 번에 터지듯 밀려왔다. 이곳에서 나갈 수 있다는 생각 하나만으로 열심히 달렸다.

그리고 내가 차에 다다랐을 때쯤 조수석 측 창문이 내려갔다.

차에는 남성 운전자가 타고 있었다. 나는 누구보다 환하게 인사를 드렸다.

나 : "안녕하세요! 혹시 어디까지 가시나요?"

나의 말을 들은 운전자분은 창문 너머로 말씀하셨다.

운전자 : "무전여행 때문에 히치하이킹 중이신 것 같은데 저는 못 태워드려요. 차에 물건을 좀 떨어뜨려서 주우려고 잠시 차를 세운

거예요. "

나는 품어왔던 희망의 크기만큼 큰 절망감을 느꼈다. 운전자께서 정중하게 말씀해 주셨음에도 불구하고 어떠한 대답도 반응도 하지 못했다. 순간 어지러울 뿐이었다.

내가 아무 말도 하지 못하는 상황에서 창문은 다시 올라가고 그렇게 오랜만에 멈춘 차도 나를 떠나갔다. 그 뒤로는 30분 동안 차가 한 대도 지나가지 않았다.

이제 시간이 늦어져 그나마 지나가던 차량의 발길도 끊긴 듯했다. 나는 아침이 될 때까지 차가 한 대도 지나가지 않을 수도 있다는 생각에 이제부터 오는 차는 나에게 관심이 있든 없든 일단 무조건 차를 세우고 봐야겠다고 생각했다.

나는 이미 손에 들고 있던 박스를 다 써버린 탓에 이미 문구가 써 있는 박스를 거꾸로 뒤집어 과자 회사 로고 사이로 피해가면서 빨간색 펜으로 세 글자를 크게 그렸다.

'SOS' 무전여행 중 처음으로 목적지가 아닌 다른 문구를 쓴 상황이자 생존에 위협을 느낀 순간이었다. 이어서 헤드 랜턴도 SOS 모드로 바꿨다.

그리고 얼마 지나지 않아 트럭 한 대가 빠른 속도로 달려왔고 내 앞을 지나쳐 멈췄다.

내가 몇 시간 동안 끈질기게 박스를 들고 미친 듯이 태극기를 흔들며 히치하이킹을 할 때는 멈추지 않던 차가 박스에 SOS를 적은 뒤로는 첫 번째 차 만에 멈춘 것이다.

나는 이제는 차를 타야겠다는 마음보다 살고 싶다는 마음으로 달려갔다. 하지만 그러면서도 또다시 마음속에 피어오르는 희망은 억지로 눌렀다. 이미 큰 희망의 대가를 겪어본 뒤였기 때문이다.

그렇게 한걸음에 달려 조수석 앞에 도착했다. 내가 조수석에 도착했음에도 창문은 열리지 않았다. 나는 이번에도 내 글을 본 것이 아니라 아까처럼 운전자분이 물건을 떨어뜨렸거나 전화를 하기 위해 잠시 차를 세운 것인데 내가 착각한 것인가? 하는 생각을 하며 희망을 품지 않은 것에 대해 다행이라고 생각하며 돌아서려고 했다.

그때 창문이 열렸고 나는 창문을 통해 운전자를 볼 수 있었다. 20대 초반으로 보이는 남자였다.

운전자 : "무슨 일이에요?"

이제 생각해 보니 내 팻말에는 SOS라는 글씨만 적혀있었다. 이분은 내가 무전여행 중이라는 것과 히치하이킹을 하고 있다는 사실을 전혀 모르고 계신 상황인 것이다. 따라서 이 차가 내 팻말을 보고 멈췄다고 하더라도 이 차를 탈 수 있을지는 장담하지 못하는 상황이었다.

붉은색으로 칠해진 SOS라는 글씨를 보고는 긴급한 상황으로 생각하고 멈췄는데 내 이야기를 듣고는 생각보다 상황이 심각하지 않다고 느낀다면 그냥 떠날 수도 있었다.

　나에게는 생존이 달린 상황이었지만 관점에 따라 운전자분에게는 그렇지 않을 수 있었다.

　나는 내 상황을 침착하면서도 간절하게 설명했다. 나의 마음이 통한 것인지 운전자께서는 끝내 나의 동승을 허락해 주셨다.

　드디어 아무것도 없는 이 어둠과 공포 속에서 벗어날 수 있다는 생각에 순간적으로 눈앞이 밝아졌다. 운전자께서는 내가 차에 올라타 문을 닫자마자 출발하시면서 내가 조수석 측에 도착했음에도 자신이 창문을 바로 열지 않은 것에 대해서 마치 해명하듯 말을 꺼내셨다.

　　운전자 : "사실 밤에 낯선 남자가 인적 드문 곳에 서있으니 조심스러워서 섣불리 창문을 열지 못했어요. 기분 나빠하지는 말아요."

　사실 밤에는 태워주는 사람의 입장에서도 경계가 되지만 히치하이커인 내 입장에서도 경계가 된다. 이번에도 역시 밤의 히치하이킹이라 오른쪽 주머니에 위급 시 꺼내려고 호신용품을 넣고 탔기에 나도 운전자분에게 기분 나빠할 상황이 아니었다. 내가 해가 지기 전에 이동하는 것에 집착하는 이유도 내 문구가 보이지 않거나 하는 등의 이유도 있지만 밤이 되면 운전자의 경계가 심해지기 때문에 가뜩이나 낮아지는 히치하이킹의 성공률이 더 낮아지는 데 있다.

사실 과거 무전여행을 통해 이미 선한 사람들이 많다는 것을 알고 있었지만 그만큼 좋은 사람만 이 세상에 있다면 사건 사고 정보가 없는 뉴스를 하루라도 볼 수 있었을 것이다.

그리고 내가 여행 중에 이전 무전여행에서 만났던 사람들처럼 늘 좋은 사람만 만날 수는 없는 노릇이다.

이번 무전여행도 출발할 때는 '여행 중 받게 되는 호의는 감사함을 느끼되 누구도 믿지 말고 항상 매 순간을 의심하고 경계할 것'이라는 나 혼자만의 규칙을 세웠었다. 그래서 무전여행 초반에는 히치하이킹을 할 때도 항상 호신용품을 한쪽 주머니에 넣은 상태로 차에 탔고 길에서 받은 음료나 음식도 그 자리에서 먹지 않고 경계하면서 운전자와 헤어져서 혼자 있을 때나 먹었던 것 같다. 그랬던 내가 계속해서 여행을 하며 좋은 분들을 많이 만나다 보니 나도 모르는 사이에 사람에 대한 믿음이 많이 쌓인 것 같다. 하지만 이렇게 깜깜한 밤에 하는 히치하이킹은 여행 중에서도 몇 번 없던 일이기에 어쩔 수 없이 경계를 하게 되는 것 같다.

그래도 이번 운전자분께서는 이 밤에 나를 경계하면서까지 차에 태워주신 분이고 그 공포에서 꺼내주신 분이니 주머니의 호신용품에서는 잠시 손을 떼고 지금은 운전자분과의 대화에 집중하기로 했다.

운전자 : "올해 나이가 어떻게 돼요? 저는 스물셋이에요."

팻말에 나에 대한 어떤 정보도 없었으니 나이를 묻는 것은 당연했다.

나 : "저는 올해 열아홉이에요."

운전자 : "오 나랑 나이 차이도 얼마 나지 않네. 편하게 형이라고 불러. 나도 말 편하게 해도 되지? 그렇지 않아도 나도 지금 동해에 가는 길이니까 동해 들어갈 때까지는 나랑 같이 가면 될 것 같아."

형은 계속해서 친근한 말투로 편하게 대화를 이어주셨다.
그렇게 한참을 대화하다 보니 형은 꽤 맛깔나는(?) 욕을 구사했다. 나쁜 의도로 욕을 하는 것보다는 일종의 말 습관 같았다.

형 : "내가 우리 집이 동해인데 가족만 없으면 너를 정말 재우고 싶은데, 너 어디서 내려줘야 하지? 네가 어디가 제일 편할까? 나 이런 거 XX 모르는…. 겁나 고민되네?"

듣는 나도 기분 나쁘지 않았고 오히려 또래 친구 같은 친근감이 느껴졌다. 덕분에 내가 느끼던 경계심은 물론 어색함까지 한 번에 풀렸다.

그렇게 이야기를 하다가 형은 나에게 입대는 어떻게 할 것인지 물어봤다.

나는 내가 가지고 있는 희소병 때문에 면제를 받을 수도 있다는 대답을 했다.

오랜만에 나이 차이가 몇 나지 않는 운전자여서 그런지 대화 소재 또한 신선했고 형이 나에게 조언을 해줄 때도 지금까지의 운전자분들과는 조금 다른 결의 조언을 해줬다.

형 : "군대는 안 갈 수 있으면 죽을힘을 다해서 또 모든 수단과 방법을 다해서라도 가지 마. 형도 그렇고 형 주위 친구들도 군대에 가서 몸 하나씩 고장 나서 나왔어. 뭐가 됐든 방법이 있다면 군대는 절대 가지 마. 알겠지?"

무전여행 동안 처음 듣는 조언에 나도 모르게 웃음이 나왔다.

그런데 아까부터 형은 나와 대화를 하는 중에 마치 택시 운전기사분들처럼 누군가와 무전을 주고받고 있었다.

형은 과연 누구와 무전을 주고받고 있는 것인지 형의 차에 탄 뒤로 계속 궁금했었다.

나는 이제 어느 정도 어색함도 풀렸겠다, 형에게 직접 물어보기로 했다.

나 : "아까부터 무전기로 대화 나누시는 것 같아 보였는데 혹시 어떤 무전인지 물어봐도 되나요?"

형 : "아. 사실 형이 지금 근무 중이거든 실은 우리 뒤에 짐을 실은

차가 한 대 따라오고 있어."

나랑 둘이서 차를 타고 이동하고 있는데 지금이 근무 중이라니 그리고 뒤에 차가 따라오고 있다는 것은 무슨 말일까? 뜻밖의 이야기를 들은 나는 뒤를 돌아봤다. 그러자 형은,

형 : "아니 바로 뒤에 말고 한 3km 정도 뒤에 따라오고 있어. 사실 여기 도로가 짐을 많이 실은 차들이 지나가면 길이 상할까 봐 짐을 많이 실은 차들을 단속하거든 그래서 우리가 앞에 가면서 그런 단속을 하는지 안 하는지 미리 앞장서서 봐주는 거야. 그래서 우리는 지금 상대적으로 단속이 적은 새벽에 움직이고 있는 거고."

처음 들어보는 일에 신기해서 형에게 이것저것 질문을 하는 사이 우리는 벌써 동해시에 진입했다. 동해에 들어서자 형은 나에게 어디서 내려주는 것이 더 좋을지 물어봤다. 나는 그런 형에게 되물었다.

나 : "사실 아까 불도 없는 곳에서 혼자 밤 동안 남겨질까 봐 너무 무서웠어요. 그래서 저는 어두운 곳만 아니면 될 것 같은데 혹시 밝은 곳 중에서 텐트 칠 만한 곳이 있나요?"

형 : "밝은 곳은 아는데 그 근처에 텐트 칠 만한 곳이 있을지는 모르겠네."

나 : "일단 밝은 곳이면 어디든 다 괜찮을 것 같아요."

나는 잘 곳이 없더라도 가로등 불빛이 있고 사람들이 다니는 곳에 있고 싶었다.

만약 잠을 잘 곳이 없어서 밤을 새우는 한이 있어도 사람들 속이라면 상관없었다.

그렇게 형은 나를 최대한 밝은 곳에 내려주고 떠났다.

내가 내린 곳은 동해시에서도 시내권인 것 같았다. 새벽이라 많지는 않지만 신호등 불빛을 따라 횡단보도를 건너는 사람들과 한적한 도로를 시원하게 다니는 차들, 무엇보다도 도시임을 입증하는 화려한 네온사인들을 보며 모든 것이 감사하게 느껴졌다.

어둠 속에서 몇 시간 동안 있으면서 그토록 참아왔던 눈물이 쏟아져 내렸다.

그 어둠 속에서는 내가 소리쳐 울어도 아무도 들을 것 같지 않았는데 더 이상 혼자가 아니라는 생각과 드디어 살았다는 생각에 계속해서 감정이 벅차올랐다.

나는 그 뒤로 잠을 잘 만한 공원을 찾기까지 5km나 걸었지만 평소에는 대수롭지 않게 생각했던 이 도시의 풍경에 감사함을 느끼며 걷다 보니 전혀 힘들지 않았다.

오히려 5km 동안 이어진 도시의 풍경을 보며 내가 드디어 이 도시의 보호를 받는다는 생각에 안정감을 찾아갔다.

내일은 이제 정말로 여행의 마지막 날이다. 오늘 아침 알아봤던 일기예보에 의하면 모레부터 전국적으로 비가 온다고 했으니 반드시 내일 안에 완주를 해서 내일을 여행의 마지막 날로 만들어야만 한다.

어젯밤에 이어서 여행 중 심적으로 가장 힘든 하루였다. 누운 상태에서도 심장이 계속 뛰었지만 내일 드디어 돌아갈 우리 집을 생각하며 놀란 가슴을 쓸어내리고 잠자리에 들기로 한다.

Day 15

'마지막 날'이 주는
어색함

    어제 심적으로 힘들었던 탓에 깊게 잠이 들었던 것인지, 오늘이 여행의 마지막 날이라는 설렘 때문인 건지, 아직 해가 뜨지도 않았지만 야외에서 맞는 새벽은 제법 상쾌했다.

    내일부터 있을 비로 오늘 안에 무조건 울산에 돌아가야만 한다. 그렇게 하기 위해서는 오늘이 내 15일간의 여행기간 중에서 가장 많은 거리를 이동해야 하는 날이 된다.

    사실 그래서 내가 어제와 달리 새벽 5시부터 일어나 늦장도 안 부리고 짐을 싸고 있는 것이다.

    나는 짐을 다 싸고 난 후 주변 정리를 하고 박스를 만들기 시작했다.

    마지막으로 하는 텐트 정리, 마지막으로 하는 짐 싸기, 마지막 출발, 마지막 박스 제작, 마지막 히치하이킹, 마지막 목적지…. 15일 동안 반복하며 익숙해진 일들의 앞에 마지막이라는 단어가 붙자 모든 것이 어색해지며 오늘 하루 동안은 무엇을 해도 괜히 센티해질 것만 같았다.

그렇게 나는 모든 준비를 마치고 6시가 되기도 전에 깜깜한 어둠 속에서 길을 나섰다.

이 깜깜한 어둠이 어젯밤에는 그토록 절망적이고 무섭게 다가왔었는데 오늘은 똑같이 깜깜한 하늘이 세상이 환해지기 전 마지막 준비단계처럼 강한 생명력으로 다가왔다.

나는 원래 계획대로 동해안을 따라 내려갈 계획이기에 우선 7번 국도 방향으로 가기로 했다.

내가 잔 곳에서 7번 국도까지는 차를 타면 20분 정도의 거리로 천천히 걸어가면 크게 무리가 되는 거리는 아니었지만 히치하이킹을 하면 시간을 아낄 수 있으니 7번 국도를 향해서 걸어가면서 동시에 히치하이킹도 진행하기로 했다.

말 그대로 히치하이킹에 성공하면 차를 타는 것이고 실패하면 걸어서 가겠다는 생각이었다. 그렇게 걷기 시작한 지 5분도 채 되지 않아서 차량 한 대가 멈췄다.

40대 남성 운전자셨는데 이른 새벽부터 출근을 하는 중이라고 하셨다. 이른 새벽이라 피곤하신지 7번 국도 라인에 도착하는 동안 별다른 이야기를 나누지 못했다. 차에서 내려서 도로를 보는데 방금 나를 태워주신 아저씨와 같아 보이는 차들이 꽤 많이 지나다녔다. 세상에는 생각보다 많은 사람들이 이른 새벽부터 출근을 하며 열심히 살아가고 있구나.

나도 왠지 모르게 열심히 살아야 할 것 같은 자극을 받았다. 여행이 끝나고 울산에 가서도 가끔 이러한 자극을 받고 싶을 때 새벽에 도로를 나가봐야겠다.

오늘 안에 울산에 도착하려면 곧바로 울산으로 가야 하지만 리스크가 있더라도 그 전에 가보고 싶은 곳이 한 군데 더 있었다. 바로 포항에 호미곶이다. 나는 결국 모험을 하기로 선택하고 호미곶을 박스에 적어 팻말을 만들었다.

7번 국도에서 포항을 목적지라고 적힌 팻말을 들고 오늘따라 어색하게 히치하이킹을 시작했다. 매일 하던 일인데도 오늘따라 어색하게 느껴졌다.

그렇게 서있던 내 앞에 40분 만에 차 한 대가 멈췄다. 차체가 높은 SUV 차량이었다.

새벽이라 히치하이킹이 금방 되지는 않을 것이라 생각하고 여유로운 마음으로 있었는데 내 기대보다 빠른 성과였다.

이윽고 조수석 창문이 반쯤 내려가고 높이 차체 때문에 운전자의 모습은 잘 보이지 않았지만 목소리가 들려왔다.

운전자 : "저 포항 가는 길인데 타세요."

아무래도 포항까지 거리도 있다 보니 나는 적어도 다섯 번의 히치
하이킹은 해야 도착할 수 있을 것이라고 생각했는데 포항까지 가는
차를 한 번에 타다니 오늘 새벽 공기도 맑았는데 왠지 오늘 하루 동
안 일이 잘 풀릴 것 같다는 희망이 들었다.

포항까지 이 분의 차를 타고 간다고 하면 무전여행 중에 한 히치
하이킹 중 가장 오랜 시간 동안 동승해야 하는 운전자이기에 어느
때보다도 정중하게 감사의 인사를 드리고 차에 탔다.

그렇게 나는 조수석에 타서야 운전자분의 모습을 제대로 볼 수 있
었다.
나는 운전자분의 복장과 모습을 보자마자 이분이 어떤 일을 하시
는 분인지 알 수 있었다.
운전자께서는 내 시선을 느끼신 것인지 먼저 말씀하셨다.

> 운전자 : "아 저는 스님이에요. 학생이 혹여나 종교가 다르더라도 종
> 교 자체는 개인의 자유이니 동행하는 동안은 편하게 가도 괜찮아요."

나는 무신론자이기도 하고 종교에 대해 크게 프레임이 있거나 하
지 않았기에 상관없었다.
오히려 스님과 이렇게 대화할 수 있는 기회가 흔치 않기에 긴장되
기도 하고 한편으로는 기대가 됐다. 내가 불교 신자는 아니지만 스
님이면 좋은 말씀도 많이 해주실 것 같고 배울 점도 많을 것 같기

때문이다.

하지만 스님께서는 내가 부담스러울까 봐 말씀을 아끼시는 건지 아니면 피곤하신 건지 말씀이 많이 없으셨다. 스님의 차에 타서 나눈 대화로는 '오늘 아침을 먹었는지'와 그 외 일상적인 대화 몇 마디밖에 없었다. 그것마저 대화가 끊기고 그 뒤로는 계속 침묵의 시간을 가졌다.

모든 운전자들이 물어봤던 나의 여행에 대해서도, 학교에 대해서도 일절 묻지 않으셨다.

히치하이킹을 위해서 걸을 때는 그렇게 활기와 에너지로 느껴졌던 새벽 공기가 우리가 탄 차에만 이상하게 들어오는 것인지 차 안에서 느껴지는 스님과 나 사이의 공기는 무겁기만 했다.

나는 원래 스님들께서는 과묵하신 성격이신가? 하는 생각을 하다가 계속해서 하품을 하시는 스님을 보며 스님께서 말씀이 없으신 이유는 피곤하기 때문이라는 것으로 생각이 기울었다.

금방이라도 잠이 드실 것 같은 불안한 모습에 혹시 졸지는 않으실까 계속 스님 쪽으로 시선이 갔다.

하지만 얹혀 탄 입장에서 내가 먼저 쉬었다 가시는 것이 좋을 것 같다고 하지는 못하겠고 불안감을 가득 태운 채 우리 차는 계속 달렸다. 그렇게 얼마 달리지 않아 스님은 도로 외곽 쪽으로 차를 붙이시더니 그대로 졸음운전 쉼터로 들어갔다.

스님 : "제가 오늘 많이 피곤하네요. 여기서 10분만 자고 출발합
시다."

사실 도착시간이 조금 늦어지더라도 조금 쉬다가 가셨으면 하는
마음이었는데 스님께서 먼저 쉬고 가자고 말씀을 해주시니 너무 감
사했다.

스님 : "같이 눈 좀 붙이고 출발합시다."

마침 나도 1시간밖에 자지 못한 상황이라 스님을 따라 의자를 눕
히고 눈을 감았다.
그런데 내가 출발할 때 깨지 못한다면 스님과 대화를 나눌 기회도
없어지고 스님도 지금 피곤하신 상태이신데 옆에서 자고 있으면 안
될 노릇이었다.
나는 다시 눈을 뜨고 휴대폰을 봤다. 스님은 그런 나를 보고 말씀
하셨다.

스님 : "그래도 조금 자 놔요."

스님의 말씀에 어쩔 수 없이 눈을 감은 나는 눈만 감고 잠은 자지
않기로 했다. 하지만 이내 눈을 감자마자 엄청난 피로가 몰려왔다.
금방이라도 잠이 들 것 같았다. 아침에 나름 활기차게 출발했다고 생
각했는데 지금 몸에 얼마나 피로가 누적된 상태인지 알 수 있었다.

마치 겨울에 따뜻한 전기장판 위에서 포근한 이불을 덮고 자다가 창문으로부터 들어오는 햇빛에 얼떨결에 눈을 떴을 때, 그리고 그 비몽사몽한 상태로 시계를 보니 아직 시간적으로 여유가 있어 다시 이불을 뒤집어쓰고 눈을 감는 나른한 느낌이었다.

분명 나는 아직 깨어있지만 점점 현실과 꿈의 경계가 흐려지고 꿈에서 나를 강하게 잡아당기는 듯했다. 나는 그곳으로 끌려가지 않기 위해 오른쪽 허벅지를 살짝 꼬집으며 최선을 다해 버텼다. 그렇게 정확히 10분이 흐른 뒤 스님은 의자를 세우시고 차를 출발하려고 하셨다.

나도 스님을 따라서 얼른 의자를 세웠다.

스님 : *"옆에서 자도 괜찮으니까 더 자요."*

나 : *"어차피 오늘이 여행 마지막 날이라서 집에 도착하면 많이 잘 수 있습니다. 가시는 길에 하시는 말씀 조금이라도 더 듣고 싶어서요."*

하지만 내 예상과는 다르게 우리는 그 뒤로 1시간이 넘도록 대화가 전혀 없었다.

나는 이전에 과묵했던 운전자분처럼 내가 먼저 대화를 리드하긴 해야 할 것 같은데 어떤 대화를 주제로 이야기를 시작해야 할지 감이 오지 않았다.

그래도 스님께서 어느 정도 피로가 풀리셔서 그런 건지 아니면 날이 밝아져서 그런지 이제는 차 안의 공기가 한층 가벼워졌다. 스님도 이러한 공기의 변화를 느낀 것일까? 긴 시간의 침묵을 깨고 먼저 말씀을 시작하셨다.

> 스님 : "사실 저도 한 달 동안 인도에 배낭여행을 다녀온 적이 있어요. 저는 인도를 여행하며 삶을 긍정적으로 살아가는 원동력을 얻었어요. 제가 세계의 많은 나라를 다녀본 것은 아니지만 인도는 정말 꼭 한번 가볼 만한 나라예요."

인도는 나도 한 번은 꼭 가보고 싶은 곳이었다. 주변 지인들 중에 다른 나라를 다녀온 분들은 별말씀이 없으셨는데 인도에 여행을 다녀온 분들만 보면 꼭 한번 인도는 가보라고 말씀을 주셨기에 언젠간 가보리라 생각하고 있었다.

> 스님 : "보통의 해외여행은 화려한 것을 보고, 맛있는 음식을 맛보고, 문화를 즐기는 관광이라면 인도는 정말 많은 생각을 하게 하고 문화적 체험을 넘어서 무언가 느끼고 깨달을 수 있는 나라예요."

두 달 동안 세계여행을 다녀온 지인에게 어떤 나라가 가장 기억에 남는지 물어본 적이 있었다. 그 지인은 세계여행을 하며 많은 나라들의 예쁜 곳, 좋은 곳들을 다 둘러봤지만 가장 기억에 남는 것은 인도였다고 스님과 같은 말씀을 하셨었다. 그분은 인도에서도 정말 경제적인 여건이 부족한 지역을 갔었는데 다른 나라에 비해 그리 위생적이지 않은 숙소와 환경이었지만 여행 중 가장 기억에 남는 코스였다고 하셨다. 그곳에서 살아가는 사람들을 보면서 자신의 삶을 돌아봤고 인생의 방향성을 깨달았기 때문이라고 하셨다.

무전여행을 마치고 언젠가 기회가 된다면 인도여행은 꼭 가봐야겠다.

우리 차는 그렇게 오랜 시간을 달려 포항에 들어가기 직전의 갈림길에 도착했다.

그리고 스님은 도로 쪽의 한 절 입구에 차를 세우셨다. 스님께서는 자신은 이 절로 들어가야 한다고 말씀하셨다. 많은 대화를 나누지는 못했지만 오랜 시간을 동승했던 스님과 작별인사를 하고 차에서 내렸다. 스님께서는 입구를 통해서 절로 들어가셨다.

지도를 보니 호미곶은 바다 외곽 쪽에 혼자 우두커니 위치해 있었다. 지도상으로 봤을 때 호미곶에 가기에는 이곳의 위치가 굉장히 애매했다. 내가 서있는 곳이 관광객들이 많이 다니는 길도 아니었고 그렇다고 현지인들이 많이 다닐 것 같아 보이지도 않았다. 아무리 봐도 이곳에서 한 번에 호미곶을 가기는 힘들어 보였다. 나는 먼저 바닷가 라인으로 진입한 뒤 바닷가 라인에서 호미곶으로 가는 차량을 다시 히치하이킹하기로 했다.

나는 한 번에 가겠다는 욕심은 버리고 어쩔 수 없이 짧은 거리를 반복하더라도 여러 번 히치하이킹을 해서 가기로 했다.

그렇게 30분이 흐르고 호미곶을 향한 첫 히치하이킹에 성공했다. 나는 첫 히치하이킹을 통해 관광객들이나 현지인들이 많이 다닐 법한 포항의 시내 쪽 부근에 도착할 수 있었다.

시내 쪽에 도착하니 수월하게 히치하이킹이 이어졌다. 그다음은 바닷가 라인 쪽으로, 그리고 그다음은 바닷가 라인을 따라서 호미곶에 조금 더 가까이, 그리고 마지막 네 번째 히치하이킹을 통해 나의 무전여행 중 마지막 관광지 코스인 호미곶에 도착할 수 있었다.

북쪽 끝과 남쪽 끝을 찍고 드디어 우리나라의 동쪽 끝을 지키고 있는 호미곶에 도착한 나를 향해 호미곶의 상징인 손 조형물이 잘 왔다고 반겨주는 것 같았다. 손 조형물 주변으로는 관광객들이 북적거렸다. 나는 커플로 오신 듯한 관광객의 사진을 찍어드리고 나도 사진을 부탁드렸다. 그렇게 나도 관광 오신 커플의 도움으로 무전여행이 끝나면 추억이 되어버릴 지금 순간을 사진으로 남길 수 있었다.

사실 오늘 아침부터 계속된 '과연 오늘 안에 울산까지 완주할 수 있을까?'에 대한 고민은 동해시에서부터 포항까지 오는 동안 몇 번의 히치하이킹을 해야 하고 얼마의 시간이 걸릴지가 가늠이 안 되어서 걱정됐던 것이지, 포항 근처까지 한 번만의 히치하이킹으로 시간도 대폭 줄였고 이제 막 오후로 넘어가려는 시간에 호미곶에 도착한 나로서는 걱정될 것이 없었다.

이제 울산의 우리 집까지만 가면 되는데 나에게는 아직 6시간이 넘게 남아있으니 이미 여행을 성공한 것 같은 기분이었다.

덕분에 나는 호미곶에서 사진도 충분히 찍었고 바로 울산으로 출발해도 되는 상황이었지만 딱히 서두르지 않았다.

이제 몇 시간 뒤면 다시 평범한 일상으로 돌아간다. 그렇다면 히치하이커로서 전국을 여행하는 일도, 무전여행 중에만 느낄 수 있는 이 떨림도 내 인생의 마지막이 될 수도 있다.
그렇게 생각하니 지금 이 순간이 더 소중하게 느껴졌다.

생각해 보니 이때까지 여행하면서 관광지의 포인트만 둘러봤지 박스를 구할 때 외에는 관광지 주변을 돌아본 적이 잘 없었던 것 같다. 더 이상 시간에 쫓길 필요도 없으니 마지막 관광지인 만큼 주위 바닷길을 걸어보기로 했다.

나는 먼 훗날에도 이 순간을 추억했을 때 생생하게 기억할 수 있도록 지금 바다에서 전해지는 향기, 내가 지금 바라보고 있는 사람들의 모습, 그리고 이 순간 느껴지는 감정까지 지금 이 순간의 모든 것을 내 온몸에 꾹꾹 눌러 담았다.

가자, 집으로!

그렇게 더 이상 담기지 않을 정도로 지금 이 순간을 기록한 나는 무전여행이 끝난다는 사실에 대한 아쉬움을 모두 떨칠 수 있었다.

이제는 정말 최종 목적지인 집으로 가기 위한 마지막 히치하이킹만 남았다.

나는 마지막 히치하이킹을 하기 위해 근처에서 박스를 구한 뒤 팻말을 만들기 시작했다.

이게 마지막 히치하이킹을 위한 팻말 제작이라고 하니 가슴이 울컥했다.

그간 박스에 써왔던 목적지들이 하나씩 생각나며 그곳에서의 기억도 스쳐 지나갔다.

그렇게 박스 위에 적힌 '울산'이라는 두 글자를 보는데 어떤 생각을 하기도 전에 마치 조건반사처럼 참았던 눈물이 흘렀다.

나는 내가 태어나서부터 한 번도 고향인 울산을 떠나본 적이 없기에 어른들이 말하는 고향에 대한 그리움, 뭉클함에 대해서 전혀 이해하지 못했다.

그랬던 내가 박스에 내 손으로 적은 울산이라는 두 글자만 봤는데도 눈물이 쏟아지다니 고향이라는 것이 그 단어만으로도 사람에게 어떤 그리움으로 남는지 이제는 조금 알 것도 같았다.

여행 중에는 고향이나 집에 돌아가고 싶다는 생각이 자주 들지 않았는데 단지 내가 여행에 집중하느라 고향에 대한 그리움을 외면했었던 것 같다.

여행 막바지가 되니 이때까지 외면했던 감정들이 하나씩 터져 나오는 듯했다.

사람들이 지나가든 말든 길에 앉아 한참 눈물을 흘려놓고는 불현듯 여행의 마지막을 울면서 장식하고 싶지는 않다는 생각이 들었다. 나는 북받쳐 올라오는 감정을 애써 누르기 위해 혼자서 꺼진 휴대폰 화면 액정 속 내 모습을 보며 어색하게 미소를 지었다.

그렇게 어느 정도 감정이 추슬러졌을 때 나는 집으로 돌아가기 위한 마지막 히치하이킹을 시작했다. 평소 울산에 지인들이 바람을 쐬러 포항으로 가는 것을 자주 봐왔던 터라 이번에는 굳이 여러 번 나누지 않고 한 번에 울산까지 가는 차를 찾기로 했다.

실컷 감정이입도 했는데 이번 히치하이킹이 마지막이 되지 않으면 괜히 스스로에게 무안하기도 하니까 말이다.

여러 번 걸치지 않고 한 번에 목적지까지 가는 차만 대상으로 두고 히치하이킹을 하겠다는 욕심은 여행 중에도 부린 적이 없었지만 해가 지기 전까지는 시간도 많이 남았고 마침 관광객들도 많이 있어서 단순한 욕심이라고 하기에는 어느 정도 자신도 있었다.

히치하이킹을 하며 많은 관광객들로부터 응원을 받았다.
그렇게 넘치는 자신감과 관광객분들의 응원이 더해져 최고의 컨디션으로 히치하이킹을 이어가고 있을 때 내 나이 또래로 보이는 헬멧을 쓴 남성이 옆에 친구로 보이는 다른 남성 한 분과 자전거를 끌고 다가왔다.

헬멧을 쓴 남성분 : "사진 찍어줘요. 우리."

나는 두 분이 함께 사진을 남기고 싶어 하시는 것 같아 카메라를 받아 들고 물었다.

나 : "어디 쪽에 서실래요? 자전거도 같이 나오게 찍어드릴까요?"

그러자 옆에 계시던 친구로 보이는 다른 남성분이 의아하듯 되물었다.

옆에 있던 남성분 : "저희를 찍어 달라는 게 아니라 저희랑 다 같이 사진 찍자고요!"

알고 보니 나와 같이 사진을 찍자는 이야기였다.

내가 연예인도 아니고 갑자기 사진을 같이 찍자는 부탁에 당황했지만 힘든 일도 아니기에 사진을 함께 찍었다. 그렇게 사진을 찍고 나서야 처음 말을 거셨던 남성분이 설명을 해주셨다.

헬멧 쓴 남성분 : "사실 저희가 자전거로 국토 종주를 도전하고 있거든요. 히치하이킹하시는 모습을 보고 저희도 자신감이 생기는 것 같아서 같이 추억으로 남기고자 사진을 찍자고 부탁드린 거예요."

그 이야기를 들은 나는 나도 여행 중에 나와 비슷한 도전을 하는 사람은 만난 적은 없었기에 너무나도 반가운 마음에 내 휴대폰으로도 함께 사진을 찍자고 부탁드렸다. 그렇게 내 휴대폰으로 한 번 더 다 같이 사진을 남기고 다시 대화를 이어갔다.

옆에 있던 남성분 : "무전여행은 어디서부터 오신 거예요? 최종 목적지는 어디예요?"

나 : "아 저는 대한민국을 시계방향을 따라 한 바퀴 돌겠다는 목표로 무전여행을 출발했었는데 이제 다 돌아와서 제가 출발했던 울산으로 돌아가는 일만 남았어요."

헬멧 쓴 남성분 : "아 이제 여행이 끝나시는 거네요! 축하드려요. 언제 출발하셨어요? 얼마나 걸리던가요?"

나 : "제가 출발한 게 저저번 주 화요일이니 오늘이 15일 차네요."

헬멧 쓴 남성분 : "우와. 국내에서 진행하는 도전인데도 엄청 길게 하셨네요."

나 : "두 분은 어디를 목적지로 출발하신 거예요? 지금 며칠 차세요?"

옆에 있던 남성분 : "사실 저희도 울산 사람이거든요. 울산에서 오늘 오전에 이제 막 여행을 시작해서 포항에 도착한 거예요."

나와 비슷한 도전을 하는 사람들을 만난 것도 반가운데 울산에서 오신 분들이라고 하니 더 반갑게 느껴졌다. 그 뒤로도 두 사람은 본인들의 계획을 말하며 이미 여행을 마쳐가는 나에게 잠자리와 식비를 어떻게 해결하면 더 효율적인지 조언을 요구했다. 두 분은 자전거로 국토 종주를 하는 것이고 나는 무전여행을 한 것이라 진행 방식부터 차이가 있지만 나도 작년에 두 분과 비슷한 도전으로 걸어서 국토대장정을 한 경험이 있기에 그 경험과 이번 무전여행의 경험을 섞어 나름의 팁을 알려드렸다.

잠깐의 대화를 나누고 나는 두 분이 앞으로 얼마나 힘든 길을 가야 할지 잘 알기에 두 분이 앞으로 나아가야 할 여정을 위해, 두 분은 나의 성공적인 여행 마무리를 위해, 그렇게 우리는 서로를 향해 진심을 다한 파이팅을 외치고 각자의 도전을 이어가기 위해 헤어졌다.

여행하는 동안 많은 응원을 받아왔지만 가장 파이팅 넘치면서 위로가 되는 응원이었다.

그 뒤로 1시간 정도가 지났을까? 한 남성분이 나에게 다가왔다.

남성분 : "우리 울산 가요."

그 말을 들은 나는 평소의 단순하게 기뻤던 마음과 달리 기분이 오묘해졌다.

이제 더 이상 히치하이킹을 하지 않아도 된다는 사실이 기쁘기도 하면서 마냥 좋지만은 않은 약간 시원섭섭한 듯한 복잡한 감정이 들었다.

나는 복잡한 감정을 감추고 나의 여행을 마무리해 줄 마지막 운전자께 감사의 인사를 드렸다.

나 : "너무 감사합니다."

아저씨 : "지금은 아내와 딸이 카페에서 음료를 사고 있어서 기다리고 있었어요. 금방 나오긴 할 텐데 같이 들어가서 기다릴까요?"

아내와 딸을 밖에서 기다리다가 나를 봤다는 남성분의 말씀을 듣고는 아직 아내분과 딸은 내가 차에 타는 사실을 모르고 있을 것이라는 생각이 들었다. 그리고 갑자기 통일전망대에 들어갈 때 탔던 차에서 내가 동승하는 문제로 아저씨와 아주머니가 다투던 일이 떠올랐다.

약간의 불안한 마음으로 남성분을 따라 호미곶 앞에 위치한 한 카페에 들어갔다.

그곳에서 아내분과 어린 딸을 만날 수 있었다. 나는 약간 긴장된 마음으로 인사를 건넸다.

나 : *"안녕하세요! 괜히 제가 차를 같이 타고 가서 가족분들끼리 여행 오셨는데 불편 끼치는 건 아니겠죠?"*

하지만 내 긴장이 무색하게 두 분은 아저씨와 마찬가지로 너무나도 밝게 웃으시며 반갑게 맞아주셨다. 환하게 웃는 가족을 보고 있으니 나도 모르게 미소가 지어졌다.

아주머니 : *"저희는 오실 줄 모르고 음료를 저희 것만 샀는데 어떤 음료 드실래요?"*

나 : *"아 저는 괜찮습니다. 태워주시는 것만으로도 감사한데요."*

아주머니 : *"그럼 제가 알아서 시켜볼게요."*

괜찮다는 나의 이야기에도 아주머니께서는 끝내 내 음료까지 챙겨주셨다.

나는 받은 음료를 들고 가족들의 차에 올라탔다.

딸은 웃음과 애교가 넘치는 아이였고 그런 딸의 애교로 차 안의 분위기는 더할 나위 없이 밝았다. 나도 만약 가정을 꾸린다면 저런 가정을 꾸리고 싶다는 생각이 자연스럽게 들었다. 말 그대로 너무나도 화목한, 사람들이 누구나 그릴 법한 그런 가족이었다.

아저씨는 내 구체적인 목적지를 물으셨다.

아저씨 : "저희가 가족약속이 있어서 집 쪽으로 가는 길이긴 한데 동선이 겹칠지 모르겠어요. 저희 집 위치를 말씀드리면 아실지 모르겠는데 울산이라고 하기는 어렵고 울산 외곽 쪽에 있는 천상이라는 곳이거든요. 혹시 울산에 어디를 보러 가시는 거예요?"

나 : "아 사실 제가 이제 여행을 마치고 집으로 돌아가기 위해서 울산으로 가는 길이었거든요. 저도 울산에 살다 보니 천상이 어디 쪽인지는 알고 있는데 천상에 내려주시면 제가 알아서 갈 수 있을 것 같아요."

나는 웬만하면 울산에 도착해서는 어디에 내리든 최종 목적지인 집까지 걸어서 가려고 했는데 지금 시간에 천상에서 내려 집까지 가려면 차를 타고도 30분 정도는 더 가야 하는 거리였다.

이 가족의 차가 마지막 히치하이킹이라고 생각했는데 어쩔 수 없이 내려서 한 번 더 히치하이킹하기로 했다.

그때 운전해 주시던 아저씨께서 한 번 더 물으셨다.

아저씨 : "혹시 집이 어디세요?"

나 : "아 저는 중구에 살아요."

아저씨 : "중구 어디 부근이에요?"

나는 집 주변의 건물과 가게로 구체적인 위치를 말씀드렸다.
히치하이킹을 한 차에서 지도나 내비게이션도 안 보고 목적지 주변 건물까지 상세하게 이야기하고 있으니 뭔가 어색했다.
그리고 운전자와 목적지 부근에 음식점이나 건물들에 대해서 대화가 매끄럽게 이어지니 이제야 내가 집으로 간다는 사실이 실감 났다.

아저씨 : "혹시 차가 빨리 달리면 무서워하거나 이런 것은 없죠?"

나 : "네 여행 하면서 다양한 차를 탔다 보니 그런 건 따로 무서워하지 않아요."

아저씨 : "사실 중요한 가족약속이다 보니 집으로 바로 가야 하는

상황이긴 한데. 여행의 마지막이라고 하니 저희가 그 여행의 마지막을 장식해 주고 싶네요. 집까지 데려다드릴게요."

아저씨와 가족들은 중요한 약속이 있음에도 불구하고 내 여행의 성공적인 마무리를 만들어 주고 싶다며 나를 집까지 데려다주신다고 하셨다. 그 마음이 너무나도 감사했다.

그렇게 나의 마지막 히치하이킹이 된 차는 한참을 달렸고 멀리서 톨게이트가 보였다.

톨게이트에 적힌 울산이라는 두 글자가 박스에 적혀있던 울산이라는 글자와 겹쳐 보이며 또 한 번 가슴이 뭉클했다. 톨게이트를 통과하자 내가 잘 아는 도로와 건물들이 보이기 시작했다. 늘 타 지역에 여행을 갈 때 지나갔던 로터리와 친구들과의 추억이 가득한 시내, 그 뒤로도 내가 자주 입원했던 병원, 우리 가족의 단골 음식점, 우리 동네 공원까지 익숙한 풍경이 이어졌다. 울산에서 태어나 지금까지 자란 나에게는 너무나도 잘 아는 곳임에도 불구하고 오랜만에 돌아온 울산이라 그런지 새롭게 느껴졌다.

마침내 집 앞에 도착한 나는 태워주신 가족분들께 머리 숙여 감사의 인사를 드리고 떠나가는 가족들의 차를 바라봤다. 이윽고 내 시야에서 가족들의 차가 완전히 사라졌고 나는 곧바로 집을 향해 뛰기 시작했다.

집까지 달려가는 길을 따라 있는 전봇대와 가로등이 15일 동안 있었던 무전여행의 기억들과 함께 빠르게 지나갔다. 여행의 마지막 순간이 드디어 다가왔다. 집 앞에 도착한 나는 문손잡이를 잡고 심호흡을 크게 했다. 그리고 문을 열며 어머니께 인사를 건넸다.

"다녀왔습니다."

그렇게 나는 출발지이자 최종 목적지인 집을 끝으로 15일간의 대한민국 한 바퀴 무전여행을 마무리했다.

에필로그

무전여행 이후 자주 들었던
질문들에 대하여

Q. 이 책은 어떻게 탄생하게 되었나요?

이 책은 제가 무전여행을 진행할 때 당시 저의 여행 소식을 궁금
해하고 있을 지인들을 위해서 매일 SNS에 업로드했던 일기를
바탕으로 만들어졌습니다.

**Q. 일기를 바탕으로 만들어졌다고 하셨는데 책으로 편집하는 과정에서
소감이 어떠셨나요?**

아무래도 여행 당시 쓴 일기의 느낌을 그대로 유지하며 만들었다

보니 이 책에는 여행과정에서 만난 운전자와의 대화와 그 속에서의 생각, 여행 동안의 감정 등이 열아홉 당시 제가 느꼈던 날 것 그대로 담겨있습니다. 그 덕분에 책을 편집하는 과정에서 저도 다시금 여행을 하는 것 같은 느낌을 받기도 했고 또 지금의 제 생각과 열아홉 당시의 생각이 비교되어 신선하기도 했습니다.

Q. 무전여행은 본인에게 어떤 여행이었나요?

무전여행을 마치고 일상으로 복귀한 뒤에 만나는 사람들로부터 가장 많이 들었던 질문인 것 같습니다. 저는 이 질문을 받을 때마다 "무전여행은 저에게 스스로를 찾아가는 여행이었어요."라고 대답했습니다.

제가 무전여행을 출발할 당시에는 주변에 대부분의 사람들이 불가능한 일이라며 어머니께 저를 말리라고 말씀하셨습니다. 지금 돌아보면 그분들의 말씀도 이해가 갑니다.
혼자 여행을 해본 적도, 심지어는 집을 떠나 혼자서 잠을 자본 적도 없었던 열아홉이라는 나이에 혼자 무전으로 대한민국 한 바퀴를 돌겠다는 것은 분명 무모한 도전이었습니다.

하지만 무전여행을 통해서 제가 얻은 것은 그 무모함을 감수하기에 충분했습니다.

무전여행의 경험은 여행이 끝난 뒤 살아가면서 가끔 힘든 일이 있을 때 무전여행 당시 힘들었던 순간을 생각하며 지금의 고비를 대수롭지 않게 넘길 수 있는 삶의 경험치가 되어주기도 했고, 앞으로 살아갈 세상 속에서 직업을 비롯한 나만의 가치관을 찾아가는 것에도 큰 도움이 되었습니다. 또한 우물 안에만 있던 제가 세상을 보다 넓게 바라볼 수 있게 우물 밖으로 이끌어 주기도 했습니다. 그 외에도 새로운 사람을 사귀고 소통하는 방법, 문제가 닥쳤을 때 대처하는 임기응변 능력 등 수많은 성장을 가져다줬지만 결과적으로 무전여행은 저에게 스스로가 어떤 사람인지 알아가고 한층 더 성장할 수 있는 계기가 되어주었습니다.

때문에 저는 무전여행을 '스스로를 찾아가는 여행'이라고 생각한 것입니다.

Q. 무전여행이 많은 도움이 되었다고 하셨는데, 무전여행의 과정 중 구체적으로 어떤 경험이 본인에게 가장 크게 도움이 되었나요?

사실 저는 무전여행을 떠나기 전부터 이 도전이 '나를 한 단계 성장시키는 훌륭한 경험'으로 남을 것이라고 생각하긴 했습니다. 실제로 무전여행은 저를 성장시키기도 했고요.

다만 차이가 있다면 여행을 계획하는 단계에서는 '대한민국 한 바퀴 완주'라는 목표를 해냄으로써 제가 성장할 것이라 생각했었는데 현재의 저는 생각이 조금 다릅니다.

무전여행이 저를 성장시킨 것은 '대한민국 한 바퀴 완주'라는 결과가 아닌 그 과정에서 '길 위에서 만난 사람들'이었습니다.

저의 이야기를 끝까지 함께하신 분들은 아시겠지만 저는 여행을 하며 정말 다양한 사람들을 만났습니다. 만난 사람들의 수만큼 다양한 이야기 또한 들을 수 있었고요. 이렇게 사람들에게서 들은 이야기를 통해 저는 가장 크게 성장했다고 생각합니다.

Q. 마지막으로 독자분들께 한마디 부탁드립니다.

먼저, 저의 이야기에 관심을 가져주셔서 감사합니다. 편집을 하는 과정에서 수정하고 싶은 문장, 전개들이 많았지만 여행할 당시 청소년의 순수함이 퇴색되지는 않을까? 하는 생각으로 수정하고 싶은 욕구를 억누르며 최소한의 편집을 끝으로 출간하게 되었습니다.

혹여, 책을 읽는 중에 다소 어색한 표현이나 이어지지 않는 문맥이 있더라도 화려한 문장으로 포장한 책보다는 한 청소년의 여행기를 있는 그대로 책에 담고 싶었던 저의 마음이었을 것이라 너그러이 이해해 주시길 부탁드립니다.

저는 지금도 이 책의 첫 장을 펼 때와 마음이 같습니다. 저에게 무전여행이 스스로를 찾아갈 수 있는 선물이 되어주었듯 이 책을 읽으시는 모든 분들에게도 작은 선물이 되어주길 바라는 마음으로 저의 이야기를 마칩니다.

무전 여행자

초판 1쇄 발행   2024. 5. 30.

지은이   이강희
펴낸이   김병호
펴낸곳   주식회사 바른북스

편집진행   황금주
디자인   양헌경

등록   2019년 4월 3일 제2019-000040호
주소   서울시 성동구 연무장5길 9-16, 301호 (성수동2가, 블루스톤타워)
대표전화   070-7857-9719 | **경영지원**   02-3409-9719 | **팩스**   070-7610-9820

•바른북스는 여러분의 다양한 아이디어와 원고 투고를 설레는 마음으로 기다리고 있습니다.

이메일   barunbooks21@naver.com | **원고투고**   barunbooks21@naver.com
홈페이지   www.barunbooks.com | **공식 블로그**   blog.naver.com/barunbooks7
공식 포스트   post.naver.com/barunbooks7 | **페이스북**   facebook.com/barunbooks7

ⓒ 이강희, 2024
ISBN 979-11-7263-001-0 03810